BASTEI
LÜBBE

Von Thomas H. Cook erschien bei Bastei Lübbe:

12 030 Die Tote von Atlanta
12 208 Blutspuren
12 272 Tödliche Erinnerung
12 370 Stadt in Flammen
12 442 Die Killer
12 750 Die Tote von Atlanta/Blutspuren
12 963 Wer das Dunkel erblickt ...
14 253 Die Quelle der Furcht

Thomas H. Cook

Die Last des Bösen

Thriller

Aus dem Amerikanischen von
Heinz Zwack

BASTEI LÜBBE

BASTEI LÜBBE TASCHENBUCH
Band 14 424

1. Auflage: Oktober 2000

Vollständige Taschenbuchausgabe

Bastei Lübbe Taschenbücher ist ein Imprint der
Verlagsgruppe Lübbe

Deutsche Erstveröfflichung
Titel der amerikanischen Originalausgabe:
BREAKHEART HILL

Umschlaggestaltung: Manfred Peters
Titelillustration: Photonica
Satz: hanseatenSatz-bremen, Bremen
Druck und Verarbeitung: AIT Trondheim
Printed in Norway
ISBN 3-404-14424-4

Sie finden uns im Internet unter
http://www.luebbe.de

Der Preis dieses Bandes versteht sich einschließlich
der gesetzlichen Mehrwertsteuer.

Für Susan Terner
Während der Dunkelheit
stets an meiner Seite

ERSTER TEIL

1

Dies ist die unheimlichste Geschichte, die ich je gehört habe. Und ich habe mich mein ganzes Leben lang bemüht, sie nicht zu erzählen.

Sie geht einher mit grauen Wolken und schwerem Regen, und wenn ich sie mir ins Gedächtnis rufe, sehe ich Füße, wie sie über den aufgeweichten Boden laufen. Dabei war der Tag, an dem es geschah, in Wirklichkeit sonnig und hell, und die Kudzu-Lianen, die man um ihre Füße verstrickt fand, waren nach einem langen Frühling dick und grün gewachsen. Tatsächlich war die Vegetation damals an der Bergflanke so dicht geworden, daß man selbst aus der Nähe nur mit Mühe hätte hören können, was sich an jenem Nachmittag begab, was dort oben geschah und gesagt wurde.

Und doch kommt es heute immer wieder vor, daß ich manche Dinge ganz deutlich vernehme: wie ihr Körper durchs Gestrüpp fällt, Vögel, die aus ihren Nestern aufflattern, ein aufgeregtes Rascheln in den Blättern, verursacht von allem möglichen Getier, das wegrennt – aufgescheucht von demselben Alarm, der auch die Vögel aufgeschreckt hat.

Von Zeit zu Zeit, wenn auch selten, höre ich sogar ihre Stimme. Nur ganz schwach, aber eindringlich. Manchmal kommt sie in Gestalt einer Frage: *Warum tust du mir das an?*

Seitdem sind viele Sommer vergangen, die genauso schön waren wie jener vor 30 Jahren, und doch gibt es keinen, an den ich mich so deutlich und lebhaft erinnern kann. Ich erinnere mich, wie die Azaleen damals im feurigen Schein aufgeblüht waren, an ihre roten und weißen Blüten, die winzigen Explosionen dicht über der Erde glichen, an die zart rosafarbenen Wattebäusche, die an den Mimosen hingen, und wie sogar die großen Magnolien den Anschein erweckten, als hätten sie Mühe, die Last ihrer duftlosen Blüten zu tragen. Und ganz besonders erinnere ich mich daran, wie die Veilchen jede Gartenmauer und jeden Blumenkasten überwuchert, die ganze Stadt mit einem Schwall purpurner Blumen überflutet und die Luft mit ihrem pudrig süßen Duft erfüllt hatten.

Mein Freund Luke Duchamp hat in den Jahren, die seitdem verstrichen sind, oft davon gesprochen, wie außergewöhnlich schön die Welt ihm an jenem Nachmittag vorgekommen war. Er meinte natürlich die Blumen. Aber in seiner Schilderung jenes strahlenden Sommertags lauerte doch immer auch der Anflug einer gereizten Spannung, ein Gefühl, als gäbe es noch unbeantwortete Fragen.

Erst vor wenigen Tagen hat er die Geschehnisse von damals wieder erwähnt, und dabei hatte ich erneut das Gefühl, als würde sich die Wahrheit wie eine dunkle Gestalt auf mich zu bewegen, grimmig, drohend und entschlossen, mir weh zu tun. Wir waren gerade von einem der vielen Begräbnisse zurückgekommen, die dem Kleinstadtleben etwas Abwechslung verleihen, einem Begräbnis allerdings, das ein wenig bedeutsamer gewesen war als die meisten bisher, denn es war Kellis Mutter, die gestorben war. Wir hatten gemeinsam daran teilgenommen und waren anschließend in mein Haus zurückgekehrt, um ein Glas Tee zu trinken. So saßen wird auf der Veranda, während die Sonne langsam der Bergkette in der Ferne entgegensank.

Luke nahm einen Schluck aus dem Glas und ließ dann die Hand, die es hielt, langsam in seinen Schoß sinken. Sein Blick war nachdenklich, zugleich aber auch aufgewühlt von der Erinnerung an das, was er vor so langer Zeit gesehen hatte. »Die Vorstellung, daß jemand so etwas tun kann, fällt mir immer noch schwer«, sagte er.

Damit sprach er natürlich das an, was mit Kelli Troy geschehen war, und so antwortete ich darauf, wie ich es immer zu tun pflegte: »Ja, allerdings, mir auch.«

Seine Augen fixierten die hohe Mauer der Berge in der Ferne, als ob sie sich daran festhalten wollten, und sein Gesicht nahm jenen seltsam starren Ausdruck an, den es immer trägt, wenn er darüber nachdenkt. »Schwer zu glauben«, fügte er nach einer Weile hinzu.

Ich nickte stumm, weil ich nicht wußte, was ich hätte hinzufügen können, und weil ich trotz der vielen Jahre nicht imstande war, ihm die Last seines Zweifels zu erleichtern. Es war mir unmöglich, ihm jene Wahrheit anzubieten, von der es heißt, daß sie einen frei macht.

»Schrecklich, wenn ein Halbwüchsiger so etwas mit ansehen muß«, fügte er leise hinzu.

Vor meinem inneren Auge sah ich Kellis Leiche, so wie Luke sie gesehen hatte: Sie lag mit dem Gesicht nach unten auf dem Waldboden, das lange, lockige Haar ausgebreitet und ein Arm ausgestreckt, als wollte er nach der Hügelkuppe greifen. Ich konnte noch ganz deutlich den Hall von Mr. Baileys Stimme hören, als er den Geschworenen das letzte Foto gezeigt hatte. *Das ist es, was man ihr angetan hat.*

Und indem ich daran zurückdachte, mußte ich Luke recht geben. Die Vorstellung fiel schwer, daß so etwas hatte geschehen können, daß sie so hatte enden müssen, in einem solchen unordentlichen Zustand, das weiße Kleid schmutzig, das Haar zerzaust und voll Schmutz, den rechten Arm ausgestreckt mit der Handfläche nach unten und die Finger verkrümmt, als versuchte sie sich verzweifelt in den Hang zu krallen.

»Ich kann mir immer noch nicht erklären, aus welchem Grund das geschehen ist«, sagte Luke leise, aber nicht so leise, daß man es als Selbstgespräch hätte abtun können. Sein Blick schoß zu mir herüber. »Kannst du das, Ben?«

Seine Augen starrten mich unverwandt an, und ich wußte, daß ich ihm schnell eine Antwort geben mußte, um all die anderen Fragen abzulenken, die ihn über die Jahre hinweg nicht losgelassen und seinen Blick aufs Leben verschattet hatten.

»Haß«, sagte ich nur. »Aus Haß.«

Das war die Antwort, die auch Mr. Bailey vor so vielen Jahren gegeben hatte. Ich konnte mich ohne Mühe daran erinnern, wie er den Geschworenen das Foto hingehalten hatte. Seine Worte, erregt und leidenschaftlich und erfüllt von rechtschaffenem Zorn, hatten sie wie eine Woge überspült. *Das ist es, was man ihr angetan hat. Nur Haß ist zu so etwas fähig.*

Luke fuhr fort, mich anzusehen. »Vielleicht«, sagte er. »Aber weißt du, Ben, ganz habe ich diese Erklärung, die allgemein verbreitet worden ist, nie glauben können.«

»Warum nicht?«

»Weil da gar nicht so viel Haß war«, sagte Luke. »Selbst hier nicht. Selbst damals nicht.«

Hier. Damals. Choctaw, Alabama. Mai 1962.

Immer dann, wenn ich das Gefühl habe, die Nacht komme auf mich zu wie etwas, das mich in die Enge getrieben hat und jetzt den tödlichen Schlag führen will, rufe ich mir jene verschwundene Zeit und jenen verschwundenen Ort ins Gedächtnis. In der Erinnerung erscheint mir alles freundlicher als die Zeit, die darauf folgte, aber ich weiß, daß dies nicht der Wahrheit entspricht. Das war damals eine enge, abgeschlossene Kleinstadtwelt, wo über uns nichts außer den Bergen und den Kirchturmspitzen thronte und es keine gewaltigeren Entfernungen gab als jene, die uns von der nächsten Stadt trennten. Die meisten der 7000 Menschen, die in Choctaw lebten, waren entweder im örtlichen Krankenhaus oder in einem der Farmhäuser geboren worden, die sich zu Hunderten beiderseits der Stadt durch das ganze Tal erstreckten. Es war eine bodenständige, protestantische Welt ganz ohne Katholiken oder Juden, eine weiße Welt, trotz der schwarzen Bevölkerung, die nur einen kleinen Teil ausmachte. Die Farbigen wohnten wie in einer unbestimmten Unterwelt auf der anderen Seite der Stadt. Insbesondere war es eine Welt, in der wir nur zu Leuten Vertrauen hatten, die genau wie wir waren. Und so kommt es, daß ich Kelli, wenn ich sie durch das grüne Gestrüpp stürzen sehe, nicht als das wahrnehme, was sie an jenem Tag war: ein junges Mädchen, das in seiner Verzweiflung vor der plötzlichen Gewalttätigkeit einer Person flüchtet. Ich sehe sie vielmehr als eine Fremde, die ein riesiger, heulender Mob zu Unrecht angeklagt hat und nun verfolgt.

Vielleicht jedoch ist das nur das Bild, das ich sehen will, ein einzelnes Opfer, aber eine ganze Welt voller Schuld.

Luke stellte das Glas auf den kleinen Holztisch neben seinem Stuhl, zog seine alte Bruyère-Pfeife aus der Hemdtasche und stopfte sie mit Tabak. »Erinnerst du dich daran, wie wir sie das erste Mal sahen, Ben?« fragte er.

»Ja«, antwortete ich. Ich wußte, daß er an den Tag damals im Park dachte, als er Kelli zum ersten Mal gesehen hatte. Aber ich hatte sie schon viel früher bemerkt, ein kleines Mädchen, das mit seiner Mutter in den Lebensmittelladen meines Vaters kam.

»Ich bin Miss Troy« waren die ersten Worte, die Kellis Mutter zu Dad sagte. Sie war eine große, schlanke Frau mit blasser Haut und hellbraunem Haar und wirkte immer irgendwie abwesend und nervös, als suche sie ständig irgend etwas. An dem Tag klatschte sie beim Reden ihre glänzende, schwarze Handtasche auf die Theke, und da lag sie dann wie ein toter Vogel zwischen ihr und meinem Vater. An der Decke drehte sich träge ein alter Ventilator in der sommerlichen Hitze, und ich erinnere mich ganz deutlich, wie der leichte Lufthauch ihr das Haar ein wenig zerzauste.

»Ich bin Miss Troy«, sagte sie und betonte dabei das »Miss«, ohne es näher zu erklären. Dann fügte sie hinzu: »Und das ist meine Tochter Kelli.«

Das war im Sommer 1952, lange bevor sich im Süden wirklich viel verändert hatte. Eine Frau mit einer kleinen Tochter und ohne Ehemann war in einer Kleinstadt wie der unseren durchaus ein ungewöhnlicher Anblick. Es war eine Stadt, wo über dem Rasen vor dem Gerichtsgebäude immer noch die Kriegsflagge der Konföderierten flatterte und wo jene alte Lebensweise, die sie verkörperte, regierte. Diese Welt mit ihrem strikten Moral- und Sittenkodex und der persönlichen Zurückhaltung und Schweigsamkeit gehörte ihrem Wesen nach noch ganz dem viktorianischen Zeitalter an. Miss Troy hatte offensichtlich mit jener Welt gebrochen, nicht nur, weil sie ein Kind zur Welt gebracht hatte, ohne einen Ehemann zu haben, sondern auch, indem sie es so ungeschminkt verkündete.

»Erfreut, Ihre Bekanntschaft zu machen, Ma'am«, war die einzige Reaktion meines Vaters darauf. Dann lächelte er jenes ruhige, wissende Lächeln, das er an sich hatte, jenes Lächeln, das das Leben so akzeptierte, wie es war, und nicht etwa als etwas, das ein gegebenes Versprechen gebrochen hatte. »Und was kann ich für Sie tun, Miss Troy?« fügte er hinzu.

»Ich würde gerne ein paar Dinge kaufen«, antwortete Miss Troy. »Und ich würde das gerne auf meine Mutter anschreiben lassen.« Sie sagte das mit einer gewissen Schärfe in der Stimme, und ihre Augen fixierten meinen Vater dabei, als erwartete sie, daß er ablehnte. »Meiner Mutter geht es nicht gut, und ich bin deshalb hier heruntergekommen, um mich eine Weile um sie zu kümmern.«

Mein Vater nickte und blickte dann auf Kelli herab. »Ein ausgesprochen hübsches Mädchen haben Sie da«, meinte er sanft. »Wie alt ist denn die Kleine?«

»Sechs«, antwortete Miss Troy ganz gelassen.

Mein Vater deutete auf mich. »Das ist mein Sohn. Ben heißt er. Er ist genauso alt wie Ihr kleines Mädchen.«

»Meine Mutter ist Selma Troy«, sagte Miss Troy knapp und deutlich. »Sie sagt, Sie kennen sie.«

»Ja, Ma'am, das stimmt.«

»Muß ich mich irgendwie ausweisen, damit Sie auf sie anschreiben?«

Die Frage schien meinen Vater zu überraschen. »Ausweisen? Wozu?«

»Damit Sie wissen, daß ich wirklich ihre Tochter bin.«

Mein Vater musterte sie mit einem eigentümlichen Blick,

voll Verwunderung über eine derart kalte Förmlichkeit. »Nein, Ma'am, ich brauche keinen Ausweis.«

Miss Troy sah ihn zweifelnd an. »Dann kann ich jetzt meine Einkäufe machen? Sie müssen gar nichts überprüfen?«

Mein Vater schüttelte den Kopf. »Ich bin sicher, daß Sie diejenige sind, für die Sie sich ausgeben, Miss Troy.«

»Nun, dann danke ich Ihnen vielmals«, sagte Miss Troy, immer noch ein wenig kühl, aber doch schon mit ein wenig Wärme in der Stimme durch das Vertrauen meines Vaters. Dann machte sie sich an ihre Einkäufe. Während sie in einem der Gänge zwischen den Regalen verschwand, zerrte sie Kelli hinter sich her.

Ich beobachtete die beiden von dem vorderen Teil des Ladens aus und schaute zu, wie sie sich zwischen den Konserven und den Stapeln mit Schreibwaren bewegten. Von Zeit zu Zeit blickte Kelli sich nach mir um, wobei ihre schwarzen Locken das Gesicht zur Hälfte vor mir versteckten. Sie hatte einen dunkleren Teint als ihre Mutter und fast schwarze Augen. Das Mädchen trug ein weißes Kleid mit kleinen grünen Strichen darauf, so daß ich zuerst dachte, es hätte sich vielleicht im frischgemähten Gras gewälzt. Aber ganz besonders fiel mir auf, wie sie mich die ganze Zeit über beinahe herausfordernd ansah, als erwarte sie, daß ich irgend etwas von ihr verlangen würde, und als sei sie bereits im vorhinein fest entschlossen, es abzulehnen.

»Hallo«, sagte ich, als sie an mir vorbeigingen.

Sie gab keine Antwort, sondern fuhr nur fort, mich scharf zu beobachten; ihre Augen schienen mich zu taxieren, und ich spürte schon damals ihre wache Intelligenz.

Ein paar Minuten später verließen sie den Laden wieder,

wobei Miss Troy ihre Einkäufe in der einen Hand trug und mit der anderen Kelli hinter sich herzog. Sie traten hastig durch die alte Gittertür ins Freie und ließen sie mit einem lauten Knall ins Schloß fallen.

Mit der ziellosen Neugierde eines kleinen Jungen folgte ich ihnen und stand dann auf der hölzernen Veranda, die Hände tief in den Taschen meines ausgeblichenen blauen Overalls vergraben, und sah ihnen nach.

Sie stiegen in einen verstaubten roten Pickup-Truck mit schwarzen Reifen und einem verrosteten Kühlergitter ein; ein uraltes Modell, das man kaum mehr zu sehen bekam. Die Scheinwerfer, die auf den vorderen Kotflügeln montiert waren, wirkten wie Froschaugen. Kelli saß natürlich auf der Beifahrerseite und hatte das Fenster heruntergekurbelt, so daß ich ihren schlanken Arm außen an der Tür herunterbaumeln sehen konnte. Als der Wagen sich in Bewegung setzte, wandte sie sich zu mir um, und ihr Gesicht wirkte immer noch seltsam konzentriert und ernst und ohne die Spur eines Lächelns.

Das Fehlen jenes Lächelns ist es, das mich heute am stärksten verfolgt, und jedesmal, wenn ich mich an ihren Ausdruck erinnere, dann erinnere ich mich auch daran, wie ernst sie mir schon in so früher Jugend vorgekommen war, wie mißtrauisch und zurückhaltend. Jahre später dann mußte im Augenblick ihrer Zerstörung all das Vertrauen und das Zugehörigkeitsgefühl, das sich im vorangegangenen Jahr in ihr entwickelt hatte, vor ihren Augen förmlich explodiert sein.

Im nächsten Moment war sie verschwunden.

Ich blieb auf der Veranda, die Hände immer noch in den Taschen, und spielte mit einer der vielen Murmeln, die ich im Lauf der Jahre gesammelt hatte. Ich ließ sie wie gewöhnlich aneinanderklicken. In der Zeit benutzte ich sie dazu – wie mir erst heute klar ist –, um Langeweile, Einsamkeit und Angst zu verdrängen. Nachts verdrängte ich mit ihrem Klicken die Dunkelheit. Und wenn ich alleine im Garten hinter dem Haus saß, dann klickte ich mir imaginäre Freunde herbei. Wahrscheinlich glaubte ich damals, an jenem Nachmittag auf der Veranda vor dem Laden, ich könnte Kelli Troy mit einem einzigen unschuldigen und irgendwie phantastischen Klicken zu mir zurückholen.

Solche Wunder gibt es natürlich nicht. Nur die Erinnerung gibt es, das ewige Wunder des Lebens. Und deshalb kann auch, obwohl über 30 Jahre verstrichen sind, die kleinste Kleinigkeit sie mir zurückbringen. Manchmal sehe ich beispielsweise zu meinem Bürofenster hinaus und fixiere den grauen oberen Rand des Breakheart Hill. Ich denke daran, wie oft ich doch den Wunsch verspürt hatte, sie auf jenen Hügel zu bringen und mich dort zu ihr zu legen. Ich hatte in der Zeit, in der wir miteinander zu tun hatten, häufig davon geträumt, und es war stets derselbe Traum, zart, ja zärtlich, aber unverkennbar, und so sinnlich. Ich begab mich in diesem Traum mit ihr auf den Gipfel des Breakheart Hill und legte sie dort oben auf eine dunkelrote Decke. Musik schwoll zu einem erregenden Höhepunkt an, und in jener leidenschaftlichen Umarmung, die ich in zahllosen Filmen gesehen, in jener Berührung, die ich nie gefühlt und doch so oft in meiner Phantasie erlebt hatte, fanden wir zusammen.

Aber nichts dergleichen geschah je auf dem Breakheart Hill. Dafür geschah etwas anderes. Etwas, das beständig in meinem Bewußtsein schwebt und sich von dieser Ecke oder jener in meinen Verstand einschleicht, mich aber stets mit schrecklicher Eindringlichkeit in die Vergangenheit zurückversetzt, als wäre das alles gestern geschehen und als wäre ich immer noch vom Schock halb betäubt.

Manchmal fängt es damit an, daß Sheriff Stone vor mir steht und seine Augen langsam über die nackten Betonwände des kleinen Büros wandern, wo ich an der Schülerzeitung arbeite. Dann wieder fängt es damit an, daß mein Vater von einer Bergstraße aus nach mir ruft und ich seine hochgewachsene Gestalt von dichtem grauem Regen eingehüllt sehe. Es hat auch schon damit angefangen, daß ich in ein mit Möbeln vollgepacktes muffiges Zimmer gedrängt werde und aus dem Hintergrund die Stimme einer alten Frau dringt, uralt, rauh wie ein Reibeisen und unsagbar ironisch bei dem, was sie zu mir sagt. *Vielen Dank, Ben, ich danke dir, daß du das getan hast.*

Und dann wieder erscheint es in einem Traum von jenem letzten Tag. Es ist Nachmittag, und eine leichte Brise läßt das Gras im Garten vor meinem Haus rascheln. Auf der anderen Straßenseite bläst der Sohn meines Nachbarn Pusteblumen in die flirrende Luft, und plötzlich sehe ich vor meinem inneren Augen, wie Lukes alter Pickup oben am Berg, am Breakheart Hill, anhält. Er nimmt seine blaue Baseballkappe ab und wischt sich über die Stirn. »Willst du's wirklich?« fragt er. Und sie sagt: »Mach dir keine Gedanken, Luke.« Dann lächelt sie ihm zu und steigt aus dem Lastwagen. Er zögert einen Augenblick, will sie offenbar nicht alleine lassen. »Geh nur, Luke«, fordert sie ihn auf. Er nickt, legt ruckartig den Gang ein und fährt an, und dann poltert der alte Pickup den Hügel hinunter auf die Ortschaft zu, und ein blauer Rauchschwaden strömt aus dem verrosteten Auspuff. Sie blickt ihm nach, hebt winkend die Hand, und ihr nackter Arm bewegt sich wie ein braunes Schilfrohr vor der grünen Wand des Berges hin und her. Sie lächelt schwach, als wolle sie ihm versichern, daß ihr kein Leid geschehen kann. Dann wendet sie sich ab und macht sich auf den Weg, den Hügel hinunter. Schließlich verschwindet sie zwischen dem Geflecht aus Bäumen.

Manchmal endet der Traum an diesem Punkt, und ich sehe nur noch das schwache Lächeln, das an ihren Lippen haftet. Aber manchmal geht er unaufhaltsam weiter, Schritt für Schritt bis zu dem Punkt, wo ich ihren Körper sehe, wie er durch das dichte Waldgestrüpp in die Tiefe rollt, wie die Äste an ihren Beinen zerren und die niedrighängenden Zweige unbarmherzig in ihr Gesicht schlagen. Sie springt wieder auf, rennt verzweifelt, benommen und von Angst erfüllt, leicht nach vorne gebeugt und müht sich den steilen Hang wieder hinauf. Hie und da stolpert sie, und ihre Finger krallen sich in den felsigen Boden, bis sie sich wieder aufrichtet und weitereilt, den Hügel hinauf, auf den Punkt zu, wo das Terrain neben der Straße etwas ebener wird und wo, wie sie hofft, Luke durch irgendein Wunder vielleicht wartet, um sie abzuholen. Sie ist fast an der Stelle angelangt, als sie erschöpft hinfällt und sich nicht mehr bewegen kann. In den letzten Augenblicken sehe ich ihr Gesicht, das sich hart gegen den Boden preßt, und ihr zerzaustes Haar, in dem sich Blätter verfangen haben. Ich sehe den Schatten, der über sie fällt, sehe zu, wie ihr Gesicht sich auf eine surreale Weise verzerrt und sich ganz langsam kreisend in einen unmöglichen Winkel verschiebt. In diesem Augenblick wendet ihr Blick sich mir zu. Ihre Augen sind erfüllt von dunklem Staunen und starren mich fragend an, bis das Licht in ihnen plötzlich erlischt.

Und ich wache auf. Ich erkenne mein Haus, die Frau,

die vertrauensvoll neben mir schläft, das Bild der Tochter, das ein paar Fuß von meinem Bett entfernt an der Wand hängt. In der Dunkelheit blicke ich stumm um mich, und meine Augen nehmen den Raum auf. Alles erscheint fest geordnet, berechenbar, der Nachttisch steht am richtigen Ort, der Spiegel ist da, wo er immer gewesen ist. Vor dem Fenster ist die Straße gut beleuchtet, gerade und sicher. Alles, was außerhalb von mir liegt, die ganze äußere Welt, scheint rein und klar im Vergleich zu dem aufgewühlten Unrat in mir. Mein Haus, meine Familie und Freunde, die kleine Ortschaft im Tal, in der ich mein ganzes Leben verbracht habe – ich kann mich inmitten all dieser Dinge so ungehindert bewegen, wie ein Fisch auf dem Grunde eines kristallklaren Baches unbekümmert dahinschwimmt. Nur in mir wird das Wasser düster, verdickt sich und wird immer fauliger, jedesmal wenn ich jenen vergangenen Sommertag neu durchlebe.

Und ich durchlebe ihn, wobei immer, wenn jene Bilder sich wieder einstellen, meine Stimmung sich verdüstert. Das verwirrt diejenigen, die all die vielen Jahre mit mir gelebt haben, ganz besonders meine Frau. Sie fühlt es, wie ich mich weit von ihr entferne und mich mit Mauern umgebe, fühlt, daß es da etwas gibt, das man nicht in Worte fassen kann und das mich mit festem Griff gefangenhält. Seltsamerweise scheint sie gerade in diesen Augenblicken eine besondere Anziehungskraft auf mich auszuüben, gerade als ob diese Schwere im Herzen etwas Romantisches wäre und sie vielleicht mehr als Jugend oder Schönheit die Macht besäße, Liebe neu zu entfachen. Und in jenen Augenblicken, wenn meine Frau nackt an meiner Seite liegt, kehrt Kelli Troy zu mir zurück, vielleicht deutlicher als sonst – nicht als eine Leiche inmitten grüner Schlingpflanzen, sondern so wie sie war, als sie noch lebte. Jung und geschmeidig, erfüllt von all den Hoffnungen, die sie adelten und in Wallung brachten. Und ich sehe sie am Berg, eingehüllt in Grün, wie eine zarte, weiße Vase auf der Kuppe des Breakheart Hill balancierend.

Ich glaube, daß Luke sie die meiste Zeit auch in dieser Haltung sieht. Vermutlich läßt eine solche Vision unvermeidbar eine der vielen Fragen aus ihm herausbrechen, die all die Jahre in ihm geschlummert haben und die er von Zeit zu Zeit, wenn wir miteinander alleine sind, plötzlich ausspricht, wobei seine Augen mich jedesmal genau betrachten. *Was hat Kelli an jenem Tag auf dem Breakheart Hill gemacht? Was hat sie alleine mitten im Wald gesucht?*

2

Aber als wir an jenem Nachmittag zusammen auf der Veranda saßen, hatte Luke eine andere Frage, eine, die mir viel bedrohlicher erschien.

»Hast du eigentlich Amy einmal erzählt, was damals am Breakheart Hill geschehen ist?« fragte er.

Er meinte meine Tochter, die jetzt genauso alt ist, wie Kelli im Mai 1962 war. Sie saß nur ein kleines Stück von uns entfernt in einem Liegestuhl im Schatten der großen Eiche, die über meinem Garten aufragt, und las.

Ich schüttelte den Kopf. »Nein«, sagte ich.

Das schien Luke zu überraschen. »Warum nicht?« wollte er wissen.

Ich konnte ihm nicht die Wahrheit sagen, weil das, was auch immer ich meiner Tochter erzählen würde, eine Lüge sein müßte. In Wirklichkeit nämlich war es Luke selbst, der den größten Anspruch auf die Wahrheit hatte. Denn er hatte mich mit seinem beständigen Bohren nie zur Ruhe kommen lassen, hatte damit unaufhörlich an dem dünnen Faden gezupft, der unser Leben verband. Auf diese Weise hatte er ihn Jahr für Jahr ein wenig mehr entwirrt und damit auch das Gespenst einer langen Täuschung immer weiter aufgelöst.

»Es ist nie die Rede darauf gekommen«, antwortete ich auf seine Frage nach dem Warum und wandte mich dann schnell einem anderen Thema zu, einem, von dem ich wußte, daß es Luke interessieren würde. »Du kennst doch Louise Baxter?«

Luke nickte.

»Sie hat mich letzte Woche mit ihrem kleinen Jungen besucht«, erzählte ich ihm. »Er war gerade von einer Reise nach Venezuela zurückgekommen.« Und dann schilderte ich ihm, was für eine schreckliche Schwellung am rechten Schenkel des Jungen gewesen war, mit einem großen Abszeß, der gelb verfärbt gewesen war und über dem die Haut sich gespannt hatte.

»Es sah gefährlich infiziert aus, und ich wußte, daß man etwas unternehmen mußte«, fuhr ich fort. »Also habe ich ihn lokal betäubt und dann den Abszeß aufgeschnitten.«

Luke schaute mich an und wartete darauf, daß ich zur Sache kam.

»Im Inneren war der Abszeß natürlich rot, stark entzündet, aber in der Mitte war ein kleiner grüner Klecks, der wegsprang.«

Plötzlich wirkte Luke interessiert.

»Also habe ich eine Pinzette genommen und es herausgezogen.« Ich sah Luke mit erstaunter Miene an. »Es war ein Wurm.«

»Ein Wurm?« fragte Luke.

»Ja«, sagte ich. »Ich habe in einem Buch nachgesehen. Und dort fand ich, daß es sich bei diesem ganz speziellen Wurm um einen in Südamerika weit verbreiteten Parasiten handelt.«

Er hatte sich wild zwischen den beiden Backen meiner Pinzette gewunden, und während ich so zugesehen hatte, wie das kleine grüne Geschöpf sich bösartig hin- und herwand, schien von ihm plötzlich eine schreckliche Bedrohung auszugehen. Es war, als hätte ich in diesem winzigen Wurm mitten im Kern des Lebens einen Blick auf die fleischgewordene Boshaftigkeit geworfen.

»Und da habe ich mir gesagt: ›Da ist es. Da ist das Böse.‹«

Luke überlegte einen Augenblick und tat meinen Gedanken dann wie eine Belanglosigkeit ab. »Nein, das war bloß ein Wurm, der eben das getan hat, was Würmer tun«, sagte er. Seine Augen wanderten wieder zum Berg. Ich wußte, daß ich es nicht geschafft hatte, ihn von jenem längst vergangenen Sommertag abzulenken. »Ich hätte sie nie alleine in den Wald gehen lassen dürfen«, sagte er.

»Das wollte sie aber«, entgegnete ich. »Du mußtest sie lassen.«

»Irgend etwas hat sie geplagt. Das spürte ich.«

»Sie war gereizt.«

»Nein. Ich meine, da war etwas, was sie beschäftigt hat. Ich denke, deshalb wollte ich sie ja auch nicht alleine lassen. Ich meine, so wie sie ausgesehen hat, irgendwie gequält.«

Ich holte tief Luft, sagte aber nichts. Luke hatte mir diese Schilderung schon so oft geliefert und hatte jedesmal jede winzige Einzelheit auf genau die gleiche Art wiedergegeben. Er war wie ein Detektiv, der immer wieder an den Tatort zurückkehrt, als könnte er, wenn er nur noch ein einziges Mal nachsieht, doch den Schlüssel zu dem finden, was dort geschehen ist.

»Ich glaube, deshalb wollte ich auf sie warten. Aber sie hat nein gesagt. Also habe ich sie gefragt, ob ich sie ein wenig später abholen solle. Aber auch dazu hat sie nein gesagt.«

Ich nickte stumm.

»Sie ließ es sich nicht nehmen, Ben. Sie hat gesagt ›Nein, geh du nur nach Hause, Luke. Du brauchst mich nicht abzuholen.‹«

Aber er war trotzdem zurückgekehrt, wenn auch erst ein paar Stunden später. Zuvor hatte er Miss Troy angerufen, um sie zu fragen, ob Kelli nach Hause gekommen sei. Und so war Luke es gewesen, der sie im grünen Gestrüpp zwischen den Schlingpflanzen gefunden hatte, Luke, der sich über sie gebeugt hatte, um nach Lebenszeichen zu suchen, Luke, dessen ausgebleichte Jeans ein wenig von ihrem Blut aufgesogen hatte.

Er musterte mich jetzt eindringlich. »Der Ausdruck in ihrem Gesicht, Ben. Als ich sie fand, meine ich ...« Er schüttelte den Kopf. »Es war, als ob man ihr die Seele aus dem Leib gequetscht hätte.«

Ich wandte den Blick von ihm, sah aber nicht zum Berg hinüber. »Letzte Nacht hat es drüben in Lutton gebrannt«, erzählte ich, wiederum um das Thema zu wechseln. »Eine alte verlassene Kirche. Ich denke, ich werde einmal hinüberfahren und mir das ansehen.«

Luke lächelte. »Ganz so, wie es dein Vater immer gemacht hat, was? Er mußte auch immer hinfahren und nachsehen, wenn etwas abgebrannt oder von einem Tornado weggeblasen worden war.«

»Hast du Lust mitzukommen?«

Luke lockerte den Krawattenknoten. »Nein«, sagte er. »Ich fahre besser auf dem Nachhauseweg am Gewächshaus vorbei. Ich muß da noch ein paar Setzlinge pflanzen. Wahrscheinlich habe ich bis tief in die Nacht hinein damit zu tun.« Er stand auf und stöhnte dabei leicht. »Mein Rükken plagt mich in letzter Zeit ziemlich.« Er lächelte schief. »Man wird eben alt.«

Ich nickte und sah ihm nach, wie er den Weg zu seinem Wagen hinunterging. Als er dort angekommen war, drehte er sich zu mir um und winkte mir kurz zu. Dann stieg er ein und entfernte sich langsam auf der Straße.

Und so fuhr ich an jenem Abend allein nach Lutton, fuhr langsam die gewundene Bergstraße hinauf, über die Bergkuppe und auf das Plateau dahinter, bis ich die alte Kirche fand, die jetzt nur noch eine geschwärzte Ruine war. Ich starrte sie eine Weile an, und meine Augen wanderten träge von einem verkohlten Schutthaufen zum nächsten, bis ich es nicht mehr ertragen konnte und wieder nach Choctaw zurückfuhr.

Auf dem Nachhauseweg wandten sich meine Gedanken meinem Vater zu. Zu dem Abend, an dem er mich im Regen gefunden hatte, und dazu, wie seine Arme sich angefühlt hatten, als er sie um mich legte, und an den Trost, der von seiner Stimme ausgegangen war. *Ich weiß, wie sehr du sie geliebt hast, Ben.*

Vater war mit mir nie jagen oder fischen gegangen, so wie Lukes Vater es so oft getan hatte. Aber dafür war er von Zeit zu Zeit zu mir gekommen, mit einem Gesicht, aus dem Erregung und Vorfreude strahlten, und war herausgeplatzt: »Steig in den Pickup, Ben. Ich will dir etwas zeigen.«

Und dieses »Etwas«, das er mir zeigen wollte, war meistens irgendeine Merkwürdigkeit der Natur gewesen, die seine Aufmerksamkeit erregt hatte. Einmal brachte er mich zu einem Feld, das so aussah, als wäre es mit dickem, schwarzem Öl bedeckt, welches Blasen zog. Aber in Wirklichkeit waren es Heuschrecken gewesen, riesige schwarze Heuschrecken, Tausende, die, wie er sagte, aus Texas hereingeflogen waren und am nächsten Tag wieder verschwunden sein würden. Daneben gab es auch andere Eigentümlichkeiten, die auf ihn Anziehung ausübten: Ein Feld aus glatten weißen Steinen beispielsweise, das in Wirklichkeit ein Teich war, in dem Hunderte von Fischen plötzlich an die Oberfläche gekommen waren, den Bauch nach oben und tot. Getötet, wie mein Vater mir erklärte, von »irgendeinem Jungen«, der das Wasser mit einem tragbaren Generator unter Strom gesetzt hatte.

Ich weiß heute noch nicht, welche Wirkung derartige Szenen auf meinen Vater ausübten. Ich wußte nicht einmal genau, was ihn zu ihnen hinzog. Ich weiß nur, daß menschliche Katastrophen ihn ebenso faszinierten wie natürliche, obwohl ich nirgendwo eine Spur entdeckte, daß sie an ihm eine dauerhafte Wirkung gezeitigt hätten.

An mir schon. Bei einer zumindest bin ich mir sicher.

Es war die schlimmste Katastrophe, die Choctaw je befallen hat, und an den Samstagabenden im Park reden die Alten, die sich dort immer an »Whittlers Corner« treffen, weiterhin davon.

Eines Abends, es war Mitte Juli 1954, machte sich eine

zwölfköpfige Familie in zwei schmalen Booten von einer kleinen bewaldeten Insel mitten im Tennessee-River auf zu einer Fahrt über den Fluß. Es war eine dunkle Nacht, und die Boote hatten keine Laternen, um ihre Position zu markieren. Unterwegs verloren sie einander irgendwo in der Dunkelheit aus den Augen und stießen schließlich ziemlich genau in der Mitte des Flusses zwischen der Insel und dem weiter entfernt liegenden Ufer zusammen. In dem schrecklichen Durcheinander, das sich darauf einstellte, ertranken alle mit Ausnahme des Mannes – elf Leute: eine Frau, eine Großmutter und neun Kinder im Alter von sieben Monaten bis sechzehn Jahren.

Zwei Tage nach dem Unglück hörte ich, wie der Pickup meines Vaters in die Einfahrt rollte, und dann hallte von draußen seine Stimme zu mir herein: »Komm, steig ein, Ben, ich will dir etwas zeigen.«

Das tat ich, und wir fuhren im zügigen Tempo auf der gewundenen Straße den Berg hinauf, bis wir das weite Plateau oben erreichten, das als Ackerland genutzt wurde. Beiderseits der Straße konnte ich im hohen trockenen Gras Blechsilos vor sich hinrosten sehen und Meilen von Stacheldraht, die wie dünne braune Narben über von Unkraut überwucherte, brachliegende Felder führten.

Es war Nachmittag, als wir das Ziel erreichten, das mein Vater sich vorgenommen hatte: eine kleine Halle, die ihrem Aussehen nach früher einmal als Scheune gedient haben mußte. Ein paar Pickup-Trucks und alte Autos standen rings um den Bau. Sie waren staubig und verbeult, und ich wußte, daß ihre Besitzer die ärmlichen Farmer waren, die sich abmühten, dem kargen Land, das wir gerade durchquert hatten, ihren Lebensunterhalt abzuringen.

Drei oder vier Männer, alle mit Overalls bekleidet, lungerten im Eingangsbereich herum und nickten uns zu, als wir an ihnen vorbeigingen.

Drinnen befanden sich noch ein paar andere Leute, aber die Lebenden waren es gar nicht, die meine Aufmerksamkeit erregten, es waren die Toten. Ich hatte nie so viele an einem Ort gesehen. Sie schienen den ganzen Raum zu füllen und Licht und Luft aus ihm abzuziehen. Sie waren entlang der Wände aufgereiht, elf Särge, vom winzigsten, in dem die Leiche des sieben Monate alten Babys lag, bis zum größten, der die ertrunkene Großmutter der Familie barg. Alle waren offen, und ich konnte vom Eingang aus elf Gesichter sehen, die der staubigen Decke zugewandt waren, die Augen geschlossen, die Lippen aufgedunsen und seltsam purpurfarben, die Haut von einem kalkigen Weiß.

Mein Vater führte mich an den Särgen vorbei, an einem nach dem anderen, blieb vor jedem kurz stehen und blickte hinunter. Das Baby sah von allen am natürlichsten aus. Seine kleine Leiche lag tief in dem Nest aus aufgebauschter weißer Seide, mit der der Sarg ausgekleidet war. Wir kamen an einem dreijährigen Mädchen vorbei, dann an einem vierjährigen Jungen und durch alle Altersstufen, bis wir das älteste Opfer der Familie erreichten, die Großmutter, der man das graue Haar hinter dem Kopf zusammengebunden und die Wangen mit Rouge geschminkt hatte. Eine billige Lesebrille balancierte albern auf ihrer Nase.

Als es vorbei war, wartete ich darauf, daß mein Vater etwas sagte, aber er blieb stumm und ging statt dessen zu der Gruppe von Männern, in deren Mitte der überlebende Familienvater stand. Es war ein kleiner, stämmiger Mann, der benommen wirkte, weniger vom unglaublichen Ausmaß dessen, was mit seiner Familie passiert war, als von der plötzlichen Aufmerksamkeit, die die Tragödie mit sich gebracht hatte.

»Ich bin Arthur Loomis«, sagte er und streckte meinem Vater die Hand hin. »Ich bin Ihnen sehr verbunden, daß Sie gekommen sind.«

Mein Vater nahm Loomis' Hand. »Nun, es ist eine schreckliche Sache«, sagte er leise, »aber wissen Sie, dafür werden die Kleinen eine ganze Menge nie erfahren und erdulden müssen.«

Mr. Loomis nickte und ließ dann die Hand meines Vaters los. Die Worte zogen ohne Wirkung über ihn hinweg und lösten sich in der grauen Luft auf.

Aber in mir verweilten die Worte meines Vaters und versetzten mir einen Schock. Was war es, fragte ich mich, was diese »Kleinen« nie zu erfahren brauchten? Was wußte mein Vater vom Leben, das so schrecklich war, daß man den plötzlichen Tod im Vergleich dazu als Segen ansehen konnte?

Mein Vater plauderte eine Weile mit den Männern, und ich verließ die Halle. Eine Weile schlenderte ich ziellos zwischen den alten Pickups herum und ging schließlich um den Bau, bis ich seine Rückseite erreicht hatte.

Ich bog um die Ecke und sah ein kleines Haus. Es war nicht viel mehr als eine Hütte mit einem ziemlich verrosteten Blechdach und einer Veranda davor, die auf der rechten Seite eingesunken war. Ein junger Mann stand ein paar Meter davor. Er war groß und ziemlich dünn, und sein Haar glänzte in der Mittagssonne beinahe silbern. Ich konnte erkennen, daß er mich aufmerksam beobachtete. Er stand eine ganze Weile da und wiegte sich hin und her, als würden unsichtbare Hände ihn sanft nach rechts und links schieben. Dann lachte er schrill und bewegte sich auf mich zu, und jetzt erst konnte ich erkennen, daß von seiner Hüfte ein Stück Schnur herunterhing, das am anderen Ende an einem der Stützpfosten der Veranda befestigt war.

Ich zog mich reflexartig zurück und spürte plötzlich eine Hand auf meiner Schulter. Ich blickte erschrocken auf und sah eine große Frau in einem geblümten Kleid; ihre Haut war braun und ledern, aber ihre Augen unter ihrem hohen grünen Schutenhut schauten sehr scharf.

»Du brauchst keine Angst zu haben«, sagte sie und deutete auf den jungen Mann. »Das ist bloß Lamar.« Sie lächelte und strich mir übers Haar. »Hab keine Angst«, wiederholte sie, »er ist bloß Jesus in Verkleidung.«

An diesen Satz mußte ich denken, als ich in jener Nacht, so viele Jahre später, die Bergstraße hinunter nach Choctaw fuhr. Die brennende Ruine der alten Kirche lag Meilen hinter mir. Mein Vater war schon lange tot, doch ich konnte spüren, wie meine Erinnerung an den »Ausflug« in mir immer heißer wurde, wie eine große Feuerstelle, und nach ein paar Augenblicken hielt ich am Straßenrand an und versuchte Klarheit in meine Gedanken zu bekommen. Von meinem Standort aus konnte ich ganz Choctaw unter mir sehen, ein glitzerndes Band, das zwischen zwei dunkle Berge gespannt war. In diesem Augenblick schien es so zu sein, wie Kelli es einmal beschrieben hatte: Die ganze Welt mit allem, was man vom Leben wissen konnte, war in diesem winzigen Raum eingeschlossen. Wieder hörte ich die alte Frau sagen: »Er ist bloß Jesus in Verkleidung«, und dort oben wurde mir bewußt, daß dieser Satz sich im Laufe der Jahre immer wieder bei mir eingestellt hatte. Ich hatte ihn gehört, als der kleine Raymond Jeffries das erste Mal in meiner Praxis erschienen war, die Arme und Beine voll blauer Flecken, und dann später wieder, als ich Rosie Cameron von der Bahre gehoben und ihre zerschmetterten Knochen unter ihrer Haut gespürt hatte wie winzige Kreidestücke und mir in dem Augenblick bewußt geworden war, daß sie tot war. Ich hatte ihn gehört, als ich durch den langen Korridor spähte, und Mary Diehl stumm in ihrem weißen Zimmer sitzen sah. »Er ist wie Jesus in Verkleidung«, wiederholte ich in Gedanken und sprach mich damit von all dem los, was man ihnen angetan hatte. Aber am häufigsten hatte ich den Satz in jenen Sommernächten gehört, wenn ich auf die Veranda hinausgegangen war, mich auf die Schaukel gesetzt, die Augen geschlossen und das Gesicht von Kelli Troy gesehen hatte. Und plötzlich wurde mir bewußt, daß dieser Satz wie eine Beschwörung, wie eine Zauberformel gewirkt hatte, ein Zauberspruch, den ich nicht dazu benutzt hatte, um eine Tür zu öffnen und damit all das freizulassen, das dahinter eingeschlossen war, sondern vielmehr, um eine Tür fest verschlossen zu halten.

Und in dem Augenblick, der mir jene Erkenntnis brachte, verspürte ich, wie etwas in mir zerriß, jener zerbrechliche Draht, der mein Leben über 30 Jahre lang zusammengehalten hatte. Tränen stiegen mir in die Augen, also wischte ich mir mit dem Taschentuch darüber, startete den Wagen wieder und fuhr die Bergstraße hinunter nach Hause. Auf dem Weg dachte ich über mein Leben nach, darüber, wie ich über die Jahre in die edle Rolle des Dorfarztes und öffentlichen Wohltäters geschlüpft war. Aber jetzt wußte ich, daß sich immer, wenn ich mir erlaubt hatte, auf so ehrfürchtige Art über mein eigenes Wesen nachzudenken, in mir eine beunruhigende kleine Stimme Gehör verschafft hatte. Sie war wie die Stimme, die in den Ohren der siegreich heimkehrenden römischen Eroberer flüsternd daran erinnert hatte, daß auch Rom vergänglich war. In mir war es die Stimme von Luke gewesen, und sie hatte mir eine andere Botschaft übermittelt als jene, die die Eroberer gehört hatten. Jedesmal, wenn ich mich in meiner eigenen Vorstellung gut, freundlich und weise gesehen hatte, als jemanden, der in vollem Maße Objekt der Bewunderung einer Kleinstadt war, hatte diese Stimme leise, aber eindringlich ihren finsteren Verdacht geflüstert: *Nicht du.*

3

Lukes Stimme ist es, die meinem Leben einen kontrapunktischen Rhythmus gegeben hat, und so ist es durchaus angemessen, daß er an dem Tag mit mir zusammen war, an dem Kelli Troy das zweite Mal in meinem Leben auftauchte. Es war das letzte Wochenende in den Sommerferien, bevor mein drittes Jahr auf der High School begann, und wir waren zusammen in den städtischen Park gegangen, um eine Partie Tennis zu spielen.

Heute kommt es mir seltsam vor, daß Luke und ich je Freunde wurden. Er war ein Jahr älter als ich, groß, kräftig gebaut und athletisch, während ich viel kleiner war, eher ein Büchertyp und dem Sport überhaupt nicht zugeneigt. Er war dem Wesen nach mitteilsam und aufgeschlossen, ich eher verschlossen und zurückhaltend. Vielleicht war es das am Ende, was ihn überhaupt zu mir hinzog: das Gefühl nämlich, er würde mich ein wenig öffnen können, ein Unterfangen, das bis zum heutigen Tag kein Ende genommen hat.

»Für deine Größe bist du ganz schön zäh«, waren die ersten Worte, die er zu mir sagte. Das war, nachdem ich mit Carter Dillbeck, einem großen, übellaunigen Burschen in Streit geraten war.

Ich besuchte damals im ersten Jahr die Choctaw High. Nicht sonderlich begeistert stand ich eines Tages beim Softball-Spiel an der Home Base und wartete darauf, ins Spiel zu kommen, als Carter von hinten heranstürmte kam und mir den Schläger wegriß.

»Weg da, du Knirps«, rief er und stieß mich weg, um sich seinerseits in Positur zu stellen.

Ich hatte nicht viel für Softball übrig und war auch kein besonders guter Spieler, aber mich einfach wegdrängen zu lassen, bloß weil ich klein war und mutmaßlich ein Feigling, war mehr, als ich einzustecken bereit war. Und was noch schlimmer war: mein Gegner war ein blöder Rüpel, den ich schon lange als eindeutigen Verlierertyp einer Kleinstadt eingestuft hatte.

Und so weigerte ich mich, die Home Base zu verlassen.

Das führte dazu, daß der Werfer zögerte und etwas verwirrt zu uns herüberstarrte, während Carter, den Schläger hoch über dem Kopf, geduckt dastand.

»Aus dem Weg, du Zwerg«, brüllte Carter mich an. »Bißchen fix, oder ich tret dich in den Arsch.«

Ich blieb stehen. »Das wirst du wohl müssen«, meinte ich.

Carter Dillbeck war groß und rauflustig und wütend, und die nächsten 45 Sekunden gab er sich alle Mühe, mich umzubringen. Er stieß mich um und schlug auf mich ein, bis Coach Sanders angerannt kam, ihn von mir wegriß und ins Büro des Direktors schleppte, wo er, wie ich später erfuhr, eine ziemliche Abreibung bekam.

Luke Duchamp war es, der mir die Hand hinstreckte und mir beim Aufstehen behilflich war. »Für deine Größe bist du ganz schön zäh«, sagte er.

Ich nahm die Niederlage alles andere als stilvoll hin. Zusammengekrümmt und wütend, den Mund voll Staub, rannte ich ins Schulgebäude zurück.

Zu meiner Überraschung folgte Luke mir bis an meinen Umkleideschrank. »Bei dir alles okay?« fragte er.

Ich nickte mürrisch.

Seine nächste Frage überraschte mich völlig. »Spielst du gern Tennis?«

Ich zuckte die Achseln, warf wütend mein Geologiebuch in den Spind, in dem ohnehin schon ein großes Durcheinander herrschte, und zog das Matheheft heraus, das ich für meine nächste Vorlesung brauchte. »Habe ich noch nie gespielt«, murmelte ich.

»Willst du's versuchen?«

»Weiß nicht«, antwortete ich stumpf, bemüht, gleichgültig zu wirken.

Das war natürlich Mache, denn ich wollte Lukes Angebot unter keinen Umständen ausschlagen. Ohne daß es mir wirklich bewußt war, hatte ich mir immer einen Freund wie ihn gewünscht: groß, selbstsicher und mit all den sportlichen Fähigkeiten ausgestattet, an denen es mir fehlte – eben die Art von Junge, um die selbst Carter Dillbeck einen Bogen schlagen würde. Zu der Zeit hatte ich mich mit »Freunden« umgeben, die völlig anders waren als Luke, oder besser gesagt, als das, wofür ich Luke hielt. Jungs wie Jerry Peoples, der sehnlichst jede neue Ausgabe von *Mad* erwartete und einmal Tierpräparator werden wollte, oder Bradley Sims, ein eifriger Funkamateur. In Choctaw waren Jerry und Bradley so etwas wie intellektuelle Typen, wie ich wohl wußte, aber daneben waren sie auch noch alles andere als attraktiv. Sie hatten große Ohren und ein blödes Grinsen, und insgeheim war es mir immer ein wenig peinlich, in ihrer Gesellschaft gesehen zu werden. Luke schien eine Chance zu sein, mich aus solchen Beziehungen zu lösen, aber ich wollte auch nicht übereifrig erscheinen.

Und so zierte ich mich noch einen Augenblick. »Warum ich? Ich meine, du kennst mich doch gar nicht.«

Luke trat einen halben Schritt zur Seite und lehnte sich dann an die Wand aus grünen Metallspinden. »Mir scheint, daß niemand dich kennt, Ben«, erwiderte er.

Das ging mir richtig unter die Haut. Bis zu diesem Augenblick war ich mir nämlich sicher gewesen, daß meine Klassenkameraden mich als ein geheimnisvolles Wesen betrachteten, ruhig, nach innen gekehrt, ein wenig überlegen, eben als einen Jungen, der selbstzufrieden in seiner eigenen Welt lebte und sich vielleicht sogar ein wenig über die ekelte, in der sie lebten. Aber daß man darüber auch zu dem Schluß gelangen könnte, daß ich belanglos und ohne Kontur sei, war mir nie in den Sinn gekommen, und es beunruhigte mich.

»Jedenfalls«, fügte Luke hinzu, »dachte ich mir, ich könnte dich einfach mal fragen.« Er löste sich von dem Schrank und schickte sich an wegzugehen.

»Also, na ja, ich könnt's ja mal probieren«, sagte ich schnell, ließ die Worte förmlich aus mir heraussprudeln, um ihn zurückzuholen.

Luke drehte sich zu mir um und schien jetzt selbst unsicher, als ob ich ein Geschenk abgelehnt und dann angenommen hätte, das er mir eigentlich gar nicht ein zweites Mal hatte anbieten wollen.

»Okay, dann werde ich dich irgendwann einmal anrufen«, sagte er schließlich im Weggehen ohne große Begeisterung, so daß ich annahm, nie wieder von ihm zu hören.

Aber da irrte ich mich. Er rief am nächsten Wochenende an, und wir zwei begaben uns zu dem einzigen öffentlichen Tennisplatz, den es in Choctaw gab. Im Anschluß daran unternahmen wir viel gemeinsam. Wir machten lange Fahrten über die Bergstraßen, jagten in dem Wald hinter seinem Haus, schwammen und fischten in dem nahe gelegenen Flüßchen, und an jenen stickigen Samstagabenden, wenn Luke nicht verabredet war, saßen wir häufig auf der Veranda vor meinem Haus und unterhielten uns ruhig über das, was uns die Zukunft vielleicht bringen würde.

Obwohl ich bereits daran dachte, Medizin zu studieren, hatte ich mich in dem Punkt noch nicht endgültig entschieden. Sicher wußte ich nur, daß ich von Choctaw wegwollte; ich hatte irgendwie das Gefühl, für die engen Grenzen dieser Kleinstadt zu groß zu sein. Selbst heute ist mir noch nicht genau klar, weshalb ich immer so entschlossen war, wegzugehen. Und doch hatte ich von frühester Jugend an von dem Tag geträumt, an dem ich Choctaw hinter mir lassen und in eine weitere, größere Welt aufbrechen würde, um selbst etwas Größeres zu werden als irgend etwas oder irgend jemand in meiner Umgebung.

Aber ich wußte nichts von jener größeren Welt, nach der ich hungerte. Was jene Dinge angeht, die man in der Schule lernt, so hatte ich eine gewisse Vorstellung von europäischer und amerikanischer Geschichte, auch von den Naturwissenschaften, und ich beherrschte genug Mathematik, um »Tüfteln« zu können, wie alte Leute das früher einmal nannten.

Was die Geographie anging, war ich nicht weniger beschränkt. Ich war im Osten nur bis Chattanooga, im Westen bis Mississippi, im Norden bis Nashville und im Süden bis Birmingham gekommen. Jemandem, der sich nicht selbst als Amerikaner bezeichnet hätte, war ich nie begegnet.

Doch ich wußte Bescheid über Freundschaft und über die Liebe, die man für seinen Vater empfinden kann. Weil meine Mutter gestorben war, als ich vier war, wußte ich auch ein wenig über Leid, vielleicht sogar ein bißchen über Einsamkeit. Aber über Reue wußte ich sehr wenig und überhaupt nichts über Leidenschaft. All das erwartete Kelli Troy.

*

Sie saß auf einer Holzbank in einem Flecken Sonnenlicht, mit einer weißen Bluse und einem blauen Rock bekleidet, und hatte die Beine unter sich eingezogen. Kelli war aus ihren Schuhen geschlüpft, und ihre nackten Füße ruhten leger auf der Bank. Sie las und blickte nicht auf, als Luke und ich an ihr vorbeischlenderten.

Seit jener Zeit hat mich das Bild einer jeden jungen Frau, die in dieser Haltung konzentriert mit ihrer Lektüre beschäftigt ist, immer zu jenem Augenblick zurückgeführt, bevor alles anfing. Aber nicht, um die Wirklichkeit noch einmal zu durchleben, sondern wie ich sie gerne gehabt hätte, im Wissen um all das, was ich seitdem weiß. Es ist ein Traum, in dem ich in die Vergangenheit greife und irgendeinen Umstand auslösche oder sonst eine kleine Veränderung vornehme, die den Lauf unser aller Leben für alle Zeit ändern wird, und während die Zeit sich weiterbewegt und ein Fehler sich auf den anderen türmt, wird daraus das tiefste Sehnen, das wir kennen.

In meiner ganz speziellen Vision gehe ich vergnügt zum Tennisplatz. Ich bin voll Hoffnung und Optimismus. Ich bin mir meiner sicher, und dieses Wissen macht mich gelassen, vielleicht sogar glücklich. Luke geht an meiner Seite, sein Gesicht ist offen und sorglos, in keiner Weise von all den Fragen geplagt, die ihn jetzt quälen. Er redet mit mir, ich kann sehen, wie seine Lippen sich bewegen, aber in meiner Vision ist die Welt stumm und lautlos, und so kann ich seine Stimme nicht hören. Wir gehen ein paar Schritte weiter, und meine Augen wandern unbewußt nach unten, erblicken zuerst den von Schatten umhüllten Boden, dann Lukes weiße Tennisschuhe und heben sich schließlich langsam nach oben, bis ich etwas Schreckliches erblicke, etwas, das in seiner unerwarteten Plötzlichkeit an mir zerrt, einen glänzenden roten Flecken an Lukes ansonsten makellos sauberer Jeans. Ich weiß sofort, daß es Blut ist, und in diesem Augenblick höre ich ein Rascheln von Blättern, das Geräusch auffliegender Vögel und durch das Gestrüpp huschender Tiere. Ich fühle, wie sich meine Haut spannt und mich eine glühende Hitzewelle erfaßt. Das Rascheln verstummt, und an seine Stelle treten zornige Stimmen, dann ein dumpfer Schlag; gleich darauf ein Wirbel zusammenhangloser Geräusche, das Wimmern eines kleinen Jungen, das hohle Klatschen eines Kinderkörpers, der gegen den Randstein prallt, das Pfeifen einer Axt, die einen Bogen durch die Luft beschreibt. Meine Augen weiten sich im Schrecken völligen Verstehens, und ich wirble herum und sehe Kelli an.

Sie sitzt immer noch auf der Bank und liest in sich versunken, und ihr Gesicht ist glatt und ruhig. Ich rufe sie an, sie blickt auf, und ich kann in ihren verständnislosen Augen mein eigenes erschrecktes Gesicht sehen. Fast im Flüsterton sage ich: »Lauf.« Sie sieht mich an, ist verwirrt, weiß nicht, was sie tun soll. »Lauf«, wiederhole ich diesmal eindringlicher. »Lauf. Lauf.« Ich kann hören, wie sich die Verzweiflung in meiner Stimme aufbaut, den angespannten, beinahe schrillen Alarm. »Lauf!« Sie starrt mich an, plötzlich erschreckt. Meine Stimme ist jetzt höher, schrill, heftig, und ich kann sehen, daß die Panik, die Kelli aus ihr heraushören kann, sie zugleich verblüfft und erschreckt. »Lauf!« schreie ich wieder, als versuchte ich, sie aus einem brennenden Haus zu treiben. Ihr Gesicht wird sehr ernst, und ich weiß, daß die ganze schreckliche Geschichte sich plötzlich vor ihr entfaltet hat. Einen Augenblick lang scheint sie benommen und reglos in jenem Alptraum zu schweben, dann sehe ich, wie ihre Hand sich auf ihren Mund zubewegt, sehe ihre Finger an ihren Lippen zittern. »Bitte, lauf doch«, flehe ich sie an und merke, wie meine Stimme brüchig wird. Sie nickt, legt das Buch auf die Holzbank und erhebt sich. Sie trägt dasselbe weiße Kleid, das sie auf dem Breakheart Hill tragen wird, und ich sehe eine dunkle Locke, die ihr in die Stirn fällt. Sie zögert einen Augenblick, also fordere ich sie ein letztes Mal auf, jetzt ganz leise in einem Tonfall, der absoluten Abschied ausdrückt. »Geh.«

Ihre Lippen öffnen sich und schließen sich dann wieder. Sie macht Anstalten, mir ihre Hand entgegenzustrecken, zieht sie dann aber zurück. Einen einzigen wohligen Augenblick lang sieht sie so aus, wie ich mir immer gewünscht habe, daß sie aussieht – voll Liebe für mich. Dann dreht sie sich um und geht für immer aus meinem Leben, verschwindet im Grün des Stadtparks und nicht im Grün von Breakheart Hill, und ich weiß, daß der böswilligen Hand Einhalt geboten worden ist.

Aber im wirklichen Leben hat die dunkle Hand zugeschlagen und ist danach nie müde geworden, zuzuschlagen. Im wirklichen Leben lief alles aufeinander zu, und Luke hielt seinen Pickup an der Bergstraße an und sah dann zu, wie Kelli ausstieg und den Hügel hinunterging, bis ihr weißes Kleid nur noch ein bloßer Lichtpunkt in dem dunkler werdenden Wald war. Und als der verlosch, fuhr er weiter.

Ich habe die Szene oft durch seine Augen beobachtet, sie im Rückspiegel gesehen, genauso, wie er sie sah; und jedesmal kehrt ihre Schönheit mit solcher Macht zu mir zurück, daß ich es kaum glauben kann, daß ich an jenem Tag, als ich sie zum ersten Mal im Park zu Gesicht bekam, gar nicht sonderlich auf sie achtete. Ich erinnere mich, wie ich sie aus dem Augenwinkel sah, während ich zum Tennisplatz ging, aber weder ihre dunklen Augen noch ihr schwarzes, lockiges Haar konnten meine Aufmerksamkeit von dem ablenken, was Luke gerade zu mir sagte, und ganz sicherlich beschworen sie in mir nicht das schweigsame Kind herauf, das ich vor so vielen Jahren im Laden meines Vaters gesehen hatte.

An jenem Nachmittag mühten Luke und ich uns beinahe eine Stunde mit dem Tennisspiel ab. Luke schlug einen Ball nach dem anderen in meine Richtung, aber ich schaffte es nur selten, seinen Aufschlag zurückzugeben. Die ganze Zeit über saß Kelli auf der Bank, und ihre Augen hoben sich nur gelegentlich, um zu uns herüberzublicken, manchmal nur für die kurze Zeitspanne, die sie brauchte, um dem Flug des Balles von einer Seite des Platzes zur anderen zu folgen. Sie sagte kein Wort und ließ auch keinerlei Anzeichen von Interesse an einem von uns beiden erkennen, aber selbst während jener ersten Minuten, erinnere ich mich, war mir ihre Anwesenheit immer stärker bewußt geworden. Ich spürte sie, ähnlich einer sich beständig aufbauenden Ladung. Nach einer Stunde schien es mir, als würden meine Augen aus eigenem Antrieb zu ihr hinüberwandern, ohne daß ich das wollte, verstohlen, da sie mein Interesse nicht bemerken sollte. Ich änderte mein Verhalten leicht, gab mir Mühe, besser zu spielen, weniger ungeschickt zu sein, und einmal, als ich mich zu schnell herumdrehte und meine Brille über den Platz flog, verspürte ich einen Stich von Verlegenheit, bis ich zu ihr hinübersah und feststellte, daß sie in ihr Buch vertieft war und meine Demütigung nicht bemerkt hatte.

Dann, als unser Spiel sich dem Ende näherte, zog sie abrupt ihre Schuhe an und stand auf, den Park zu verlassen. Während sie den kleinen Hügel hinaufschlenderte, der an dem hohen Granitdenkmal für die gefallenen Konföderierten vorbeiführt, blieb sie einmal stehen und sah sich um, und ihr Gesicht wirkte dabei seltsam konzentriert, als wolle sie mich irgend etwas Wichtiges fragen.

Ich erinnere mich, daß dieser Blick ausreichte, mich in meiner Bewegung stoppen zu lassen, so daß Lukes Matchball an mir vorbeipfiff, ein kleiner weißer Fleck vor dem smaragdfarbenen Hintergrund des Parks.

»Wer ist das?« fragte Luke, nachdem sie unseren Augen entschwunden war.

»Ich weiß nicht«, sagte ich und gab mich desinteressiert.

»Bestimmt nicht aus der Gegend hier«, fügte Luke hinzu.

Ich habe mich seitdem oft gefragt, wie er sich dessen eigentlich so sicher sein konnte. An Kellis Kleid war nichts, was darauf hindeutete, und er hatte auch ihre Stimme kein einziges Mal gehört. Wir wußten noch nicht, daß sie einen Nordstaatenakzent hatte. Nach allem, was wir gesehen hatten, hätte sie eines der Mädchen aus den Bergen sein können, die manchmal auf einen Tag zum Einkaufen nach Choctaw herunterkommen, oder um das einzige prunkvoll dekorierte Filmtheater der Ortschaft zu besuchen.

Doch sie war alleine. Ich glaubte inzwischen, daß es dieses Alleinsein war, dieses alleine Dasitzen und Lesen, was Luke wie mich zu der festen Überzeugung brachte, daß Kelli Troy »nicht von hier« war.

Ein Mädchen aus Choctaw oder einer der Nachbargemeinden wäre mit einem anderen Mädchen, wahrscheinlich sogar mehreren, zusammengewesen. Es wäre Teil einer Gruppe von Mädchen ähnlichen Alters gewesen, alle ähnlich gekleidet. Sie hätte sich mit ihnen unterhalten in jener lebhaften, irgendwie verlegenen Art, wie das junge Mädchen damals taten, begleitet von viel Gekicher. Aspekte ihres Teenagertums hätten gleichsam an ihr geklebt, wie kleine rosa Bänder im Haar.

So denke ich, daß das, was an Kelli an jenem Nachmittag den Eindruck erweckte, sie komme von irgendwo außerhalb, die Art und Weise war, wie sie langsam aufblickte oder wie sie sich ohne jede Hast von der Bank erhob und dann mit gemessenen, aber zielbewußten Schritten den Park verließ.

Und das war es wohl, was in mir, als ich ihr nachblickte, nicht die kurze Anwandlung von Begehren erweckte, die fast jedes Mädchen im Teenageralter in fast jedem gleichaltrigen Jungen hervorrufen kann – es war vielmehr jener tiefergehende, verlockende Zauber, der um so vieles beunruhigender und geheimnisvoller war und den nur eine Frau in einem wachrufen kann.

»Sie ist sehr hübsch«, meinte Luke, daran erinnere ich mich noch ganz genau, als wir den Park verließen.

»Hübsch« schien mir völlig ungenügend, aber ich stimmte zu: »Yeah, das ist sie wohl.«

Wir stiegen in Lukes Pickup, einen alten blauen, übrigens denselben, mit dem er später Kelli auf den Breakheart Hill bringen würde.

»Was denkst du, gehen wir noch zu Cuffy's?« fragte er, während er den Anlasser betätigte.

»Yeah, meinetwegen.«

Er grinste und trat dann kräftig auf das Gaspedal, und wir schossen mit einem Satz und durchdrehenden Rädern in einer Fontäne von Staub und kleinen Steinchen aus dem Parkplatz.

Wir mußten durch fast ganz Choctaw fahren, vom Park an der Nordseite zu Cuffy's Grill am südlichen Stadtrand. In jenen Tagen war Choctaw ein hübsches Städtchen, hauptsächlich aus Ziegelhäusern bestehend, denn da General Sherman im 19. Jahrhundert bei seinem Vormarsch auf Atlanta einen weiten Bogen nach Süden geschlagen hatte, war es von Zerstörungen verschont geblieben. Einige der Häuser, insbesondere die Oper und der alte Bahnhof, stammten tatsächlich noch aus der Zeit vor dem Bürgerkrieg. Es war eine Kleinstadt mit kleinen Läden, hauptsächlich für Kleidung, Schmuck und Eisenwaren, und am Samstag wimmelte die einzige Hauptstraße immer von Leuten aus den Bergen der Umgebung. Sie kamen in die

Stadt, um ihre Erntedarlehen bei der Bank zurückzuzahlen und Vorräte für die Woche zu kaufen. Noch stand das elegante neue, klimatisierte Einkaufszentrum am Stadtrand nicht, das später die Innenstadt leeren und diese in eine verlassene Wildnis aus Ladenfassaden und Gebrauchtwarenläden verwandeln sollte. So konnten Luke und ich, als wir an jenem Nachmittag Ende August 1961 zu Cuffy's Grill fuhren, noch glauben, daß Choctaw so festgefügt und unverändert wie die Berge bleiben würde, die die Stadt flankierten.

Cuffy's war beinahe leer, als wir hinkamen; bloß ein paar Straßenarbeiter saßen in den Nischen und an den Tischen, Männer, die gerade den ersten Interstate-Highway ein paar Meilen weiter im Osten bauten. Ihre Arbeitsmontur, Hemden und Hosen, war mit dem kalkigen roten Staub der Hügel bedeckt, die sie einebneten, um den Untergrund für den vierspurigen Highway vorzubereiten. Ich erinnere mich nur noch daran, daß Lyle Gates unter ihnen war. Er war groß und schlaksig, hatte scharf geschnittene, eckige Gesichtszüge und irgendwie feucht wirkende, rotgeränderte Augen. Trotzdem ließ sein Gesicht eine gewisse Intelligenz erkennen und dazu eine seltsame Art von Verwundetsein. Er vermittelte das Gefühl, daß man ihm ungerechterweise etwas weggenommen oder es ihm vielleicht gar nicht erst gegeben hatte, obwohl er nicht genau erkennen konnte, was es eigentlich war.

Die anderen Männer waren älter, manche hatten schütteres Haar und herunterhängende Bäuche, und ich habe mir oft gedacht, daß Lyle, als er an jenem Tag zwischen ihnen saß, sie als düstere Bilder seiner eigenen Zukunft gesehen haben mußte; Männer, die so wenig erreicht hatten, ebensowenig wie er erreichen würde, obwohl er im Gegensatz zu ihnen schon einmal einen Augenblick lang eine große Chance gehabt hatte.

Ich kannte zwar kaum Einzelheiten, wußte aber, daß Lyle es beinahe geschafft hatte, sich mit Händen und Klauen aus der düsteren Proletenwelt herauszuarbeiten, in die er hineingeboren war, und daß er diese goldene Chance in einem plötzlichen Akt der Gewalttätigkeit zerschlagen hatte.

Aber an jenem Nachmittag wirkte Lyle Gates überhaupt nicht gewalttätig. Ruhig saß er bei den anderen Straßenarbeitern und unterhielt sich mit gedämpfter Stimme mit ihnen. Gelegentlich nahm er einen Schluck aus dem Pappbecher, den er in der Hand hielt. Eine Packung Chesterfield-Zigaretten steckte in seinem aufgekrempelten Hemdsärmel, und seine rote Baseballmütze saß verspielt schräg auf dem Kopf. Wenn man ihn so gelockert und leger dasitzen sah, konnte man sich nur mit Mühe vorstellen, daß es etwas Dunkles gab, das in ihm lauerte, eine Episode in seiner Vergangenheit, die ihn seiner Zukunft beraubt hatte.

Und doch war es genau diese Vergangenheit, die Lyle aus den anderen Männern heraushob. Es war eine gewalttätige Vergangenheit, kantig und impulsiv und grob. In ihr lag die Ursache dafür, daß ihm mehrere gerichtliche Anordnungen den Zugang zu seiner jungen Frau und seiner Tochter, einem Baby, verwehrten. Jetzt lebte er mit seiner alten Mutter in einem Viertel von Choctaw, das gefährlich nahe bei Douglas lag, einem Wohnviertel für Farbige, welches auch angesehene Weiße häufig als »Niggertown« bezeichneten. Dabei benutzten sie das Wort ebenso beiläufig, wie New Yorker vielleicht von Little Italy oder die Leute von San Francisco von Chinatown sprechen.

Lyle hatte eines der höheren Semester an der Choctaw High School besucht, als Luke und ich gerade in den unteren Semestern anfingen. Aber wir hatten trotzdem eine ganze Menge über ihn gehört. Einen kurzen triumphalen Augenblick lang hatte Lyle Berühmtheit erlangt, als ein Footballstar, der als Quarterback sein Team beinahe in die Finalrunde gebracht hätte. Im Spiel war er geschickt und aggressiv gewesen, und es wurde viel über die diversen Collegestipendien für Footballspieler gemunkelt, die man ihm mit Sicherheit anbieten würde. Doch der ganze Traum war eines Abends im November plötzlich zu Ende gegangen, als Lyle einen anderen Spieler von hinten angesprungen und zu Boden geworfen hatte. Ehe seine Teamkollegen ihn hatten wegreißen können, hatte er ihn bewußtlos geschlagen. Vom Team wurde er daraufhin ausgestoßen, und er war einige Wochen später von der Choctaw High abgegangen. Es ging sogar das Gerücht um, daß ihm eine Gefängnisstrafe gedroht hätte, wenn jener andere Spieler gegen ihn Anzeige erstattet hätte.

Später hatte es Ärger mit seiner Frau gegeben, die einige Male die Polizei gerufen hatte, und er war mehrmals über Nacht eingesperrt worden. Eines Tages hatte er versucht, seine Tochter zu entführen, und dabei seine Frau mit einer Schrotflinte bedroht. Wieder war die Polizei gekommen, und Lyle hatte eine ganze Woche im Bezirksgefängnis verbracht.

Aber trotz all dieser Gewalttätigkeit machte Lyle Gates an jenem Nachmittag bei Cuffy's in keiner Weise einen bösartigen Eindruck. Vom Rauch seiner Zigarette eingehüllt, über und über mit orangefarbenem Staub bedeckt, wirkte er eher wie die äußere Schale eines Menschen, etwas, das jemand weggeworfen hatte. Selbst seine Frisur, sein pomadisiertes, hinten zu einem Pferdeschwanz zusammengekämmtes blondes Haar wies ihm einen Platz am Rande eines verblassenden Zeitalters zu, ein künstlicher Gegenstand von 23 Jahren.

Luke und mich nahm er erst wahr, als er aufstand und auf die Tür zuging. Er blieb kurz stehen, wartete, bis die anderen älteren Männer das Imbißlokal verlassen hatten, und schlenderte dann auf uns zu.

»Na, wie läuft's denn so?« fragte er.

»Gar nicht übel, denke ich«, antwortete Luke ein wenig angespannt, weil er ja Lyles Ruf kannte.

Lyle grinste, aber seine Augen schienen dabei in eine weite Ferne zu blicken. Man spürte eine gewisse Unsicherheit an ihm, als habe er Zweifel, ob er uns überhaupt habe ansprechen sollen.

Lyles Blick wandte sich mir zu. »Du siehst aus, als müßte ich dich kennen«, sagte er.

»Ben Wade«, stellte ich mich vor.

Er sah mich einen Augenblick lang an, als überlegte er, was er noch sagen könnte. »Habt ihr schon mal den Frito Pie versucht?« fragte er schließlich.

»Nein.«

»Das solltet ihr«, meinte Lyle. »Das ist Cuffy's Spezialität.« Seine Augen wanderten von mir zu Luke und dann wieder zu mir zurück. »Ihr wart doch noch im unteren Semester, als ich für Choctaw High gespielt habe, stimmt's?«

Wir nickten beide.

»Und in welchem Semester seid ihr jetzt?«

»Ich komme jetzt ins fünfte«, antwortete Luke, »Ben ins dritte.«

Lyle nickte kurz. »Ich hab's ja nicht geschafft, aber das habt ihr wahrscheinlich gehört.«

Keiner von uns gab ihm darauf Antwort.

Sein Gesicht verdunkelte sich für einen Augenblick, als erinnere er sich an seine Katastrophe, es hellte sich aber gleich wieder auf, und er versuchte, das alles mit einem Achselzucken abzutun. »Und, ist die alte Schule immer noch dieselbe?«

»Ich denk' schon«, erwiderte Luke.

Lyle grinste, was sein Gesicht plötzlich wie eine grausame Grimasse erscheinen ließ. »Lassen die schon irgendwelche Nigger rein?«

Luke und ich sahen einander wortlos an, und dann antwortete Luke: »Bis jetzt noch nicht.«

»Das haben die aber vor, höre ich«, fuhr Lyle fort.

Luke schüttelte den Kopf. »Ich habe davon noch nichts gehört.«

»Na prima«, sagte Lyle leise und sah hinaus. Die anderen Männer waren bereits wieder auf die Ladebrücke des Trucks geklettert. »Ich muß jetzt gehen«, sagte er und drehte sich zur Tür. Dann klopfte er Luke leicht auf die Schulter. »Macht's gut, Jungs«.

Damit ging er hinaus und sprang auf den Truck. Als der Wagen sich in Bewegung setzte, zog er das Päckchen Chesterfields aus seinem Ärmel.

»Glaubst du, es stimmt, was Lyle gesagt hat?« fragte Luke.

Ich sah ihn nachdenklich an und war sicher, daß er damit Lyles Bemerkung meinte, die Choctaw High würde »Nigger« zulassen.

»Mit dem Frito Pie«, fügte Luke hinzu, ehe ich ihm eine Antwort geben konnte. »Glaubst du, das taugt etwas?«

Ich erinnere mich nicht, was ich auf diese wesentlich weniger bedeutsame Frage geantwortet habe, wohl aber, daß Luke an jenem Nachmittag die Pastete probierte und mich, kurz nachdem er sie aufgegessen hatte, zu meinem Haus an der Morgan Street brachte.

Mein Vater kam gegen 19 Uhr nach Hause, und wir aßen gemeinsam zu Abend. Anschließend setzte er sich in seinen Stuhl ans Fenster und las schweigend die Zeitung, während ich mich mit dem Fernseher beschäftigte.

An manchen Tagen läuft die Vergangenheit wie ein endloser Film in meinem Kopf ab. Ich sehe meinen Vater, wie er sich langsam in den alten Stuhl am Fenster sinken läßt, das Gummiband von der Zeitung abstreift, das sie als feste Rolle zusammengehalten hat, sie dann Seite für Seite liest und sich dabei auf die dunklere Seite der Dinge konzentriert, auf Geschichten über Gewalttätigkeiten.

Es war, als mühe er sich ab, die eine einzige, nicht mehr weiter auflösbare Quelle derartiger Grausamkeit zu entdecken – so wie die Griechen in der Antike vergeblich nach dem einen Element suchten, aus dem, wie sie annahmen, die ganze Vielfalt der Erde erwachsen war. Und dann pflegte er den Kopf zu schütteln und zu sagen: »Menschen, die solche Dinge tun, fehlt einfach irgend etwas.«

War es die Furcht vor diesem »fehlenden Etwas«, das im Zentrum jeglicher moralischer Unterweisung lag, die mein Vater mir zuteil werden ließ? Weil er dieses Etwas fürchtete, ermunterte er mich häufig dazu, »mich selbst zu erkennen« und »meinen Überzeugungen treu zu bleiben«. Eine feste Identität zu haben, die innere Leere mit Charakter zu füllen, das war das Ziel eines jeden Lebens, das Höchste, was es erreichen konnte. Wer es nicht erreichte, war verloren und in dieser Verlorenheit zu Schrecklichem fähig. Wenn er von irgendeinem Mörder oder Vergewaltiger sprach, von dem er gerade in der Zeitung gelesen hatte, dann war es immer dieses »fehlende Etwas«, das auf geheimnisvolle Weise über den Greueln schwebte, die sie begangen hatten.

Zu dem Zeitpunkt, da ich das letzte Semester auf der High School erreicht hatte, war mir dadurch zumindest auf unbestimmte Weise bewußt, daß das Leben sich als trügerisch erweisen konnte, daß Menschen lange Zeit gut leben und dann plötzlich von dem Loch verschlungen werden konnten, das stets insgeheim in ihnen vorhanden gewesen war.

Aber an jenem Abend, nach unserem Besuch bei Cuffy's, sprach mein Vater nicht von solchen Dingen zu mir. Er las vielmehr eine Weile und ließ dann die Zeitung sinken, stand auf und ging den Flur hinunter in sein Schlafzimmer. Im Vorübergehen zerzauste er mir das Haar ein wenig und ließ seine übliche Ermahnung hören: »Bleib nicht mehr zu lange auf.«

Ich ging ein paar Stunden später in mein Zimmer und bin ganz sicher, daß ich in der Zeit vor dem Einschlafen an Kelli Troy gedacht habe. Denn in der Art und Weise, wie sie mich an jenem Nachmittag im Park angesehen hatte, war etwas gewesen, das mich zu ihr hingezogen hatte. Und mit derselben Sicherheit kann ich auch sagen, daß ich Lyle Gates keinen einzigen, auch noch so flüchtigen Gedanken gewidmet habe.

Doch heute denke ich oft an ihn. Ich sehe, wie er langsam mit Sheriff Stone die Treppe des Gerichtsgebäudes herunterkommt, wie er schwerfällig neben ihm hertrottet. Es regnet, und Lyle wird durch den durchsichtigen Plastikregenmantel dürftig geschützt, den ihm jemand über die herunterhängenden Schultern gelegt hat. Mein Vater steht neben mir. Er trägt einen grauen Hut, und ich bemerke die

Regentropfen auf der breiten Krempe. Ich kann ihn deutlich sehen, obwohl der Regen in kleinen Rinnsalen über meine Brillengläser fließt. Wir beide stehen nebeneinander, Teil einer stummen Menge, die sich auf den Stufen des Gerichtsgebäudes versammelt hat. Lyle schaut mich nicht an, als er an uns vorüberkommt, sondern trottet einfach weiter, den Kopf etwas gesenkt, das schwarze Haar vom Regen naß, während er zu dem wartenden Auto geführt wird. Ich sehe zu meinem Vater hinüber. Sein Blick ruht immer noch auf Lyle und folgt seiner Gestalt. Ich kann erkennen, wie sich in seinem Kopf komplizierte Dinge regen, unbeantwortete Fragen, Gedanken, die er nicht in Worte kleiden kann, so daß er am Ende wiederum nur sagt: »An diesem Jungen fehlt irgend etwas.«

4

Das neue Schuljahr begann am ersten Donnerstag im September. Gegen 8 Uhr bog mein Vater in die kiesbelegte Zufahrt der Schule. Er steuerte einen alten 57er Chevy, den er etwa eine Woche zuvor gekauft hatte und den er mir ein paar Wochen später übereignete. Der Wagen war grau und der linke vordere Kotflügel ziemlich verbeult, aber für mich war es ein Traumwagen. Ich zweifelte nicht daran, daß ich diesen Chevy, sobald ich die Abschlußprüfung hinter mir hatte, dazu benutzen würde, für alle Zeit aus Choctaw zu entfliehen.

Ich schickte mich an auszusteigen, als mein Vater bremste, spürte aber plötzlich seine Hand auf meiner Schulter. Ich blickte mich zu ihm um. In seinen Augen war jener zärtliche und zugleich irgendwie besorgte Ausdruck, mit dem ich jetzt immer meine Tochter Amy ansehe, weil ich weiß, daß sie bald auf eigenen Füßen stehen wird und daß die Welt um sie voll unerwarteter Gefahren ist.

»Sei brav, Ben« war alles, was er sagte, aber schon damals erkannte ich darin eher eine Warnung als einen Befehl, eine Warnung, die mir im Lichte all dessen, was sich kurz darauf ereignen sollte, immer noch als auf geradezu unheimliche Weise von Vorahnungen erfüllt scheint.

Ich nickte nur kurz und stieg aus. An der Schultür sah ich mich um. Der alte graue Chevy stand immer noch in der kreisförmigen Zufahrt, und das Gesicht meines Vaters schwebte über dem breiten schwarzen Bogen, den das Steuerrad bildete. Er winkte mir noch einmal grüßend zu, legte dann ruckartig den Gang ein und fuhr los.

Mr. Arlington war bereits eingetroffen, als ich das Klassenzimmer betrat. Er nahm gar keine Notiz von mir, sondern fuhr fort, Bilder von Jefferson Davis und Abraham Lincoln links und rechts auf die Wandtafel zu kleben.

Ich nahm meinen üblichen Platz in der Mitte des Raums ein, während Mr. Arlington seine Arbeit fortsetzte. Damals war er genauso alt, wie ich jetzt bin, aber mir kam er schrecklich alt vor, übergewichtig und mit Hängeschultern und verheiratet mit einer Frau, die wie ein weiblicher Abklatsch seiner Person aussah.

Mr. Arlington pflegte jedesmal vor dem Unterricht sein Jackett auszuziehen, die Krawatte abzunehmen und die Ärmel hochzukrempeln, als wäre es mehr eine körperliche als eine intellektuelle Arbeit, uns zu unterrichten. Er lehrte Geschichte und genoß es sichtlich, daß er uns dabei das vermitteln konnte, was er für die entscheidenden Ideen der Geschichte hielt. Er erklärte mit großer Geste, daß diejenigen von uns, die nicht aus der Geschichte lernten, dazu verdammt sein würden, sie zu wiederholen. Er sagte, die Geschichte lehre uns verschiedene Dinge, beispielsweise, daß Macht dazu neige, ein bestehendes Vakuum auszufüllen. Er deutete nie an, daß diese Einsichten außerhalb der Mauern von Choctaw High Gemeinplätze waren, wenig mehr als gelehrt klingende Klischees, und gab auch nie zu, daß er seine Weisheiten den Büchern von Männern entnommen hatte, die wesentlich gescheiter waren und auch mehr als er geleistet hatten als er. In gewissem Maße machte es ihm offensichtlich Spaß, die Rolle des intellektuellen Mentors zu spielen, wobei ihm ohne Zweifel gleichzeitig klargewesen sein muß, daß er außerhalb der geschlossenen Welt einer Kleinstadtoberschule wohl kaum eine beeindruckende Gestalt abgegeben hätte. Denn unter all dem Gehabe hatte er eine ganz besondere Art von Befangenheit an sich, die ihn zögerlich und zutiefst unsicher erscheinen ließ. Wenn man ihn bei einem Fehler ertappte, wurde er rot und wandte sich dann der Tafel zu, damit es niemand sehen konnte. Im Unterricht konzentrierte er sich auf Kämpfe und Niederlagen, besonders solche militärischer Natur, wobei er gelegentlich schwer nachvollziehbare Sprünge von der spanischen Armada zum Angriff Picketts machte. Ich betrachtete ihn als Angeber und Feigling. Und aus diesem Grund blieb mir die eine Erkenntnis, die er mir hätte vermitteln können, verschlossen – daß es nämlich möglich ist, einen fatalen Fehler zu begehen.

Im Klassenzimmer war außer mir nur noch eine Studentin namens Edith Sparks anwesend. Sie trug eine hellblaue Bluse und einen schwarzweiß karierten Rock, dazu schwarze Pumps und weiße Söckchen und saß an ihrem üblichen Platz im hinteren Bereich des Raums.

»Hallo«, begrüßte ich sie.

Edith sah mich etwas distanziert an, als wäre sie davon eingeschüchtert, daß einer der »Musterschüler« der Schule sie ansprach. »Hallo«, antwortete sie leise.

Sie war keines der »populären« Mädchen, niemand aus dem Nobelviertel von Turtle Grove, wo die Väter Arzt oder Rechtsanwalt waren, Inhaber einer Textilfabrik oder vielleicht Aufsichtsratsmitglied einer der Banken der Stadt. Sie war allerdings ziemlich hübsch, wenn auch nur auf die etwas ländliche, unelegante Art jener Mädchen, die am Berghang wohnten. Ihr glanzloses braunes Haar trug sie hüftlang. Jeden Tag kam sie zu Fuß die Bergstraße herunter zur Schule, die Bücher so fest an die Brust gedrückt, wie sie bald das erste ihrer braunhaarigen Babys an sich drücken würde.

»Der Sommer war dieses Jahr schnell vorüber«, sagte ich.

Sie nickte. »Mhm, kann man sagen«, meinte sie und lächelte dann scheu, als ob sie Lust gehabt hätte, das Gespräch fortzusetzen, aber nicht wußte, wie sie das anstellen sollte.

Ich kannte sie schon seit der Volksschule, aber immer nur als jemanden, der in den etwas verborgenen Ecken des Schullebens existierte. Sie war der Typ Mädchen, der Hauswirtschaftslehre belegt und von Anfang an dazu bestimmt zu sein scheint, einmal in einer Fabrik zu arbeiten. Sie würde ihr ganzes Leben in Choctaw verbringen und Kinder aufziehen, die einmal wie sie sein würden, ein Schicksal, das mir unvorstellbar bedrückend erschien.

Wenn ich heute an Edith denke, dann sehe ich in ihr eine

Gestalt im Zeugenstand, die mit kaum hörbarer Stimme die Fragen beantwortet, die Mr. Bailey ihr stellt. Das, was sie trug, mußte in ihren Augen die passende Kleidung für den Gerichtssaal gewesen sein, ein geradezu absurd förmliches Kleid, ergänzt durch den dunklen Pillbox-Hut, den sie ohne Zweifel von ihrer Mutter ausgeborgt hatte. Ich kann heute noch sehen, wie ihre Augen nervös umherhuschten, während Mr. Bailey sie befragte:

Und wo haben Sie den Angeklagten gesehen, Miss Sparks?

Als er aus dem Wald kam.

Wo war das?

Ganz oben am Gipfel des Breakheart Hill.

Und was hat er getan?

Er hat sich die Hände abgewischt.

Womit?

Mit einem Taschentuch.

Erinnern Sie sich, welche Farbe das Taschentuch hatte?

Es war weiß.

Konnten Sie sehen, was er sich von den Händen gewischt hat?

Ja, Sir.

Wie hat es ausgesehen, Miss Sparks?

Wie Blut.

Bei diesen Worten hatte sie einen schnellen Blick zum Tisch der Verteidigung hinübergeworfen und dann wieder zu Mr. Bailey, dessen Fragen sie peinlich genau folgte, bis er sie mit großem Sinn für Dramatik zu jenem Augenblick hinführte, wo sie mit zitterndem Zeigefinger auf den Angeklagten deutete. Mit einer Stimme, die gerade laut genug war, daß man sie im Saal hören konnte, gab sie ihre abschließende Antwort von sich: *Er.*

Ich sehe Edith immer noch von Zeit zu Zeit in Choctaw. Sie ist vorzeitig gealtert, wie es häufig bei den Frauen von den Farmen vorkommt, und hat Altersflecken auf der Stirn und den Handrücken. Sie trägt das Haar hinten in einem Knoten zusammengebunden, und ihren Kleidern kann man ansehen, daß sie sie selbst geschneidert hat. Wir nicken einander zu, wenn wir uns zufällig treffen. Ihr Lächeln dabei ist genauso scheu wie früher, obwohl man jetzt ihre verfärbten Zähne sehen kann. Wir sprechen nie miteinander. Trotzdem stelle ich fest, daß ich mich, wenn sie an mir vorbeigeht, der Frage nicht entziehen kann, ob sie je das Geräusch einer Hacke hört, die durch die Luft pfeift, oder einen einzigen Augenblick ihres Auftritts im Zeugenstand aufs neue durchlebt, jenen Augenblick in ihrem Leben, in dem die Stadt tatsächlich Notiz von ihr nahm.

Aber an jenem ersten Schultag vor so vielen Jahren hatte ich keinen Anlaß, sonderlich auf Edith Sparks zu achten, und hatte auch nie damit gerechnet, je einen Anlaß dazu zu haben. Ganz sicherlich hatte ich nicht das Gefühl, daß eines Tages das Leben eines anderen Menschen in ihren etwas geziert gefalteten Händen ruhen würde.

»Ich bin froh, daß Sie ein wenig früher gekommen sind, Ben«, sagte Mr. Arlington, als er sich schließlich von der Tafel abwandte. »Ich wollte Sie nämlich etwas fragen.« Er beugte sich, beide Hände auf sein Pult gestützt, zu mir herunter. »Was würden Sie davon halten, in diesem Jahr die Redaktion des *Wildcat* zu übernehmen?«

Der *Wildcat* war die Schulzeitung, und solange ich mich erinnern konnte, hatte Allison Cryer sie immer praktisch alleine gemacht.

»Ich dachte, Allison hätte die Redaktion«, sagte ich.

»Allisons Familie ist nach Huntsville gezogen«, erklärte mir Mr. Arlington. »Deshalb suche ich ja jemanden, der ihre Nachfolge übernimmt.« Er zögerte kurz, als fiele es ihm schwer, ein Kompliment zu machen. »Mir ist letztes Jahr Ihr guter Stil aufgefallen, und ich denke, Sie könnten es schaffen.«

Ich sagte nichts, und so fügte Mr. Arlington hinzu: »Die Redaktion des *Wildcat* macht nicht viel Arbeit. Und aus der Fakultät würde Sie jemand beraten, eine neue Lehrerin. Eine Miss Carver. Von der kriegen Sie jede Hilfe, die Sie brauchen.«

Ich zuckte die Achseln. »Okay«, sagte ich, ohne allzu große Begeisterung zu verraten, obwohl ich mich in Wirklichkeit geehrt fühlte. Zu der Zeit war ich auf jede auch nur andeutungsweise Anerkennung erpicht.

»Gut«, sagte Mr. Arlington, während er anfing, seine Sachen einzusammeln. »Sie gehen jetzt besser zu den anderen in die Aula.«

In dem Jahr umfaßte die Oberstufe von Choctaw höchstens hundert Leute, die dem Brauch gemäß die beiden ersten Reihen der Aula besetzt hatten. Luke saß nur eine Reihe vor mir. Er zwinkerte mir verschmitzt zu, als er sah, wie ich mich zu den anderen Untersemestern setzte.

Die Aula war ziemlich groß und besaß auch eine Bühne mit Vorhang. Nahezu alle Zusammenkünfte der Schule fanden dort statt, angefangen bei den Aufputschtreffen vor dem freitäglichen Footballspiel bis zu inspirierenden Reden ehemaliger Schulabsolventen, die uns besuchten und von ihrem jeweiligen beruflichen Erfolg berichteten. In der Mitte der Bühne war ein Rednerpult aufgebaut, hinter das jetzt, nachdem alle Platz genommen hatten, der Direktor der Schule trat.

»Ich möchte Sie alle zum neuen Semester der Choctaw High School begrüßen«, begann Mr. Avery seine Ansprache. Dann wanderte sein Blick über die ersten beiden Reihen. »Ganz besonders die Oberstufe.«

Rauhe Beifallsrufe schlugen ihm entgegen, und es trat beinahe widerstrebend wieder Stille ein, als Mr. Avery fortfuhr und mit ausdrucksloser Stimme die lange Liste von Aufgaben vortrug, die uns im kommenden Jahr zufallen würden. Mir kam die ganze Prozedur damals unerträglich eintönig vor, aber in der Zwischenzeit habe ich erkannt, daß Mr. Avery sich auf diese Weise bemühte, unsere nebulösen, wenig gefestigten Persönlichkeiten zu formen und ihnen etwas Substanz und Charakter zu verleihen.

»Dieses Jahr wird Ihnen also in vielfältiger Weise Herausforderungen bieten«, sagte er abschließend, »und ich hoffe, Sie alle werden lernen, wie man Herausforderungen annimmt und sich ihnen gewachsen zeigt.«

Am Schluß stellte Mr. Avery den Sprecher der Abschlußklasse vor. Todd Jeffries war ohne Zweifel der »Star« seiner Klasse. Die Mädchen himmelten ihn an, obwohl es bisher keiner gelungen war, ihn in seiner Hingabe an die dunkelhaarige Schönheit Mary Diehl schwankend zu machen. Er war groß, hatte kurzes hellblondes Haar und blaue Augen und war praktisch seit Menschengedenken das unbestrittene Sportas der Schule in Sachen Football und Basketball. Daneben zeigte er Bescheidenheit und Gewissenhaftigkeit und hatte bei aller Popularität zugleich auch etwas Zaghaftes an sich, als mißtraue er seinem eigenen Status.

»Ich bin kein großer Redner«, sagte er und hielt sich mit sichtlichem Unbehagen mit beiden Händen am Rednerpult fest, »aber ich möchte doch unsere neuen Mitschüler an der Choctaw High begrüßen.« Er ließ ein warmes Lächeln aufblitzen, das zugleich ein wenig verlegen wirkte, so wie gutaussehende Männer und schöne Frauen häufig lächeln: schnell und diskret und vergebens bemüht, uns andere damit nicht zu blenden. »Ihr werdet euch wahrscheinlich am Anfang ein wenig verloren vorkommen«, fuhr er fort, »aber es dauert nicht lange, sich hier einzugewöhnen, und ich bin ganz sicher, daß Ihr euch in kurzer Zeit hier wie zu Hause fühlen werdet.«

Als Todd sich setzte, erscholl lauter Applaus, vermengt mit aufmunternden Pfiffen seiner Footballteamkollegen, was ihm offenbar ein wenig peinlich war.

Anschließend traten noch einige Redner auf, verschiedene Klubpräsidenten und Funktionäre des Schülerbeirats. Dann hielt am Ende der Veranstaltung ein Mädchen namens June Compton eine Art Lobrede auf Allison Cryer, als ob Allison, indem sie Choctaw High verließ, gestorben sei, anstatt lediglich nach Huntsville zu ziehen. Im Laufe ihrer kurzen Rede erwähnte June Allisons lange Tätigkeit als Herausgeberin des *Wildcat*. Beinahe nebenbei und nach einem Blick auf einen hastig hingekritzelten Zettel verkündete sie, daß »Ben Wade« als der neue Redakteur ausgewählt worden sei.

Damit endete die Veranstaltung, und der ganze Studentenkörper strömte in chaotischer Weise aus der Aula. Luke wartete in der Nähe der Tür auf mich und schlug mir auf den Rücken.

»Dann machst du also jetzt den *Wildcat*«, sagte er munter.

»Mr. Arlington hat mich dazu überredet«, erklärte ich ihm ein wenig säuerlich, um nur ja nicht den Anschein zu erwecken, ich hätte mich darum gerissen.

»Vielleicht kannst du etwas draus machen«, sagte Luke und lachte. »Allison hat ja immer bloß die Sportergebnisse und den Klatsch aus Turtle Grove gedruckt.«

Auf dem Flur bog Luke scharf nach rechts ab und eilte die Treppe hinunter, während ich mich zu meiner ersten Unterrichtsstunde ins Hauptgebäude begab.

Die Lehrerin ging dicht hinter mir, und als ich sie anschaute, hielt ich sie zuerst für eine neue Studentin. Das war also die Miss Carver, die mir mit dem *Wildcat* helfen würde, eine blasse, dünne junge Frau mit rötlichem Haar von der Art, das brüchig und wirr wirkt.

Sie trat im Klassenzimmer hinter ihr Pult. »Ich bin Miss Carver«, verkündete sie uns mit hoher, klarer Stimme und legte dann einen großen Plastikbeutel auf die Tischplatte, öffnete ihn und entnahm ihm einen Stapel Papiere. »Ich habe Kopien der Leseliste gemacht«, sagte sie und verteilte diese.

Anschließend kehrte sie nach vorne an die Tafel zurück und lächelte uns scheu an. »Das ist mein erstes Jahr als Lehrerin. Ich werde also wahrscheinlich ein paar Fehler machen, doch ich hoffe, daß Sie Geduld mit mir haben werden.« Ihr Lächeln wurde breiter, wirkte aber irgendwie verlegen, als könne es in ihrem Gesicht nicht den richtigen Platz finden. »Ich werde auch für die Schulaufführung am Jahresende zuständig sein und deshalb gelegentlich um Vorschläge bitten, was wir aufführen könnten.« Sie fuhr fort, mit ruhiger Stimme darzulegen, was sie in den kommenden Monaten mit uns vorhatte. So erwähnte sie verschiedene Bücher, die wir bald lesen würden, und ich erinnere mich noch gut daran, wie sie sagte, *Wuthering Heights* wäre das erste und *Ethan Frome* das letzte. Sie habe beide Bücher besonders gern, erklärte sie uns, weil sie sich so eindrucksvoll mit dem Thema »unglückliche Liebe«, wie sie es nannte, befaßten.

An derartige Eröffnungsbotschaften hatte ich mich im Laufe der Jahre gewöhnt. Lehrer bemühten sich darin immer, ihre Studenten davon zu überzeugen, daß es Gewinn brachte, das zu lernen, was sie einen lehrten. Meinem »Musterschüler«-Image getreu, versuchte ich aufmerksam auf das zu hören, was Miss Carver sagte, aber nach einer Weile wanderte mein Blick im Raum herum, zuerst von einer Seite der Tafel zur anderen, dann an der Wand empor und an der Deckenleiste entlang und schließlich wieder hinunter. Anschließend fing er sich an der hinteren Pultreihe, musterte die ausdruckslosen Gesichter meiner Mitschüler und Mitschülerinnen, bis er schließlich an Kelli Troy hängenblieb.

Sie wirkte nicht gerade fasziniert, wie sie so in der hintersten Ecke saß und sich die Pläne anhörte, die Miss Carver mit uns hatte. Aber sie war aufmerksam und seltsam ernst. Niemand hatte sie vorgestellt, wie es gewöhnlich mit neuen Kommilitonen geschah, und ich erfuhr später, daß Kelli ausdrücklich darum gebeten hatte, ihr das zu ersparen. Sie trug eine hellblaue, kurzärmelige Bluse und einen karierten Rock, der ihr knapp über die Knie reichte, eine Kleidung, die sie kaum von den anderen Mädchen in der Klasse unterschied. Tatsächlich gab es an ihr nur eine einzige Besonderheit. Sie trug einen schmalen silbernen Ehering am Finger, und das war für ein Mädchen in ihrem Alter äußerst auffällig.

Ich löste den Blick von ihr und konzentrierte mich wieder auf Miss Carver.

»Ich glaube, daß man viel daraus lernen kann, wenn man liest, was andere Leute durchgemacht haben«, sagte sie gerade. »Das ist das Allerwichtigste, was das Lesen Ihnen bringt.«

Niemand im ganzen Raum ließ in irgendeiner Weise erkennen, daß das, was sie sagte, hörenswert war. So verstummte Miss Carver für einen Augenblick und senkte die Augen, als suchte sie nach dem Schlüssel, mit dem sie den Zugang zu uns aufschließen könnte. In dieser Haltung sah sie sehr jung aus, ein Mädchen noch, verängstigt und unsicher, als warte sie darauf, daß wir sie anfallen und in Stücke reißen würden. Später sollte ich erkennen, daß sie an jenem Morgen von einer tiefen Unschuld umgeben war, die wie jenes weiche Leuchten wirkte, das ich später an der Haut von Neugeborenen bemerkt habe. Mir war es nie in den Sinn gekommen, daß sie viel wissender war, als sie uns vorkam, viel besser imstande, die verborgenen Pfade und geheimen Winkel, die sich ergeben sollten, zu unterscheiden. Ich hätte auch nie gedacht, daß Miss Carver diejenige sein würde, die als erste in der Düsternis, die Breakheart Hill umgab, die Wahrheit ahnen würde.

*

Der Rest des Schultags verging wie unter einem bedrükkenden, schwülen Schleier. Es war die erste Woche im September, und das Klima war, wie es im tiefen Süden üblich ist, noch von Hitze bestimmt. Die Schule hatte hohe Fenster, die die Lehrer offen ließen, um der schwachen Brise Zutritt zu lassen, die gelegentlich hereinwehte und uns ein wenig Linderung verschaffte. Es gab keine Ventilatoren in der Schule und schon gar keine Klimaanlage, so daß wir am Ende des Tages, als die Glocke läutete und wir wieder ins Freie taumelten, das Gefühl hatten, es wäre endlich eine lange, dumpfe Folter zu Ende gegangen.

Luke stand neben seinem Pickup, als ich auf den Parkplatz kam. Er nahm seine Mütze ab und strich sich mit dem Unterarm über die Stirn. »Unglaublich diese Hitze, wie?« sagte er.

Mit einem wortlosen Kopfschütteln pflichtete ich ihm bei.

»Ich dachte, die würden uns früher gehen lassen, aber auf die Idee ist ja keiner gekommen. Den ganzen Tag haben die uns schwitzen lassen.«

Ich nickte. »Ich habe dieses Mädchen wiedergesehen«, sagte ich. »Die aus dem Park, wo wir Tennis gespielt haben.«

»Mhm, ich auch«, erwiderte Luke. »Ein-, zweimal im Flur.«

»Sie ist in meiner Englischvorlesung.«

Luke griff sich an den Hemdkragen und zog ihn vom Hals weg. »Ich kann's einfach nicht glauben, daß die uns nicht früher gehen lassen haben«, sagte er noch einmal. »Aber was soll's, laß uns zu Cuffy's fahren und was Kaltes trinken.«

Wir stiegen in Lukes Pickup und fuhren wenige Augenblicke später aus dem Parkplatz auf die Straße. Ich sah mich nach der Schule um, als wir daran vorbeifuhren, wahrscheinlich in der Hoffnung, einen Blick auf Kelli Troy zu erhaschen. Ich betrachtete auch das Schulgebäude, und es kam mir unerträglich vor, daß ich noch zwei Jahre dorthin gehen mußte. Schlagartig erfüllte mich das beunruhigende Gefühl, daß meine Gefangenschaft hinter diesen hohen Ziegelmauern nie ein Ende finden würde.

Heute, aus der Perspektive einer anderen Art von Gefängnis, sehe ich das anders. Die Schule ist seit beinahe 20 Jahren geschlossen, ersetzt von dem viel größeren und moderneren Bau, den meine Tochter besucht, einem Gebäude mit großen, luftigen, sauberen Vortragssälen, moderner Beleuchtung und zahlreichen Computerbildschirmen. Es gibt weder Pläne, das alte Schulgebäude wieder zu eröffnen, noch es abzureißen. Also steht es einfach da, wo es immer gestanden hat – eine verlassene Ruine am Fuße des Berges, wenn auch jetzt von einem Blumengarten geschmückt. Luke, beständig um die Verschönerung Choctaws bemüht, hat ihn auf der breiten Rasenfläche davor angelegt.

Ich habe manchmal, wenn ich abends von der kleinen ländlichen Klinik, die ich zweimal im Monat besuche, zurückkehre, meinen Blick über die unbeleuchtete Fassade des alten Baus schweifen lassen und seinen von Schlingpflanzen eingehüllten, stummen Glockenturm und die langsam zu Staub zerbröckelnden Ziegelwände betrachtet. In solchen Augenblicken habe ich immer versucht, mir auszumalen, wie es jetzt wohl im Inneren des Gebäudes aussehen mag, wenn der Wind durch die zersprungenen Fensterscheiben weht, durch die leeren Räume und Korridore zieht und schließlich gespensterhaft den Staub die breite Treppe hinaufhebt, die ins Obergeschoß führt. Ich sehe niemanden, nicht einmal Schatten. Ich höre keine der Stimmen, die einst in den Fluren hallten, ja nicht einmal das vertraute Geräusch schnell dahinlaufender Füße und ächzender Treppen oder das Klappern von Blechspinden. Ich spüre nur die tiefe Leere. In solchen Augenblicken überkommt mich der Drang, die Entscheidung zu treffen, die die Verwaltung unserer Stadt noch vor sich hat, nämlich die Abreißtrupps mit ihren schweren Eisenkugeln und Hämmern zu rufen, damit sie dem alten Bau endlich den lang erwarteten Gnadenstoß versetzen.

Und dann fällt mein Blick auf die Blumen, die Luke entlang der verlassenen Wege gepflanzt hat, kleine Blüten in einer großen Dunkelheit, und ich denke: *Noch nicht*.

5

Es ist merkwürdig, wie viele Dinge dazu angetan sind, das alles in mir wachzurufen, manchmal die größten Belanglosigkeiten, nicht viel mehr als eine beiläufige Bemerkung. Erst gestern, wenige Stunden bevor ich Luke bei Miss Troys Beerdigung traf, untersuchte ich einen Mann Anfang Siebzig, der sich über Kurzatmigkeit beklagte; er nannte das eine »Sommergrippe«, aber in Wirklichkeit hätte es alles mögliche sein können, angefangen bei einer leichten Allergie bis hin zu Herzversagen. Der Untersuchung schloß sich ein routinemäßiger Wortwechsel an.

»Rauchen Sie, Mr. Price?« fragte ich ihn.

»Nein.«

»Haben Sie diese Beschwerden schon lange?«

»Die Erkältung, meinen Sie?«

»Die Kurzatmigkeit.«

»Ja, schon eine ganze Weile, aber diesmal war es anders.«

»Inwiefern anders?«

»Nun, weil es so schnell ging. Ich kriegte plötzlich keine Luft mehr.«

»Wo waren Sie denn, als das geschah?«

»Da bin ich über die Wiese gegangen.«

»Im hohen Gras?«

»Hauptsächlich Unkraut. Und diese kleinen gelben Blumen, die überall wachsen.«

»Goldrute.«

»Genau. Die wachsen ja überall. Vor allem in diesem Sommer, aber der war auch besonders lang. Wissen Sie, wie der damals von 1962.«

Und mit jener einen harmlosen Bemerkung stoßen Vergangenheit und Gegenwart aufeinander, und ich kann wieder die Veilchen riechen, die Hitze jenes Sommers vor so langer Zeit spüren und damit auch den Drang, der mich damals mit solcher Macht erfaßte.

»Sie waren ja um die Zeit noch auf der High School, denke ich«, sagte der Mann. »Du lieber Gott«, fügte er dann mit einem wehmütigen Lächeln hinzu, »in dem Alter sind die Mädchen wirklich hübsch.«

Und plötzlich sehe ich Kelli ganz allein in einem weiten Feld mit sich sanft im Wind wiegender Goldrute stehen, das Gesicht still und nachdenklich, als sinne sie über irgendeinen Aspekt der Zukunft nach, die sie nie erleben wird. In dieser Haltung spürt man ihre Selbstbeherrschung, ihr Vertrauen auf die Zukunft, und nichts deutet im entferntesten darauf hin, daß dort in dem tiefen Gras irgend etwas auf sie lauern könnte.

Ich spüre, wie meine Lippen sich mit einem bebenden »So jung« öffnen.

Der Mann wirft mir einen verwirrten Blick zu. »Was sagen Sie da?«

»Nichts«, antworte ich, und die Vision verschwindet, das Heulen der Sirenen verdrängt sie – die Ambulanz und die Polizeifahrzeuge, die die Bergstraße hinaufrasen, an den Ort, an den Luke sie gerufen hat; ein Geräusch, das nie mehr verhallt, sondern über Generationen hinweg weiterklagt.

»Nichts«, wiederhole ich und setze meine Untersuchung fort. Dabei weiß ich, daß es alles ist.

*

Der Sommer 1961 schien nicht enden zu wollen. Die Hitze schleppte sich den ganzen September hindurch fort, und die Blätter blieben weit über die übliche Zeit hinaus grün. Das Klima entwickelte sich zu einem Dauergesprächsthema in Choctaw: die Männer im Friseurladen führten endlose Erörterungen, wie eigentümlich das doch sei, die Prediger wunderten sich über die Hand Gottes und darüber, wie Er die Welt in ihrer Bewegung anhalten und aus den Jahreszeiten Fixpunkte machen konnte. Der Oktober kam und ging, und immer noch hielt sich das Grün, wenn auch gegen Ende des Monats die ersten helleren Farbtöne die Bergflanken über uns zu säumen begannen. Und dann, ganz plötzlich, stellte sich das erste Gold ein, als wäre es in einer einzigen Nacht über den Berg getupft worden.

Die Welt der Menschen nahm natürlich weiter ihren normalen Lauf. Allmählich akzeptierten die Studenten der Choctaw High den alltäglichen Trott der Schule. Mr. Arlington hielt seine erste Klausur ab und las, ehe er uns die Arbeiten zurückgab, dem Kurs eine meiner Antworten vor. »Sehr gut aufgebaut, Ben«, meinte er zu mir gewandt, was einige meiner Kommilitonen, deren Arbeiten weniger

Strukturierung zeigten, dazu veranlaßte, einander zuzublinzeln und auf ihren Sitzen herumzurutschen.

Miss Carver schien sich bis Ende Oktober einigermaßen in ihrer neuen Rolle zurechtgefunden zu haben. Wir hatten unterdessen *Wuthering Heights* gelesen, und die meisten von uns arbeiteten an der ersten Seminararbeit, die sie uns aufgegeben hatte. Das Thema lautete »Der perfekte Ehemann«, und einige Studenten, alle männlichen Geschlechts, hatten gestöhnt, als sie es an die Tafel geschrieben hatte. Aber Miss Carver hatte sich als unnachgiebig erwiesen, und schließlich befaßten wir uns alle mit Recherchen zu dem Thema.

Luke bewarb sich um einen Platz im Footballteam und wurde als Läufer aufgestellt. Eine Weile schien ihn das in Hochstimmung zu versetzen, und ich erinnere mich noch daran, daß ich anfing, mir Gedanken zu machen, er könne sich von mir abwenden und sich der Clique anschließen, die die strahlende Sonne von Todd Jeffries umkreiste. Aber dazu kam es nicht. Beim ersten Spiel machte er seine Sache recht gut, aber niemals mit der Art knochenverachtender Begeisterung, die Eddie Smathers an den Tag zu legen versuchte, ganz besonders dann, wenn Todd im Spiel war. Das Verhalten hatte Eddie bereits den Ruf eingetragen, wie Luke es formulierte, »Todd Jeffries persönlicher Arschkriecher« zu sein.

Was Todd selbst anging, so trat er während jener ersten sechs Wochen kaum in Erscheinung. Eine Ausnahme bildeten die Footballspiele am Freitagabend, bei denen er eindeutig die Starrolle spielte. Er sprach ein paarmal bei der wöchentlichen Schulversammlung, aber immer nur kurz und mit etwas abgewandtem Blick. Dieser Blick verstärkte sich im Laufe der Jahre, so daß er später als Familienvater häufig auf die andere Straßenseite wechselte, nur um einem Mitbürger von Choctaw aus dem Wege zu gehen. Dabei zog er manchmal seinen kleinen Jungen Raymond unsanft hinter sich her.

Diesen Blick hatte er auch jenes letzte Mal, als ich ihn zu Gesicht bekam, an sich. Er hatte sich gerade die Sauerstoffmaske vom Mund gezogen, und sein Atem ging scharf und rasselnd. Sein Körper war jetzt rund und teigig, sein Gesicht aufgedunsen und seine Haut in weichen Falten angeschwollen. Von seiner früher einmal kantigen Kinnpartie war nichts mehr zu erkennen.

Sein Sohn Raymond saß zusammengesunken auf einem Stuhl in der Ecke. Mit seinen 26 Jahren sah er schon beinahe doppelt so alt aus, übergewichtig, mit schütter werdendem Haar und kleinen unruhigen Augen. »Mit Daddy geht es zu Ende«, sagte er eisig, als ich an Todds Bett trat.

Todds Augen öffneten sich mit einem kurzen Flattern, und er starrte ein paar Sekunden lang zur Decke, eben mit diesem Blick, an den ich mich noch aus seiner Jugend erinnerte, verdutzt und sichtlich unbehaglich. Dann sank er wieder in tiefe Bewußtlosigkeit, die Sauerstoffmaske noch fest in der Hand haltend. Ich wollte sie ihm wieder über dem Mund befestigen, aber Raymond hinderte mich daran.

»Lassen Sie sie weg«, sagte er scharf. »Lassen Sie ihn einfach sterben.«

»Aber, Raymond, Ihr Vater braucht die –«

»Sie sollen ihn sterben lassen«, wiederholte Raymond. Seine Stimme klang jetzt sehr streng und entschlossen. Und ich sah ihn wieder als kleinen Jungen, der sich ängstlich an die Hand seiner Mutter klammerte, während ich mich niederkniete und mir die rot und blau verfärbte Schwellung ansah, die sein linkes Auge fast verdeckte. Ich hatte ihn scherzhaft gefragt, ob er seinem Gegner genausoviel Schaden zugefügt hätte.

»Lassen Sie ihn sterben«, sagte Raymond erneut und erhob sich halb von seinem Stuhl, als wolle er eine Angriffsposition einnehmen. »Er will sterben. Das hat er immer gewollt.«

Ich nickte, ließ die Maske los und gab meine Bemühungen auf, sie ihm wieder auf den Mund zu setzen. »Also gut«, sagte ich. Dann sah ich wieder zu Todd hinüber, auf sein in der Bewußtlosigkeit doch seltsam verängstigtes Gesicht.

Das war eine Szene, die ich mir vor 30 Jahren nicht hätte vorstellen können. In der Blüte seiner Jugend hatte Todd beinahe unsterblich gewirkt, groß und breitschultrig, ein Gott, umgeben von seinen Jüngern und einer Göttin, die nicht von seiner Seite wich.

Mary Diehl war vermutlich eine Göttin. Jedenfalls war sie so schön, wie sich ein Mädchen das nur wünschen konnte. Luke bekam feuchte Hände, wenn sie in der Schule auf dem Flur an ihm vorbeiging, und Eddie Smathers war so von ihr beeindruckt, daß er allem Anschein nach Angst hatte, auch nur in ihre Nähe zu kommen. Mary war groß und hatte langes, dunkles Haar und tiefblaue Augen. Aber in erster Linie fiel jedem ihre Haut auf, eine Haut wie glattes Elfenbein, als würde sie sie jeden Tag neu anlegen, so daß sie stets ohne jeden Makel blieb. Selbst jetzt, so viele Jahre danach, wenn sie stumm in dem weißen Raum sitzt, der nun ihr Zuhause ist, hat ihre Haut jenen gespenstischen Schimmer. Es gibt Augenblicke – wenn ich bei ihr sitze und ihr die Hand streichle –, in denen plötzlich ihre ganze jugendliche Schönheit in sie zurückströmt, wie durch ein Wunder zurückkehrt, als wäre das Werk der Zeit ohne Einfluß.

Heute kommt es mir seltsam vor, daß ich in all den Jahren, die ich auf der High School verbrachte, nicht das geringste Interesse an Mary Diehl verspürte. Sie war für mich nie etwas anderes als die weibliche Version von Todd Jeffries, gottähnlich und unendlich weit entfernt. Ich fühlte mich in ihrer Gegenwart eher wie ein Insekt, klein, bis an die Grenze der Unsichtbarkeit.

Und doch war es letztlich Kelli Troy, die mir von allen am unerreichbarsten schien.

Wir hatten nur eine gemeinsame Vorlesung, nämlich die bei Miss Carver, aber ich sah Kelli untertags häufig, manchmal wenn sie an ihrem Spind stand, manchmal wenn sie auf den Eingangsstufen saß oder auch wenn sie auf die Reihe von gelben Bussen zustrebte, die am Nachmittag in der Einfahrt warteten. Sie nahm den, der nach Collier fuhr, einer etwa zehn Meilen von Choctaw entfernten Gemeinde auf dem Land. Sie saß immer ganz vorne und las entweder oder starrte stumm zum Fenster hinaus. Im Unterricht ergriff sie nicht sehr oft das Wort, und wir grüßten uns nur beiläufig. Doch dieser ganz besondere Reiz, den ich beim ersten Mal wahrgenommen hatte, ging weiterhin von ihr aus, und mein Blick sonderte sie aus jeder Gruppe aus, die sie umgab. Es war, als sei sie in einem großen Gruppenbild von der Hand eines anderen Künstlers gemalt worden, einer kräftigeren und geschickteren. Ihren Worten in der Vorlesung widmete ich mehr Aufmerksamkeit als den Bemerkungen anderer und äußerte mich dazu auch mit mehr Bedacht. Ich gab mir Mühe, nicht zuviel zu lächeln, um nicht knabenhaft zu erscheinen, und vermied es, ihr Komplimente zu machen, damit es nicht so aussah, als wolle ich um sie herumscharwänzeln. Ich war in jene erste etwas berechnende Phase eingetreten, in der man dem anderen Geschlecht den Hof macht, jene Phase, in der jedes Wort und jede Geste gründlich überlegt wird, ehe man sich dazu durchringt. Und doch kann ich nicht sagen, daß ich zu jener Zeit von ihr hingerissen war. Es gibt eine Art von Liebe, die einen durchdringt, ohne Schmerz zu verursachen, wie eine winzige Nadel, eine Art von Liebe, die sich so langsam und unbemerkt in einen hineinarbeitet, daß man sie nicht als plötzlichen Stich, sondern als eine sich ständig verdichtende Atmosphäre wahrnimmt.

So war es mit Kelli Troy.

Aber es gab auch Zeiten, in denen ich ganz anders empfand: eine plötzliche, aufwallende Leidenschaft; wir beide von einer Liebe erfaßt wie Catherine und Heathcliff, von jener Liebe, von der ich in jenem Herbst in *Wuthering Heights* las. Ich habe mir sogar ausgemalt, was aus einer solchen Leidenschaft hätte werden können. In dieser ganz speziellen Phantasievorstellung gibt es einen Augenblick wahnsinniger Liebe, und anschließend fliehen Kelli und ich, in einem Güterwagen der Eisenbahn versteckt, aus Choctaw, aneinandergeklammert, von wildem Gelächter gepackt, während die Lichter kleiner werden und das Tal sich Stunde um Stunde ausweitet, bis es sich schließlich öffnet, wie eine große Bucht, und die Morgendämmerung und wir sind jung und jeder Wirklichkeit entrückt.

Oder diese noch unwahrscheinlichere Version: Ein Brief kommt. Er stammt von der medizinischen Fakultät einer großen Universität in Boston oder New York. Es gibt dort einen Studienplatz für mich und ein Stipendium. Ich zeige ihn Kelli und umfasse dann mit beiden Händen ihre nackten Schultern. Ich sage: »Komm mit.« Sie kuschelt sich noch tiefer in meine Arme und preßt das Gesicht an meine Brust, und ich weiß, daß ihre Antwort »Ja« ist.

Wieder ein anderes Mal greifen dieselben Hände nach denselben nackten Schultern, aber sie sieht mich nicht an. Statt dessen rennt sie den steilen Hang hinauf, der zu der Bergstraße führt, rennt wie jene anderen Gejagten, von denen sie mir später erzählt hat, jene, die dem Breakheart Hill seinen Namen gegeben haben.

Denn das, was sich wirklich zugetragen hat, läßt mich nie richtig los, ganz gleich, wie oft meine Phantasie sich auch bemüht, es umzuschreiben. Ich höre den Schlag, der durch die Bäume hallte, sehe sie auf den Boden fallen und wieder aufstehen, den tödlichen Hang hinauftaumeln, sehe Arme, die sich nach ihr ausstrecken, während sie sich ihren Weg durch das Gestrüpp bahnt. Ich höre sie stöhnen, als sie erschöpft zu Boden sinkt, und dann das Geräusch von Schritten, die von der Kuppe des Breakheart Hill auf sie zustreben, und schließlich ihre letzten Worte, gesprochen, als der letzte Schimmer ihres Bewußtseins verblaßt. Und danach kehrt dann jedes Leben zu mir zurück, das Leben jedes einzelnen Menschen, das an jenem Tag tief im Wald vernichtet wurde, und ihre Gesichter kreisen durch mein Bewußtsein, eines hinter dem anderen, wie Köpfe auf einer Töpferscheibe.

*

Vor ein paar Jahren fragte Luke mich unvermittelt: »Wo, meinst du, hat alles angefangen, Ben?« Es war an einem Sonntag. Wir hatten gerade mit unseren Familien gegrillt und waren dabei, die Geräte wieder wegzuräumen. Ich hatte keine Ahnung, wovon er redete.

»Was angefangen?« fragte ich.

»Das, was zu dem geführt hat, was dann am Breakheart Hill geschehen ist.«

Ich starrte ihn stumm an, brachte kein Wort heraus, war überrascht, wie abrupt er wieder auf das Thema gekommen war, wie hartnäckig er sich daran festklammerte. Als ob jener erste Zweifel, den ich vor so langer Zeit an ihm wahrgenommen hatte, in ihm ein Loch aufgerissen hätte, das seitdem nichts hatte füllen können.

Luke bugsierte mich zu zwei Liegestühlen im hinteren Teil des Gartens. »Ich denke manchmal darüber nach«, sagte er, während wir langsam zu den Stühlen schlenderten, »darüber, wie es angefangen hat.«

Plötzlich sah ich wieder seinen Gesichtsausdruck vor mir, den Ausdruck, den ich an dem Nachmittag gesehen hatte, an dem es geschah. Selbst aus der Ferne hatte ich die Veränderung erkannt, die über ihn gekommen war, als er aus seinem Pickup stieg und auf mich zukam. Sein Gesicht hatte irgendwie zusätzliche Falten bekommen, als wäre er bei ihrem Anblick plötzlich gealtert. Aber seine Stimme, voller Entsetzen und Verständnislosigkeit, klang immer noch jung. *»Ben, etwas Schlimmes ... Kelli ... etwas wirklich Schlimmes.«*

Die Erinnerung daran vertreibend, blickte ich zu der Reihe weißer Rosen hinüber, die er entlang seines Zaunes gepflanzt hatte. »Ich denke, alles fängt irgendwie an.« Ich sagte das eher beiläufig, obwohl ich spüren konnte, daß in mir etwas aufstieg, ein gefangenes Etwas, das sich lärmend bemerkbar macht, um freigelassen zu werden. »Selbst solche Dinge«, fügte ich hinzu, bemüht, den sich aufbauenden Druck zu mildern.

Luke sah mich nicht an, aber ich konnte die Unruhe

spüren, die ihn plötzlich erfaßt hatte. »Vielleicht gerade solche Dinge«, sagte er, als müsse er sich selbst an das erinnern, was er sich vorgenommen hatte. »Eine spezifische Ursache ...«

Und in dem Augenblick wurde mir bewußt, daß Luke nie an das geglaubt hatte, worauf seine eigene Religion basierte, daß nämlich alles Böse von einer uralten Sünde stammte und jeder einzelne von uns bloß ein kleiner Tropfen in dem Fluß der Seelen war, der aus dem Garten Eden herausgeströmt war. Dadurch war der Ursprung des Leides, das wir anderen zufügten, so weit entfernt, daß man ihn nicht aufspüren konnte. Aber Luke suchte nicht den Trost, den solche Ferne bot, und auch nicht den Frieden, den der Glaube daran vermittelte. Er suchte stur und hartnäckig die Wahrheit.

Die Offenheit, mit der er seine Suche betrieb, nötigte mir Respekt ab, und so entkam mir in einem Augenblick unbedachter Bewunderung ein Hinweis. »Vielleicht hat es mit etwas ganz Unschuldigem angefangen«, sagte ich.

Sein Blick wandte sich ruckartig mir zu. »Was zum Beispiel?«

Ich erinnerte mich an jene erste Verbindung zu Kelli und improvisierte eine Antwort. »Einem Gedicht zum Beispiel. Dem ersten Gedicht, das sie geschrieben hat.«

Luke starrte mich an, sagte aber nichts.

»Ich meine, wenn sie das nicht geschrieben hätte ...«, begann ich und verspürte dann einen Stich der Furcht und hielt inne.

Luke sah mich fragend an. »Was dann?«

Ich schüttelte den Kopf. »Ich weiß auch nicht.«

Ich denke, er muß die Furcht in meinem Gesicht bemerkt haben, denn er sah weg, ließ sich tiefer in seinen Stuhl sinken und verstummte für eine Weile. Neben ihm sitzend konnte ich die Zweifel spüren, die ihn von dem Augenblick an nicht mehr losgelassen hatten, seit er durch meinen Garten gerannt war, um mir zu sagen, was er auf dem Breakheart Hill gesehen hatte. Er hatte kaum reden können und endlich verzweifelt mit sich überschlagender Stimme herausgesprudelt, daß Kelli Troy »etwas Schlimmes« zugestoßen sei. Seine Augen hatten sich mit einer furchterregenden Wildheit auf mein Gesicht konzentriert, während er um die Worte kämpfte, und immer wieder aufs neue wiederholte: *Etwas Schlimmes, Ben, etwas Schlimmes.* Ich hatte ihn stumm angestarrt, während er sich abmühte, und ich weiß, daß er in einem einzigen blitzschnell vorbeihuschenden Augenblick etwas Schreckliches in der toten Reglosigkeit meiner Augen und dem grimmigen Schweigen entdeckt hatte. Etwas, das Worte sprach, die ich nicht sprach, aber die er dennoch hörte, und das sein fieberndes »etwas Schlimmes, etwas Schlimmes« mit einem kühlen *Ich weiß* beantwortete.

»Diese Rosen, die ich letztes Jahr gepflanzt habe, die sind wirklich schön herausgekommen«, meinte Luke leise nach einer Weile.

Eine Welle der Erleichterung schlug über mir zusammen, als ob man mir Hinrichtungsaufschub gewährt hätte. »Ja, das kann man wohl sagen«, pflichtete ich ihm bei. Aber wenn es ihm auch noch so sehr Frieden gebracht hätte, mehr konnte ich ihm nicht sagen.

*

Mit Beginn der zweiten Oktoberwoche war ich dabei, letzte Hand an die erste Ausgabe des *Wildcat* zu legen. Ich hatte versucht, ein paar freiwillige Helfer zu finden, aber niemand hatte sich gemeldet, also war der größte Teil der Arbeit an mir hängengeblieben. Ich hatte praktisch nichts von dem abgelehnt, was man mir gebracht hatte. Deshalb lag jetzt dieselbe Art von Artikeln vor mir ausgebreitet, wie sie Allison Cryer auch veröffentlicht hatte: kleine Essays, Rezepte, Kurzberichte über sportliche Ergebnisse und ein wenig Schulklatsch, meist anonym und fast ausnahmslos von denselben Leuten verfaßt, die schon für Allison geschrieben hatten. Die Ausgabe war langweilig, aber das war mir egal. Der *Wildcat* war langweilig gewesen, als Allison ihn gemacht hatte, und würde auch weiterhin langweilig sein. Er war eben wie alles andere in Choctaw auch, so wie ich das sah, mittelmäßig und zu ewiger Mittelmäßigkeit verdammt.

Der kleine Raum, den die Schule dem *Wildcat* zur Verfügung gestellt hatte, befand sich im Keller, nur ein paar Schritte vom Heizungsraum entfernt und nicht viel größer als eine Abstellkammer. In dem Raum standen zwei alte hölzerne Schreibtische, zwei klapperige Schreibmaschinen, ein paar Lineale – für das Layout – und ein Stapel weißes Papier. Die Einrichtung war so karg und abgenutzt, daß ich Mühe hatte, mir Allison Cryer hier bei der Arbeit vorzustellen. Und doch gab es Hinweise auf ihre lange Amtsführung und ihre abrupte Abreise: Stapel von Film- und Modezeitschriften, ein Diätbuch für Teenager, ein abgebrochener Eyeliner-Stift – alles Dinge, die ich sofort hinauswarf und schließlich durch jene persönlichen Gegenstände ersetzte, die Sheriff Stone später in dem überfüllten Raum finden würde – eine Liste der medizinischen Fakultäten in den Vereinigten Staaten, ein Exemplar von *The Lost Lady* und ein Foto von Kelli Troy, das sie in einem weißen, ärmellosen Kleid auf der Kuppe des Breakheart Hill zeigte.

Ich hatte mir angewöhnt, nachmittags nach der Schule am *Wildcat* zu arbeiten. Ich ging in den Kellerraum, ließ mich auf den Stuhl hinter dem Tisch fallen und las irgendeine neue Einreichung durch oder arbeitete am Layout. Es war wirklich ein recht einsamer Ort, ein Ort, an dem ich mich sehr wohl fühlte. Manchmal verriegelte ich einfach die Tür und ließ mein Bewußtsein frei dahintreiben und sich mit den Möglichkeiten befassen, die das Leben bot. Der geschlossene Raum machte mich von all den Dingen frei, die einen gewöhnlich ablenken, so daß meine Phantasie ungehindert in die verheißungsvolle Zukunft fließen konnte.

Wahrscheinlich war ich an jenem Nachmittag auch mit solchen Gedanken beschäftigt, als ich ein leises Klopfen hörte und dann sah, wie die Tür sich langsam öffnete. Sie stand im dichten Schatten, nur schwach vom harten Licht des äußeren Korridors beleuchtet, aber ich erkannte sie dennoch sofort.

»Hallo«, sagte ich und nahm gleich ohne jeden Grund meine Brille ab. Ich fing an, die Gläser mit meinem Hemdzipfel zu polieren.

»Hallo.«

Ich setzte die Brille wieder auf. »Suchst du jemanden?«

»Ja«, sagte Kelli.

»Mich?«

»Miss Carver hat gesagt, du würdest hier unten sein. Deshalb bin ich hergekommen, um dir das hier zu bringen.« Sie zog ein zusammengefaltetes Stück Papier aus der Rocktasche. »Es ist ein Gedicht. Bringst du im *Wildcat* Gedichte?«

»Ich bringe praktisch alles«, erklärte ich mit einem etwas säuerlichen Lächeln.

Sie musterte mich streng, als würde sie mißbilligen, was ich gesagt hatte. »Du meinst, egal ob es etwas taugt oder nicht?«

Ich zuckte blasiert die Achseln. »Nun, so groß ist meine Auswahl gar nicht«, erklärte ich. »Du weißt schon, eben das typische High-School-Zeug. Choctaw High. Rah. Rah. Rah.«

Meine Antwort schien sie nicht zu befriedigen, aber sie sagte nichts, sondern gab mir das Papier.

»Es sind bloß ein paar Zeilen. Wenn es dir nicht gefällt, kannst du es mir sagen.«

Damit hatte sie mir eine unerwartete Autorität verliehen, mich gleichsam gekrönt, und ich erinnere mich daran, wie ich meine Würde einen Augenblick lang auskostete. »Okay«, sagte ich. »Aber wahrscheinlich ist es ohnehin besser als das meiste von dem Zeug, das ich kriege.« Ich warf einen Blick auf das Blatt. »Soll ich es jetzt lesen?«

»Nein«, antwortete Kelli entschieden. »Später.«

»Okay.«

Sie blieb noch eine Weile stehen, als würde es ihr widerstreben, ihr Gedicht dazulassen. »Also, ich muß jetzt zum Bus«, sagte sie dann schließlich. Sie ging zur Tür hinaus ins grelle Licht des Korridors, blieb kurz stehen und sah mich an. »Du wirst mir ja Bescheid geben.«

»Morgen«, versprach ich, und meine Hand zuckte unwillkürlich in die Höhe, als wolle sie nach ihr greifen und sie nicht entfliehen lassen. »Ich lese es heute abend, und dann reden wir morgen.«

Sie nickte, drehte sich um und verschwand im Halbdunkel.

Ich trat in den Flur und sah ihr nach.

Aber sie war bereits einige Fuß entfernt, und ihre schlanke Gestalt entschwand am anderen Ende des Flurs die Treppe hinauf.

Ich ging an meinen Schreibtisch zurück, faltete das Papier auseinander und las, was sie geschrieben hatte. Meine Augen wanderten an den Zeilen entlang, in einem Raum, in dem immer noch Allison Cryers Anwesenheit zu spüren war und alles das, womit sich zahllose Generationen sicher gefühlt hatten.

Einige Menschen kommen in die Welt
wie auf einem hellen, grünen Pfad,
in kurzen Ärmeln und im Sommerkleid,
und blicken gerade nach vorne.

Und manche Menschen kommen in die Welt,
als gingen sie in einer regendunklen Gasse,
unter einen schwarzen Regenschirm geduckt,
und blicken sich ängstlich um.

Das Gedicht war so, wie sie es mir geschildert hatte, nur ein paar Zeilen lang, aber als ich es ein zweites Mal las und dann ein drittes, spürte ich das Gefühl der Angst darin, als hätte man es mir ins Ohr geflüstert statt auf einem kleinen weißen Blatt Papier gereicht. An seiner Botschaft war etwas Geheimnisvolles, etwas Verstecktes. Ich dachte nach, ganz konkret – anders konnte ich in jenen Tagen nicht denken –, und wollte mehr über die »regendunkle Gasse« wissen, von der sie geschrieben hatte und die ich mir sofort in jeder grimmigen städtischen Einzelheit ausmalte. Kelli Troy war etwas passiert, davon war ich überzeugt, etwas, das sie gerade noch überlebt hatte und das in ihr ein Gefühl der Verletzbarkeit hinterlassen hatte, das dunkler und geheimnisvoller war als die üblichen Ängste anderer Menschen. Und ihr Gedicht hatte einen Teil der Distanziertheit von ihr genommen und sie auf diese Weise zugänglicher gemacht.

Gleich am nächsten Tag ging ich auf sie zu. Sie stand mit Sheila Cameron zusammen, der unangefochtenen Anführerin der Gruppe von Mädchen aus Turtle Grove, dem einzigen wohlhabenden Viertel von Choctaw.

»Hallo Ben«, grüßte Sheila, als ich auf die beiden zuging. Ihre Stimme klang wie ein Zwitschern, munter und freundlich, und ihr Gesicht verriet wie ihr ganzes Wesen Offenheit. Sie war keineswegs das eitle Monstrum, das sie angesichts ihres Aussehens und des Geldes ihres Vaters sowie aufgrund der Tatsache, daß sie mit einem »Collegetyp« ausging, hätte sein können. Ihr Gesicht schien stets ein freundliches Lächeln zu zeigen. Es ist ganz und gar nicht dasselbe, das ich heutzutage gelegentlich im Supermarkt sehe, wenn sie an der Kasse wartet. Sie verbirgt ihr Gesicht, dessen brüchige Züge in einer Maske tiefen Ekels erstarrt sind, hinter einer dunklen Brille.

»Hallo, Sheila«, sagte ich und sah dann Kelli an. »Hast du einen Augenblick Zeit?« fragte ich sie und ließ erkennen, daß ich sie unter vier Augen sprechen wollte.

Wir gingen ein paar Schritte und blieben dann stehen.

»Ich habe dein Gedicht gelesen«, erklärte ich ihr sofort, ohne Umschweife. »Es hat mir sehr gut gefallen.«

Kelli lächelte und ihre dunklen Augen blieben dabei unbewegt. »Ich habe auf meiner alten Schule ein paar Sachen geschrieben«, sagte sie.

Das schien die perfekte Chance zu sein, ihr zu vermitteln, daß ich anders war als die Leute in Choctaw. »Du warst doch in Baltimore, nicht wahr? Das hast du mal gesagt«, fragte ich.

»Ja.«

»Dort muß es sich gut gelebt haben. Ich meine, verglichen mit Choctaw, das doch so klein ist.« Ich zuckte die Achseln. »Und langweilig auch. Ich kann es gar nicht erwarten, hier wegzukommen.«

Sie musterte mich einen Augenblick lang, ohne etwas zu sagen. Dann gab sie sich offenbar innerlich einen Ruck und meinte: »Also, ich sollte jetzt zur Vorlesung gehen.«

»Ja, das sollte ich auch«, antwortete ich. »Aber hör zu – wenn du je wieder etwas hast, etwas, was du geschrieben hast, dann würde ich es wirklich gerne sehen.«

»Okay«, nickte Kelli. Und damit ging sie.

Nach dem Ende des Unterrichts tauchte draußen plötzlich Luke neben mir auf und stupste mich freundschaftlich an. »Ich habe gehört, du hattest ein kleines Tête-à-tête mit Kelli Troy«, sagte er neckend.

Ich warf ihm einen strengen Blick zu. »Sheila Cameron hat ein großes Maul.«

»Worüber hast du denn mit Kelli geredet?« wollte Luke wissen.

»Bloß über etwas, das sie für den *Wildcat* geschrieben hat«, antwortete ich und ging etwas schneller Richtung Parkplatz, als könnte ich mich ihm damit entziehen.

Wir schritten an der langen Reihe gelber Busse entlang, die die ganze Einfahrt zur Schule säumten. Schließlich blieb Luke stehen. »Ich habe Betty Ann gesagt, ich würde mich mit ihr vor der Turnhalle treffen«, sagte er und bog auf den Weg ab.

Mein Vater hatte mir in der vorangegangenen Woche

den 57er Chevy überlassen. Der Wagen stand auf einer schattigen Stelle am äußersten Rande des Parkplatzes. Eddie Smathers hatte seinen knallroten Ford Fairlane daneben geparkt, und ich bemerkte ihn und ein paar von den anderen Jungs, die in der Nähe herumlungerten, Zigaretten rauchten und nach Kieselsteinen traten.

Einer davon war Lyle Gates, und als ich an ihm vorbei auf meinen Wagen zuging, sah er zu mir herüber und winkte.

»Ben, stimmt's?« fragte er.

Ich blieb stehen und drehte mich zu ihm herum. »Mhm.«

»Ben Wade«, sagte Gates mit einem kurzen Lachen, als würde er sich selbst gratulieren. »Ich vergesse nie einen Namen. Du und Luke Duchamp wart vor ein paar Wochen bei Cuffy's.« Eine Zigarette hing ihm im Mundwinkel. »Na, was vor die Flinte bekommen?« fragte er.

Ich gab keine Antwort, was auch eine Antwort war.

Lyle grinste. »Laß dir darüber keine grauen Haare wachsen. Eines Tages wirst du heiraten, und dann kriegst du mehr als genug, mehr als dir lieb ist. Dann kannst du dich abrackern.«

Die anderen Jungs lachten. Einer von ihnen blies einen Rauchring in den klaren Nachmittag.

»Ich denke, ich könnte nie genug kriegen«, quiekte Eddie Smathers.

Lyle achtete nicht auf ihn. Sein Blick wanderte zur Schule hinüber. »Der alte Avery wird hier bald auftauchen«, sagte er. »Dann wird er mich entdecken und sich denken ›So, da ist also Lyle Gates. Möchte wissen, was dieses Arschloch von einem Unruhestifter wieder im Sinn hat?‹«

Eddie lachte. »Verdammt, ist doch besser, als wenn er dich für 'ne Mieze hält, oder?«

Lyle zuckte die Achseln. Sein Blick strich über das Schulgebäude und die Reihe von Bussen, die davor parkten. »Also, ich finde an der guten alten Choctaw High hat sich nicht viel verändert«, meinte er, und seine Stimme klang müde und gelangweilt, während sein Blick nervös herumhuschte, als könne er keine Ruhe finden.

»Also, wir haben ein neues Mädchen gekriegt«, tönte Eddie. »Aus dem Norden.«

Lyle warf seine Zigarette auf den Boden und zündete sich die nächste an. »Aus dem Norden sagst du?«

Eddie nickte. »Genau. Sieht auch gut aus.«

Lyle grinste. »Ach was, Scheiße, Eddie, du weißt doch, ich würde nie ein Yankee-Mädchen vögeln«, sagte er und zwinkerte ihm zu.

Eddies Augen funkelten. »*Die* schon.« Seine Hände lieferten die übertriebene Darstellung einer üppigen Frauengestalt, und dann wischte er sich mit der Hand über die Stirn. »Mann, die ist klasse.«

Lyle atmete tief ein und ließ die Luft dann langsam aus seinen Lungen entweichen. Die Schultern sackten ihm etwas nach vorne, als ob ihm jemand plötzlich eine schwere Last aufgeladen hätte. Ich konnte an seinem Oberarm eine kleine purpurfarbene Tätowierung erkennen, eine Frauengestalt, und darunter den Namen der Frau, die ihm bereits den Laufpaß gegeben hatte.

»Ich muß jetzt gehen«, sagte er und schlenderte davon. Weißer Rauch kräuselte sich hinter ihm, als er in seinen Wagen stieg.

»Ich wußte nicht, daß du dich mit Lyle abgibst«, sagte ich zu Eddie.

Eddie zuckte die Achseln. »Ach was, Scheiße, ich geb' mich nicht mit ihm ab. Wir spielen nur gelegentlich eine Partie Billard.«

Ich sah mich nach Lyle um. Er saß jetzt in seinem Wagen, und seine Augen musterten die Schule gedankenverloren und mit einer Art von Wehmut, die an einem so jungen Menschen merkwürdig wirkt.

»Was macht er denn hier?« fragte ich.

»Sieht sich bloß um, denke ich.« Eddie zog ein letztes Mal an seiner Zigarette und warf sie dann auf den Boden. »Hast du Todd gesehen?«

»Nein.«

Er stemmte sich von der Motorhaube des Wagens ab, und seine Füße sanken mit einem weichen Knirschen in den Kies. »Ich hoffe nur, daß er nicht ohne mich weggefahren ist«, sagte er besorgt. Er schaute sich um und eilte gleich zu dem betonierten Plattenweg, der zum Eingang der Schule führte.

Ich blickte ihm nach. Damals hätte ich nie geglaubt, daß je etwas aus ihm werden würde, aber Eddie ist heute ein erfolgreicher Fabrikant. Gerüchte gehen um, daß er für den Bürgermeisterposten kandidieren will. Wenn wir uns im Krankenhaus begegnen oder bei einem Footballspiel oder beim Einkaufen in der neuen Mall, so kommt er auf mich zu und schüttelt mir kräftig die Hand, ganz im Stil eines Politikers, aber bei ihm wirkt es nicht ganz so falsch. Er läßt dabei sein übliches Lächeln aufblitzen. »Erinnerst du dich noch, wie wir zusammen auf der Choctaw High waren?« fragt er jedesmal. Und dann schüttelt er versonnen den Kopf und erinnert sich an eine Zeit seines Lebens, die für ihn sicherlich vollkommen unkompliziert gewesen war. »Erinnerst du dich noch, wieviel Spaß wir damals hatten?«

»Ja, ich erinnere mich«, lautet meine Antwort.

Dann wird das Lächeln breiter, zieht sich über sein ganzes Gesicht, und seine Augen funkeln vergnügt. »Junge, das war eine Zeit, was Ben?« sagt er.

Dabei sehe ich ihn wie damals in jener Nacht, sehe einen 17jährigen Jungen mit rötlichem Haar, von dem ein diabolisches Leuchten ausgeht und dessen grüne Augen mein grimmig ernstes Gesicht mustern. Seine Stimme dringt durch die drückende Finsternis des Sommers zu mir, gereizt und angespannt. *Was sagst du da, Ben?*

6

Manchmal fängt es ganz am Ende an, und ich sehe mich über eine weite, grüne Rasenfläche gehen, Luke neben mir, bewegt wie zwei Pferde, die mit einem dunklen Lederriemen aneinandergeschirrt sind. Zusammen tragen wir unsere Last an den dafür vorgesehenen Ort und schauen zu, wie sie in die rote Tonerde hinuntergelassen wird, aus der das ganze Choctaw-Tal besteht. Der Sarg ist von fahlem Grau, und deshalb scheint es so, als würde er sich in der Erde auflösen, verschwinden, als wäre er nur Nebel. Luke steht neben mir, die Hände vor der Brust gefaltet. Seine Augen sind nicht feucht, und er sagt nichts, aber ich kann die Spannung in seinen Fingern sehen, seinen Fingern, die sich immer wieder gegenseitig umfassen und loslassen, umfassen und loslassen.

Ich blicke mich um, betrachte die Leute, die mit uns am

Grab stehen. Sheila Cameron steht wie eine schwarze Steinsäule da, und nicht weit von ihr ist Eddie Smathers zu sehen, höchst unpassend mit einem hellblauen Sommeranzug bekleidet.

Miss Troy befindet sich direkt vor mir, und als es dann vorbei ist, tritt sie dicht an den Rand des Grabes und wirft eine weiße Rose auf den grauen Sarg unter ihr. Dann kommt sie zu Luke und mir herüber, nimmt unsere Hände und drückt sie kräftig. »Kelli hat euch Jungs liebgehabt«, sagt sie.

Ich starre sie an und staune über die Lebenskraft, die immer noch von ihr ausstrahlt, über die ungeheuren Reserven an Kraft und Mut, die ich in ihren Augen sehen und in dem kraftvollen Druck ihrer Hand spüren kann, und in diesem Augenblick schlägt es über mir wie eine kochend heiße Welle zusammen, und mir ist klar, was ich verloren habe.

Immer wieder überkommt es mich ohne besonderen Anlaß. Ich brauche dann frische Luft, steige aus dem Bett und gehe auf die Veranda hinter dem Haus. Die Felder sind abgeerntet oder sie stehen in Blüte, tragen junge Saat oder harte Stoppeln. In jener Welt scheint alles vollkommen ausgewogen, nichts ist dem Zufall überlassen. Der Himmel darüber bleibt unverändert, die Sterne sind wie silberne Pflöcke, die fest in die Dunkelheit getrieben sind. Die Planeten kreisen auf ihren eisernen Ringen, festgefügt, wo uns die Gabe des Fließens gewährt ist; sie ohne Willen, wir ohne Ziel.

Einmal, es ist noch nicht lange her, ist meine Tochter Amy mir gefolgt.

»Du solltest dir helfen lassen«, sagte sie.

»Wobei?«

»Bei deiner Schlaflosigkeit.«

»Das kommt nur gelegentlich vor«, beruhigte ich sie. »Kein Grund zur Sorge.«

»Aber es macht dich müde. Und manchmal reizbar.«

Das Gesicht von Mary Diehl schwamm plötzlich an meinem inneren Auge vorbei, die Augen gerötet und von schlaflosen Nächten gezeichnet, vor Angst glasig starr. Ihre Stimme ein atemloses Wimmern: *Bitte sag es niemandem, Ben.*

Ich sah Amy an. »Sei vorsichtig«, sagte ich ihr.

Sie starrte mich verwirrt an und schien nicht folgen zu können. »Vorsichtig?« fragte sie. »Wobei?«

Ich schüttelte den Kopf, konnte nicht anworten oder auch nur überlegen, wo ich mit einer Antwort anfangen könnte.

»Bei allem«, sagte ich mit einem schnellen Achselzukken.

Sie fuhr fort, mich besorgt zu mustern. »Fehlt dir auch ganz bestimmt nichts, Dad?«

»Nein, ich bin ganz in Ordnung«, versicherte ich ihr. Dann legte ich den Arm um sie, und wir standen lange einfach da, und der Nachtwind umwehte uns, wehte hin und her, wie ein jagender Hund, der sich verzweifelt bemüht, eine verschwundene Spur wieder aufzunehmen.

Nach einer Weile kehrten wir ins Haus zurück. Amy ging in ihr Schlafzimmer, aber ich wußte, daß ich immer noch keinen Schlaf finden würde. Also betrat ich mein Büro, setzte mich an den Schreibtisch und drehte den Sessel herum, um aus dem großen Erkerfenster hinaussehen zu können. Der Herbst war schon ziemlich weit fortgeschritten, aber ich konnte spüren, wie mich eine Hitzewelle überkam. Die Sonne schien hinter dem schwarzen Vorhang einen drohenden Schritt auf mich zu getan zu haben. Ich blieb lange so sitzen, schweigend, beinahe unbeweglich, wie ein nackter Mann in einem vom heißen Dampf erfüllten Raum, geduldig wartend auf irgendeinen unergründlichen nächsten Schritt.

Nach ein paar Minuten zog die Hitzewelle vorüber, und ich war plötzlich so erschöpft, daß ich das Gefühl hatte, jeder einzelne meiner Muskeln sei bis an die Grenze seiner Leistungsfähigkeit strapaziert worden. Ich holte lange und tief Luft. Langsam besserte sich mein Zustand, ein Vorgang, der mittlerweile seit Jahren anhält und der immer ein Stück von mir zurückläßt, einen Teil meiner Rüstung, die auf dem Feld verrostet.

Plötzlich war ich wieder jung. Wir alle waren jung. Ich sah uns in dem Fluß in der Nähe herumplantschen, Luke schwang an einem Seil, das über der beinahe reglosen Wasserfläche hing, während Betty Ann am Ufer saß und laut klatschte. Ich sah, wie Todd auf den Schultern seiner Mannschaftskameraden vom Sportplatz getragen wurde und wie Mary atemlos von der hölzernen Tribüne ein paar Meter entfernt zuschaute. Hundert voneinander losgelöste Szenen huschten an mir vorbei: Eddie, der sich danach sehnte, daß Todd von ihm Notiz nahm, erpicht darauf, jeder seiner Anordnungen zu folgen; Sheila, die vergnügt von dem Collegestudenten plauderte, den sie später heiraten würde, umgeben von einem Kreis von Mädchen, die ihr neidisch zuhörten. Ich sah, wie Luke und Betty Ann sich verstohlen hinter der Treppe küßten, die Augen offen, sich umsehend, ob irgend jemand aus dem Lehrkörper sie vielleicht entdecken würde. Und obwohl ich begriff, daß das, was wir zu jener Zeit noch nicht vom Leben wußten, tausend Bände hätte füllen können, schien es doch gut, daß wir so wenig gewußt und eine kurze Stunde lang nichts Bedrohlicheres gekannt hatten als die nächste Klassenarbeit. Und dann sah ich plötzlich Kelli mit ähnlich besorgter Miene, wie Luke sie an jenem Tag gesehen hatte, als er sie den Breakheart Hill hinaufgefahren hatte. Ich sah alles, das zu jenem Augenblick geführt hatte, und alles, was nachher gekommen war. Und ich dachte: *Nein, die Jugend ist mehr Illusion, als wir brauchen.*

*

Die erste Ausgabe des *Wildcat* erschien etwa eine Woche, nachdem Kelli mir ihr Gedicht gegeben hatte. Äußerlich glich das Blatt dem, für das Allison Cryer in den vergangenen zwei Jahren verantwortlich gewesen war. Es trug dieselbe primitive Zeichnung einer knurrenden Wildkatze oben auf dem Titelblatt, die in ihren Krallen ein Schriftband mit dem Motto des Staates Alabama hielt: *Audemos ius defendere* – »Wir wagen es, unsere Rechte zu verteidigen«.

Auch der Inhalt war im großen und ganzen derselbe, abgesehen von Kellis Gedicht. Es stand auf der dritten Seite des Blattes zwischen einem Sportbericht und einer Klatschspalte, die ein Mädchen namens Louise Davenport für jede Ausgabe beisteuerte.

Ich erinnere mich daran, daß ich ziemlich aufgeregt war, als die örtliche Druckerei die erste Ausgabe lieferte, und ich weiß, daß diese Aufregung einzig und allein von Kellis Gedicht herrührte, das in der Zeitschrift abgedruckt war. Es war nicht nur das erste Gedicht, das der *Wildcat* jemals gebracht hatte, sondern es war auch – daran gab es für mich keinen Zweifel – das Interessanteste, was je darin erschienen war.

Von daher rechnete ich damit, daß die Verse für ein wenig Furore sorgen und sowohl auf Kelli, als die Verfasserin des Gedichtes, als auch auf mich, den innovativen neuen Herausgeber des Blattes, aufmerksam machen würden.

Aber nichts dergleichen geschah. Die Zeitung kam und wurde verteilt. Die nächsten zwei Tage sah ich, wie die Studenten darin blätterten und lasen, wenn sie auf der Treppe saßen oder an ihren Spinden lehnten, und ich versuchte jedesmal zu entdecken, ob sie Kellis Gedicht lasen. Aber das taten sie nie. Selbst Luke las es nicht oder wenigstens so lange nicht, bis ich es ihm unter die Nase hielt und ihn dazu zwang. Danach gab er mir das Blatt zurück und sagte nur beiläufig: »Yeah, das ist nett.«

Auch Kelli schien keinerlei Erregung darüber zu verspüren, daß ihr Gedicht veröffentlicht worden war. Am Tag nach dem Erscheinen der Zeitung kam sie im Gang auf mich zu, dankte mir höflich dafür, daß ich ihr Gedicht abgedruckt hatte, und eilte dann schnell die Treppe zu ihrer nächsten Vorlesung hinauf.

Eine Woche verstrich, und ich wartete die ganze Zeit auf irgendeine Reaktion, aber außer Lukes »Nett« und Kellis schnellem »Schönen Dank« kam nichts.

Doch dann blickte ich eines Nachmittags von meinem kleinen Schreibtisch in dem Büro der Schülerzeitschrift auf und sah Miss Carver in der Tür stehen. Sie hielt den *Wildcat* in der Hand.

»Ich habe Kelli Troys Gedicht im *Wildcat* gelesen«, sagte sie. »Der Rest der Ausgabe ...«

»Ist nicht auf dem gleichen Niveau«, ergänzte ich und sprach damit ihren Gedanken aus.

»Aber das könnte vielleicht gelingen«, meinte Miss Carver und nickte. Sie trat ein. »Ich habe schon mit Kelli gesprochen, und sie hat sich bereit erklärt, aktiv mitzuarbeiten.« Sie hielt inne, vorsichtig, als habe sie Angst, mich zu beleidigen. »Ich denke, Sie beide könnten ein gutes Team abgeben«, schloß sie.

Ich sagte nichts.

»Ich meine, wenn Sie das Blatt gemeinsam herausgeben würden«, fügte Miss Carver hinzu.

Anscheinend erwartete sie, daß ich Einwände vorbringen, vielleicht sogar beleidigt sein würde, aber ich willigte gleich ein.

»Also, dann sagen Sie ihr doch, sie soll, so schnell sie kann, herkommen«, schlug ich vor.

Kelli kam gleich am nächsten Nachmittag, blieb kurz in der Tür stehen, wie beim ersten Mal, und sagte dann ihr schnelles »Hallo«.

Ich stand auf und ging in den Flur hinaus, so daß wir uns beide in dem verlassenen Gang gegenüberstanden.

»Miss Carver hat gesagt, du würdest gerne mit mir am *Wildcat* zusammenarbeiten. Ich fände das klasse. Du könntest etwas dazu beitragen, weißt du? Etwas Neues, anderes.«

Sie lächelte zum ersten Mal, ein aufrichtiges Lächeln, so als ob sie mich amüsant finden würde.

»Etwas Neues«, sprudelte ich heraus. »Eine neue Perspektive. Von Choctaw, meine ich. Einen anderen Gesichtspunkt. Den des Nordens.«

Etwas in dem, was ich sagte, schien sie anzusprechen. Sie musterte mich schweigend, als müßte sie sich erst darüber klarwerden, ob ich ernst zu nehmen sei. Dann schien sie zu einem Schluß zu gelangen. »Hast du einen Wagen?« fragte sie.

»Bloß einen alten Chevy«, erklärte ich, »aber er läuft einwandfrei.«

»Hast du Zeit, mit mir eine kleine Fahrt zu machen?«

»Yeah.«

»Okay«, nickte Kelli. »Dann will ich dir etwas zeigen, das vielleicht interessant sein könnte.«

Ich hatte das Gefühl, daß die ganze Schule zusah, als Kelli und ich den langen Weg hinuntergingen und schließlich in den Parkplatz einbogen. Das war natürlich nicht der Fall, wenn ich auch bemerkte, wie Eddie Smathers die Augen aufriß, als er uns erblickte, und uns dann beobachtete, bis wir in den alten grauen Chevy eingestiegen waren.

»Wo fahren wir hin?« fragte ich, als ich den Zündschlüssel umdrehte.

»Aus der Stadt hinaus«, sagte Kelli. »Und dann biegst du rechts von der Main Street ab.«

Ich folgte ihrer Aufforderung und steuerte den Wagen über die Straße, die von der Schule aus direkt ins Zentrum von Choctaw führte, und dann nach rechts über eine breite Bundesstraße, die zunächst von Billigläden und Kleidergeschäften gesäumt war, dann von Tankstellen und Plätzen mit Gebrauchtwagenhändlern und schließlich nur noch von Feldern und vereinzelten Farmen. Die Stadt versank hinter uns am Horizont.

»Hier draußen gibt es einen besonderen Platz«, sagte Kelli, und ihre Augen wirkten jetzt viel lebhafter, als sie das flache Land absuchte, das sich zu unserer Rechten bis zum Fuße des Berges erstreckte. »Er ist im Wald. Eine ungeteerte Straße führt hin.«

Ein paar Minuten später bogen wir in den Feldweg ein, einen Streifen trockener Straße, der sich wie eine rote Narbe durch die Weidefläche bewegte. Als ich den Wagen schließlich parkte, lag eine dünne, orangefarbene Staubschicht auf meiner Brille. Ich zog ein Taschentuch heraus und wischte die Gläser ab.

»Und wonach suchen wir?« fragte ich, während ich sie wieder aufsetzte.

»Nach einem großen Felsen.« Kelli blickte suchend in den tiefen Wald, der sich am Fuße des Berges erstreckte. »Es muß irgendwo dort vorne sein.«

Sie stieg aus und ging auf den Berg zu. »Da ist der kleine Bach, von dem ich gelesen habe«, rief sie und deutete auf einen schmalen Flußlauf, der sich vom Berg ausgehend auf die ferne Straße zuschlängelte.

Ich trat neben sie und sah ihr zu, wie sie die fernen Hänge mit den Augen absuchte. »Es muß hinter dieser Baumgruppe sein«, sagte sie und ging weiter.

Ich folgte ihr und konnte den Blick nicht von der fließenden Form ihres Körpers lösen, der sich vor mir bewegte, dem Schwung ihrer Hüften unter dem dunklen Rock, dem weichen rhythmischen Wiegen ihrer Schultern, während sie dem Weg folgte, und ihrer üppigen, ebenholzfarbenen Haarmähne. Ich erinnere mich an den Berg als eine gesprenkelte Wand aus Rot und Orange, den Bach als einen dunklen Faden und die Straße als einen tiefen roten Einschnitt in reglosen Feldern aus gelbem Gras.

Sie war immer noch vor mir, als sie das Ende des Weges erreichte. Sie drehte sich um und wartete, lächelte leicht. Eine Haarsträhne hing ihr über das rechte Auge.

»Dort drüben ist es«, sagte sie, als ich neben sie trat. Sie zeigte zuerst auf eine kleine Lichtung und dann auf einen großen Granitbrocken dahinter. »Dort hat sie sich versteckt«, erklärte sie.

»Wer?«

»Sie haben sie Lillith genannt.«

»Wer hat was?«

»Die Leute, die hier in der Nähe leben. Thomas und Mary Brandon.«

Sie bedeutete mir, daß ich weitergehen sollte. Gemeinsam gingen wir zu der Lichtung und dann zu dem riesigen grauen Stein, der darüber aufragte.

Kelli wies auf eine kleine, mit Kieselsteinen bedeckte Bodenerhebung an seinem Fuße. Der Zwischenraum zwischen der Bodenerhebung und dem Stein war nicht größer als ein Fuchsbau, und die Jahre hatten den Zwischenraum fast völlig mit Blättern und Zweigen gefüllt.

»Dort hat sie sich damals aufgehalten«, erklärte mir Kelli. »Von hier aus hat sie alles mit angesehen.«

Sie trat auf den kleinen Steinhaufen und lehnte sich an den Granitblock, und ihre Augen wanderten jetzt zu der schmalen, blauen Linie der Straße hinüber, auf der wir hergekommen waren.

Ich wollte mich neben sie setzen, überlegte es mir dann aber anders und ging zum nächsten Baum und lehnte mich daran.

»Ich habe in einem Buch davon gelesen, das sich mit diesem Teil von Alabama befaßt«, sagte Kelli. »Dort steht eine Menge über Dinge, die sich in dieser Gegend ereignet haben.«

»Was war denn mit dieser Lillith?« fragte ich.

»Sie ist schon lange tot, aber vor ihrem Tod hat sie noch davon berichtet, was mit ihr passiert ist, als sie ein kleines

Mädchen war. Alles ereignete sich noch vor dem Bürgerkrieg.«

Sie deutete nach Norden, weiter ins Tal hinein. »Etwa drei Meilen von hier war ein Dorf der Cherokee-Indianer, und dort hat Lillith gelebt. Als sie ihre Geschichte erzählte, hatte sie ihren Indianernamen schon vergessen, aber sie konnte sich noch an eine ganze Menge aus ihrem damaligen Leben erinnern.«

Jenes Leben, wie Kelli es mir im Anschluß beschrieb, war friedlich gewesen. Die Cherokee hatten Ackerbau betrieben, und ihr Lebensstil hatte sich wenig von dem der weißen Farmer unterschieden, die sich im Laufe der Jahre um das Volk herum angesiedelt hatten. Einer von diesen Farmern war Thomas Brandon gewesen. Er hatte sich mit dem großen Cherokee-Krieger angefreundet, der Lilliths Vater gewesen war. Die beiden Männer hatten »miteinander geraucht«, wie Lillith es ausgedrückt hatte, sowohl im Cherokee-Wigwam wie in Brandons Blockhütte an der Mündung eines Wasserlaufes, dem Lewis Creek.

»Dieser Wasserlauf hier ist es«, erzähle Kelli und deutete auf das schmale, fast reglose Rinnsal. Plötzlich wirkte es auf mich auf eine düster geheimnisvolle Art wie die »regendunkle Gasse« in Kellis Gedicht.

»Man beschloß, die Indianer aus dieser Gegend umzusiedeln«, fuhr Kelli fort. »Alle Indianer mußten ihre Sachen packen und nach Westen ziehen.« Ihre Augen wanderten zu dem Tal hinüber, und mir schien, sie könne dort immer noch dünne Rauchfäden sehen, die aus der Cherokee-Siedlung aufstiegen. »Und das taten sie dann«, sagte sie. »Mit Ausnahme von Lilliths Vater, der sich weigerte, sich aus seinem Heim vertreiben zu lassen.«

Am Tag, bevor die Soldaten kamen, stieg er aufs Pferd, hob Lillith auf seinen Schoß und ritt aus dem Dorf.

»Lillith hatte zuerst Angst gehabt«, sagte Kelli, »hauptsächlich wegen der finsteren Miene ihres Vaters, aber nach einer Weile bemerkte sie, daß ihr Vater zu Thomas Brandons Haus ritt.«

Brandons Blockhütte war bereits zu sehen, als ihr Vater am Ostufer des Lewis Creek sein Pferd zum Stehen brachte. In ihren Erinnerungen beschrieb Lillith, wie er sie langsam heruntergelassen hatte, dann selbst abgestiegen war und nach ihrer Hand gegriffen hatte, um sie ans Wasser zu führen.

»Er forderte sie auf, aus dem Bach zu trinken«, erzählte Kelli weiter. »Dazu mußte sie sich auf den Bauch legen und ihren Kopf über das Ufer hängen lassen.«

Lillith tat, was ihr Vater befohlen hatte, legte sich flach ins Gras und trank, bis sie seine Hand am Hinterkopf spürte, die ihr Gesicht tiefer ins Wasser drückte.

»Er hatte beschlossen, sie lieber zu ertränken als zuzulassen, daß die Soldaten sie einfingen«, erklärte mir Kelli.

Lillith wehrte sich, und selbst im Alter noch erinnerte sie sich, wie wild sie um sich geschlagen, wie verzweifelt sie darum gekämpft hatte, Luft zu bekommen, erinnerte sich an das Plätschern der Wellen und sogar noch an den flüchtigen Anblick eines grünen Fisches, der erschreckt vorbeigehuscht war.

Das Ganze war mit einem plötzlichen betäubenden Krachen zu Ende gegangen, und dann hatte sie wahrgenommen, wie das Gesicht ihres Vaters neben ihr ins Wasser klatschte, die Augen aufgerissen, starr, mit Blut, das aus der Wunde an seinem Kopf strömte.

»Sie richtete sich auf«, sagte Kelli, »und sah Thomas

Brandon ein paar Schritte entfernt. Der Gewehrlauf in seiner Hand rauchte noch.« Sie hielt inne und fügte dann hinzu: »Brandon erzählte ihr später, er habe nur einen Mann gesehen, der versuchte, ein Kind zu töten, er habe aber nicht erkannt, daß es Lillith und ihr Vater war.« Sie schauderte. »Am nächsten Tag haben die Brandons sie neben diesem Felsen versteckt.«

»Und von diesem Versteck aus«, fügte sie hinzu, »sah Lillith die lange Reihe ihrer Leute, die an ihr vorbei nach Westen zogen. Hunderte waren es, eingehüllt in Decken, zu Fuß oder zu Pferde oder auf polternden Wagen und mit nur einigen wenigen Soldaten als Eskorte.«

Kelli stand auf und wischte sich ein paar Blätter und Zweige, die sich an ihrem Rock verfangen hatten, weg. Als sie damit fertig war, blickte sie über das Tal. »Ich sollte jetzt besser nach Hause gehen«, sagte sie.

Wir gingen nebeneinander zum Wagen zurück. Die Sonne hatte sich inzwischen bereits bis zu den Bergkämmen im Westen heruntergesenkt und hüllte die Bergflanke gegenüber und die gelbwerdenden Felder, die sich über das ganze Tal erstreckten, in ihr verblassendes Licht.

Es dauert nur etwa 20 Minuten, um nach Collier zu kommen. Die Geschichte, die Kelli mir erzählt hatte, bewegte mich, aber sie beunruhigte mich auch. Eigentlich hatte ich gewünscht und vielleicht sogar erwartet, daß sie mir den Glanz irgendeines fernen Ortes zeigte, wo ich vielleicht einmal Zuflucht finden würde, und nicht etwas so Düsteres, Geheimnisvolles über den Ort, an dem ich mein ganzes Leben verbracht hatte.

»Hast du viel über diese Gegend gelesen?« fragte ich.

»Ein paar Bücher, sonst nichts«, antwortete Kelli.

»Also, du könntest ja vielleicht die Geschichte von Lillith für den *Wildcat* schreiben, für eine Spalte über Lokalgeschichte.«

Kelli nickte.

»Eine schreckliche Sache«, fügte ich hinzu. »Ein Vater, der versucht, seine Tochter zu töten.«

Sie hatte die ganze Zeit gerade nach vorne gestarrt auf die Straße vor uns, aber jetzt drehte sie sich plötzlich zu mir herum. »Aber es kam aus seiner Liebe«, sagte sie unerwartet heftig. »Das macht einen großen Unterschied, findest du nicht?«

Damals hatte ich darauf keine Antwort. Jetzt habe ich eine. Ich sehe Mr. Bailey vor der Geschworenenbank stehen, sehe, wie seine Hand den zwölf Gesichtern das Foto hinhält. Ich sehe, wie ihre Augen das Bild anstarren, den Körper eines jungen Mädchens, verdreht und verzerrt auf einem Bett ineinander verschlungener Lianen liegend. Ich höre wieder seine Stimme hallen: *Nur Haß kann so etwas tun.* Und danach Kellis Frage, die sie so unschuldig gestellt hatte. Und dann meine Antwort, so wie ich sie heute geben würde: *Nein, es macht überhaupt keinen Unterschied.*

*

Das Land der Troys sah genauso aus, wie es immer ausgesehen hatte, ein kleines Farmhaus mit einer um das ganze Haus laufenden Veranda, auf der ein paar alte hölzerne Schaukelstühle standen. Als ich in die Einfahrt einbog, saß Miss Troy auf einem davon und schaukelte gemächlich. Die modischen Kleider, die sie vor so vielen Jahren getragen hatte, als sie das erste Mal den Laden meines Vaters betreten hatte, hatte sie schon lange beiseitegelegt. An jenem Nachmittag trug sie ein einfaches grünes Kleid und eine weiße Schürze. Sie war jetzt Mitte Vierzig, und als sie auf meinen Wagen zukam, konnte ich in ihrem Haar graue Strähnen erkennen.

»Danke, daß du mich heimgebracht hast«, sagte Kelli, als sie aus dem Wagen stieg.

Aber da war ihre Mutter schon neben den Wagen getreten und blickte zu mir herein.

»Mom, das ist Ben Wade«, hörte ich Kelli sagen.

Miss Troys argwöhnische Miene glättete sich ein wenig. »Der Sohn von Luther Wade?« fragte sie, ohne den Blick von mir zu wenden.

»Ja, Ma'am.«

Ihr Blick ließ mein Gesicht nicht los. »Als ich Sie das letzte Mal gesehen habe, waren Sie noch ein kleiner Junge«, sagte sie.

Und da kam es in meinem Gedächtnis wieder hoch, die gutgekleidete, gepflegte Frau, die mit einem so eigenartigen Akzent gesprochen, sich meinem Vater als »Miss Troy« vorgestellt und dann ein kleines Mädchen mit einem dunklen Lockenkopf durch den Laden gezerrt hatte.

»Sie waren damals etwa sechs Jahre alt«, fügte Miss Troy hinzu. Jetzt sah sie Kelli an. »Erinnerst du dich noch, wie wir in Mr. Wades Laden gegangen sind?«

Kelli schüttelte den Kopf.

Miss Troy wandte sich wieder mir zu. »Wir haben damals nur ein paar Wochen bleiben können«, erklärte sie. »Also, grüßen Sie Ihren Vater von mir.«

»Ja, Ma'am, danke.«

Sie machte kehrt und ging zum Haus zurück.

Kelli blieb neben dem Wagen stehen. Sie beugte sich vor und streckte mir die Hand hin.

»Also, nochmals vielen Dank fürs Mitnehmen.«

Ich nahm ihre Hand, und diese erste Berührung war gleichsam elektrisierend.

Sie zog ihre Hand fast im gleichen Augenblick wieder zurück. »Bis morgen dann«, sagte sie.

Ich will nicht, daß sie weggeht. Zumindest will ich vorher noch irgendwie Eindruck auf sie machen.

»Wir werden aus dem *Wildcat* eine richtig gute Zeitung machen, Kelli«, sagte ich. »Wir beide.«

Sie hatte sich bereits zum Gehen gewandt, rief mir aber noch über die Schulter zu: »Ja, das glaube ich auch.«

Sie sprach häufig so, ganz leger und unschuldig. Ihre ersten Worte, die ich gehört hatte, hatten ganz ähnlich geklungen. Aber später wurde mir dann auf geradezu qualvolle Weise klar, daß ihre letzten Worte denselben leichten, fast musikalischen Klang gehabt hatten. Ihre Stimme in jenem letzten fatalen Augenblick war genauso von Vertrauen erfüllt gewesen wie immer. *Hier*, hatte sie gesagt und mir das Seil gereicht. *Halte das*.

7

Wenn ich Kellis Stimme in meiner Erinnerung höre, dann klingt sie immer erstaunlich echt und natürlich, so als ob ihre Lippen direkt an meinem Ohr wären. Andere Stimmen kommen aus großer Ferne. Die meines Vaters beispielsweise und die von Miss Troy. Aber Kellis Stimme klingt so klar und nah, daß ich immer reflexartig nach rechts oder links schaue, wenn ich sie höre, als könnte ich dort ihr Gesicht sehen. Manchmal höre ich sie nachts, wenn ich alleine auf der Schaukel vor meinem Haus sitze oder wenn ich mit einer Schwester oder einem Arzt die Runde durch mein Krankenhaus mache. Aber ganz egal wo oder wann ich sie höre, sie klingt immer gleich klar und voll und lebendig, als stände sie neben mir, eine Stimme, die körperlich so gegenwärtig ist, als wäre meine Erinnerung ihr Geist geworden.

Aber ich sehe sie nie, erhasche nie einen Blick auf ein gespenstisches, körperloses Schemen in einem dunklen Flur. Wenn sie zu mir kommt, dann durch den langen Tunnel der Jahre, nie als ein Schemen, das vor meinem Schlafzimmerfenster schwebt, oder als eine Gestalt, die über die stillen Wasser eines dunklen Sees auf mich zutreibt. Es gibt Zeiten, in denen ich mir fast wünsche, sie kehrte in so melodramatischer Form zu mir zurück, als Phantom, das ich mit einer schnellen Handbewegung wegfegen könnte.

Doch statt dessen erhebt sie sich unsichtbar und ohne Vorwarnung aus einer Vielfalt vertrauter Dinge. Mir fällt dann ein Fußabdruck in feuchter Erde auf, ein Stück Seil, das von einem Ast hängt, ein junger Mann, der geistesabwesend die Bergstraße hinauftrottet, und plötzlich nehmen all diese Dinge ihren Platz in dem Rätsel ein, für dessen Lösung Sheriff Stone sich solche Mühe gegeben hatte.

Er ist vor beinahe 15 Jahren gestorben, ein alter Mann, den der Krebs bis auf die Knochen aufgefressen hat. Er hatte mich nicht als Arzt gewählt, aber als ich hörte, daß er im Sterben lag, suchte ich sein Krankenhaus auf, um ihn zu besuchen. Er lag auf dem Rücken bei völlig klarem Verstand, war aber sehr schwach. Ich sagte »Hallo«, als ich an sein Bett trat, doch er reagierte nicht darauf, und nach einer Weile wandte ich mich um, um das Zimmer zu verlassen. Und in dem Augenblick fühlte ich seine Hand. Er hatte nach meinem Ärmel gegriffen und zupfte daran, mit den wenigen Kräften, die ihm noch verblieben waren.

Ich beugte mich hinunter, nahm seine Hand, legte sie auf seine Brust und tätschelte sie tröstend. »Fühlen Sie sich wohl, Sheriff Stone?« fragte ich ihn mit sanfter Stimme.

Seine Augen leuchteten plötzlich, als ob die Frage aus meinem Munde ihn mit Verachtung erfüllt hätte. »Nein«, sagte er schroff. »*Sie*?«

Ich setzte dazu an, ihm darauf eine saloppe Antwort zu geben, aber er hatte sich bereits abgewandt.

Sheriff Stone war nicht immer so abrupt, und als er mich an jenem Tag aufsuchte, um mit mir zu reden, ging von ihm eine große Gelassenheit aus. Er war von stattlicher Größe und rundlich wie ein Bär, bewegte sich aber unerwartet graziös. Er trug nur selten eine Waffe und verließ sich im allgemeinen auf die Kraft seiner Persönlichkeit, um von den Leuten das zu bekommen, was er wollte. »Der Letzte seiner Art«, pflegte mein Vater ihn zu nennen, und ich glaube, damit hatte er recht.

Als er mich damals befragte, war er bereits seit über 30 Jahren Sheriff von Choctaw County und besaß die beeindruckende Besonnenheit eines Mannes, der eine Unzahl von Geheimnissen kennt, aber auch die Willenskraft hat, sie für sich zu behalten. Er nickte freundlich, tippte an seine Hutkrempe und stellte sich vor. »Ich bin Sheriff Stone«, sagte er. Dann trat er einen Schritt vor und stand jetzt in der Tür. »Wie ich höre, haben Sie Kelli Troy gekannt.«

Seit Sheriff Stone mich das erste Mal befragte, ist viel

Zeit vergangen, aber gelegentlich, wenn ich am städtischen Friedhof vorbeifahre, fällt mein Blick auf den großen grauen Stein, unter dem er begraben liegt, und ich spüre eine mächtige Hitzewelle über mir zusammenschlagen. Mir ist klar, daß sein Grab sich jener endlosen Reihe anderer Dinge in Choctaw angeschlossen hat, die die Macht besitzen, Kelli in einer plötzlichen fiebrigen Aufwallung zu mir zurückzubringen.

Aber mehr noch als solche aufwühlenden körperlichen Mahnungen sorgt meine Erinnerung selbst dafür, daß sie mir nahebleibt, und spielt mir immer wieder die Zeitspanne vor, die ihr noch geblieben war, enthüllt nacheinander jeden einzelnen Augenblick, und ihre Tage fallen wie kleine weiße Blütenblätter vom Stengel des Lebens.

*

Besonders ausgeprägt verspüre ich die Schwingungen, die von jenen Tagen ausgehen, wenn ich daran denke, von welcher Vitalität sie erfüllt war, gerade, als würde sie Funken versprühen. Dieser Eindruck verstärkte sich, als sie sich dem Ende näherte. Einen großen Teil ihrer Energie widmete sie dem *Wildcat*. Ich spürte, daß, selbst wenn sie einen ganzen Nachmittag über an dem Blatt gearbeitet hatte, immer noch Kraft übrig war, für die sie keine Verwendung hatte. »Ich will etwas *tun*«, erklärte sie mir einmal, als ich sie nach Hause fuhr, »aber ich weiß nicht was.« Ein leichtes Frösteln überlief sie. »Es ist, als wäre einem die eigene Haut zu eng.«

Ich bin jetzt alt genug, um zu wissen, daß feurige Persönlichkeiten sich manchmal selbst vorzeitig verzehren und daß die Leute, die einem in ihrer Jugend besonders schwungvoll vorkommen, nicht unbedingt diejenigen sind, die später Großes leisten. Das Leben bleibt trotzdem ein Taschenspieler, der viele Tricks beherrscht, und wenn ich mir überlege, daß Eddie Smathers heute einer der wohlhabendsten und angesehensten Bürger Choctaws ist, daß Todd Jeffries bereits unter der Erde liegt und daß Sheila Camerons Leben von unstillbarem Kummer erfüllt ist, dann wird mir wieder einmal klar, wie leicht einem dieser Taschenspieler plötzlich eine Karte hinwerfen kann, mit der man nicht gerechnet hat. Vielleicht wäre auch Kelli an einer der vielen Fußangeln hängengeblieben, die uns zum Krüppel machen und auf die falsche Bahn lenkten, die unsere frühen Träume verändern und aus leidenschaftlichen Anfängen nur bescheidene Ergebnisse entstehen lassen. Hätte es sein können, daß Kelli im Laufe der Zeit auch nicht besser als andere imstande gewesen wäre, ihren Weg aus den üblichen Fallstricken des Lebens zu improvisieren?

Aber das war keine der Möglichkeiten, die Mr. Bailey die Geschworenen in Betracht ziehen ließ, als er in seinem Schlußplädoyer zu ihnen sprach. Er reichte zunächst dem Sprecher ein Foto von Kelli und bat ihn, es weiterzugeben. Von meinem Platz ziemlich weit vorne im Gerichtssaal aus konnte ich erkennen, daß es sich um das Foto handelte, das zu Anfang des Frühjahrs gemacht worden war, ein Schulfoto, das Kellis Gesicht eingehüllt in dunkle Locken zeigte. »Nach allem, was wir über dieses junge Mädchen wissen«, sagte er, »müssen wir den Schluß ziehen, daß Kelli Troy ein gutes, vielleicht sogar ein bemerkenswertes Leben geführt hatte.«

Miss Troy saß ganz in meiner Nähe, und ich erinnere mich daran, daß sie genau bei diesen Worten das einzige

Mal innerhalb des langen Martyriums, das das Verfahren darstellte, zusammenbrach. Sie ließ das Gesicht in die Hände sinken und weinte so sehr, daß ihre Schultern dabei zitterten.

Es ist der Fluch der Erinnerung, daß sie sich mit Möglichkeiten befaßt und nicht nur das bedenkt, was war, sondern auch das, was hätte sein können. Manchmal, wenn ich abends vom Haus eines Patienten nach Hause fahre und mich plötzlich auf der Straße von Choctaw nach Collier finde, sehe ich die kleinen rechteckigen Lichter von Kellis Haus und bin dann plötzlich außerstande weiterzufahren. Ich lenke meinen Wagen auf den Seitenstreifen, halte an und starre eine Zeitlang auf die kleinen leuchtenden Fenster, die alte Holzveranda und den nicht benutzten gemauerten Schornstein. Zu einer solchen Zeit kommt es manchmal vor, daß ich sie so sehe, wie sie war, sehe, wie sie mit einem Bündel Schulbücher unter dem Arm die Treppe herunterrennt, auf meinen Wagen zu, voll Jugend und Energie, den größten Teil der Reise des Lebens noch vor sich habend. Aber ebenso häufig sehe ich sie so, wie sie vielleicht geworden wäre, älter und weiser, mit grauen Strähnen im Haar, von der Erfahrung des Lebens geformt, sich langsamer auf mich zu bewegend, die Arme ausbreitend, in der ganzen Schönheit der reifen Frau. Und dann wieder sehe ich sie nicht so, wie sie geworden wäre, sondern so, wie man sie an jenem Tag am Breakheart Hill zurückgelassen hat. Ich sehe, wie man sie zugerichtet hat, sehe sie so, wie Luke sie sah, ehe er den Hügel hinaufrannte, um Hilfe zu holen. Ich sehe ihr Blut an meinen Händen glänzen, so wie es an seiner Hose glänzte. Aber ich renne nicht weg wie er.

Denn ich weiß, was Luke nicht wissen konnte, daß es

keine Hilfe für sie gibt, keine Möglichkeit, ihre Wunden zu heilen. Und so tue ich das einzige, was ich kann. Ich knie neben ihr nieder, nehme ihr zerbrochenes Leben in meine Arme und spreche ihren Namen aus.

*

»Kelli«, sagte ich, »was hältst du davon?«

Es war in dem winzigen Büro im Keller an einem Spätnachmittag, vielleicht eine Woche nachdem wir die gemeinsame Arbeit am *Wildcat* begonnen hatten. Sie saß an ihrem kleinen hölzernen Schreibtisch an der hinteren Wand der kleinen Kammer.

Ich reichte ihr das Blatt. »Das ist eine dieser Klatschnachrichten, wie Allison sie in jeder Ausgabe hatte«, fügte ich hinzu. »June Compton hat sie mir heute morgen gegeben.«

Kelli nahm mir das Blatt ab, hielt es unter die Lampe auf ihrem Schreibtisch und las laut vor: »Ärger im Paradies. Kommt es zu einem Bruch?« Sie sah mich an. »Wer ist damit gemeint?«

Ich zuckte die Achseln. »Irgendein Pärchen aus Turtle Grove«, sagte ich. »Das ist das einzige, worüber June Bescheid weiß, über die Leute dort draußen.«

Wie sich gleich zeigen sollte, hatte ich recht, denn kaum eine Viertelstunde später erschien Mary Diehl an der Tür unseres Büros. In der dunkelblauen Bluse und dem schwarzen Rock ließ das Licht aus dem Korridor sie silhouettenhaft wie eine angekohlte Gestalt erscheinen, die reglos und stumm dastand, bis Kelli sie schließlich bemerkte und von ihrem Schreibtisch aufblickte.

»Hallo, Kelli«, sagte Mary mit leiser Stimme. Dann wanderte ihr Blick zu mir hinüber. »Hallo, Ben. Immer noch am *Wildcat* beschäftigt?«

»Ja«, sagte ich.

Mary zwang sich ein Lächeln ab, klammerte sich an jenen eisernen Charme, den ihre Mutter sie gelehrt hatte, unter allen Umständen zu bewahren. »Also, ich wollte nur fragen, ob June Compton euch etwas gegeben hat, was ihr abdrucken sollt.«

»Ja, das hat sie«, antwortete ich.

»Meinst du, du könntest es mir geben, Ben?« fragte Mary. Sie sah verlegen zu Kelli hinüber, und dann fiel ihr Blick wieder auf mich. »Es ist irgendwie persönlich, und ich möchte nicht, daß es in den *Wildcat* kommt.«

Aus irgendeinem Grund zögerte ich. Vielleicht weil ich, und wäre es auch für eine noch so kurze Zeit, eine gewisse köstliche Macht über Mary Diehl ausüben wollte, die mich unter anderen Umständen wohl kaum überhaupt zur Kenntnis genommen hätte. »Nun, ich würde es dir gerne geben, Mary, aber ich sollte es wahrscheinlich vorher lesen.«

»Mir wäre es lieber, wenn du das nicht tun würdest, Ben.« Marys Stimme zitterte ein wenig. »Es ist sehr persönlich, weißt du?«

»Ich weiß, Mary«, sagte ich. »Aber als Redakteur der Zeitung muß ich ...«

Ich hörte Kellis Stuhl auf dem Zementboden scharren, und schon schob sie sich an meinem Tisch vorbei.

»Da ist es, Mary«, sagte sie und reichte ihr das Blatt. »June hat es heute morgen Ben gegeben. Wir hatten noch gar keine Gelegenheit, es zu lesen.«

Mary schnappte beinahe hektisch nach dem Papier und riß es Kelli weg. »Eigentlich ist es ja nichts Schlimmes«, erklärte sie hastig. »Aber June ist eine solche Wichtigtuerin und –«. Sie hielt inne, und ihre Stimme klang plötzlich weniger angespannt. Man konnte ihr die Erleichterung ansehen. »Also jedenfalls vielen Dank, daß ihr es mir zurückgegeben habt«, fügte sie hinzu. Sie faltete das Papier zusammen, steckte es in eine Tasche ihres Rocks und ging wieder hinaus. Plötzlich war sie wieder ganz die alte, eben in jeder Hinsicht ein Mädchen aus Turtle Grove, voll Anmut und Selbstbewußtsein.

»Tschüs«, sagte sie und verschwand.

Als Mary gegangen war, versuchte ich das Ganze ins Lächerliche zu ziehen. »Huch – das muß sie und Todd betroffen haben, die müssen Ärger miteinander haben.«

Kelli saß wieder an ihrem Schreibtisch, aber jetzt blickte sie auf und sah mich kühl und streng an. »Du hättest es ihr sofort geben sollen«, sagte sie.

»Was meinst du damit?« fragte ich, obwohl ich es bereits wußte.

»Du hast sie betteln lassen, Ben«, warf Kelli mir vor. »Warum hast du das getan?«

Darauf wußte ich keine Antwort. »Du hast recht«, gab ich schließlich zu. »Ich hätte ihr das Blatt einfach geben sollen.«

Kelli musterte mich ruhig, und ihr Blick war dabei so ernst, daß ihr Gesicht beinahe wie eine steinerne Maske wirkte. Ihre Augen waren fast unbewegt, wie zwei schwarze Seen, aber ich konnte spüren, wie ihre Gedanken dahinter arbeiteten, auswerteten, ein Urteil fällten.

Einen Augenblick lang fürchtete ich, sie würde nie mehr mit mir reden, aber dann zerbrach die Maske plötzlich und sie lächelte. »Aber es muß nett sein«, sagte sie beinahe unbekümmert.

»Nett?« fragte ich, von ihrem plötzlichen Stimmungswandel völlig verwirrt. »Was muß nett sein?«

»Jemanden so zu lieben«, antwortete Kelli. »So wie Mary Todd liebt.« Sie lächelte versonnen. »Angst zu haben, jemanden zu verlieren.«

Mir schien das der richtige Augenblick für eine vorsichtige Frage. »Hast du je so etwas für einen anderen Menschen empfunden?« fragte ich.

Sie schüttelte den Kopf. »Nein. Aber ich hoffe, daß ich das eines Tages erlebe.«

Ich setzte dazu an, etwas anderes zu sagen, aber sie wandte sich wieder ihrer Arbeit zu und beendete damit jegliche Diskussion.

In der nächsten Stunde arbeiteten wir beide schweigend. Dann wollte sie plötzlich wissen: »Hättest du es gebracht?«

Es war so viel Zeit verstrichen, daß ich nicht wußte, was sie meinte. »Was gebracht?«

»Die Notiz, die June dir gegeben hatte. Hättest du sie im *Wildcat* gedruckt?«

Ich drehte mich zu ihr herum. »Ich weiß nicht. Vielleicht.« Ich zuckte die Achseln. »Aber ich hoffe, daß ich später nicht von mir selbst enttäuscht gewesen wäre, wenn ich sie gebracht hätte. Das ist das Schlimmste, was man tun kann, nicht wahr? Sich selbst enttäuschen.« Ich sah sie einen Augenblick lang an und fügte dann hinzu: »Oder jemand anderen zu enttäuschen. Jemanden, den man bewundert. Das ist das Allerschlimmste, findest du nicht auch?«

Kelli schüttelte den Kopf. »Nein, das Allerschlimmste ist, wenn jemand, den du liebst, *dich* enttäuscht«, erwiderte sie mit unerwarteter Heftigkeit. »Das ist wirklich schlimm.« Ihre Augen verengten sich, und ich ahnte einen seltsamen Tumult dahinter, aber zugleich war mir klar, daß Kelli nicht bereit war, ihn mir zu offenbaren. Sie wandte sich schnell ab, und als sie wieder zu mir schaute, waren ihre Augen ganz ruhig. »Jedenfalls bin ich froh, daß wir Mary den Zettel von June zurückgegeben haben«, sagte sie.

»Ich auch«, stimmte ich zu.

Ein paar Minuten später beendeten wir die Redaktionssitzung und schlenderten auf den Parkplatz. Kelli besaß keinen Wagen, und deshalb fuhr ich sie heim an den Tagen, an denen wir arbeiteten. Als wir ihr Haus erreichten, war es schon dunkel, und ich konnte den kühlen Herbstwind pfeifen hören.

»Du solltest besser deinen Schal zubinden«, meinte ich und deutete auf das karierte Tuch, das sie lose um den Hals hängen hatte. Sie warf mir einen seltsamen Blick zu, als hätte meine Besorgnis sie überrascht. »Ja, das werde ich«, murmelte sie. Dann beugte sie sich vor und griff nach meiner Hand. »Danke, Ben.«

Es war eine kleine Geste der Zuneigung, nicht mehr, und doch kann ich mich noch ganz deutlich an das Prikkeln erinnern, das die Berührung in mir auslöste. Es hatte noch angehalten, nachdem sie ihre Hand schon längst wieder weggezogen hatte. Von diesem Augenblick an nahm meine Sehnsucht nach ihr jeden Tag stetig zu – und zugleich das beunruhigende Gefühl meiner Unerfahrenheit. Dieser Zustand war nicht länger etwas, das ich auf vage Art bedauerte. Daraus baute sich vielmehr ein Komplex der Unzulänglichkeit und mangelnden Männlichkeit auf und wurde zum ersten Sandkorn meiner Selbstverachtung.

Aber das konnte Kelli natürlich nicht wissen, und während die Tage dahinzogen, verhielt sie sich mir gegenüber weiterhin, wie jedes andere junge Mädchen sich verhalten hätte, berührte mich hie und da unbefangen und betrachtete mich ohne Zweifel als ebenso harmlos, wie ich es selbst tat. Dabei steigerte sie zugleich mit jeder Berührung die in mir ansteigende Hitze.

Ich spürte sie und war gleichzeitig außerstande, daraus irgendeine Handlung abzuleiten. Deshalb baute ich meine Maske auf und versteckte mich hinter ihr. Ich ließ sie durch nichts erkennen, daß sie zu mehr als nur einer Freundin und Kommilitonin für mich wurde. Ich plauderte über Belanglosigkeiten mit ihr und machte gelegentlich harmlose Witze. Ich führte sie in die Redeweise des Südens ein und machte mich manchmal über ihren Nordstaatenakzent lustig. Hie und da redete ich sogar über irgendein anderes Mädchen mit ihr und erfand Gefühle, die ich gar nicht empfand, täuschte Sehnsüchte vor, die viel alltäglicher und viel leichter zu bewältigen waren als diejenigen, die sich tatsächlich mittlerweile in mir eingestellt hatten.

Unsere Gespräche auf diesen Fahrten zu ihrem Haus blieben daher in den nächsten Wochen durchaus im Bereich des Üblichen und befaßten sich in erster Linie mit dem alltäglichen Geschehen an einer High School. Wir redeten über Luke und Betty Ann und machten uns darüber lustig, daß die beiden schon wie ein altes Ehepaar wirkten. Gelegentlich tauchte auch Sheila Camerons Name in unseren Gesprächen auf oder der des einen oder anderen Lehrers.

Aber von Zeit zu Zeit redeten wir auch über Dinge außerhalb der Choctaw High, ganz besonders über die Erwartung an die Jahre nach dem Examen und über unsere Zukunft.

»Ich hab' dich noch nie gefragt«, sagte ich einmal; es war gegen Ende November, »aber was hast du eigentlich vor, wenn du mit der High School fertig bist?«

Die Tage waren mittlerweile sehr kurz geworden. Die abendlichen Schatten zogen bereits herauf und hüllten uns ein, während wir zu meinem Wagen gingen. Ich erinnere mich, daß in diesem nachmittäglichen Zwielicht plötzlich ein seltsam verwirrter Ausdruck auf Kellis Gesicht trat.

»Ich habe noch gar keine Pläne gemacht«, sagte sie.

Das überraschte mich. »Nun, ich hatte gemeint, auf welches College wirst du gehen?« bohrte ich nach.

Sie schüttelte den Kopf. »Das weiß ich auch noch nicht.« Sie überlegte kurz und stellte dann ihrerseits eine Frage. »Meinst du, daß jeder aufs College gehen muß?«

»Mir scheint das einfach die nächste Stufe zu sein.«

»Wofür?«

Darauf hatte ich keine Antwort.

»Die nächste Stufe im Leben, meinst du?« fragte Kelli nach.

»Ja, so könnte man vielleicht sagen«, räumte ich ein. »Ich kenne keine andere Stufe.«

»Eine Menge Leute fangen einfach zu arbeiten an oder heiraten«, sagte Kelli. »Sie bekommen Kinder, führen ein alltägliches Leben.«

»Aber nicht du«, entgegnete ich. »Du wärst doch mit einem solchen Leben nicht zufrieden.«

»Warum nicht?« fragte sie.

»Weil du damit nicht glücklich wärst, Kelli. Weil du so ... anders bist.«

Ich erinnere mich, daß meine Stimme eindringlich, fast leidenschaftlich klang, als ich das sagte. Dem folgte ein schneller verängstigter Rückzug, als hätte ich mit diesem Satz einen ungeheuer zarten, sorgfältig behüteten Teil meines Wesens freigelegt und müßte mich jetzt beeilen, die schützende Kapsel darüber wieder zu schließen.

»Ich meine, du bist doch so intelligent und so ...«, fügte ich hastig hinzu. »Du solltest unbedingt aufs College gehen.«

Der kurzzeitige Ausdruck der Verwirrung schwand von Kellis Gesicht, und an seine Stelle trat die mir vertrautere Unbefangenheit. »Nun, wenn ich das Geld dazu bekomme«, sagte sie, während sie die Tür öffnete und sich in den Wagen setzte.

Ich nahm hinter dem Steuer Platz. »Kann sich deine Mutter das College für dich leisten?« fragte ich beiläufig, während ich die Zündung einschaltete.

Kelli schüttelte den Kopf.

Ich zögerte kurz und fragte dann: »Gibt es sonst jemanden, der dir helfen könnte?« Damit meinte ich natürlich irgendein Mitglied ihrer Familie und spielte auch auf den nicht vorhandenen Vater an.

»Da ist sonst niemand«, erklärte sie knapp.

Den ganzen Weg nach Collier legten wir schweigend zurück. Kelli saß bewegungslos da, die Hände in den Schoß gelegt, den Blick nach vorne auf die Straße gerichtet. Von Zeit zu Zeit sah ich zu ihr hinüber und überlegte, was ich sagen sollte, um sie von der Qual zu erlösen, die ich in ihrem Gesicht sehen konnte. Aber was auch immer mir einfiel, kam mir zu vordergründig und banal vor, und so blieb auch ich stumm.

Als ich schließlich in Kellis Einfahrt bog, war es schon dunkel, und über dem Tal lagen tiefe Schatten.

»Also, bis morgen«, brachte ich schwach hervor.

Kelli blieb einen Augenblick lang unbewegt sitzen. Dann wanderten ihre Augen zu mir herüber. »Ich habe keinen Vater, Ben«, sagte sie mit einer Stimme, die sehr entschlossen klang.

Ich hatte keine Ahnung, wie man auf eine solche Feststellung antwortet. Ich hatte schon Leute von schlechten Vätern, betrunkenen Vätern und verschwundenen Vätern reden gehört, aber überhaupt keinen Vater zu haben, hatte mir gegenüber noch nie jemand so freimütig erklärt.

Kellis Augen bohrten sich in die meinen. »Laß es uns dabei belassen, okay?«

Ich nickte. »Aber sicher«, sagte ich. »Okay.«

Sie fuhr fort, mich anzustarren, als wartete sie darauf, daß ich mich mit der Antwort nicht zufrieden geben würde. Schließlich sagte sie: »Also dann, gute Nacht«, und stieg aus.

Ich schaltete die Scheinwerfer ein und sah ihr nach, wie sie in den gelben Lichtkegeln zu ihrem Haus ging. Sie schritt schnell die hölzerne Treppe hinauf und verschwand ebenso schnell im Haus. Normalerweise hätte ich die Einfahrt sofort verlassen, aber irgend etwas in der unerwarteten Eindringlichkeit unseres letzten Wortwechsels wollte mich nicht loslassen. Es war mir nicht möglich, gleich loszufahren, nicht, solange ich nicht einen weiteren Blick auf sie erhascht hatte. Diesmal war es bloß eine Gestalt hinter einem beleuchteten Fenster, aber ganz unzweifelhaft die Kellis, deren lange Arme jetzt das Tuch von ihrem Hals nahmen.

Während der Fahrt nach Hause dachte ich an sie, obwohl ich mich nicht mehr an konkrete Gedanken erinnern kann. Und deshalb kann ich nur vermuten, daß ich angefangen hatte, sie auf eine Art und Weise um mich herum zu empfinden, die nicht nur sinnlich und sehnsuchtsvoll war, sondern zugleich geheimnisvoll und schattenverhüllt, und daß dieses Geheimnisvolle auf seltsame Weise verführerisch wirkte. Denn im Vergleich zu Kelli schienen die anderen Mädchen auf der Choctaw High einfach und durchsichtig, vorhersehbare Produkte der Welt, die sie hervorgebracht hatte. Sie sprachen mit vertrautem Akzent über vertraute Dinge, und ihre Zukunft lag ebenso wie ein offenes Buch vor einem wie ihre Vergangenheit. Von allen Mädchen, die ich kannte, besaß Kelli allein den Reiz des Unerschlossenen, Unentdeckten, ein Geheimnis, das mich ebenso stetig zu ihr hinzog wie ihre Berührung.

*

In den nächsten Wochen kreisten meine Gedanken in einem solchen Maße um Kelli, daß es anderen Leuten auffiel. Luke ging sogar soweit, es mir gegenüber zu erwähnen.

»Du bist wohl in Kelli Troy verknallt«, sagte er eines Nachmittags, als wir zu Cuffy's fuhren.

Ich leugnete das entschieden. »Blödsinn«, erwiderte ich.

»Du redest die ganze Zeit von ihr«, fuhr Luke fort. »Die ganze Zeit geht es ›Kelli und ich sind dorthin gegangen‹ oder ›Kelli und ich arbeiten an dem oder jenem‹.« Er warf mir einen wissenden Blick zu. »Und du steckst auch die ganze Zeit mit ihr in diesem kleinen Büro dort unten im Keller. Und wenn ihr nicht dort seid, dann fährst du mit ihr herum.«

»Wir müssen nach der Schule am *Wildcat* arbeiten«, erklärte ich ihm hitzig, als müsse ich mich gegen eine Anklage verteidigen. »Bis wir fertig sind, sind die Busse alle abgefahren, also muß ich sie nach Hause bringen.«

Luke warf mir einen durchdringenden Blick zu. »Du mußt?« Er lachte. »Als ob das ein Auftrag von jemandem wäre, oder so?«

Ich zog mich in Stillschweigen zurück.

»Du solltest sie einladen, Ben«, sagte Luke. »Das machen Jungs so, wenn sie Mädchen mögen. Sie gehen mit ihnen aus. Sie verabreden sich. Sie arbeiten nicht bloß in der Schule miteinander und fahren zusammen nach Hause. Sie gehen ins Kino oder vielleicht Rollschuhlaufen oder so etwas.«

Ich schüttelte den Kopf.

»Warum nicht?«

Ich zuckte die Achseln.

»Sie wird nicht ewig ›die Neue‹ bleiben«, warnte er mich. »Irgendwann wird jemand sie einladen, und dann hast du das Nachsehen.«

Ich blickte starr nach vorne und wollte ihm nicht in die Augen sehen, weil ich vor dem Angst hatte, was er dort vielleicht entdecken könnte. Das Verhalten übrigens habe ich mir in den Jahren, die seitdem verstrichen sind, mehr und mehr zu eigen gemacht.

»Ich versteh' das gar nicht«, sagte Luke. »Wenn du sie magst, dann lad sie doch einfach ein. Ist doch gar nicht so schwer.«

Ich suchte nach einer Antwort. Die ich fand, war fadenscheinig, aber eine bessere fiel mir nicht ein. »Es hat doch keinen Sinn, Kelli einzuladen«, sagte ich. »Weil sie jetzt in Choctaw lebt und es ihr hier gefällt. Und ich werde doch nach dem College nicht hierher zurückkommen ... also hat es doch keinen Sinn, mich ... du weißt schon ... mich so mit ihr einzulassen.«

Luke sah mich an und schien von meiner Argumentation völlig verwirrt. »Dann wirst du also mit deinem ganzen Leben abwarten, bis du aus Choctaw weggehst?« fragte er staunend. »Du wirst die nächsten eineinhalb Jahre einfach im Leerlauf warten?«

»Ich werde sehr beschäftigt sein«, antwortete ich. »Es ist gar nicht leicht, einen Studienplatz für Medizin zu bekommen.«

Lukes etwas spöttisches Lachen versetzte mir einen Stich. »Weißt du, was das Problem mit dir ist, Ben? Du mußt immer alles in einer ganz bestimmten Reihenfolge haben.«

Darauf sagte ich nichts.

Luke sah mich spöttisch an. »Also, dann werd' *ich* sie vielleicht einladen«, sagte er. »Meinst du, sie würde mitkommen?«

Mein Blick zuckte zu ihm hinüber. »Ich dachte, du gehst mit Betty Ann.«

»Betty Ann ist nett.« Luke tat meinen Einwand mit einer Handbewegung ab. »Aber ich möchte auch mal jemand anderen kennenlernen, zum Beispiel ein Mädchen aus dem Norden.«

Ich tat so, als sei mir das gleichgültig. »Dann frag sie halt«, sagte ich.

Luke warf mir einen durchdringenden Blick zu, einen Blick, der buchstäblich durch mich hindurchzugehen schien. »Du hast vor ihr Angst, nicht wahr?« fragte er.

»Angst?« fuhr ich hoch. »Warum sollte ich Angst haben?«

Was er dann sagte, habe ich nie vergessen. »Vor dem

Mädchen, in das wir verliebt sind, haben wir immer Angst, Ben.«

Das war eine Feststellung, die mich in Erstaunen versetzte. Die Vorstellung, verliebt zu sein, war so weit von allem entfernt, was mich je beschäftigt hatte, daß ich nicht fähig war, darauf zu antworten.

Wenn ich Kelli nach Hause brachte, wäre ich gerne im Wagen sitzen geblieben und hätte mit ihr bis zum Morgengrauen geredet. Wenn ich in ihrer Gegenwart irgendeinen kleinen, unbedeutenden Fehler machte, war mir das jedesmal so schrecklich peinlich, und ich fürchtete, in ihren Augen ein wenig zu schrumpfen. Und wenn ich das Rascheln ihres Unterrocks unter ihrem Rock hörte, oder wenn ihre Schultern die meinen berührten, wenn wir uns über den kleinen Tisch in dem Kellerbüro neigten, dann spürte ich, wie mich eine durchdringende Spannung überwältigte, als ob ich plötzlich einen leichten elektrischen Schlag erhalten hätte. Mehr denn je war mir bewußt, daß alle anderen Menschen vor ihr verblaßt waren, daß jedes Interesse, das ich in der Vergangenheit für andere Mädchen empfunden hatte, völlig dahingeschwunden war – aber war das Liebe? Selbst wenn ich mir dessen von Anfang an bewußt gewesen wäre, so wäre es mir dennoch unvorstellbar erschienen, daß einen Menschen in so jungen Jahren solch mächtige Empfindungen pakken und diese Empfindungen ihn für alle Zeit kennzeichnen konnten.

An jenem Nachmittag sagte Luke nichts mehr über Kelli, und wenn er sie heute erwähnt, dann nicht mehr in dem Kontext von Teenagerliebe. Es gibt andere Dinge, die ihn belasten, Fragen, die ihn nicht loslassen und mit denen er sich dauernd beschäftigt, manchmal aus diesem Blickwinkel und manchmal aus jenem.

Manchmal platzt unvermittelt eine Frage aus ihm heraus, als ob sie ihm gerade in den Sinn gekommen wäre. Dabei weiß ich doch genau, daß sie nur nach langwierigen Überlegungen an die Oberfläche gedrungen ist, so wie eine Leiche, die lange auf dem Grund eines Sees gelegen hat, schließlich an die Oberfläche kommt.

»Warum hat Kelli dich damals nicht angerufen, Ben?«

Es war ein strahlender Frühlingstag, ähnlich jenem vor 30 Jahren, als er Kelli an der Bergstraße abgesetzt hatte.

»Mich wann angerufen?«

»Als sie zum Breakheart Hill wollte und jemanden brauchte, der sie dorthin brachte. Du hast sie doch sonst immer mitgenommen, oder?«

»Ja, das habe ich.«

»Warum hat sie dich an jenem Tag dann nicht angerufen? Darauf habe ich mir nie einen Reim machen können.«

Mein Blick wandert zu einem dunklen Kirchturm in der Ferne. »Vielleicht hat sie es versucht.«

»Du meinst, du warst an jenem Nachmittag nicht zu Hause?«

»Nein, ich war weg.«

»Wo warst du?«

Ich komme von dem Gedanken nicht los, ob er vielleicht nach Jahren des Überlegens und Planens jetzt die Falle zuschnappen lassen will. »Ich bin rumgefahren«, antworte ich.

Er mustert mich zweifelnd. »Warum?«

Ich zucke die Achseln. »Wahrscheinlich, weil mir einiges im Kopf herumging.«

»Was denn?«

Ich spüre, wie er mich näher an jenen Augenblick heranzieht. Der Duft von Veilchen liegt in der Luft. Ich weiche in eine Lüge aus. »Nichts Besonderes. Das Stück vielleicht.«

Obwohl meine Antwort ihn allem Anschein nach nicht befriedigt, kann er nicht widersprechen. Er hat nichts außer seinem langen Argwohn, nichts als seine Erinnerung an mein Gesicht, als er in seinen blutigen Hosen vor mir stand und verzweifelt versuchte, mir zu beschreiben, was er auf dem Breakheart Hill gesehen hatte. Und doch hat das all die Jahre hindurch ausgereicht, ihn immer weiter voranzutreiben, eine Frage nach der anderen zu stellen.

»Wußtest du, daß sie an jenem Tag dort hinwollte?« fragt er.

Ich schüttle den Kopf.

Einen Augenblick sieht er mir gerade in die Augen, dann wendet er sich ab. »Sie war über irgend etwas verstimmt. Aber sie hat mir nicht gesagt, was es war.« Er schweigt eine Weile und fügt dann fragend hinzu: »Was mag sie nur überhaupt dazu veranlaßt haben, dort hinzugehen?«

»Das hat sie dir doch gesagt, oder?«

»Bloß, daß sie nachdenken wollte, sonst nichts.«

»Vielleicht hat sie das.«

»Aber was könnte denn so wichtig gewesen sein, daß sie an jenem Nachmittag dort darüber nachdenken mußte?«

»Vielleicht wollte sie ihre Rolle lernen. Das Stück sollte doch am nächsten Abend zum ersten Mal aufgeführt werden.«

»Wenn das der Fall gewesen wäre, hätte sie sicherlich ihren Text mitgenommen«, beharrt Luke. Er sieht mich vielsagend an. »Sheriff Stone hatte eine andere Idee. Er meinte, sie wollte sich dort oben mit jemandem treffen.«

»Wie kam er auf den Gedanken?«

»Weil sie nicht dafür gesorgt hatte, daß jemand sie später abholte«, antwortete Luke. »Das hat Sheriff Stone die ganze Zeit beschäftigt. Er hat mich gefragt, ob sie mir gegenüber etwas in dieser Hinsicht erwähnt hätte. Ich habe ihm gesagt, ich hätte angeboten, sie abzuholen, aber sie hätte es ausdrücklich abgelehnt. Und weißt du, was Sheriff Stone gesagt hat? ›Da stimmt etwas nicht‹, hat er gesagt. ›Irgend etwas stimmt da nicht.‹«

Ich sage nichts.

Luke schüttelt langsam den Kopf. »Warum meinst du, hat Kelli nicht gewollt, daß ich sie abhole, Ben?« fragt er leise.

»Na ja, vielleicht hatte sie vor, zu Fuß zurückzugehen«, antworte ich leichthin, als sei die Frage nicht wichtig.

»Das glaube ich nicht«, sagt Luke. »Verdammt, bis nach Choctaw sind es beinahe zwei Meilen. Sie kann doch nicht vorgehabt haben, so weit zu Fuß zu gehen, oder?«

»Wahrscheinlich nicht«, räume ich ein. »Aber damals gab es doch diesen kleinen Laden ganz in der Nähe der Stelle, wo du sie rausgelassen hast. Grierson's, erinnerst du dich?«

»Und?«

»Na ja, sie könnte geplant haben, von dort aus jemanden anzurufen.«

»Um sie abzuholen, meinst du?«

»Ja.«

»Niemals, Ben. Es war doch Sonntag. Der Laden war geschlossen.«

»Woher weißt du das?«

»Weil er doch dort war. Ich habe ihn doch dort gesehen. Erinnerst du dich?«

Ich erinnere mich sofort ganz deutlich an den Augenblick, als Luke zum ersten Mal schilderte, was er an jenem Nachmittag gesehen hatte. Der Gerichtssaal war zum Bersten mit Zuhörern gefüllt. Mein Vater und ich hatten uns mit all den anderen auch hineingezwängt. Wie versteinert saß Miss Carver auf der vordersten Bank, die Augen unverwandt auf Luke gerichtet, als er in den Zeugenstand trat.

Erwartungsvolle Stille hatte sich über den Saal gelegt, als Mr. Bailey anfing, ihn zu befragen.

Also, Luke, Sie haben Kelli Troy am Nachmittag des siebenundzwanzigsten Mai am Berg ein Stück oberhalb von Breakheart Hill abgesetzt, stimmt das?

Ja, Sir.

Und um welche Zeit war das etwa, würden Sie sagen?

Gegen halb drei.

Und nachdem Sie Kelli abgesetzt hatten, sind Sie dann alleine den Berg heruntergefahren?

Ja, Sir.

Die ganze Strecke zurück bis nach Choctaw, stimmt das, mein Sohn?

Ja, Sir.

Als Sie die Straße vom Berg herunterfuhren, haben Sie da irgend jemand anders gesehen?

Ja, Sir, das habe ich.

Und wo haben Sie diese Person gesehen?

Vor Grierson's Laden.

Was hat der Betreffende getan?

Er ging die Bergstraße hinauf.

Wohin genau?

In Richtung Breakheart Hill.

Wie weit, würden Sie sagen, ist Grierson's Laden von Breakheart Hill entfernt, Luke?

Etwa eine halbe Meile, schätze ich.

Es würde also etwa eine halbe Stunde dauern, um die Strecke zurückzulegen?

Ja, das könnte stimmen, Sir.

Und würden Sie die Person wiedererkennen, die Sie an jenem Tag Richtung Breakheart Hill gehen sahen?

Ja, Sir.

Ist der Betreffende heute hier im Gerichtssaal anwesend?

Ja.

Könnten Sie auf den Betreffenden zeigen und seinen Namen sagen?

Luke hatte mit seiner Hand auf ihn gezeigt, als er mit fester Stimme den Namen ausgesprochen hatte: *Lyle Gates.*

Ich kann mich erinnern, wie ich, als sein Name fiel, zu Lyle hinübersah, der neben seinem Anwalt saß. Er trug einen grauen Anzug, der ihm viel zu klein war: seine Hemdmanschetten standen weit unter seinen Jackenärmeln hervor, und seine weißen Socken streckten sich seinen Hosenaufschlägen entgegen. Er hatte die Hände vor sich auf dem Tisch verschränkt, und ich erinnere mich daran, daß mir damals auffiel, daß die Kratzer und Schürfwunden, die Sheriff Stone bei der ersten Befragung an seinen Händen gefunden hatte, in der Zeit zwischen seiner Verhaftung und dem Prozeß verheilt waren. Ich nahm seine hängenden Schultern und seine schräge Kopfhaltung wahr, die den Eindruck vermittelte, er weiche einem unsichtbaren Schlag aus. Seine Augen huschten im Saal herum, schienen sich an nichts festhalten zu können, bis sie plötzlich zu mir herüberflogen und an mir hängenblieben, als würde er mich studieren, so wie ich ihn studiert hatte. Ich wandte den Blick ab und konzentrierte mich auf Luke, bis meine Augen ein paar Minuten später wieder zu Lyle zurückwanderten. Er hatte sich mittlerweile in seinem Stuhl zurückgelehnt, so daß ich sein Gesicht nur im Profil sehen konnte: Trotzdem wußte ich, daß seine Augen immer noch nervös herumhuschten.

Mr. Bailey kam inzwischen zum Ende seiner Befragung Lukes.

Als Sie Lyle Gates sahen, war er zu Fuß unterwegs, ist das richtig?

Ja, Sir.

War irgendwo ein Wagen oder ein Pickup in der Nähe?

Ich habe keinen gesehen.

Sie haben nur Lyle Gates gesehen, und der ging zu Fuß, ist das richtig?

Ja, Sir.

So, mein Sohn, und jetzt muß ich Sie noch einmal fragen, weil von Ihrer Antwort so viel abhängt: Sind Sie absolut sicher, daß Sie den Angeklagten, Lyle Walter Gates, gegen halb vier an jenem Nachmittag des siebenundzwanzigsten Mai zu Fuß in Richtung auf Breakheart Hill gehen sahen?

Ja, Sir.

Sie haben ihn mit Ihren eigenen Augen gesehen?

Ja, Sir. Ich habe ihn mit meinen eigenen Augen gesehen.

Ich glaube, daß Luke trotz all der Jahre, die seitdem vergangen sind, manchmal Lyle Gates immer noch vor sich sieht, wenn er seine unverändert blaßblauen Augen schließt. Aber sieht er ihn genauso, wie er ihn an jenem Tag am Berg sah? Einen schlanken jungen Mann, der müde an Grierson's Laden vorbeitrottet, das etwas ölige blonde Haar im Licht der strahlenden Nachmittagssonne glänzend? Oder sieht er Lyle so, wie ich Kelli Troy häufig sehe, einen steilen Berg hinaufrennend und sich dabei einen Weg durch ein brutales Gestrüpp aus Ästen und Zweigen und Lianen bahnend?

8

Luke ist nicht der einzige, der sich an Kelli Troy erinnert. Auch Sheila Cameron erinnert sich an sie. Nachdem der kleine Gedenkstein auf dem Berg errichtet worden war, brach sie das lange Schweigen, das sie seit dem Tode Rosies wie einen Panzer angelegt hatte. Wir waren nicht zusammen zu der kleinen Feier gefahren, und ich hatte auch nicht damit gerechnet, daß sie mich ansprechen würde. Während der Reden, die der Enthüllung des Gedenksteins vorangegangen waren, war Sheila etwas abseits gestanden und hatte stumm und beinahe reglos zugehört. Ich hatte in den letzten Jahren häufig versucht, die steinerne Isoliertheit zu durchbrechen, in der sie lebte. Aber sie hatte jeden meiner Versuche abgelehnt, wenn auch stets höflich, und immer nur gesagt, ihr »sei nicht nach Gesellschaft« zumute. Aber an jenem Tag muß irgend etwas die Mauern zum Bröckeln gebracht haben, und sie trat am Ende der Feier, als ich den Hügel hinaufgehen wollte, neben mich. Obwohl es warm war an diesem Tag, hatte sie sich in einen langen Mantel gehüllt, und ihre Augen waren wie stets hinter den dunklen Gläsern ihrer Brille versteckt.

»Eigenartig, wie alles wieder zurückkommt«, sagte sie.

»Ja.«

»Ich dachte, du würdest heute ein paar Worte über Kelli sagen.«

Ich schüttelte den Kopf. »Ich habe Luke gebeten, das zu tun. Mir wäre es sehr schwer gefallen.«

»Wir haben mit ihr viel verloren«, sagte Sheila. »So jung zu sterben.«

Sie redete von Kelli, aber ich wußte, daß sie auch Rosie meinte. Beinahe 20 Jahre war es jetzt her, daß ich das winzig kleine Mädchen aus Sheilas Schoß gezogen und es ihr dann in die Arme gelegt hatte.

Wir blieben oben an der Bergkuppe stehen; die ganze Stadt lag unter uns, ihr Chaos aus Straßen und verschlungenen Gassen und Turmspitzen, die ins Leere zeigten.

Nach einer Weile wandte Sheila sich mir zu. »Weißt du, Ben, manchmal denke ich, daß dort draußen irgendein Wesen lauert. Unsichtbar. Wir können es nicht sehen. Aber es verschlingt uns, es verschlingt unser Leben.« Sie wartete auf meine Antwort, und ihre Augen musterten mich starr, doch da ich nichts darauf erwiderte, drehte sie sich wieder um und blickte ins Tal hinunter. »Aber das ist überall dasselbe, meinst du nicht?« fragte sie müde.

Ich erinnerte mich an etwas, was vor langer Zeit jemand gesagt hatte. »Jeder Ort ist die ganze Welt«, sagte ich und zitierte damit Kelli Troy.

*

Es kommt mir merkwürdig vor, daß von allen Mädchen, die Kelli während ihres Jahres auf der Choctaw High kennenlernte, Sheila diejenige war, die man am ehesten als ihre Freundin hätte bezeichnen können. Das Entstehen dieser Freundschaft hätte sicherlich nicht jeder gleich erwartet. Sheila war durch und durch ein Turtle-Grove-Mädchen, die einzige Tochter einer der ältesten und reichsten Familien der Stadt. Sie hatte sich immer in einem Kreis anderer Turtle-Grove-Mädchen bewegt, einer exklusiven kleinen Gruppe, die Choctaw High praktisch regierte. Sie besuchten sich gegenseitig auf ihren Parties, traten in dieselben Klubs ein, stahlen sich gegenseitig die Boyfriends und legten sie wieder ab. Schließlich trotteten sie gemeinsam aufs College, gewöhnlich sogar in dieselbe Studentenverbindung an der University of Alabama in Tuscaloosa, wenn es auch gelegentlich vorkommen konnte, daß ein besonders aufrührerischer Geist statt dessen nach Auburn im Süden ging. Die meisten von ihnen waren genau das, was man von ihnen erwartet: freundlich und wohlerzogen, fest davon überzeugt, ein angestammtes Recht auf ihre Privilegien zu besitzen, aber höflich genug, sie uns anderen gegenüber nicht herauszukehren. Trotzdem neigten sie nicht dazu, sich mit den Bergmädchen abzugeben oder denen aus den umliegenden Dörfern, zu denen Collier, wo Kelli lebte, unverkennbar gehörte.

Deshalb erschien es mir recht eigenartig, als Sheila eines Morgens mir gegenüber Kelli erwähnte. Sie kam ganz unbekümmert, einen Packen Bücher unter dem Arm, an meinen Spind.

»Hallo, Ben«, sagte sie.

Sie lächelte strahlend wie immer. Dieses Lächeln und ihre haselnußfarbenen, beinahe goldenen Augen hatten irgendwann einmal jeden Jungen auf der Choctaw High verzaubert.

»Hallo, Sheila.«

Sie lehnte sich an die Wand mit den Spinden, beinahe verführerisch. »Ich habe gestern abend an dich denken müssen«, sagte sie. Dann wurde ihr wohl bewußt, daß das ein wenig seltsam klang, und sie lachte mädchenhaft und fügte hinzu: »Also eigentlich habe ich an dich und Kelli gedacht.«

Das kam mir nicht weniger seltsam vor als ihr erster Satz. »An mich und Kelli?« sagte ich mit einem kurzen Lachen. »Warum hast du an uns gedacht?«

»Nun, ich will in ein paar Wochen eine Weihnachtsparty veranstalten, und ich dachte, du und Kelli, ihr würdet vielleicht kommen wollen.«

Ich konnte nur ein wenig verstört wiederholen: »Ich und Kelli?«

»Nun, ihr beide seid doch befreundet, oder?«

»Yeah.«

»Das wird keine übliche Hausparty«, fuhr Sheila fort. »Es soll eine Tanzveranstaltung werden. Eher elegant, so eine Art Weihnachtsball. Alle müssen sich in Schale werfen.« Sie winkte ein paar Mädchen zu, die vorüberkamen, und wandte sich dann wieder mir zu. »Im Turtle Grove Country Club, und ich will nur Paare einladen, weißt du.«

Ich schüttelte den Kopf. »Ich weiß nicht, ob man Kelli und mich –«

Sheila lachte und machte eine abwehrende Handbewegung. »Ich meine nicht, daß es *so* sein muß, Ben. Aber einfach zwei Leute zusammen, niemand ohne Begleitung. Du weißt schon, damit jeder einen Tanzpartner hat.« Sie sah mich einen Augenblick an, als überlege sie, wie sie es mir sonst erklären könnte. »Ich meine, damit niemand übrigbleibt, wenn der Tanz anfängt«, fügte sie schließlich hinzu.

Ich drehte mich zu meinem Spind um und wühlte – ganz

ohne Grund – in den Büchern und Heften herum, die ich hineingestopft hatte. »Hast du schon mit Kelli darüber gesprochen?«

Sheila schüttelte den Kopf. »Nein, ich wollte zuerst mit dir reden.«

»Ich meine, Kelli könnte ja jemand anderen mitbringen wollen«, wandte ich ein.

»Das glaube ich nicht«, meinte sie. »Ich glaube, sie macht den älteren Jungs Angst, weil sie neu ist und aus dem Norden und wegen der Sachen, die sie im *Wildcat* schreibt. Irgendwie so hoch gescheit. Ich glaube, das hält viele von denen zurück.« Sie warf unbekümmert ihren Kopf herum. »Mit der Zeit werden die natürlich kommen«, sagte sie, »aber im Augenblick halten sich alle auf Distanz.«

Mir fiel sofort wieder Lukes Warnung ein, daß Kelli nicht lange »die Neue« sein würde und daß ich, wenn ich mich für sie interessierte, schnell handeln müßte.

Sheilas Weihnachtsparty bietet die ideale Chance dafür, fand ich.

»Okay«, sagte ich. »Ich werde mit Kelli darüber reden.«

»Na prima«, antwortete Sheila vergnügt, immer noch mit ihrem Lächeln im Gesicht, das damals so unveränderbar und festgefügt schien, das Produkt einer unschuldigen und freundlichen Wesensart, daß ich mir ihr Gesicht ohne dieses Lächeln gar nicht vorstellen konnte.

*

Ich redete noch am selben Tag mit Kelli darüber. In dem Semester saßen wir in der Englischvorlesung nebeneinander und unterhielten uns manchmal vor dem Unterricht.

Auch wechselten wir später gelegentlich Blicke, wenn Miss Carver mit eindrucksvollen Formulierungen die »gequälte« Kombination aus Liebe und Haß beschrieb, die Heathcliff für Catherine Earnshaw empfunden hatte. Es gab Momente, wo es den Anschein hatte, als hätten die dunklen Wolken, die über jenem fernen Moor dahingezogen waren, Miss Carver persönlich beunruhigt. Sie sprach mit leiser, etwas bedrückter Stimme von Leidenschaft und Tragödie, als wären sie ein unvermeidbarer Bestandteil des unergründlichen Geflechts des Lebens, Fäden, untrennbar miteinander verknüpft, und als müsse jede Generation aufs neue ihr Vermächtnis von Verlust und Vernichtung tragen.

Um die Zeit hatten Kelli und Miss Carver es sich zur Gewohnheit gemacht, nach dem Ende der Vorlesung noch im Raum zu bleiben; Kelli, um Fragen zu stellen oder irgendeine Bemerkung zu äußern, die sie während des Unterrichts nicht hatte machen wollen, Miss Carver, um irgendeinen Punkt zu vertiefen, den sie bewußt für die anderen Studenten etwas einfacher dargestellt hatte. Gelegentlich blieb ich auch und hörte den beiden zu. Sie sprachen auf eine Art und Weise über ein Buch, wie ich es als Student der Naturwissenschaften nie tat. Die Gespräche aber ließen mich zumindest begreifen, daß manche Bücher bestimmte Dinge nicht einfach und direkt ausdrückten, sondern auf geheimnisvolle Weise und von einem anderen Blickwinkel aus. Denn die Dinge, die sie beschrieben, waren selbst unexakt und zum Teil unergründlich, und man konnte über sie deshalb nicht in Maßen und Gewichten oder vorhersehbaren Handlungen und Reaktionen sprechen.

An dem Dezembermorgen, nach meinem Gespräch mit

Sheila, blieb Kelli allerdings nicht im Zimmer, sondern ging gleich in den Flur hinaus. Sie war schon beinahe an der Treppe angelangt, als ich sie schließlich einholte.

»Kelli«, rief ich ihr nach und trat neben sie.

Sie blieb stehen und drehte sich zu mir um.

»Hör zu, Sheila Cameron war heute morgen bei mir«, erklärte ich ihr. »Sie hat gesagt, daß sie in ein paar Wochen eine Weihnachtsparty veranstalten möchte. So eine halboffizielle Sache. Im Turtle Grove Country Club.«

Kelli sah mich ausdruckslos an.

»Eine Art Tanz«, fügte ich hinzu und wurde unter Kellis reglosem Blick langsam nervös. »Nur für Paare. Weißt du, damit jeder einen Partner hat.« Ich zögerte und faßte mir dann ein Herz. »Sie dachte, daß wir beide, du und ich, gerne kommen würden.«

Kelli lächelte. »Okay«, sagte sie locker.

Sie hatte zu schnell ja gesagt. Ich wollte sichergehen, daß sie verstand, worauf ich hinauswollte. »Ich meine, wir beide«, fügte ich gezielt hinzu, »zusammen.«

»Ich weiß, was du gemeint hast«, sagte sie. Dann lächelte sie kurz, drehte sich unbeschwert um und ging die Treppe hinunter.

Als ich es Luke am Nachmittag erzählte, war er entzückt.

»Ist ja großartig«, meinte er vergnügt. »Dann können wir alle zusammen hingehen. Du, ich, Betty Ann und Kelli.«

Und genau das taten wir auch. Die Party fand am Abend des 22. Dezember statt, und obwohl kalter Winterregen angesagt war, empfing mich eine klare, kühle Luft, als ich aus dem Haus trat, und der Mond strahlte so hell, daß sein Licht die hohen Bergkuppen in der Ferne deutlich erkennen ließ.

Luke hatte einen riesigen, ziemlich neuen Lincoln aus dem Gebrauchtwagenangebot seines Vaters ausgewählt, holte zuerst Betty Ann, dann mich ab und fuhr uns alle schließlich nach Collier hinaus, um Kelli abzuholen.

»Diese Karre hat großartige Lautsprecher«, sagte Luke stolz und zählte dann die anderen Besonderheiten des Wagens auf. »Und Aircondition, Liegesitze, echte Velourpolsterung, elektrische Fensterheber –«

»Es reicht schon, Luke«, unterbrach Betty Ann ihn, ein wenig spitz. »Ich will das verdammte Ding nicht kaufen.« Sie sah sich nach mir um. »Du etwa, Ben?«

Ich schüttelte den Kopf.

Wir fuhren weiter auf Kellis Haus zu, und je mehr wir uns näherten, desto größer wurde meine Nervosität. Ich zog die Krawatte zurecht, wischte die Brille ab, vergewisserte mich, daß der Hosenlatz geschlossen war, zupfte an dem Tuch im Jackett und prüfte den Glanz der Schuhe.

»Ich war wirklich überrascht, daß Sheila mich zu dieser Sache eingeladen hat«, sagte ich.

»Also, ich glaube nicht, daß die Einladung wirklich dir gegolten hat, Ben«, meinte Luke und blinzelte mir verschmitzt zu. »Ich glaube, sie galt Kelli.« Er sah zu Betty Ann hinüber. »Falls du es noch nicht gehört haben solltest, Ben ist, was diese Party betrifft, so etwas wie das fünfte Rad am Wagen.«

Betty Ann warf den Kopf in den Nacken und lachte. Sie war ein großes rothaariges Mädchen, ein Typ, der immer im Schatten sitzt und im Sommer beständig gerötete Haut hat. Sie lachte gern und schnell, ganz besonders, wenn sie mit Luke zusammen war.

Seit beinahe drei Jahrzehnten lebte sie mittlerweile mit ihm zusammen. Sie hat inzwischen leicht zugenommen, macht immer wieder Hungerkuren und hat ein sanft gerundetes Doppelkinn. Zwar haben die Jahre ihrem Haar ein wenig von dem bezaubernden Glanz genommen, aber von all den Leuten aus meiner Jugend ist Betty Ann wohl am besten mit ihrem Leben zurechtgekommen. Sie ist Besitzerin eines Geschäfts in der eleganten neuen Mall der Innenstadt und bietet auf den eleganten, verspiegelten Regalen »südliche Kunstgegenstände« an, wie sie sie im Scherz nennt. Jeden Abend fährt sie zu Luke und dem letzten ihrer drei Söhne nach Hause; die beiden anderen besuchen bereits das College.

Ich sah sie erst vor ein paar Wochen wieder, als ich in der Mall meine Weihnachtseinkäufe erledigte. Sie war der Jahreszeit gemäß gekleidet, in einen grellroten Rock mit ebensolcher Bluse, und trug dazu eine grüne Schärpe um die Hüften. »Wenn der Weihnachtsmann eine Frau wäre«, sagte sie und drehte sich im Kreis, damit ich ihr Outfit nur ja richtig bewundern konnte, »würde er genauso aussehen wie ich.«

Ich war gekommen, um für einige Leute im Krankenhaus Geschenke zu kaufen. Diesen Brauch hatte ich nach dem Tode Dr. McCoys, meines Vorgängers, eingeführt, und er hätte es mit Sicherheit mißbilligt.

»Sieht so aus, als würden wir dieses Jahr weiße Weihnachten bekommen«, sagte Betty Ann, als sie ihre Pirouette beendet hatte und auf mich zutrat.

»Ja, so sagen die Leute.«

»Ist lange her, daß das passiert ist.« Sie überlegte kurz. »Acht oder neun Jahre, stimmt's?«

»Ja«, stimmte ich zu. »Mindestens.«

»Jimmy war damals noch ein Knirps. Weißt du noch? Und deine Amy auch.«

Ich nickte.

»Wir waren mit ihnen Schlitten fahren.«

Ich erinnere mich noch sehr gut an den Tag. Der Berg war wie eine weiße Wand gewesen. Luke hatte uns alle die Bergstraße hinaufgefahren, vorbei an dem kurz zuvor geräumten Schulgebäude, und wir hatten uns zusammen in den knöcheltiefen Schnee gestellt und dabei zugesehen, wie unsere Kinder vergnügt den etwas sanfteren oberen Hang des Breakheart Hill hinunterrodelten. Luke hatte seinen Arm um Betty Ann gelegt, und Noreen kuschelte sich an meine Seite, und wir vier plauderten leise unter dem knackenden, skelettartigen Dach aus gefrorenen Ästen.

Nach einer Weile waren die Kinder müde geworden, und wir waren alle zum Wagen zurückgestapft. Noreen und Betty Ann gingen ein kleines Stück hinter Luke und mir.

»Weißt du, als wir gerade zusammen im Wagen saßen und hier herauffuhren«, meinte Luke, »hat mich das an den Abend erinnert, wo wir alle zu Sheila Camerons Party in Turtle Grove fuhren. Nur daß das natürlich mit –« Er hielt inne, senkte die Stimme und fuhr hastig und etwas verlegen fort, als wäre er auf eine finstere Erinnerung gestoßen und müßte das Thema schnell wechseln. »Nun, das war mit Kelli«, schloß er rasch.

Ich schaute mich um und meinte sie an jenem schneeweißen Nachmittag beinahe vor mir zu sehen: eine hübsche Frau, die in einem dunklen Mantel neben Betty Ann Duchamp ging, das Gesicht jetzt älter, mit kleinen Fältchen um die Augen, und mit einer Stimme, die ein wenig vom Südstaatentonfall angenommen hatte; sicherlich hätte sie immer noch das dunkle Haar, das ihr bis auf die Schultern fiel, und denselben karierten Schal um den Hals, nur jetzt begleitet von einem kleinen Mädchen, das an ihrer Hand zerrte, einem Mädchen, das vielleicht auch Amy geheißen hätte.

Luke sprach kein Wort mehr, während wir zum Wagen gingen. Es war ein großer Kombi, und Luke hatte Schneeketten aufgezogen, die es brauchte, um die Bergstraße zu bewältigen.

»Er wartet jetzt schon seit fünfzehn Jahren, um endlich diese Schneeketten zu benutzen«, scherzte Betty Ann, als Luke den Wagen zurücksetzte.

Luke lachte über ihre Bemerkung, aber ich konnte deutlich sehen, daß in ihm wieder alte Fragen heraufgekommen waren. Ich glaube, in diesem Augenblick, auf der schneebedeckten Straße des Breakheart Hill, begann er damit, sich noch einmal planmäßig mit jenem einen Ereignis zu befassen, das seiner Jugend am deutlichsten den Stempel aufgeprägt hatte, und sich mit den Zweifeln auseinanderzusetzen, die ihn immer noch plagten. Von jenem Tag an benutzte er häufig die Party in Turtle Grove als den Ausgangspunkt für seine Reise in die Vergangenheit.

Kelli wartete schon auf uns, als wir an jenem Dezemberabend an ihrem Haus ankamen, aber nichts hatte mich auf den Anblick vorbereitet, der mich begrüßte: ein wunderschönes Mädchen in einem langen roten Mantel, das die kurze Treppe herunterlief und dann durch die tiefe Dunkelheit atemlos auf mich zueilte.

»Ich dachte, du hättest mich vergessen«, sagte sie.

Ich lächelte und dann gab ich, ohne mir dessen in diesem Augenblick bewußt zu sein, ein Versprechen, das ich nie gebrochen habe. »Niemals«, sagte ich.

*

Turtle Grove ist Teil einer jeden Stadt. Es liegt immer am Stadtrand, dort, wo die ständigen Polizeisirenen und Fabrikschlote nicht hinreichen. Die Rasenflächen sind immer grüner und sorgfältiger gepflegt als die in der Stadt. Die Bäume sind größer, stehen weiter voneinander entfernt und erzeugen im Sommer kühleren, tieferen Schatten. Und stets gibt es dort Platz, sich auszudehnen, mehr als alles andere.

Luke und Betty Ann leben jetzt in Turtle Grove, und obwohl ich noch innerhalb der Stadtgrenze von Choctaw lebe, bin ich schon lange Mitglied im Turtle Grove Country Club. Dr. McCoy, dessen Praxis ich übernahm, hatte auf diesem Schritt aus beruflichen Gründen hartnäckig bestanden. »Sie werden zahlende Kunden brauchen, Ben«, erklärte er mir entschieden, »genauso, als ob sie einen Lebensmittelladen hätten.«

Im Herbst, wenn es im Tal das erste Mal kühl wird, spielen Luke und ich manchmal auf dem sanft geschwungenen Golfplatz des Clubs eine Runde Golf. Vor einigen Jahren stießen wir dabei auf Todd Jeffries, den früheren Star der Schule. Er lag besinnungslos mit dem Gesicht nach unten da, wie ein an den Strand gespültes Walroß. Im Anblick des Bewußtlosen, der sich im Sand suhlte, mit dunklen Urinflecken im Schritt seiner hellgrünen Hose, schüttelte Luke verzweifelt den Kopf. »Mein Gott, was wird aus dem noch werden«, sagte er.

In jener klaren Dezembernacht aber, der Nacht von Sheilas Party, hätte ganz sicherlich keiner von uns einen solchen Anblick vorhergesagt. Todd stand an der breiten Doppeltür des Clubs und ließ uns passieren. »Ich muß heute für Sheila den Türsteher und Butler spielen«, sagte er mit seinem üblichen, einladenden Lächeln.

Mary Diehl hatte sich bei ihm eingehakt, schön wie eh und je, mit blitzenden Augen und ihrer langen schwarzen Mähne. »Hallo, Leute«, begrüßte sie uns vergnügt.

Wir sagten alle hallo und gingen dann an den beiden vorbei in einen Vorraum, den Sheila und ihre Freunde und Freundinnen aus Turtle Grove in einen schimmernden Palast verwandelt hatten. Überall waren bunte Lichter; sie hingen von der Deckenleiste, wanden sich spiralförmig an den hölzernen Säulen empor und baumelten am Geländer der elegant geschwungenen Freitreppe.

Selbst Kelli, von der ich annahm, daß sie schon so manchen eleganten Saal gesehen hatte, schien beeindruckt.

»Wunderschön«, flüsterte sie fast zu sich selbst. Dann drehte sie sich zu mir herum. »Wunderschön, findest du nicht, Ben?«

Ich nickte stumm und war immer noch nicht bereit, der Turtle Grove Clique meinen Tribut zu zollen, tat es aber am Ende doch, wenn auch etwas widerstrebend. »Die wissen wirklich, wie man so etwas macht«, sagte ich.

Sie schwebte mir voraus und zog mich hinter sich her, ihre Finger zerrten an meinem Jackett. Ich gab mich blasiert, wollte den Eindruck erwecken, daß mich in meiner Weltläufigkeit solche Dinge schon lange nicht mehr beeindrucken konnten.

Aber ich war beeindruckt. Ich war vom Club selbst beeindruckt, dem prunkvollen Mobiliar, den Hunderten von Lichtern und den Dutzenden von Stechpalmenkränzen, den Weihnachtssternen in ihren Töpfen, die zusammen den geschmackvollen Südstaatenpalast in ein Wunderland verwandelt hatten. Aber noch mehr beeindruckte mich, wie dunkle Anzüge und Abendkleider die linkischen Jungen und Mädchen im Teenageralter, die ich jeden Tag auf der Choctaw High zu sehen bekam, an die Grenzen würdigen Erwachsenseins herangeführt hatten. Sie hatten sich an jenem Abend in kleinen Grüppchen versammelt, diese jungen Männer und Frauen, die leise miteinander redeten und ebenso reserviert an ihrem Punsch nippten, wie sie später Bourbon nippen würden. Ich sah vor mir die nächste herrschende Generation von Choctaw, seine zukünftigen Rechtsanwälte und Banker und Geschäftsleute, die Männer, die hier einmal Bürgermeister und Stadträte sein würden, die Leute, die die Handelskammer der Stadt leiten und den Erziehungsausschuß der Stadt durch gnadenlos schwere Zeiten lenken würden. Ihnen wäre es nie in den Sinn gekommen, wie ich etwas später am selben Abend zu Kelli sagte, irgend etwas anderes zu tun, als wozu sie geboren waren: eine kleine Stadt mit fürstlicher Grazie und Weisheit oder dem, was sie dafür hielten, zu regieren.

Ihre Antwort auf meine Äußerung überraschte mich. »Ist das denn schlimm?« fragte sie.

Eine Locke war ihr in die Stirn gefallen. Sie hatte sie beim Reden aus der Stirn geschoben und dann den Kopf leicht in den Nacken geworfen, ehe sie fortfuhr: »Du scheinst das für etwas Schlimmes zu halten.«

»Also, man würde meinen, daß die bei all dem Geld, das sie haben, ein wenig von der Welt sehen wollen«, sagte ich verdrießlich. »Nicht sich einfach hier in Choctaw niederlassen. Und das werden sie alle tun.«

Ihre Augen glänzten. »Vielleicht interessieren sie sich gar nicht für den Rest der Welt.«

Ich schüttelte den Kopf. »Du hältst diese Leute nur deshalb für so großartig, weil du in einer großen Stadt gelebt hast, Kelli.«

»Ich halte sie nicht für großartig.«

»Im Wesen sind sie nett«, fuhr ich fort. »Drollig und altmodisch.«

Sie sah mich an. »Warum haßt du sie eigentlich so, Ben?« fragte sie. »Was haben sie dir getan?«

»Mir persönlich nichts«, antwortete ich ihr. »Aber ich hasse das, was sie sich selbst antun, womit sie sich zufriedengeben.«

Sie wandte sich ab und starrte auf die Tanzfläche. Ich konnte deutlich erkennen, daß sie meine Meinung nicht teilte, aber beschlossen hatte, sich nicht mit mir darüber auseinanderzusetzen. »Schau dir Luke an«, sagte sie einen Augenblick später.

Die Band hatte zuerst eine Reihe von Balladen gespielt, war aber jetzt zu Rock 'n' Roll übergegangen, und Luke und Betty gaben sich mit fast allen anderen auf der Tanzfläche den wildesten Verrenkungen hin.

»Das ist eher die Art von Tanz, die ich gewöhnt bin«, sagte Kelli. »So haben wir in Baltimore getanzt.« Sie drehte sich zu mir herum. »Du hast mich noch gar nicht aufgefordert.«

Ich zuckte die Achseln.

»Tanzt du denn nie?« fragte sie.

Ich lächelte und häufte Selbstspott auf mein Haupt. »Natürlich nicht«, sagte ich, als ob ihre Frage mich beleidigt hätte. »Hast du das noch nicht gemerkt? Für so etwas bin ich viel zu ernst.«

Sie griff nach meiner Hand. »Nein, das bist du nicht«, widersprach sie und zog mich von meinem Stuhl in die Höhe.

Anschließend tanzten wir recht oft, und ich glaube, Kelli war ziemlich überrascht, wie gut ich die Tanzschritte beherrschte, die Luke mir erst vor ein paar Tagen beigebracht hatte. Auf der überfüllten, nur schwach beleuchteten Tanzfläche müssen sie völlig spontan und improvisiert gewirkt haben.

Aber ich war nicht der einzige junge Mann, mit dem sie in jener Nacht tanzte. Eddie Smathers forderte sie auf und Chuck Wheelwright, der später in den Senat des Staates ging, und Wilkie Billings, den ich später an einer ganzen Anzahl von Gebrechen behandelt habe, dem es aber jetzt wieder ganz gut geht, sowie Randy Wilcox, der bei Khe Sanh gefallen ist.

Doch, um den Titel des Liedes zu gebrauchen, mit dem die Party in jener Nacht endete: den letzten Tanz sparte Kelli sich für mich auf.

Wir waren beide schon recht müde, als wir zu ›The last dance‹ tanzten. Eine langsame, etwas traurige Ballade, wie es in jenen Tagen alle letzten Tänze waren, und ich drückte sie ein paar köstliche Augenblicke lang ganz fest an mich und fühlte ihren Atem an meinem Ohr.

Auf dem Weg zum Wagen zog ich Luke beiseite.

»Setz Kelli und mich bei mir zu Hause ab«, flüsterte ich ihm zu. »Ich will sie selbst nach Hause bringen.«

»Dann muß es aber recht gut gelaufen sein«, sagte Luke mit einem verschmitzten Lächeln.

»Ich will einfach mit ihr alleine sein«, erklärte ich.

Luke tat, worum ich ihn gebeten hatte. Er nannte als Vorwand, daß er Betty Ann bis zu einem bestimmten Zeitpunkt nach Hause bringen müßte. Und so saßen kurz nach dem letzten Tanz Kelli und ich alleine in meinem alten Chevy und fuhren in Richtung Collier.

Ich hatte sie noch nie glücklicher gesehen, und kurz bevor sie ausstieg und auf ihr Haus zuging, erfuhr ich auch, weshalb.

»Weißt du, jetzt fühle ich mich zum ersten Mal nicht mehr wie die neue Mitschülerin«, sagte sie.

»Das freut mich.«

Sie sah mich unschlüssig an, als denke sie darüber nach, ob sie noch mehr sagen sollte. »Ich hatte zuerst Angst, daß es mir hier nicht gefallen würde«, sagte sie leise. »Wo ich doch aus einer Großstadt komme, weißt du, und in eine Kleinstadt gezogen bin.«

Ich reagierte darauf mit meinem besten hämischen Lächeln, das ich zuwege brachte. »Also ich finde, Choctaw hat schon auch seine Reize.«

»Es hat mich etwas gelehrt«, erwiderte Kelli ernst.

Ich konnte mir nicht vorstellen, was einen das Leben in Choctaw lehren könnte.

»Es hat mich gelehrt, daß im Grunde genommen jeder Ort die ganze Welt in sich trägt«, sagte Kelli. »Alles, was geschieht, geschieht überall.« Sie überlegte einen Augenblick lang und fügte dann hinzu: »Aber vielleicht kann man es an einem kleineren Ort, wo alles langsamer geht, besser sehen.«

Plötzlich war Choctaw der romantischste Ort, den es je gegeben hatte oder geben würde, und ich war fest davon überzeugt, daß Kelli ihn dazu gemacht hatte. Ich verspürte eine ungeheure Aufwallung von Sehnsucht in mir, sie überspülte mich wie ein mächtiger Wasserfall, und jetzt wußte ich, daß Luke vor ein paar Wochen recht gehabt hatte: dies war das Gefühl, wenn man verliebt ist.

Sie griff nach meiner Hand und drückte sie kurz und liebevoll. »Wir sehen uns morgen in der Schule«, sagte sie. Dann langte sie nach der Türklinke, um auszusteigen, hielt inne, klappte schnell ihre Handtasche auf, zog ein Blatt Papier heraus und gab es mir.

»Etwas für die nächste Ausgabe«, sagte sie, »wenn du meinst, daß es etwas taugt.«

Ich nahm das Papier und sah ihr nach, wie sie schnell das kurze Stück Weg vom Wagen zu ihrem Haus ging und dann hinter der Tür verschwand. Ich blieb noch eine Weile in der Einfahrt stehen, konnte einfach nicht wegfahren. Ich wollte in derselben Dunkelheit sein wie sie, dieselbe prikkelnde nächtliche Kühle verspüren, denselben Windhauch hören, der über die Felder hinter ihrem Haus wehte. Alleine im Wagen sitzend und ein paar Sekunden unverwandt auf ihr Haus blickend, verspürte ich den süßen Schmerz, den sowohl ihre Nähe wie auch ihre Ferne in mir hervorriefen, und jetzt, nachdem drei Jahrzehnte verstrichen sind, kann ich sagen, daß es die köstlichste Pein war, die ich je empfunden habe, der einzige brennende Augenblick in meinem Leben, in dem ich durch und durch lebte.

Als ich mich schließlich zwang, die Einfahrt zu verlassen und nach Hause zurückzukehren, brannte hinter den Fenstern immer noch Licht. Die Fahrt kam mir sehr lang vor, als bewegte ich mich durch eine stetig dichter werdende Dunkelheit, üppig und zugleich beängstigend, denn mir war klargeworden, daß Kelli der einzige Mensch war, für den mich je solche Empfindungen erfüllt hatten, der einzige Mensch, den ich nicht hinter mir lassen konnte.

Zu Hause angelangt, nahm ich das Blatt Papier zur Hand und las den Text:

Ich halte, was vergessen ist,
Was übrig bleibt nach Jahresfrist,
verhallte Worte, ferne Freunde,
ein Weg, der alle uns vereint.
Ein Ort, den jeder borgen darf,
wenn Heute dann zum Morgen wird.
Ich bin ein Denkmal für die Toten,
ein Tennisplatz, ein altes Schulhaus,
ein sanfter Hügel, eine Bank im Park,
ein goldener Tag, ein Monument,
das Stückchen Erde, auf dem unsere Väter lebten,
ein Platz für Blumen und dereinst das Grab.
Eine Stadt.

Wenn ich heute daran denke, erscheint es mir merkwürdig, daß das Gedicht mich nicht erschreckte. Denn indem es Kellis Einstellung zu Choctaw schilderte, zeigte es mir, wie heimisch sie in dieser Welt geworden war, die mir immer so eng und ausgedörrt erschienen war. Aber ich erschrak nicht. Ich spürte auch nicht, daß ich im Begriff war, sie zu verlieren, als ich las, daß sie dabei war, gewissermaßen auf die andere Seite überzuwechseln. Es war mir nicht klar. Es war mir nicht klar, daß das Kleinstadtleben sie unbewußt verführt hatte. Im Gegenteil: Tatsächlich freundete ich mich mit den Gedanken an, mit ihr in Choctaw zu leben, mit ihr verheiratet zu sein, Kinder zu haben und mit ihr alt zu werden. Dieses Leben in Choctaw war das, das ich mir wirklich wünschte. Ich wollte immer noch Medizin studieren, aber danach würde ich nach Choctaw zurückkehren, eine kleine Praxis eröffnen und der von allen geliebte Dorfarzt werden. Ich konnte mir den Respekt vorstellen, der ein solches Leben begleiten würde, malte mir seine täglichen Freuden aus, und immer wäre Kelli an meiner Seite.

Vermutlich fing ich an diesem Punkt an, mich ernsthaft darum zu bemühen, Kelli für mich zu gewinnen, um sie zu heiraten und mit ihr in Choctaw ein Leben aufzubauen. Welche Mittel ich mir damals vorgenommen habe, um dieses Ziel zu erreichen, weiß ich nicht. Aber ich erinnere mich daran, daß der Gedanke, daß sie eines Tages meine Frau sein würde, in den nächsten Monaten in meinem Bewußtsein immer mehr Platz beanspruchte, ja, geradezu ungeheure Ausmaße annahm. Von da an, könnte man beinahe sagen, kam es zu Metastasen, bis ein ausgewachsenes Komplott daraus wurde.

Und so – als Komplott – habe ich es in all der Zeit, die seither verstrichen ist, gesehen.

Vor einigen Jahren, als Amy noch ganz jung war, kaufte ich eine kleine Hütte am Fuße des Berges. Sie spielte am Nachmittag oft im Garten, während ich es mir in der Hängematte auf der vorderen Terrasse bequem machte. Wie ich eines Abends so auf dem Rücken lag, sah ich einer Spinne zu, die in einer Ecke der Terrasse ihr Netz spann. Ihre langen, schlanken Beine woben elegant eine perfekte und beinahe unsichtbare Verschwörung aus Raum und Faser. Mir ging auf, daß ich es hier mit einem Geschöpf zu tun hatte, das fast ausschließlich davon lebte, anderen Fallen zu stellen. Ein großer Teil der Natur, so dachte ich, lebt nach demselben finsteren Prinzip – und im Grunde genommen auch der Mensch.

Ich machte Luke gegenüber eine dementsprechende Bemerkung, als wir eines Abends zusammensaßen und unsere Kinder ein paar Schritte von uns entfernt im Garten spielten.

Luke ließ seinen Blick über das Tal wandern und schüttelte dann den Kopf. »Das berücksichtigt den Zufall nicht«, sagte er. »Das berücksichtigt nicht, daß manchmal Dinge ganz spontan geschehen.«

»Vielleicht geschehen sie gar nicht so spontan, wie wir glauben«, antwortete ich.

Lukes weiche blaue Augen verharrten an dem steilen Gipfel, der in der Abenddämmerung fast purpurne Farbtöne angenommen hatte. Ich konnte erkennen, daß irgend etwas ganz plötzlich seine Stimmung verdüstert hatte und daß er sich bemühte, es in Worte zu kleiden.

Da ich nicht erkannt hatte, welche Richtung seine Gedanken eingeschlagen hatten, versuchte ich ihm mit einer weiteren schnellen Bemerkung zu helfen. »Vielleicht spielen Zufälle gar keine so große Rolle im Leben.«

Sofort schoß mir ein geradezu feuriger Blick aus seinen Augen entgegen, als ob jemand in seinem Gehirn ein Feuer entzündet hatte. »Was ist dann mit Kelli Troy?« fragte er herausfordernd. »Was ist mit Lyle Gates? Ich meine, was ist damit, daß die beiden zufällig an jenem Tag auf dem Breakheart Hill waren?«

Ich erinnerte mich sofort an Lyle, wie er am letzten Tag der Verhandlung in den Zeugenstand getreten war, wie er behauptet hatte, Kelli gesehen zu haben, als sie in Lukes Pickup an ihm vorbeigefahren war, und wie er später ein leises Stöhnen gehört habe, als er den oberen Hang des Breakheart Hill erreicht hatte. Er sei dem aber nicht gefolgt und habe Kelli auch keinen Schaden zugefügt.

»Er hatte einiges Beweismaterial, um seine Behauptung zu bestätigen«, fügte Luke hinzu. »Ich meine, man hatte tatsächlich in der Woche zuvor seinen Wagen beschlagnahmt, genau wie er das vor Gericht gesagt hatte, also war es vermutlich ein Zufall, daß er überhaupt zu Fuß den Berg hinaufging.«

»Vielleicht.«

»Und wenn Lyle nicht den Berg hinaufgegangen wäre«, fuhr Luke fort, »hätte er Kelli an jenem Tag überhaupt nicht gesehen, und wenn er sie nicht gesehen hätte, also dann –« Er hielt inne, überlegte einen Augenblick lang und fügte dann hinzu: »Das hat mich immer beschäftigt, und auch Mr. Bailey mußte zugeben, daß Lyle es nicht geplant haben konnte.«

»Und wie Lyle ausgesehen hat, als er in den Zeugenstand trat ...«, sagte Luke nach einiger Zeit, da ich keine Antwort gab, und seine Stimme klang jetzt eindringlicher als je zuvor. Seine Erinnerung war wie eine Messerspitze, die ihn unbarmherzig weitertrieb. »Erinnerst du dich daran, Ben? Erinnerst du dich, wie Lyle ausgesehen hat?«

Ich erinnerte mich sehr gut daran. Er hatte seltsam klein gewirkt, wie ein Kind in einem Männeranzug Mit einer verblüfften Miene war er dem Geschehen gefolgt, als hätte er sich plötzlich in einer Welt wiedergefunden, deren Farben und Dimensionen ihm völlig fremd waren. Selbst seine Stimme hatte weich und wie die eines Kindes geklungen, als er geschildert hatte, wie er Kelli mit dem Gesicht nach unten zwischen den Schlingpflanzen gefunden hatte. Sie habe versucht, ihm etwas zu sagen, hatte er dem Gericht erklärt, habe einen einzigen Satz ständig wiederholt wie eine Litanei. Er hatte sich über sie gebeugt, um besser verstehen zu können, hatte sich vorgebeugt, um die letzten Worte zu hören, die von ihr kamen: *Nicht du.*

»Für mich hat diese Geschichte nie einen Sinn gegeben«, sagte Luke und schien plötzlich wieder ruhiger zu werden, so als würde er sich scheuen, die Grenze zu überschreiten, von der es kein Zurück mehr gab, aber seine Augen hielten die meinen immer noch starr fest. »Für dich, Ben?«

Ich hörte seine Frage ganz deutlich, aber ich konnte damals keine Antwort darauf geben.

Jetzt kann ich es.

ZWEITER TEIL

9

Die Winter im Süden sind trostlos und unfreundlich, und nicht lange nach Sheila Camerons Weihnachtsparty setzte der Winter in Choctaw mit rauher Unbarmherzigkeit ein. In jener Zeit wirkte die Stadt wie ein kleines Schiff, das widerstrebend in seinem Winterhafen zur Ruhe gekommen war, ein wenig im Wellengang dümpelte, hie und da von einem gelegentlichen Windstoß bewegt wurde, aber ansonsten reglos dalag und schlief.

Wie gewöhnlich gab es in jenem Winter diesen kalten Regen, der häufig in Graupelschauer und einige Male, wenn auch nur selten, in Schnee überging. Winzige Rinnsale tröpfelten von den blechernen Vordächern der Textil- und Schmuckgeschäfte, die die Hauptstraße der Stadt säumten, und die politischen Plakate und Anzeigen, die mit Reißzwecken an den hölzernen Telefonstangen befestigt waren, wurden feucht und matschig und lösten sich nach und nach ab.

Mit Ausnahme der Fichten waren die Bäume kahl, und die Bäche und Teiche, meist zugefroren, schienen von derselben eisigen Reglosigkeit erfaßt, die die ganze Stadt einhüllte. Ihre Ufer waren in der Kälte jetzt so hart wie Granit. Es war, als wären die strahlenden Farben, die Herbst und Sommer belebt hatten, aus der Landschaft herausgewaschen worden und hätten eine Welt hinterlassen, die nur aus Braun- und Grautönen bestand.

So überraschte es nicht, daß das Leben ähnlich langweilig wurde und die meisten Stadtbewohner sich in ihren Häusern und Geschäften verkrochen. Die Straßen und Parks waren im allgemeinen verlassen, die Gärten leer, das steinerne Gerichtsgebäude wie ein riesiger Grabstein, grau und gefroren.

Von Anfang Januar an trug mein Vater immer einen dikken Wollpullover, selbst wenn nur wenige Schritte von ihm entfernt ein Feuer loderte. Auf seinem Sessel sitzend, die Füße tief in alten Hausschuhen vergraben, pflegte er dann zu lesen und den Kopf zu schütteln, meist ohne zu erwähnen, was er gerade las. Aber einmal blickte er auf und wies mich nach einigem Kopfschütteln an, falls die Freedom Riders – ein bekanntes Footballteam – nach Choctaw kommen sollten, müsse ich mich von der Busstation fernhalten. Ich sollte mich unter keinen Umständen »diesem Haufen« anschließen, wie er sie nannte, der sich möglicherweise dort versammeln würde, um die Riders einzuschüchtern.

»Jeder Mensch hat das Recht, in einem Bus zu fahren«, sagte er zum Abschluß. Das war seine einzige Bemerkung, die er machte, als der Süden sich jenem schrecklichen Sommer des Jahres 1962 näherte.

Was das Leben auf der Choctaw High anging, so war es in derselben Winterstarre fixiert wie der Rest der Stadt. Die Footballsaison war zu Ende gegangen, und obwohl die Basketballsaison noch im vollen Gange war, waren die Spiele schlecht besucht. Die freitäglichen Aufputschsitzungen, die jedem Footballspiel vorangegangen waren, waren dumpfen Wochenendversammlungen gewichen, in denen Mr. Avery die üblichen Klagen gegen das Kauen von Kaugummi und das Rauchen auf der Toilette vorbrachte.

Im Druck dieser winterlichen Monotonie lösten sich nach und nach Beziehungen, die in den vergangenen Monaten aufgeblüht waren. Eddie Smathers brach mit Debbie McNair, und Sheila Cameron brach mit Loyal Rhodes, ihrem Typ vom College, zu dem sie drei Monate später jedoch zurückkehrte.

Aber das Hauptgesprächsthema in den Gängen der Choctaw High war in jenem Winter der Bruch zwischen Todd Jeffries und Mary Diehl. Es war, als ob ein Ideal zerschmettert worden wäre, und diese Tatsache erzeugte in jenen Paaren, die zusammenblieben, ein Gefühl größter Verletzlichkeit. Ich erinnere mich, Mary in einer Art erstarrter Benommenheit durch die lärmerfüllten Gänge der High School gehen zu sehen, ihre Bücher wie einen Schild gegen die Brust gepreßt, das Gesicht wie tot in ungläubiger Betroffenheit. Was Todd anging, so sah ich ihn manchmal, wie er müde über den Schulparkplatz trottete, den Kopf eingezogen, um ihn vor dem eisigen Wind abzuschirmen. Aber seine Freunde umringten ihn schützend, ganz besonders Eddie Smathers, der doch seine eigenen Probleme mit der Liebe hatte.

Selbst Luke und Betty Ann hatten in jenem Winter miteinander Schwierigkeiten, wenn es auch nicht zu einem Bruch kam. Dafür beklagten sie sich übereinander: Luke darüber, daß Betty Ann manchmal mit anderen Jungs flirte, Betty Ann darüber, daß Luke sich häufig zu wenig um sie kümmere. Aber selbst wenn sie sich stritten, machten sie auf mich den Eindruck, als würden sie sich seltsam wohl miteinander fühlen, als ob schon ganz früh eine

Grenze gezogen wäre, die keiner von beiden je überschritt. Vielleicht hatten sie eine Form junger Liebe gefunden, die schon in ihrer Jugend auf merkwürdige Weise alt war, irgendwie gefestigt und anhaltend. Vielleicht war es aber auch einfach nur so, daß Betty Ann für Luke nie das empfand, was Mary Diehl für Todd Jeffries empfand, und nie annahm, sie könnte, wenn sie ihn verlor, alles verlieren. Vielleicht verspürte sie deshalb nie das schreckliche Gefühl, ihres Lebensinhalts beraubt zu sein, dem Mary sich jedesmal ausgesetzt sah, wenn sie daran dachte, daß sie Todd verloren hatte. Denn aus welchem Grund hätte Mary sonst so verbissen um ihn kämpfen sollen, sich so verzweifelt an ihn klammern, wenn sie nicht geglaubt hätte, ohne ihn nichts mehr wert zu sein.

»Mary sah in jenem Winter wie ein Gespenst aus«, sagte Noreen einmal zu mir. Und sie hatte recht, obwohl es in jener Zeit nicht Mary war, die meine Gedanken fesselte, sondern Kelli. Allerdings verband uns vielleicht dieselbe Angst. Mary mußte fürchten, Todd ganz zu verlieren.

Ich wußte natürlich, daß es in einer derart aus dem Gleichgewicht geratenen Situation, vor dem Hintergrund all dieser zerbrochenen Beziehungen, unvermeidbar war, daß der eine oder andere Mann sich an Kelli heranmachen würde. Und dazu kam es auch. Eddie wollte sich in der zweiten Januarwoche mit ihr verabreden, aber Kelli lehnte ab. In der darauffolgenden Woche versuchte es Malcolm McCoy, Dr. McCoys mißratener Sohn, und wurde ebenfalls abgewiesen. Noch einige andere näherten sich ihr vorsichtig, zogen sich aber zurück, als sie spürten, daß auch sie eine Abfuhr bekommen würden.

Ich sah sie im Januar und Februar kommen und gehen, und bei jedem verspürte ich eine wachsende Welle der

Angst. Trotzdem hielt ich mich zurück und vermied es, irgendwelche Annäherungsversuche bei Kelli zu machen. Einerseits fürchtete ich, sie würde mich ebenso abweisen wie die anderen, andererseits hatte ich Angst, exponierter zu sein als sie, stärker im Blickfeld der Öffentlichkeit zu stehen. Jemand, über den man sich lustig machte. Denn jemanden zu lieben, der diese Liebe nicht erwidert, bietet die einzige Tragödie, über die wir lachen und spotten.

So war ich wie gelähmt und konnte mich Kelli nicht wie Eddie und die anderen nähern. Ich sah mich von daher gezwungen, einen anderen, weniger direkten Weg einzuschlagen. In jener Zeit malte ich mir aus, daß ich Kelli auf bizarre und phantastische Art gewinnen könnte. Ich stellte mir vor, sie sei todkrank und würde von mir durch ein Heilverfahren gerettet, das ich in letzter Sekunde entdeckt hatte. Danach würde sie sich ganz sicherlich in mich verlieben. Ich malte mir aus, daß ich Preise und Stipendien gewann und zu plötzlichem Ruhm gelangte. Und danach, so dachte ich, würde sie sich ganz sicherlich in mich verlieben. Ich wußte, daß derartige Szenarien lächerlich waren, ja kindisch, aber sie kamen mir trotzdem in den Sinn und beschäftigten mich stundenlang, wenn ich im Bett lag und zur dunklen Decke emporstarrte.

Aber dann kam der Punkt – wenn ich auch heute nicht mehr weiß, wann oder wie es dazu kam –, wo all diese unterschiedlichen und manchmal albernen Phantasievorstellungen zu einer einzigen zwingenden Idee verschmolzen. Es war der Gedanke, daß es irgendwann einmal den »richtigen Augenblick« geben würde und daß ich in diesem Augenblick so handeln würde, daß ich Kellis Liebe für immer gewann. In meiner Vorstellung war es eine elektrisierend dramatische Szene. Ich würde sie beispielsweise in einem Akt von Opfermut vor dem Ertrinken retten, sie vor einem zu schnell fahrenden, außer Kontrolle geratenen Wagen wegreißen oder sie aus den Klauen eines Schlägers befreien, den ich mir stets in der Gestalt von Carter Dillbeck dachte. Und danach würde sich etwas zwischen uns ändern. Kelli würde mich auf völlig andere Weise betrachten, ein Funke würde entzündet werden, so wie er beispielsweise in Mary Diehls Augen aufleuchtete, wenn sie Todd Jeffries ansah. Alles, was es dazu brauchte, war irgendeine Situation, in der ich mich zeigen, meinen Mut demonstrieren könnte und die Tatsache, daß ich alleine sie nie enttäuschen würde. Und danach würde sie mein sein.

Ich trieb eine ganze Weile in diesen Phatansien dahin, ehe eine ganz andere Idee von mir Besitz ergriff, eine wesentlich aggressivere. Ohne Zweifel erwuchs sie aus der wachsenden Enttäuschung darüber, beständig in Kellis Nähe zu sein, aber sie doch nicht berühren oder ihr auch nur sagen zu können, was ich wirklich empfand. Also entschied ich mich für eine direktere Vorgehensweise. Anstatt passiv darauf zu warten, daß der »richtige Augenblick« sich einstellte, wollte ich aktiv Mittel und Wege suchen, um Kelli der Gefahr auszusetzen, sie ganz bewußt in Gefahr zu bringen, um sie dann aus ihren Klauen zu befreien.

Ich griff also gleichsam das Interesse meines Vaters auf und suchte nach etwas ausgefalleneren Unglücksfällen. Unter dem Vorwand, für den *Wildcat* zu »recherchieren«, bestand ich darauf, daß Kelli sie mit mir näher untersuchte. Sie war stets dazu bereit, und so durchstreiften wir verschiedentlich während jener langen Wintermonate verkohlte Überreste verbrannter Scheunen und Farmen, riskierten es, halbgefrorene Bäche und Teiche zu überqueren, und saßen sogar eines Nachts stundenlang in einem überdachten Abzugskanal, um das Haus eines notorischen Händlers mit Diebesgut zu beobachten. Wir hofften, jemanden aus seiner Kundschaft zu entdecken, um ihn dann im *Wildcat* anprangern zu können, wozu es freilich nie kam. Jedesmal wenn ich unter ihren Füßen Eis knacken oder ein angekohltes Brett unter ihrem Gewicht ächzen hörte, verspürte ich ein Prickeln der Erregung und der Vorfreude, als wäre das einzige, was mich begeistern konnte, sie in Gefahr zu bringen.

Aber trotz all dieser Bemühungen erreichte ich nur einmal beinahe mein Ziel. Ein heftiger Graupelschauer hatte die ganze Gegend gepeitscht und den Berg in ein schimmerndes Wunderland aus Eis verwandelt. Ich entschied, daß wir ein paar Fotos für die nächste Ausgabe haben mußten. Und so fuhren wir, sobald die Bergstraße wieder für den Verkehr freigegeben war, zu einem Granitvorsprung, von dem aus man das ganze Tal sehen konnte.

Der Anblick war, wie ich erwartet hatte, von spektakulärer Schönheit, und ich erinnere mich daran, daß Kelli lange auf das Tal hinunterblickte, als empfinde sie stumme Ehrfurcht vor der Großartigkeit der Szene, die sich ihr darbot.

»Das ist so wunderschön«, sagte sie. »Als ob alles sich in Kristall verwandelt hätte.«

»Dazu kommt es nur alle paar Jahre«, erklärte ich ihr.

Sie machte dann die Aufnahmen, derentwegen wir hierhergekommen waren, und ging zum Wagen zurück. Ich lief neben ihr her, einen kleinen, mit einer dünnen Eisdecke bedeckten Abhang hinauf, hinter uns der Granitvorsprung und darunter eine Schlucht von mindestens 100 Fuß Tiefe. Plötzlich, viel schneller als man sich vorstellen kann, war sie verschwunden. Ich schaute mich um und sah sie hilflos auf die Klippe zu rutschen. Vor Jahren hatte man dort eine hölzerne Leitplanke errichtet, aber in diesem Augenblick sah die Planke genauso zerbrechlich aus wie Kelli selbst.

Zu meiner Überraschung lachte Kelli, während sie in dem unglaublichen Tempo nach unten rutschte, und ihre Stimme entfernte sich von mir. Sie prallte mit einem gedämpften Krachen gegen das Geländer, und ich sah die hölzerne Querstange einen Augenblick lang zitterten, hörte das Knacken im Holz – aber die Stange hielt.

Kelli lachte immer noch, den Rücken an die hölzerne Stange gepreßt, und ich erkannte sofort den typischen Yankee-Glauben in ihr, daß solche Sicherheitsvorrichtungen nach staatlicher Vorschrift gebaut und regelmäßig von qualifizierten Beamten kontrolliert werden würden. Als Südstaatler wußte ich freilich, daß das Geländer von irgend jemandem vor Jahren gebaut worden war, der zu der Zeit gerade zur Verfügung gestanden hatte, daß man es nach keiner speziellen Norm zusammengenagelt und es aller Wahrscheinlichkeit nach seither kein einziges Mal mehr überprüft hatte.

»Beweg dich nicht, Kelli«, schrie ich, während ich mich vorsichtig den Hügel hinunter auf sie zuarbeitete.

Sie warf mir einen verdutzten Blick zu. »Was?«

»Du sollst dich nicht bewegen«, rief ich eindringlich. »Bleib dort, wo du bist. Ich komme.«

Sie lachte und machte eine abwehrende Handbewegung. »Das brauchst du nicht zu tun«, sagte sie. Dann beugte sie sich mit einer einzigen elegant fließenden Bewegung nach vorn, preßte die Füße gegen die immer noch schwankende Stange und drückte sich nach vorne, so daß sie wieder zum Stehen kam.

Ich hielt wie erstarrt inne und sah hilflos zu, wie sie ganz selbstverständlich den Hang hinaufstieg, dabei leise lachte und sich ein paar Eisstücke von den Mantelärmeln wischte.

»So muß Skilaufen sein«, sagte sie, als sie wieder neben mir stand.

»Ja, wahrscheinlich« war alles, was ich darauf hervorbrachte.

Wir gingen zu meinem Wagen zurück, Kelli immer noch in Hochstimmung, ich völlig deprimiert darüber, daß sie sich selbst »gerettet« hatte, ehe ich die Chance hatte ergreifen können, sie einer Gefahr zu entreißen.

Während wir die Straße bergabfuhren, schwärmte Kelli weiterhin von ihrer Rutschpartie den vereisten Hang hinunter, aber ich konnte an nichts anderes als die Gefahr denken, in der sie sich befunden hatte. Vor meinem inneren Auge sah ich das alte Geländer zerbrechen, sah sie über den Rand der Klippe und im freien Fall in die Tiefe stürzen, dann ein bröckelndes Netz nackter Äste durchbrechen und schließlich mit einem schrecklichen, leblosen Plumpsen auf dem vereisten Boden aufkommen. Ich sah sie tot daliegen, in der eisigen Luft erkaltend, die Augen aus 100 Fuß Tiefe zu mir heraufstarrend, und hatte alle Mühe, mir nichts anmerken zu lassen. Ich hatte sie bewußt jener Gefahr ausgesetzt, und die schrecklichen Folgen, die aus dieser Tat hätten erwachsen können, versetzten mich in lähmende Angst. Was, wenn sie gestürzt wäre? Was, wenn sie gestorben wäre? Der Gedanke ließ in mir eine qualvolle Leere entstehen, und ich gelobte, nie wieder so etwas zu tun, nahm mir vor, daß ich, wenn ich Kelli Troy für mich gewinnen wollte, dies mit irgendwelchen anderen Mitteln bewerkstelligen würde.

Vor ihrem Haus in Collier öffnete Kelli schnell die Wagentür. »Bis morgen dann«, meinte sie vergnügt, als sie ausstieg, »und vielen Dank für das Abenteuer.« Dann drehte sie sich um und rannte, kleine, graue Fußabdrücke im Schnee hinterlassend, auf das Haus zu. Als sie hinter der Tür verschwand, überkam mich eine Welle ungeheurer Erleichterung. Ich hatte sie sicher nach Hause gebracht. Selbst jetzt noch kann ich mich an die aufrichtige Wärme jenes Augenblicks erinnern, daran, wie erfreut ich darüber war, sie sicher in ihrem Haus zu wissen, außer Gefahr, dem Zugriff selbst meiner eigenen bizarren Phantasievorstellungen entrückt. Und wenn ich daran denke, wie mir in jenen wenigen Sekunden zumute war, bis ich den Motor wieder startete – dann sehe ich mich selbst im letzten Stadium meiner eigenen romantischen Unschuld, das letzte Mal, wo ich Liebe als etwas völlig Selbstloses, als ein belebendes Licht sah. Und ich weiß jetzt, daß es ein so reines und von Opferbereitschaft erfülltes Gefühl war, daß ich es nicht als etwas Neues in meinem Leben empfand. Es kam mir eher vor wie etwas Hergebrachtes, Instinktives, Ungelerntes, als ob es von jenem ersten Geschöpf weitergegeben worden wäre.

*

Die Tage verstrichen, und weitere Beziehungen gingen in die Brüche. Aber es gab auch neue Verbindungen. Eddie Smathers verliebte sich in Wanda Flynn, die er sechs Jahre später heiratete. Sheila Cameron kehrte zu Loyal Rhodes zurück – auch diese Beziehung besiegelte eine Hochzeit. Allerdings ließ sich Sheila nicht lange nach Rosies Tod von ihm scheiden. Ihre Abneigung gegen ihn war zu der Zeit so stark geworden, daß sie wieder ihren Mädchennamen annahm.

Auch versuchten einige weitere Jungs ihr Glück bei Kelli. Lee Douglas lud sie ein, wurde aber abgewiesen. Steve Whitfield erging es nicht besser.

So blieb einige Wochen lang die Zeit mein Verbündeter.

Dann bat Ende Februar Tony Lancaster, ein gutaussehender junger Mann aus dem Abschlußsemester und Präsident des Debattierclubs, Kelli um eine Verabredung. Und sie nahm zu meiner Verzweiflung an.

»Ich hab's dir gesagt«, meinte Luke, als wir es erfuhren.

Ich spielte meine Panik herunter. »Kelli und ich sind bloß Freunde«, bekräftigte ich und tat so, als würde ich nicht gespannt darauf warten, wie es weitergehen würde.

Nichts geschah. Nicht mit Tony und auch nicht mit den zwei oder drei anderen Jungs, mit denen Kelli im Verlauf des Winters ausging. Somit fühlte ich mich nach einer Weile wieder etwas sicherer.

Erst Anfang März tauchte Todd Jeffries, der immer noch mit Mary Diehl verkracht war, plötzlich an dem Tisch in der Cafeteria auf, an dem Kelli und ich gewöhnlich miteinander aßen.

Ich erinnere mich daran, wie er, am Ende der Schlange an der Kasse stehend, zu uns herübergeblickt hatte. Dann war er nach einigem Zaudern, das Tablett in der Hand, zu unserem Tisch herübergekommen.

»Ist hier noch ein Platz frei?« fragte er höflich.

Ich zuckte die Achseln und ließ mir mein Erstaunen nicht anmerken. »Sicher«, sagte ich, »setz dich doch.«

Er trug seine schwarze Fußballjacke mit der Goldschrift, den Farben der Schule, und dazu ganz gewöhnliche Blue Jeans, aber er sah trotzdem hervorragend aus. Ein Junge, der in einer größeren Welt vielleicht daran hätte denken können, den Beruf des Schauspielers oder den eines Fotomodells zu ergreifen oder tausend andere abenteuerliche Wege einzuschlagen.

Er setzte sich neben mich und Kelli gegenüber, aber ich wußte, daß er nur an unseren Tisch gekommen war, um mit ihr zu sprechen. Und in dem Augenblick war mir klar, daß Todd diesen Gedanken schon lange mit sich herumgetragen und Pläne geschmiedet hatte, so wie ich. Auch er hatte auf den richtigen Augenblick gewartet, den Augenblick, der für ihn der richtige war. Ich spürte einen kleinen Stich von Angst, eine Vorahnung, daß sie bereits meinem Zugriff entglitten war. Bald würde sie in Todds Armen liegen, die beiden würden kurz nach der Abschlußprüfung heiraten, Kinder bekommen und in Turtle Grove als Persönlichkeiten des lokalen Adels ihr Leben führen.

»Hallo Kelli«, sagte Todd, öffnete seine Coladose und steckte den Strohhalm hinein.

Kelli nickte ihm zu.

Todds Augen ließen sie nicht los. »Wir haben eine neue Mitschülerin«, sagte er. »Mr. Avery hat mich gebeten, sie heute morgen ein wenig herumzuführen.« Er lächelte. »Er hätte eigentlich dich darum bitten sollen.«

»Warum?« fragte Kelli.

»Weil du wahrscheinlich besser weißt, wie einem dabei zumute ist«, erwiderte Todd. »Wenn man neu ist, meine ich.« Seine Augen verweilten einen Augenblick auf ihr, ehe sie wieder auf sein Tablett huschten.

»Wie heißt denn die Neue?« fragte ich, um damit zu bekunden, daß ich auch noch anwesend war.

»Noreen sowieso«, antwortete Todd. »Donovan. Noreen Donovan. Sie kommt von Gadsden.«

Ich sah Kelli an. Sie musterte Todd bedächtig, als würde sie versuchen, sich auf irgendeine Weise ein Urteil über ihn zu bilden. Vielleicht überlegte sie sogar schon, bildete ich mir ein, wie das Leben an seiner Seite wohl sein könnte.

»Sie ist ein Erstsemester«, fügte Todd hinzu. »Ich fand sie nett.«

»Warum ist sie nach Choctaw gezogen?« fragte ich.

»Wegen all dem, was gerade in Gadsden abläuft. Ihr Daddy wollte nicht mehr dort leben.« Todds Augen wanderten wieder zu Kelli hinüber. »Du weißt schon, wegen dem, was die Farbigen dort machen. Die Demonstrationen.«

»Ich wußte gar nicht, daß in Gadsden soviel los ist«, sagte ich. »Davon steht nichts in der Zeitung.«

»Die halten das heraus, meint Noreen«, erklärte mir Todd. »Aber es ist dauernd etwas los.«

Kelli beugte sich zu ihm vor. »Was denn?« fragte sie. »Was genau machen die dort?«

»In erster Linie stellen sie Streikposten auf«, antwortete Todd. »An dem kleinen Einkaufszentrum auf der Zufahrt zur Stadt. Warst du je in Gadsden?«

Kelli schüttelte den Kopf.

»Also, die haben da so ein kleines Einkaufszentrum an der Straße in der Nähe von dem Merita-Bread-Laden«, erläuterte Todd. »Du weißt doch, wo ich meine, oder, Ben? Wo man hineingehen und frisches Brot, direkt aus dem Backofen, kaufen kann. Ungeschnitten.«

Ich nickte.

»Also, Noreen sagt, dort seien praktisch jeden Abend irgendwelche Demonstrationen.« Todd führte jetzt seinen ersten Bissen zum Munde und kaute langsam. »Deshalb hat Noreens Daddy sich entschlossen, hierherzuziehen. Um da wegzukommen.« Er zuckte die Achseln. »Die haben ganz in der Nähe von diesem Einkaufszentrum gewohnt, und ich kann mir gut vorstellen, daß sie Angst hatten, es könnte etwas passieren.«

»Aber du hast doch gesagt, daß es noch keinen Ärger gegeben hat«, wandte ich ein.

»Bis jetzt noch nicht. Aber man weiß ja nie, was sich aus einer solchen Situation entwickeln kann.« Er trank einen Schluck Milch. »Irgendwann kann es hier auch Schwierigkeiten geben«, sagte er und senkte dabei die Stimme. »Man hat die Farbigen hier nicht richtig behandelt.« Er sah zu Kelli hinüber. »Ich meine, wenn man mich so behandelt hätte, wie man sie behandelt hat, dann würde ich genau wie die demonstrieren.«

Kelli sagte nichts, aber ihre Augen musterten Todd mit einer unübersehbaren Eindringlichkeit, die mich beunruhigte.

Eddie Smathers erschien ein paar Augenblicke später, schlug Todd auf die Schulter und setzte sich neben ihn. Er war inzwischen zu so etwas wie Todds ständigem Begleiter geworden und schien ihn regelrecht zu vergöttern. Wenn er eine Frage stellte, dann war sein Tonfall immer so, als würde er schon im voraus wissen, was Todd darauf antworte, so daß er sich dessen Meinung gleich anschließen konnte.

»Siehst du dir an diesem Wochenende den Film an?« fragte Eddie.

Todd löste seinen Blick von Kelli und zuckte die Achseln. »Was gibst's denn?«

»*A Summer Place*«, erzählte Eddie. »Sandra Dee und Troy Donahue spielen. Soll ziemlich heiß sein.«

Todd lachte. »Heiß? Mit Sandra Dee? Das bezweifle ich.«

Eddie schloß sich seinem Lachen an. »Yeah, wie kann es mit Sandra Dee schon heiß sein?« Er nickte mir zu und stieß Todd in die Rippen. »Ben ist von Troy Donahue begeistert, stimmt's, Ben?«

Ich warf ihm einen eisigen Blick zu, sagte aber nichts. Da war etwas im Gange, das ich noch vor wenigen Minuten nicht für möglich gehalten hätte; meine Welt war im Begriff, in Stücke zu zerfallen. Innerlich verwünschte ich Mary Diehl für ihre Unfähigkeit, dafür, daß sie es irgendwie nicht geschafft hatte, Todd zufriedenzustellen.

Die Glocke ertönte und verkündete das Ende der Mittagspause. Wir erhoben uns, nahmen unsere Tabletts, trugen sie zu den Regalen und gingen in unsere Klassenzimmer zurück.

»Also bis später dann, Ben«, sagte Todd, als er den Raum verließ und Eddie ins Schlepptau nahm. Dann schaute er Kelli an. »War nett, mit dir zu reden«, meinte er, und während er sich umdrehte, tippte er ihr an die Schulter, und die Spitzen seiner langen, schlanken Finger verschwanden in ihrem schwarzen Haar.

Kelli und ich folgten den beiden hinaus und gingen, von einem dichten Knäuel anderer Studenten umgeben, den Flur hinunter zu Miss Carvers Klassenzimmer.

»Todd wird sich mit dir verabreden wollen«, sagte ich, so locker ich das nur zuwege brachte. »Das war offensichtlich, so wie er mit dir geredet hat.«

»Nein, das wird er nicht«, erwiderte Kelli und tat meine Worte mit einem Achselzucken ab.

Ich tat so, als wolle ich mit ihr scherzen. »Wird er doch«, beharrte ich. »Wahrscheinlich wird er dich fragen, ob du mit ihm *A Summer Place* ansehen wirst. Du weißt schon, das soll ja so heiß sein.«

Kelli lachte. »Also, selbst wenn er mich fragen würde, würde ich nicht mit ihm ausgehen.«

Ich sah sie überrascht an. »Das würdest du nicht? Du würdest nicht mit Todd Jeffries ausgehen? Warum nicht?«

Kelli drehte sich zu mir herum. Sie wirkte so ernst, und ich erkannte, daß das, was sie jetzt sagen würde, auf einem Erlebnis in ihrer Vergangenheit beruhen mußte, auf irgend etwas, das in ihr als Warnung hängengeblieben war. »Weil er mir im Augenblick richtig vollkommen erscheint«, antwortete sie, »und so würde es nur eine Frage der Zeit sein, ehe ich von ihm enttäuscht sein würde.«

Sie blieb an ihrem Spind stehen, schloß ihn auf und holte Willa Cathers *The Lost Lady* heraus, wieder eine von Miss Carvers Geschichten von unglücklicher Liebe. Es war die vorletzte, die wir in jenem Jahr lesen würden, ein Buch, das Kellis Favorit werden sollte.

»Du würdest wirklich nicht mit ihm ausgehen?« fragte ich voller Zweifel.

Kelli sah mich an und schien von meiner Frage überrascht. »Warum fragst du mich das immer wieder?«

»Weil es schwer zu glauben ist. Alle Mädchen wollen mit Todd ausgehen.«

Kelli zuckte die Achseln. »Also, ich denke einfach, es ist besser, wenn man mit jemandem anfängt, der nicht so großartig ist«, sagte sie, als wäre das die selbstverständlichste Sache der Welt, »mit jemandem, der im Lauf der Zeit groß wird, während man ihn besser kennenlernt.«

In ihrer Überheblichkeit, die in diesen Worten mitschwang, schien diese Aussage wie eine Formel, die auf mich abgestimmt war.

»Du empfindest es wirklich so?« hakte ich nach.

Sie nickte und schloß die Tür ihres Spinds.

Ich ging neben ihr her, stumm, aber von einem Hochgefühl erfüllt, das ich nicht hätte erklären können. Es war, als ob ich plötzlich größer geworden wäre und besser aussehend, als ob ich meine Brille abgelegt hätte und Todd Jeffries ebenbürtig geworden wäre, eine bedeutende Gestalt wie er, aber jemand, auf den im Gegensatz zu Todd noch weiterer Ruhm wartete.

Diese Aura des Triumphs mußte mich den ganzen Tag umgeben haben. Denn als Luke und ich uns nach der Schule auf dem Parkplatz trafen, bemerkte er es sofort.

»Du siehst so ... ich weiß nicht ... so glücklich aus«, sagte er.

Ich nickte.

»Was ist denn geschehen? Hat Mr. Arlington dir endlich eine Eins gegeben oder so etwas?«

»Nein«, antwortete ich. »Nichts dergleichen.«

»Was dann?«

Ich zuckte die Achseln. »Nichts, Luke. Ich denke, ich fühle mich nur aus irgendeinem Grund wohl, sonst gar nichts.«

Er glaubte es mir nicht. »Es muß doch einen Grund geben«, beharrte er und stupste mich spielerisch an. »Komm schon, mir kannst du's doch sagen. Was ist denn, Ben?«

Ich konnte ihm auf die Frage nicht genau antworten. Ebensowenig, wie ich es jetzt kann, wenn er, nachdem ich lange geschwiegen habe, seine alte Pfeife aus dem Mund nimmt, spürend, daß da eine Unruhe in mir ist, zu der er keinen Zugang hat, und mich mit derselben eisigen Frage im Blick ansieht: *Was ist es, Ben?*

10

Manchmal betrachte ich das Schaufenster eines Juwelierladens und all die Ringe in ihren kleinen Samtetuis, und dann ist jeder einzelne davon Kellis Ring, alt und angelaufen, weil sie will, daß er so bleibt. Oder ich setze mein Stethoskop unter der Brust einer Frau auf und schaue hoch, und dann sieht Kellis Gesicht mich an, und ihr Herzschlag dröhnt in meinen Ohren. Und manchmal, am Ende einer schlaflosen Nacht, kuschelt Noreen sich an mich, ich lege den Arm um sie, lächle und rede mir ein, daß ich an niemand anders denke, daß Breakheart Hill keinen Schatten mehr über das Leben wirft, das wir zusammen führen.

Aber Noreen weiß, daß dem nicht so ist, hat es immer gewußt. Sie spürt Kellis Anwesenheit in tausend kleinen Winkeln und setzt sich von Zeit zu Zeit mit ihr auseinander. An dem Nachmittag nach Todd Jeffries Beerdigung beispielsweise setzte sie sich auf das Sofa im Wohnzimmer und sah zum Fenster hinaus auf die dunkle Silhouette der Turmspitzen, die in den Himmel stachen – der einzigen Skyline, die Choctaw zu bieten hat. »Weißt du«, sagte sie, »irgendwie habe ich das Gefühl, daß Todd nie über Kelli Troys Tod hinweggekommen ist.«

Ich ließ mich in den Sessel ihr gegenüber sinken. »Wahrscheinlich nicht«, antwortete ich stumpf und tat so, als würde mich die Frage nicht interessieren.

Sie fuhr fort, zum Fenster hinauszustarren, und hielt ihren Blick mit Bedacht von mir abgewandt. »Und du?« fragte sie schließlich geradeheraus, und ihr Blick wanderte zu mir herüber, während sie auf meine Antwort wartete.

»Mit mir und Kelli war es nicht das gleiche.«

»Das gleiche wie was?«

»Das gleiche wie zwischen Todd und Kelli.«

Noreen ließ die Augen nicht von mir. Als sie dann sprach, hatte ihre Stimme einen grausamen Unterton. »Du meinst, sie hat dich nie geliebt.«

Selbst in jenem Augenblick, 30 Jahre nach Breakheart Hill, fiel es mir schwer, eine so unerträgliche Wahrheit zuzugeben. Es war, als ob meine Unfähigkeit, schließlich und endlich Kellis Liebe für mich zu gewinnen, der größte Mißerfolg meines Lebens bliebe.

Noreen schien mein Unbehagen zu spüren. »Ich meine, zumindest nicht auf dieselbe Weise, wie sie Todd geliebt hat«, sagte sie mit weicher Stimme.

Ich nickte, sagte aber kein Wort.

Noreen sah wieder zum Fenster hinaus und dann zu mir zurück. »Todds Sohn wirkte bei dem Begräbnis recht verdrießlich«, sagte sie.

»Raymond wirkt immer verdrießlich.«

»Mit ihm wird es einmal ein schlimmes Ende nehmen, denke ich.«

»Das hat es schon.«

Ich sah ihn wieder als kleinen Jungen vor mir, und sein geschwollenes linkes Auge blinzelte mich von dem Untersuchungstisch an, und seine Mutter stand neben mir und flüsterte mir verzweifelt bittend zu: *Bitte, erwähne das nicht, Ben.*

»Todd war kein guter Vater«, fügte ich hinzu und erinnerte mich an den Tag, an dem ich ihn wegen Raymond zur Rede gestellt hatte, erinnerte mich an den traurigen Gesichtsausdruck, als er sich entschuldigt hatte. *Mir ist einfach die Hand ausgerutscht, Ben. Es tut mir ja so leid.*

»Warum hat er Raymond so behandelt?« fragte Noreen. »Und Mary auch. Kam das von seiner Trunksucht?«

Todd hatte dieselbe Frage gestellt, und ich hatte sein vom Alkohol gezeichnetes Gesicht gemustert und mich daran erinnert, wie bewundernd er einmal Kelli Troy angesehen hatte. Ich hätte ihm am liebsten geantwortet: *Nein, Todd, das ist verlorene Liebe.*

»Wenn man bedenkt, wie Todd war«, meinte Noreen, »dann kann man eigentlich nicht viel von Raymond erwarten.« Ihre Gedanken schienen zu der Beerdigung zurückzuwandern, zu Raymonds mürrischem Gesicht. Auf einem Klappstuhl neben dem Grab seines Vaters hatte er, in sich zusammengesunken, gesessen, auf beinahe monströse Art übergewichtig, in einem zerdrückten schwarzen Anzug, seine Frau neben ihm, eine stumme, eingeschrumpelt wirkende Gestalt, und zwei leblos aussehende, melancholisch wirkende Söhne. »Ich denke, Todd hat sich einen anderen Sohn gewünscht«, sagte sie.

Ich gab keine Antwort. Aber ich wußte, was für einen »anderen Sohn« er sich gewünscht hatte. Einen dunklen Jungen mit schwarzem, lockigem Haar und glänzenden Augen. Begabt. Leidenschaftlich. Den Sohn, den er mit Kelli Troy hätte haben können.

Noreen schüttelte den Kopf über das Geheimnis von Eltern und Kindern, Ehemännern und Ehefrauen und all dem

Leid, das sie einander zufügen. »Wahrscheinlich weiß man nie, warum eine Beziehung in die Brüche geht«, sagte sie.

Damit hatte sie natürlich recht. Und doch hätte ich auf einen besonderen Aspekt hinweisen können: Wenn man sehr scharf hinsah und sich auf ein einzelnes Detail konzentrierte, auf ein winziges Rädchen in der riesigen Maschine, so hätte man vielleicht den Schluß ziehen können, daß es zumindest teilweise mit Noreen selbst anfing. Zumindest lieferte der Zufall, der sie Ende März 1962 nach Choctaw führte, das Scharnier, mit dem sich eine riesige Tür öffnete.

Obwohl ich Noreen ein paar Mal im Flur gesehen hatte, nachdem Todd sie in der Cafeteria erwähnt hatte, war mir nie die Idee gekommen, sie anzusprechen.

Kelli dagegen schon. »Ich denke, wir sollten vielleicht mit diesem Mädchen aus Gadsden reden«, sagte sie eines Nachmittags, als wir in unserem Kellerbüro saßen und am Layout arbeiteten.

»Worüber?«

»Über das, was in Gadsden vor sich geht«, antwortete sie. »Sie weiß wahrscheinlich eine ganze Menge darüber.«

»Warum würdest du dich gern mit ihr darüber unterhalten?« fragte ich.

»Um einen Artikel darüber zu schreiben«, sagte Kelli.

Ich schüttelte den Kopf. »Gadsden ist über dreißig Meilen entfernt. Das ist für den *Wildcat* viel zu weit weg.«

»Aber was dort geschieht, geschieht im ganzen Süden«, meinte Kelli hartnäckig. »Es könnte hier in Choctaw auch geschehen.«

»Das glaube ich nicht«, sagte ich.

»Warum nicht?«

»Weil das alles nur von Außenseitern aufgerührt wird. Außerdem haben es die Farbigen in Choctaw recht gut.«

Zum ersten Mal, seit ich Kelli kannte, ließ ihr Gesichtsausdruck erkennen, daß sie von mir enttäuscht war. »Du meinst, sie sind mit der Art und Weise zufrieden, wie die Dinge hier in Choctaw laufen?« fragte sie scharf, und ihre Augen flammten plötzlich auf. »Du meinst, daß es für sie hier anders ist?«

Ich zuckte die Achseln. »Nun, vielleicht nicht gerade zufrieden«, lenkte ich vorsichtig ein.

»Na, was dann?« bohrte Kelli. »Entweder sind sie zufrieden, oder sie sind es nicht.«

Ich beeilte mich mit einer Antwort, die die gereizte Stimmung besänftigen konnte, die sich sichtlich in ihr aufbaute. »Ich meine, sie haben es in Choctaw besser als in einer Menge anderer Orte hier in der Gegend«, erklärte ich. »Besser als im Black Belt beispielsweise oder in Mississippi.«

Kelli sah mich durchdringend an. »Und das glaubst du wirklich, Ben?«

Aber ehe ich ihr antworten konnte, war sie aufgesprungen. »Laß uns wegfahren.«

»Wohin?«

»Bloß quer durch die Stadt«, antwortete Kelli, die schon fast draußen war. »Ich will dir etwas zeigen.«

Auf dem Weg zum Parkplatz wurde Kelli mit jedem Schritt schneller.

»Okay, wo fahren wir hin?« fragte ich, als wir beide im Wagen saßen.

»Zum Friedhof.«

»Zum Friedhof?«

»Dem städtischen Friedhof«, wiederholte Kelli.

Die Stadt war beinahe verlassen, obwohl es erst gegen fünf Uhr nachmittags war. Über die Straßen hatte sich winterliches Zwielicht gesenkt, aber es war trotzdem noch hell genug, als wir zum Friedhof kamen, um seine sanften Hügel deutlich sehen zu können. Eine einzige Zufahrt schlängelte sich zwischen den grauen und weißen Steinen hindurch. Ich fuhr langsam auf der schmalen Fahrbahn und blickte auf das kurze braune Gras, das die Gräber umgab.

»Und wonach genau soll ich mich umsehen?« fragte ich, als wir uns dem Wendeplatz näherten, der uns wieder zur Hauptstraße zurückbringen würde.

»Du kannst hier anhalten«, sagte Kelli.

Ich trat auf die Bremse, und der alte Chevy kam zum Stehen.

»Ich werde den Motor laufenlassen, damit es warm bleibt«, sagte ich, weil ich damit rechnete, daß Kelli mir etwas erzählen würde, vielleicht etwas Ähnliches wie die Geschichte, die sie mir vor Wochen am Lewis Creek erzählt hatte.

»Wir steigen aus«, bestimmte Kelli aber.

Sie strebte bereits auf die Ostecke des Friedhofs zu, als ich sie schließlich einholte. Sie ging schnell, die Hände tief in den Taschen vergraben, und ein eisiger Wind ließ das karierte Tuch um ihre Schultern flattern.

»Suchen wir ein bestimmtes Grab?« fragte ich.

»Nein«, antwortete Kelli fast schroff. Sie ging weiter an Reihen in Stein gemeißelter Namen vorbei, vorbei an anonymem und unergründbarem Leben.

Nach ein paar hundert Metern erreichten wir die Grenze des Friedhofs, wo das sauber gestutzte Gras in ein ungepflegtes Gestrüpp überging.

Kelli blieb stehen und blickte auf den mit allerlei Unrat übersäten Boden. Wenn die chaotisch verteilten, flachen braunen Steine nicht gewesen wären, hätte man das Ganze für ein Unkrautfeld halten können.

»Das ist der Negerfriedhof«, sagte Kelli. »Du hast ihn doch schon gesehen, oder Ben?«

»Ja, das habe ich«, gab ich zu.

Und das stimmte auch, aber ich hatte ihn nur aus großer Ferne gesehen, als eine unregelmäßige Kontur aus Unkraut und Steinen am äußersten Ende des makellos gepflegten Weißen-Friedhofs. Nie hatte ich ihn aus der Nähe betrachtet. Der Kontext mit dem Gespräch am Nachmittag, in dem ich so eindeutig und mit solcher Überzeugung erklärt hatte, daß die Farbigen in Choctaw »besser« lebten als in anderen Orten, brachte mir nun eine neue Sichtweise.

Kellis Augen forderten mich heraus. »Das ist nicht richtig, so etwas«, sagte sie. »Und die Farbigen werden sich das nicht auf alle Zeit gefallen lassen. Nicht einmal hier in Choctaw. Deshalb glaube ich, daß wir mit Noreen Donovan reden sollten.«

Ich nickte. »Ja, ich denke, das sollten wir«, sagte ich, und meine Augen wanderten über den alten Negerfriedhof. Mich erfaßte plötzlich eine seltsam eindringliche Unzufriedenheit mit der Art und Weise, wie die Dinge hier immer gewesen waren.

*

Wir trafen Noreen am nächsten Nachmittag auf dem Flur, ein großes Mädchen mit langem, schlankem Hals. Sie war gut, aber nicht besonders modisch gekleidet, Kleidung, die mehr nach Bequemlichkeit als nach modischen Gesichtspunkten ausgewählt war, eine Art von Kleidung, die sich über die Jahre nicht sehr geändert hat. Sie trug ihr Haar damals lang bis zu den Schultern, nicht kurz und kraus, wie sie es heute trägt. Sie hatte helle, beinahe makellose Haut und leuchtendblaue Augen, die damals offener schienen, weniger von unausgesprochenen Gedanken verschleiert.

»Ich bin Noreen Donovan«, stellte sie sich vor.

»Hallo, ich bin Kelli Troy«, sagte Kelli und streckte ihr die Hand hin.

Noreen fummelte einen Moment lang mit ihren Büchern herum und schaffte es schließlich, eine Hand freizubekommen. »Hallo«, sagte sie.

»Mein Name ist Ben Wade. Ich bin froh, daß Miss Carver dir unsere Nachricht übermittelt hat.«

Noreen nickte schnell mit jener »Packen-wir's-an«-Munterkeit, die sich in 30 Jahren nur wenig verändert hat.

»Kelli und ich arbeiten am *Wildcat*«, erklärte ich ihr.

Wieder ein schnelles Nicken. »Was ist das?«

»Die Schulzeitung«, sagte Kelli.

»Oh.«

»Wir haben gehört, daß du aus Gadsden bist«, sagte ich. »Darüber wollen wir mit dir reden.«

Noreen schien verblüfft. »Ihr wollt mit mir über Gadsden reden?« Sie lachte kurz. Es klang leicht amüsiert. »Über Gadsden gibt es nichts zu sagen.«

»Nun, eigentlich geht es nicht so sehr um Gadsden selbst«, erklärte Kelli. »Es geht mehr um das, was dort vor sich geht.«

Noreen starrte sie ausdruckslos an.

»Die Demonstrationen«, sagte Kelli.

»Oh, davon weiß ich nichts«, sagte Noreen.

»Aber die Demonstrationen waren doch ganz in der Nähe von eurer Wohnung, oder nicht?« fragte ich. »Bei diesem Einkaufszentrum am Stadtrand.«

»Ja, dort sind sie«, antwortete Noreen, »aber sobald das angefangen hatte, bin ich nicht mehr in das Einkaufszentrum gegangen.«

»Warum nicht?« Kelli beugte sich vor und musterte Noreen scharf.

»Weil mein Daddy gesagt hat, daß ich das nicht tun soll«, antwortete Noreen. »Er hat gesagt, es könne Ärger geben. Aber soweit ich das sehen konnte, sind die Schwarzen bloß auf- und abmarschiert.« Sie überlegte kurz und fügte dann hinzu: »Manchmal tauchten ein paar Weiße auf und lungerten herum. Ihr wißt schon, Neugierige.«

»Wann marschieren sie?« fragte Kelli.

»Praktisch die ganze Zeit, denke ich«, antwortete Noreen. »Sie marschieren einfach auf und ab, bis das Einkaufszentrum schließt.«

»Und wann ist das?«

»Um neun etwa«, sagte Noreen. Ihre Augen verengten sich fragend. »Wollt ihr darüber schreiben?«

»Wir überlegen noch«, sagte ich ihr.

»Warum?«

»Weil wir der Ansicht sind, daß wir das sollten«, sagte Kelli geradeheraus.

Die Antwort schien Noreen zu befriedigen. »Also, wenn ihr wollt, fahre ich mit euch hin«, sagte sie, »aber ihr solltet nicht zuviel erwarten.«

*

Noreen war in einen dunkelgrünen Mantel eingehüllt, als ich sie am selben Abend abholte. Sie war kein hübsches Mädchen, aber sie hatte unzweifelhaft etwas Anziehendes an sich, einen ausgeprägten Charakter, der ihrem Gesicht Stärke verlieh. Selbst Luke veranlaßte es, Noreen hie und da einen Blick zuzuwerfen. Ich habe oft gedacht, daß sie jetzt diejenige hätte sein können, die abends mit ihm Spaziergänge macht, wenn er um die Zeit, als Noreen nach Choctaw zog, nicht so fest an Betty Ann gebunden gewesen wäre. Er an meiner Stelle, wenn wir beide träge, wie es einem Paar in mittleren Jahren zukommt, um den See in Turtle Grove schlendern.

Noreen fröstelte. »Weißt du, es könnte durchaus sein, daß die heute abend gar nichts unternehmen. Vielleicht ist es zu kalt dafür.«

Kelli wartete hinter dem Fenster, als wir vor ihrem Haus vorfuhren. Ich konnte sie, als wir in die Einfahrt rollten, deutlich in der Innenbeleuchtung am Fensterrahmen erkennen, reglos und uns erwartend.

Sie kam schnell heraus und sprang die Treppe herunter. Noreen rutschte zur Seite, um ihr Platz zu machen.

»Heute ist es wirklich kalt«, sagte Kelli und rieb sich die Hände.

»Noreen meint, die könnten deswegen alles absagen«, sagte ich.

»Aber vielleicht auch nicht«, erklärte Noreen. »Man kann das nie wissen.« Ihre Schulter preßte sich gegen meine, und es überraschte mich, daß sie sie einfach da ließ, statt sich ein wenig zurückzuziehen, wie das die meisten Mädchen getan hätten.

Es war gegen sieben Uhr abends, und die schmale Straße nach Gadsden war fast völlig verlassen. Die dichte

Wolkendecke ließ es beinahe noch dunkler erscheinen, als es schon war.

Trotzdem konnten wir zu beiden Seiten der Straße die Lichter der wenigen Landgemeinden sehen, die im Tal zwischen Choctaw und Gadsden versprenkelt waren. Und dann, ein wenig weiter draußen, weitverteilte, einzelne Farmen.

Unwillkürlich packte meine Hand das Steuer fester, als wir uns Gadsden näherten. Mir war wohl bewußt, daß wir da auf etwas zufuhren, was unberechenbar und vielleicht sogar gefährlich war. Kelli und Noreen spürten das gleiche, wenn auch keine der beiden es aussprach. Statt dessen lieferte uns Noreen ihre Eindrücke von Choctaw, während Kelli stumm zuhörte und auf die immer näher rückende Stadt blickte.

Kurz nach acht erreichten wir die Außenbezirke des Ortes. Er war beinahe sechsmal so groß wie Choctaw, eine »Großstadt« von über 30.000 Menschen mit großen Fabriken, einer katholischen Kirche und einer ganzen Anzahl von Bewohnern, die nicht dort geboren worden waren, darunter sogar einige, deren Namen keine keltischen oder angelsächsischen Wurzeln hatten.

Das kleine Einkaufszentrum lag beinahe eine halbe Meile von der Stadtmitte entfernt, und als wir uns näherten, beugte Noreen sich vor und blickte auf die flachen Ziegelbauten hinaus, die in der Ferne zu erkennen waren.

Auf dem Parkplatz standen nur wenige Fahrzeuge, die meisten vor Penneys, dem einzigen Warenhaus in dem Komplex, während der Rest aus kleinen Läden bestand, die von Schuhen bis Sportartikeln alles verkauften.

Das Licht, das aus den Gebäuden auf die Straße fiel, vermochte kaum die dicke winterliche Finsternis zu durchdringen. Die Welt schien im Schweigen zu versinken. Ich schlug einen Bogen um ein paar geparkte Wagen, steuerte nach rechts, und dann waren sie plötzlich direkt vor mir, als ob sie aus dem Nichts gekommen wären, eine Reihe von Farbigen, die vor Penneys auf dem Bürgersteig auf und ab gingen und deren primitive Papptransparente im eisigen Wind flatterten.

Ich bog in die erste freie Parknische und hielt an. Niemand sagte etwas, aber die Spannung, die sich plötzlich um uns herum aufgebaut hatte, war beinahe körperlich zu spüren.

Schließlich beugte ich mich vor und sah Kelli an. »Und jetzt?«

Kelli gab keine Antwort, sondern fuhr fort, die Demonstranten zu betrachten. Ich hatte sie nie konzentrierter blicken sehen, als würde sie jedes Detail der Szene, die sich uns bot, in sich aufnehmen, um es unauslöschlich zu speichern.

Doch obwohl Kelli von dem, was sie sah, gleichsam wie elektrisiert wirkte, kam ich mir betrogen vor, weil der Szene jegliche Dramatik fehlte: Da waren keine Reden, keine jubelnden Menschenmengen, die Marschierenden selbst bildeten einen monotonen Zirkel und wirkten irgendwie unzulänglich. In der Art und Weise, wie sie träge durch die kalte Nacht trotteten, ihre einfachen, von Hand beschrifteten Transparente im eisigen Wind vor sich hertragend, gaben sie geradezu ein jämmerliches Bild ab.

»Sieht nicht so aus, als könnte man darüber viel schreiben«, sagte ich.

Doch Kelli ließ die Demonstrierenden nicht aus den Augen. »Doch«, widersprach sie.

»Sie laufen doch bloß im Kreis herum«, sagte ich. »Das

ist doch nichts.« Ich griff nach dem Zündschlüssel. »Da können wir ebensogut nach Choctaw zurückfahren.«

Kellis Augen fuhren zu mir herüber. »Zurückfahren?« brauste sie auf.

»Hier gibt es nichts zu tun, Kelli«, meinte ich. »Das sind doch bloß ein paar Leute, die auf und ab gehen.«

Kelli schüttelte entschlossen den Kopf. »Ich steige aus«, sagte sie.

Ich versuchte sie davon abzuhalten, aber im nächsten Augenblick war sie schon ausgestiegen und ging auf die Leute zu, wobei ihr kariertes Halstuch hinter ihr her flatterte.

»Steigst du auch aus?« fragte Noreen und sah mich an.

»Ich werd' ja wohl müssen«, antwortete ich ein wenig gereizt.

Kelli hatte bereits die halbe Strecke zurückgelegt, als ich sie schließlich einholte. »Was hast du jetzt vor?« fragte ich und trottete neben ihr her.

»Ich weiß nicht. Mit denen reden vielleicht.«

Ich packte sie am Arm und drehte sie zu mir herum. »Das geht doch nicht«, sagte ich.

»Warum nicht?«

»Weil das etwas ist, wo du dich nicht einmischen solltest.«

Die Frage, mit der sie mir darauf antwortete, klang fest und entschieden. »In was dann, Ben?«

Darauf wußte ich keine Antwort, und so entzog sie sich meinem Griff und ging weiter auf die Demonstranten zu.

»Kelli«, rief ich. »Warte doch.«

Sie verlangsamte ihre Schritte und blieb stehen, ehe sie sie ganz erreicht hatte. Und dann standen wir beide irgendwie steif in der Kälte, den beinahe leeren Parkplatz in unserem Rücken und vor uns nur die sich langsam bewegende Reihe der Farbigen.

Ich schaute mich nach meinem Wagen um. Noreen saß immer noch drin, hatte sich aber vorgebeugt, um uns besser sehen zu können. Wie gebannt starrte sie zu uns herüber, als fürchte sie, wir könnten jeden Augenblick verschwinden.

»Da muß es doch einen Anführer geben«, sagte Kelli, sichtlich darum bemüht, einen Plan zu improvisieren. »Mit dem will ich zuerst reden.« Sie sah mich an. »Kommst du mit?«

Ich weiß nicht, was ich darauf antworten wollte. Jedenfalls hatte ich auch keine Zeit mehr, darüber nachzudenken.

Ich bemerkte den Wagen, als er in einiger Entfernung auf den Parkplatz einbog und die gelben Lichtbalken seiner Beleuchtung wie zwei Suchscheinwerfer über den dunklen Asphalt strichen.

Sechs Monate später schilderte ich Mr. Bailey diesen Augenblick, als er mir in Richter Thompsons vollgestopftem Gerichtssaal die Frage stellte.

Und Sie sagen, Sie haben gesehen, wie ein Wagen in das Einkaufszentrum bog, ist das richtig, Ben?

Ja, Sir.

Ist dieser Wagen auf Sie und Miss Troy zugekommen?

Ja, das ist er.

Konnten Sie sehen, wer den Wagen steuerte?

Ja, als er näher kam.

Wer hat den Wagen gesteuert, Ben?

Lyle Gates.

Ich hatte sein Gesicht sogar schon erkannt, bevor der Wagen einen Meter entfernt von uns zum Stehen gekommen war. Wenn ich jetzt daran denke, dann sehe ich ein körperloses, bleiches, geisterhaftes Gesicht, das über dem Rand eines dunkelgrünen Steuerrades schwebte, ein Gesicht mit seltsam toten Augen, wie zwei blaue Murmeln.

»Oh, Scheiße«, sagte ich.

Kelli blickte hastig zu mir herüber und dann wieder auf die Demonstranten. »Wer ist das?«

»Lyle Gates«, sagte ich finster. »Der ist wahrscheinlich hier, um Ärger zu machen.«

»Wie willst du das wissen?«

»Er redet immer von ›den Niggern‹, das habe ich ihn mal bei Cuffy's sagen hören.«

Aber Lyle war nicht alleine. Eddie Smathers saß neben ihm auf dem Beifahrersitz, den kurzen schwarzen Stummel einer Zigarre fest im Mund und die Augen geweitet vor Überraschung, Kelli und mich vor sich zu sehen.

»Was, meinst du, werden sie tun?« fragte Kelli.

»Keine Ahnung.«

Und so standen wir einfach da und sahen tatenlos zu, wie die beiden aus ihrem Wagen stiegen und langsam auf uns zukamen.

Eddies Hände waren leer, aber in Lyles rechter Hand baumelte ein Baseballschläger.

Kelli warf mir einen stummen, besorgten Blick zu, und ich spürte einen Augenblick lang, wie ihre Finger sich besorgt um meine Hand krampften. Ein paar Meter vor uns setzten die Farbigen ihre Runde fort, aber in dem Augenblick verschwanden sie ganz aus meinem Bewußtsein. Ich sah nur Lyle, und er wirkte plötzlich groß und drohend, eine Gestalt, die zu unvorstellbarer Zerstörung fähig war.

»Sag bloß nichts davon, was wir hier machen«, flüsterte ich Kelli zu.

Sie nickte und ließ meine Hand los, aber ich wußte, daß sie Angst hatte und daß alles, was Eddie und Lyle vermittelten, diese Angst verstärkte: ihr großspurig lockerer Gang, der Rauch, der hinter ihnen in der Luft schwebte, die Muskelpakete unter ihren Jeansjacken und die unübersehbare Gewaltbereitschaft hinter ihrem jungenhaften Grinsen.

Ich hörte sie flüstern: »Ben?«

Ich konnte ihr nicht antworten, weil Lyle und Eddie jetzt dicht vor uns standen.

»Na, wie geht's denn?« sagte Eddie, schnippte seine Zigarre auf den Boden und lächelte Kelli zu. »Ein stinkiges Ding, was, Lyle?«

Lyle gab keine Antwort, sondern musterte Kelli und sah dann wieder mich an. »Was treibt ihr denn hier unten?« fragte er.

Ich warf Kelli einen warnenden Blick zu. »Wir haben nur eine kleine Spritztour gemacht.«

Lyle sah Kelli an und musterte sie mit unbewegtem Blick. »Bist du aus Choctaw?«

Eddie grinste und nahm ihr die Antwort ab. »Verdammt, nein, Lyle, das ist doch das neue Mädchen, von dem ich dir erzählt habe. Die aus dem Norden.«

Lyle lachte, es war ein kurzes, seltsam brüchiges Lachen. »Also, in dem Fall nehme ich zurück, was ich gesagt habe.«

Was er gesagt hatte, war natürlich, daß er nie »eine Yankee vögeln« würde. Eine Bemerkung, die ich sechs Monate später in dem überfüllten Gerichtssaal wiederholen sollte.

Das waren seine genauen Worte, Ben?

Ja, Sir.

Und er hatte das ein paar Wochen vorher gesagt, als Sie ihn auf dem Parkplatz der Choctaw High sahen, ist das richtig?

Ja.

Sie würden also sagen, daß er in der Nacht, in dem Sie ihm in dem Einkaufszentrum begegnet sind, andeutete, er habe es sich anders überlegt und sei willens, eine sexuelle Beziehung mit Miss Troy einzugehen. Ist das richtig?

Das ist richtig.

Aber Lyle hatte sonst nichts getan, und die nächsten paar Minuten, die wir vier uns auf dem eiskalten Parkplatz gegenüberstanden, musterte er Kelli beinahe freundlich und sich der großen Distanz bewußt, die zwischen ihnen lag.

»Hallo«, sagte er zu ihr mit einer Stimme, die durchaus Respekt ausdrückte, und ganz und gar nicht in dem Tonfall, den Mr. Baileys Fragen später den Geschworenen suggerierten. In seiner Stimme lag keinerlei Drohung. In seinem Blick war nichts Zweideutiges gewesen und ganz bestimmt nicht jenes gierige lüsterne Flackern, von dem Mr. Bailey wollte, daß die Geschworenen es sahen. Er betrachtete sie vielmehr ruhig und höflich, als versuche er ihr klarzumachen, daß er kein primitiver Prolet war, sondern ein junger Mann, der Manieren hatte und der wußte, wie man sich vor einem jungen Mädchen benahm.

»Hallo«, antwortete Kelli ein wenig steif.

Plötzlich fingen die Farbigen zu singen an und klatschten dabei rhythmisch im Takt einer alten Hymne in die Hände. Ihre Stimmen waren tief und gleichmäßig.

Eddie kicherte. »Ganz wie Ray Charles«, sagte er.

Lyle schien ihn gar nicht zu hören. Er hatte nur Augen für Kelli. »Ich heiße Lyle«, sagte er. »Lyle Gates.«

Kelli nickte. »Kelli Troy.«

»Und du bist wirklich aus dem Norden, wie Eddie gesagt hat?«

»Ja.«

»Von wo denn?«

»Baltimore.«

Lyle lächelte. »Baltimore, wie?« Plötzlich hob er seinen Baseballschläger und hielt ihn Kelli unter die Nase, eine Geste, bei der sie zusammenzuckte.

»Da, schau«, sagte er. »Siehst du, was da unter dem Griff steht? ›Baltimore Orioles‹.« Er lachte. »Den habe ich gestern für meinen Jungen gekauft, und er ist beim ersten Schlag gesprungen.« Er zog den Schläger wieder zurück. »Deshalb bringe ich ihn zurück, um ihn umzutauschen.«

Die Stimmen der Singenden dröhnten weiter hinter uns, und ich sah sie aus dem Augenwinkel wie einen sich langsam bewegenden Flecken vor dem beleuchteten Fenster des Kaufhauses.

Lyle schien sie überhaupt nicht wahrzunehmen. Er war noch immer ganz auf Kelli konzentriert. »Warst du je bei einem Spiel der Orioles?« fragte er sie.

Sie schüttelte den Kopf.

»Ich weiß schon, Mädchen haben nicht viel für Baseball übrig«, sagte er ruhig. Dann fröstelte er. »Wahrscheinlich bist du die Kälte besser gewöhnt als wir, wo du doch aus dem Norden kommst.«

»Vielleicht ein wenig«, sagte Kelli.

Lyle sah sie noch einen Augenblick etwas unsicher an. Jetzt erst schien er die Demonstranten wahrzunehmen und musterte sie kurz, ehe sein Blick zu Kelli zurückkehrte. »Wahrscheinlich denkst du, daß wir hier im Süden in mancher Hinsicht recht seltsam sind«, sagte er. Er wartete einen Augenblick darauf, daß sie ihm antwortete. Als sie schwieg, zuckte er die Achseln. »Also, ich muß jetzt diesen Schläger umtauschen und ein paar Sachen für mein kleines Mädchen besorgen.« Er löste sich von uns, winkte Eddie, ihm zu folgen, und dann gingen die beiden an uns vorbei durch die Reihe der im Kreis Marschierenden hindurch und in das Kaufhaus hinein.

Kelli und ich blieben stehen.

»Ich glaube, für den Augenblick sollten wir lieber darauf verzichten, mit den Leuten zu reden«, sagte ich. »Wir machen das ein andermal, wenn Lyle nicht da ist.«

Kelli sah zu dem Kaufhaus hinüber. Man konnte Lyle drinnen sehen, wie er sich langsam zwischen den Regalen bewegte und Kleidung für seine Tochter auswählte. Ihre Augen blieben kurz an ihm hängen und wandten sich dann wieder mir zu. »Er hatte diesen Schläger bloß, weil er –«

»Ich weiß.« Ich nickte. »Aber bei Leuten wie ihm weiß man nie genau, wozu sie imstande sind. Deshalb sollten wir ein andermal hierher zurückkommen.«

Obwohl Kelli vorher fest entschlossen gewesen war, mit den Demonstranten zu reden, widersprach sie mir nicht, sondern nickte bloß und kehrte dann stumm mit mir zum Wagen zurück. Aber ein paar Minuten später, als wir uns bereits wieder auf dem Rückweg nach Choctaw befanden, schien ihr das unangenehm zu sein.

»Wir haben gar nichts getan«, sagte sie leise.

»Was wolltest du denn tun?« fragte Noreen.

»Das weiß ich nicht genau«, erwiderte Kelli. »Vielleicht etwas lernen.«

Ein paar Minuten später setzte ich Kelli vor ihrem Haus ab, brachte Noreen nach Choctaw und fuhr dann selbst nach Hause.

Und das war alles, wie ich den Menschen in Richter Thompsons überfülltem Gerichtssaal sechs Monate später erzählte. Mr. Bailey stand ganz dicht neben dem Zeugenstuhl. Er nahm seine Brille mit dem Drahtgestell von der Nase und sah mich aus zusammengekniffenen Augen an.

Und nach Ihrer Kenntnis war dies das erste Mal, daß Miss Troy Lyle Gates begegnet ist, ist das richtig, Ben?

Ja, das war es.

Und wann war das zweite Mal, daß sie sich begegnet sind?

Ich nahm eine Schärfe in seiner Frage wahr, wie ich sie bei keiner anderen zuvor gespürt hatte. Ich erinnerte mich sofort an den Triumph, der an jenem Nachmittag in mir aufgestiegen war, als meine Knie mir den Dienst versagt hatten und ich zu Boden gesunken war. Aber mehr als alles andere erinnerte ich mich daran, wie Kellis Arme sich angefühlt hatten, als sie mich umschlungen hatten, und an die Überzeugung, die mir diese Umarmung gebracht hatte: Endlich hatte ich es geschafft, daß sie mein war.

11

Drei Wochen nach der Fahrt nach Gadsden arrangierte mein Vater für mich ein Gespräch mit Dr. Walter McCoy, dem ältesten und angesehensten Arzt in Choctaw. Dr. McCoy war kein Mensch, von dem eine besondere Wärme ausging. Einer der Gründe, die ihn dazu veranlaßt hatten, den Arztberuf zu ergreifen, war ohne Zweifel das Geld, das er dabei verdienen konnte. Aber er war ein ausgezeichneter Arzt, und was ihm an Charme fehlte, glich er durch seine fachlichen Fähigkeiten aus.

An jenem Tag empfing er mich sehr förmlich und vielleicht auch ein wenig skeptisch.

»Also, Ihr Vater hat mir erzählt, Sie wollen Arzt werden«, begann er.

Er ließ sich in einen alten, hölzernen Drehsessel hinter seinem Schreibtisch sinken und zog seinen weißen Labormantel über der Rundung seines Bauches zusammen. Seine Finger spielten mit den weißen Plastikknöpfen des Mantels. »Heutzutage wollen eine Menge Leute Arzt werden. Wahrscheinlich, weil sie im Fernsehen so viel Arztserien angesehen haben.«

Ich empfand sofort das dringende Bedürfnis, mich von diesen Leuten zu distanzieren, deren Hingabe an die ärztliche Laufbahn Dr. McCoy offenbar als etwas fragwürdig betrachtete. »Ich sehe kaum fern«, erklärte ich ihm.

»Zu sehr mit Studieren beschäftigt, wie?«

Ich nickte.

»Gut«, sagte Dr. McCoy. »Wenn Sie Arzt werden wollen, müssen Sie sich daran gewöhnen, eine ganze Menge zu lernen.«

»Ja, Sir«, sagte ich ehrfürchtig.

Einen Augenblick lang schien Dr. McCoy mich ernst zu nehmen, schien es für möglich zu halten, daß ich tatsächlich Arzt werden würde. »Und wenn Sie Ihr Examen bestanden haben, wo wollen Sie dann praktizieren?« fragte er.

Ich dachte sofort an Kelli und an die Zukunft, die ich mir mittlerweile schon so vollständig für uns ausgemalt hatte. »Hier in Choctaw«, sagte ich.

Dr. McCoy sah mich gespielt streng an. »Dann wollen Sie mir also Konkurrenz machen, wie?«

Ich wußte nicht recht, wie man wohl auf eine solche Frage antwortet, und sagte deshalb nur: »Ja, ich denke schon.«

Aber ich wurde nie zu einem Konkurrenten von Dr. McCoy.

Jahre später, als ich mein Studium abgeschlossen hatte und nach Choctaw zurückgekehrt war, bat er mich, ihn aufzusuchen. »Ich werde langsam alt, Dr. Wade«, sagte er gleich nach der Begrüßung, »und mein Sohn hat sich nie für Medizin interessiert. Also muß ich daran denken, meine Praxis eines Tages jemand anderem zu übergeben.«

Man konnte die Enttäuschung spüren, die die Lebensweise seines Sohnes ihm bereitete, aber ich enthielt mich eines Kommentars.

»Ich möchte, daß meine Praxis weitergeführt wird«, erklärte mir Dr. McCoy und lächelte dann schwach. »Wenn ich einmal nicht mehr bin, wissen Sie. Dann soll jemand anderer sie übernehmen.«

Er hatte für sich entschieden, daß dieser »Jemand anderer« ich war, und so trat ich nicht lange nach dem Gespräch in seine Praxis ein. Ich zog in die Praxisräume, die er nur wenige hundert Meter vom Gerichtsgebäude des Choctaw County entfernt unterhielt – demselben grauen Gebäude, in dem vor etwa zehn Jahren Lyle Gates der Prozeß gemacht worden war.

Vom Fenster meines Sprechzimmers aus kann ich das alte Gerichtsgebäude in seiner in Granit gemauerten, majestätischen Erscheinung sehen. Aber ich schaue selten in die Richtung. Vielmehr habe ich mich im Lauf der Jahre auf die Zukunft konzentriert, darauf, ein guter Arzt zu sein und mir einen Ruf für Einfühlsamkeit zu erwerben und für Geschicklichkeit und Wissen. Dieses Ziel habe ich schon lange erreicht, und ich bin sicher, daß mich diese Stadt, wenn ich einmal sterben werde, in guter Erinnerung behalten und nur positiv von mir sprechen wird. Wahrscheinlich wird man sogar mein Portrait in den eleganten, modernen Eingang des neuen Krankenhauses hängen, und darunter wird ohne Zweifel eine Tafel verkünden, was für ein vortreffliches Leben ich geführt habe, wie selbstlos ich war, und welchen bedeutenden Beitrag ich für das Wohlergehen der Gemeinde geleistet habe.

Ich habe mir diese Tafel oft plastisch vorgestellt und dazu eine Frauengestalt, die davorsteht und sie betrachtet. Sie ist in mittleren Jahren, aber immer noch schlank, und sie trägt dunkles, lockiges Haar. Sie hält sich selbst mit beiden Armen umfangen, als würde sie etwas in sich festhalten müssen – diese geisterhafte Frau ist Kelli Troy. Im stillen läßt sie die Liste meiner Errungenschaften an sich Revue passieren und erinnert sich, daß ich der erste Arzt war, der im Schwarzenviertel von Choctaw eine Klinik gebaut hat, der erste, der auf dem Berg eine Landklinik gebaut hat, und der erste, der einen wöchentlichen Besuchstag im Stadtgefängnis abgehalten hat. Und wenn sie dann zu Ende gelesen hat, dreht sie sich um und schaut mich an. Und dann sehe ich, daß ihre Schönheit unter den Jahren nicht gelitten hat, daß all der Verlust und ihr Leid ihr nur noch mehr Grazie verliehen haben. Einen Augenblick lang mustert sie mich schweigend. Ein schreckliches Urteil sammelt sich hinter ihren Augen. Dann spricht sie endlich, und der Klang ihrer Stimme, verblüfft und erschüttert mich, denn in 30 Jahren ist sie nicht gealtert und hat nichts von der heftigen Leidenschaft verloren, die ich vor so langer Zeit in ihr hörte: *Ach, Ben, ich bin so stolz auf dich.*

*

Aber sie war nicht immer stolz auf mich und auch nicht auf sich selbst.

In den Tagen nach unserer Fahrt nach Gadsden erlebte ich eine seltsame Distanziertheit an Kelli. Sie zog sich in sich zurück, hüllte sich in lang anhaltendes Schweigen, das ich nur ungern unterbrach. Obwohl wir noch genauso häufig wie früher am *Wildcat* arbeiteten, spürte ich, daß ein Teil von Kellis früherer Begeisterung dahingeschwunden war. Sie wirkte schwerfälliger und schlug auch keine neuen Ideen für die nächste Ausgabe vor. Als ich schließlich wagte, ein oder zwei zu äußern, nickte sie zwar zustimmend, sagte aber sonst nichts. Es war, als hätte sie beschlossen, nur am Rande zu existieren, sich mit dem Layout zu befassen oder routinemäßig die Beiträge anderer zu redigieren, anstatt selbst welche zu liefern.

Die nämliche Distanz war auch außerhalb unseres kleinen Büros an ihr festzustellen. In der Vorlesung saß sie in einer Art Schwebezustand da, vage auf das, was um sie herum vorging, eingestimmt, aber nicht davon bewegt. Die Debatten, die gelegentlich in Mr. Arlingtons Geschichtsunterricht aufflammten, umwirbelten sie wie kleine Winde einen großen Stein und vermochten nicht, sie miteinzubeziehen. Die gleiche Lustlosigkeit war zu verspüren, wenn sie über den Flur zu ihrer nächsten Stunde ging und zu der folgenden, bis schließlich am Ende die Glocke läutete, und sie entweder zu mir ins Kellergeschoß kam oder sich stumm zu ihrem Bus begab, vorne Platz nahm und darauf wartete, daß sie nach Hause gefahren wurde.

Wenn ich heute an sie denke, in jenen letzten Wintertagen, so sehe ich sie eingehüllt in die Probleme, die sie innerlich plagten und zum Verstummen brachten. Ein Mädchen im Teenageralter, das sich plötzlich mit irgendwelchen Problemen konfrontiert sah, die sie nicht in den Griff bekam und denen sie sich auch nicht entziehen konnte.

Jeder schien seine eigene Theorie darüber zu haben, was mit Kelli nicht stimmte. Sheila Cameron fragte mich, ob Kelli vielleicht irgendwelche »Frauen-Probleme« habe, und machte sogar den Vorschlag, daß sie Dr. McCoy aufsuchen solle. »Mädchen werden manchmal so, wenn sie das haben, weißt du«, flüsterte sie mir vertraulich zu.

Luke hatte auch eine Theorie. »Ich denke, daß es sich endlich eingestellt hat.«

»Was hat sich eingestellt?«

»Heimweh«, erwiderte Luke lakonisch.

Wir waren natürlich bei Cuffy's, und draußen prasselte kalter Winterregen gegen die Fensterscheiben. Luke nahm einen Löffel von seinem Frito Pie und fügte hinzu: »Wahrscheinlich hat sie schon eine ganze Weile dagegen angekämpft.«

»Aber vorher hat es ihr doch anscheinend in Choctaw gefallen«, protestierte ich. »Erinnerst du dich, wie vergnügt sie bei Sheilas Weihnachtstanz war?«

»Kann ja sein, daß es ihr gefällt«, erwiderte Luke. »Aber sie denkt eben immer noch daran, wie es dort oben im Norden war, und an all die Leute, die sie dort zurückgelassen hat.«

Am Abend desselben Tages, als ich am Feuer saß und

mein Vater nur ein paar Schritte von mir entfernt in seinem schäbigen Pullover die Zeitung las, dachte ich über diese mysteriösen »Leute« nach, die Kelli in Baltimore zurückgelassen hat. Vielleicht gab es dort noch einen »Boyfriend«, der sich nach ihr sehnte, eine verzweifelte Freundin, einen Verwandten, und in dem Augenblick erinnerte ich mich an die geradezu leidenschaftliche Aufwallung, mit der Kelli mir gesagt hatte, daß sie keinen Vater habe. Aber jeder Mensch hat einen Vater, sagte ich mir. Vielleicht hatte Kellis Bedrücktheit etwas mit ihm zu tun.

Ich teilte meine Theorie gleich am nächsten Tag Luke mit.

»Vielleicht hat es etwas mit ihrem Vater zu tun«, sagte ich. »Vielleicht ist er plötzlich aufgetaucht oder hat ihr einen Brief geschrieben oder so etwas.«

»Wer ist er denn?« wollte Luke wissen.

»Das weiß ich nicht«, gab ich zu. Ich zögerte, mehr zu sagen, und ganz besonders widerstrebte mir, Kellis eigentümliche Erklärung zu wiederholen, daß sie keinen Vater besitze.

»Also, vielleicht ist er tot.«

»Vielleicht.«

Luke schüttelte den Kopf. »Ich schätze, sie hat einfach Heimweh, wie ich schon sagte.« Er stieß mich freundschaftlich in die Rippen. »Mach dir keine Gedanken, Ben, das geht schon vorbei.«

Aber das tat es nicht. Und während ein Tag auf den anderen folgte, fühlte ich den Verlust Kellis, als würde es um mich herum immer dunkler werden. Diese schmerzende Düsternis zog mich ebenso vollkommen in ihren Bann, wie sie sie in den Bann gezogen, ihr das Strahlen aus ihren Augen geraubt und jenen Teil ihrer Persönlichkeit erstickt hatte, den ich nur als eine hell lodernde Fackel der Energie gekannt hatte.

»Vielleicht solltest du sie einfach geradeheraus fragen«, schlug Luke schließlich vor.

»Das hat Sheila schon versucht«, erklärte ich ihm, »aber Kelli hat nicht viel gesagt.«

»Nun, mit irgend jemand muß sie doch reden«, sagte Luke mit Nachdruck.

Dann fiel mir ein, daß es zumindest einen Menschen gab, den ich fragen konnte. In den letzten Tagen hatte ich Kelli ein paarmal mit Noreen reden sehen, und gelegentlich waren die beiden auch im Flur zusammen gewesen oder die Treppe zu Kellis wartendem Bus hinuntergegangen. Kelli war mir dabei immer ein wenig gelockerter vorgekommen. Einmal hatte ich sogar die Andeutung eines Lächelns an ihr entdeckt.

An einem Freitag, nach dem Ende des Unterrichts, bemerkte ich Noreen, wie sie zu der Stelle hinunterging, wo ihre Mutter sie gewöhnlich abholte. Mir war schon aufgefallen, daß ihre Mutter meistens verspätet zur Schule kam und Noreen deshalb häufig eine Weile neben den niedrigen Ziegelsäulen am Ende des Weges warten mußte. Manchmal lehnte sie ein wenig verärgert daran.

An jenem Tag war es sehr kalt, und als ich auf sie zuging, wirkte sie halb erfroren. Ihr Gesicht war von der Kälte gerötet, und sie hatte die Augen so fest zusammengedrückt, daß ich kaum ihre Farbe erkennen konnte.

Meinen Gruß erwiderte sie ziemlich bedrückt, und ihr Blick wanderte etwas gereizt die Straße hinauf. »Da erfriert man ja.«

»Wartest du auf deine Mutter?«

»Wie immer. Sie ist nie pünktlich.«

»Ich könnte dich nach Hause bringen«, bot ich an.

Sie sah mich an und schien von dem Angebot sichtlich überrascht. Dann sagte sie: »Ich warte besser auf meine Mutter.«

Ich lächelte. »Warum? Sie wartet ja auch nicht auf dich.«

Das war eine schlagfertige Antwort gewesen, und Noreen schien die kleine Spitze, die darin enthalten war, als passende Rache an ihrer Mutter zu genießen.

»Okay, fahren wir«, sagte sie plötzlich vergnügt. »Das wird sie lehren, sich in solchem Wetter nicht zu verspäten.«

Auf dem Weg zu Noreens Haus unterhielten wir uns über Belanglosigkeiten, bis ich schließlich Kelli Troy aufs Tapet brachte.

»Kelli benimmt sich in letzter Zeit irgendwie seltsam«, sagte ich beiläufig, als hätte ich es nur gesagt, um Konversation zu machen.

Noreen nickte, sagte aber nichts.

»Was, denkst du, ist mit ihr los?«

Noreen zuckte die Achseln.

Ich wartete noch einen Augenblick und fügte dann hinzu: »Sie spricht kaum mehr mit mir.«

In Noreens Augen blitzte plötzliche Erkenntnis auf. »Deshalb hast du mich also mitgenommen, nicht wahr? Du wolltest bloß, daß ich dir etwas über Kelli erzähle.«

Ich sah sie hilflos an, sagte aber nichts. Ich hatte sie nur ausnutzen wollen, und sie war viel zu schlau, das nicht zu bemerken. Jetzt so zu tun, als ob ich etwas anderes bezweckt hätte, hatte keinen Sinn.

»Du hättest mir einfach sagen sollen, daß du darauf aus bist«, sagte Noreen, immer noch mit scharfer Stimme.

»Wenn du über Kelli reden willst, dann reden wir über Kelli. Ich bin nicht so dumm, wie du glaubst, Ben. Ich weiß, daß du in Kelli verliebt bist«, setzte sie hinzu.

Hoffte sie etwa, daß ich es leugnete? Als ich es nicht tat, sah ich ganz kurz einen seltsamen Ausdruck der Enttäuschung in ihren Augen, der aber gleich wieder verschwand. »Was willst du denn über Kelli wissen?« fragte sie müde, als übernehme sie damit eine Rolle, die sie nicht gewollt hatte, aber zu spielen bereit war.

»Es ist nur, weil sie sich so seltsam verhält«, sagte ich ein wenig kraftlos, »und ich dachte, du würdest vielleicht wissen, was sie bedrückt.«

Noreen schüttelte den Kopf. »Nein, das weiß ich nicht«, sagte sie. »So nahe stehen wir uns nicht.«

»Aber ich sehe euch doch manchmal miteinander reden.«

»Das ist eigentlich nicht reden«, sagte Noreen. »Nicht so, wie du meinst. Nichts Ernsthaftes. Wir plaudern.«

Ich nickte. »Okay, ich hatte nur gedacht, ich frage dich mal.«

Dann fuhren wir eine Weile schweigend dahin, und als wir uns schließlich Noreens Haus näherten, spürte ich ihre Hand auf der meinen.

»Ben, tut mir leid, daß ich dich zuerst so angefaucht habe«, sagte sie leise. »Ich weiß, was du gerade durchmachst. Das ist ganz bestimmt schwer für dich.«

Ich ließ die letzten Reste meiner Tarnung fallen. »Ja, das ist es«, sagte ich, als würde ich damit ein bedeutsames Geständnis ablegen.

Sie lächelte traurig, ein wissendes Lächeln, voll Verständnis, und ich sah in ihr die Frau, die sie bald werden und in Zukunft sein würde.

»Ich weiß nicht, was ich tun soll«, fügte ich hinzu.

Sie nickte langsam und tat dann die finsterste und tragischste Äußerung, die ich je gehört hatte. »Wenn man jemanden liebt, zwingt das den Betreffenden noch lange nicht, diese Liebe zu erwidern«, sagte sie.

Sie sagte das nur einmal und hat es in all den Jahren, die seitdem verstrichen sind, nicht wiederholt.

Aber sie hat andere Dinge gesagt, und die klangen häufig ähnlich düster. Vor einigen Jahren besuchten wir einen Medizinerkongreß in Atlanta und gingen dann in einen ausländischen Film, die Art von Film, wie sie nie in die Kinos von Choctaw kommt. Er handelte von Camille Claudel, der Frau, die den Bildhauer Rodin bis an die Grenze des Wahnsinns geliebt hatte; ihre Liebe hatte sie fast zerstört.

Nachher, als wir wieder in unserem Hotel waren, machten Noreen und ich es uns im Bett bequem, und ich legte die Arme um ihre Schultern, während sie den Kopf an meine Brust preßte.

»Jeder verdient es, so geliebt zu werden wie Rodin«, sagte ich unbedacht und bloß in dem Wunsch, damit ein kurzes Gespräch vor dem Einschlafen in Gang zu bringen.

Noreen schüttelte den Kopf. »Nein«, erklärte sie entschieden. »Jeder will so geliebt werden, aber nicht jeder verdient das auch.« Gleich darauf schien es mir, als ob Tränen in ihren Augen glitzerten. In dem Moment spürte ich das ganze Gewicht des Geschehens vom Breakheart Hill, wie es auf ihren Schultern gelegen hatte. All die langen Jahre hatte sie im Schatten einer Liebe gelebt, die sie nie von mir empfangen würde, von der sie aber wußte, daß ich sie einmal einer anderen gegeben hatte – und auf unergründliche Weise immer noch gab.

Sie hatte tapfer ohne diese Liebe gelebt, aber wie meine Frau schweigend in jener Nacht neben mir lag, wußte ich, daß der stechende Schmerz sie nie losgelassen, daß es in den 30 Jahren keinen einzigen Tag gegeben hatte, an dem sie nicht den bohrenden, anhaltenden Schmerz verspürt hatte.

Doch als wir an jenem kalten Nachmittag nach der Schule in die Einfahrt von Noreens Haus bogen, konnte keiner von uns beiden wissen, daß wir, indem wir über Kelli Troy redeten, ebenso über unser gemeinsames wie auch über unser separates Schicksal redeten.

Noreen blieb, nachdem wir angehalten hatten, noch einen Augenblick im Wagen sitzen. Sie schien zu überlegen, was sie tun sollte.

»Wenn du willst, kann ich ja versuchen, mit Kelli zu reden«, schlug sie schließlich vor.

Ich schüttelte den Kopf. »Nein, besser nicht«, sagte ich. »Wenn sie alles für sich behalten will, finde ich, sollten wir sie lassen.«

Noreens Augen blieben an meinem Gesicht hängen. »Du bist ein netter Junge, Ben.« Was sie dann sagte, schien ihr schwerzufallen. »Ich mag dich.«

Und ich reagierte darauf bloß mit einem kurzen, beiläufigen Nicken. »Danke, Noreen. Für alles.«

Ein Schatten huschte über ihr Gesicht. Sie sah aus, als sei sie formell entlassen worden. Noreen drehte sich schnell zur Seite, öffnete die Tür und stieg aus dem Wagen. Ein eisiger Wind wehte vom Berg ins Tal, und sie klappte ihren Mantelkragen hoch, um sich davor zu schützen.

*

Nach diesem Gespräch erwähnte ich Kellis verändertes Verhalten gegenüber niemandem mehr. Aber Miss Carver brachte es nur eine Woche später wieder zur Sprache. Das war an einem Morgen Anfang April, und Choctaw litt immer noch unter eisiger Kälte. Ich eilte, so schnell ich konnte, von meinem Wagen zum Schulportal und war schon fast die ganze Treppe hinaufgelaufen, als ich hörte, wie jemand meinen Namen rief. Ich drehte mich um und sah Miss Carver hinter mir hereilen. Ihre große schwarze Aktentasche hing wie ein schweres Gewicht in ihrer Hand, die sie mit einem Handschuh vor der Kälte schützte.

»Ben, haben Sie einen Augenblick Zeit?« fragte sie, als sie mich eingeholt hatte.

Ich nickte und folgte ihr nach drinnen. Sie ging schnell die Treppe zu ihrem Klassenzimmer hinauf, stellte die Aktentasche neben ihr Pult und sah mir gerade in die Augen.

»Arbeitet Kelli immer noch mit Ihnen am *Wildcat* zusammen?« fragte sie, während sie sich die Handschuhe auszog.

»Ja.«

»Ist Ihnen in letzter Zeit eine Veränderung in ihrem Verhalten aufgefallen?«

Mir war es unangenehm, solche Dinge mit einer Lehrerin zu besprechen, und so hielt ich mich zurück. »Sie kommt mir ein wenig ruhiger vor« war alles, was ich sagte.

»Hat sie Ihnen gegenüber erwähnt, daß sie vielleicht irgendwelche Schwierigkeiten hat?«

»Nein.«

Wenn ich heute an jenen Morgen zurückdenke, dann fällt mir auf, wie unschuldig doch Miss Carvers Fragen waren, suchend, aber keineswegs anklagend, und insofern völlig anders als die Fragen, die sie mir drei Monate später stellen würde. Dann sollte es eine angespannte Stimme sein, vorsichtig, zutiefst skeptisch, eine Frau, die spürte, wenn sie belogen wurde.

»Sie haben also keine Ahnung, was Kelli bedrückt?«

Meine Antwort war mir selbst ein wenig peinlich. »Nein, sie hat mir gegenüber nichts erwähnt.«

Miss Carver nickte; sie war sichtlich enttäuscht, daß ich nichts wußte. »Nun, wenn Sie erfahren, was sie plagt, werden Sie es mir ja hoffentlich sagen.« Sie sah mich bedeutungsvoll an. »Ein Mädchen wie Kelli kann in diesem Alter leicht Probleme bekommen.«

Das Wort »Probleme« ließ sich in mannigfacher Weise interpretieren, aber ich hatte inzwischen genug von Miss Carver gehört, um zu wissen, auf was für »Probleme« sie anspielte. Sie meinte damit nicht Schwangerschaft und auch nicht die »Probleme«, unter denen die jungen Leute heute leiden – Rauschgift und Gewalt und ernste Krankheiten. Die Gefahren der Welt von Miss Carver waren romantische Gefahren, und deshalb hatte sie mit »Probleme« gemeint, daß Kelli möglicherweise zu jenen verlorenen Frauen gehörte, von denen wir in ihrem Unterricht gelesen hatten: sie waren leidenschaftlich und begabt, reif für jene ganz spezielle Vernichtung, die am Rande der Liebe lauert.

Aber obwohl ich genau wußte, was Miss Carver mit »Probleme« gemeint hatte, gab ich mich mehr oder weniger unwissend. »Nun, ich glaube nicht, daß sie irgendwelche Probleme hat«, sagte ich.

Miss Carver sah mich stumm an. Es war ein prüfender, abschätzender Blick, als versuchte sie schon damals, die vielen Schichten meiner Täuschung zu durchdringen. Dieser Blick sollte mich nicht mehr loslassen, ich entdeckte ihn immer noch in ihren Augen, als ich sie das letzte Mal sah. Ihr Gesicht war damals vorzeitig gealtert, gelb und verrunzelt, und ich konnte sehen, wie ihre Finger an den Stahlspeichen ihres Rollstuhls zupften, als wären es die Saiten einer Harfe. Ihre Augen blickten zutiefst mißtrauisch, als sie mich durch die dicken Gläser ihrer Brille musterte. Und als sie schließlich zu reden anfing, spürte man auch in ihrer Stimme den düsteren Argwohn: *Sie sind nicht Dr. Winn.*

30 Jahre zuvor hatte sie etwaige Zweifel an meinem Charakter bei weitem nicht so scharf geäußert. »Sie würden es mir doch ganz bestimmt sagen, wenn Sie glaubten, daß Kelli etwas braucht, nicht wahr?« fragte sie.

»Ja, das würde ich«, versicherte ich ihr.

Jetzt trat wieder der zweifelnde Ausdruck in Miss Carvers Blick. »Das hoffe ich«, betonte sie.

Ich verließ den Raum schnell, als wäre er ein Schraubstock, der sich um mich schloß. Ich fühlte mich von Miss Carvers Fragen bloßgestellt, davon, wie meine unzulänglichen Antworten angedeutet hatten, daß Kelli und ich nur Kollegen waren, die gemeinsam den *Wildcat* machten, und daß es zwischen uns nichts von Belang, schon gar nichts Intimes gegeben hatte. Einen Augenblick lang ärgerte ich mich sogar über Kelli und empfand es als beleidigend, daß sie mir nicht genügend Respekt entgegengebracht hatte, um mich ins Vertrauen zu ziehen. Mein einziger Trost war die Überzeugung, daß sie sich auch sonst niemandem anvertraut hatte.

Aber das hatte sie, und als ich schließlich erfuhr, wem sie ihr Vertrauen geschenkt hatte, war ich sehr erstaunt.

Ich erfuhr davon ausgerechnet im Gerichtssaal von Richter Thompson. Ich saß an jenem Tag reglos neben meinem Vater und gab mir alle Mühe, die schreckliche Angst unter Kontrolle zu halten, die mich in dem Augenblick dieser Entdeckung überkommen hatte. Mir war, als ob ein Irrtum sich auf den anderen getürmt hatte, bis ein riesiger dunkler Turm daraus geworden war, der für alle Zeit über Choctaw aufragen würde.

Kelli ist also zu Ihnen gekommen, um mit Ihnen über diese Angelegenheit zu sprechen, ist das richtig? fragte Mr. Bailey seinen Zeugen.

Die Stimme, die ihm Antwort gab, klang fester, als ich erwartet hatte.

Ja, das ist richtig.

Und für sie war das vertraulicher Natur, würden Sie sagen?

Ja, ich denke schon. Sie hat gesagt, sie wolle nicht, daß ich es anderen gegenüber erwähne.

Okay, könnten Sie jetzt dem Gericht sagen, wie es zu diesem Gespräch gekommen ist?

Also, Kelli kam eines Nachmittags nach der Schule zu mir. Sie sagte: »Eddie, hast du einen Augenblick Zeit für mich?«

Ausgerechnet Eddie Smathers war es also, zu dem Kelli in ihrer bedrückten Stimmung gegangen war, mit den Zweifeln, die sie in den Tagen nach ihrem ersten Zusammentreffen mit Lyle Gates überwältigt hatten. Und Eddie Smathers alleine kannte den Grund für dieses Verhalten, das Miss Carver so beunruhigt hatte, dieses Sich-in-sich-Zurückziehen. Sie hatte es für ein Anzeichen hoffnungsloser Liebe gehalten, aber es war nichts dergleichen, wie Eddie Smathers Aussage an jenem Tag ergab.

Was hat Miss Troy Ihnen gesagt, Mr. Smathers?

Sie sprach von dem Abend, an dem wir uns alle in diesem kleinen Einkaufszentrum in Gadsden begegnet sind.

Das ist derselbe Abend, den Ben Wade den Geschworenen bereits geschildert hat, stimmt das?

Ja, Sir.

Und was hat Miss Troy über jenen Abend gesagt?

Daß er ihr angst gemacht hat.

Angst gemacht? In welcher Weise?

Also zuerst dachte ich, sie meinte damit, wie die Nig-, die Farbigen – wie die dort demonstriert haben. Ich dachte, sie hätten sie vielleicht ein wenig erschreckt, irgend so etwas.

Aber das war es nicht, was Miss Troy beängstigt hatte, oder?

Nein, Sir.

Was war es dann, Mr. Smathers?

Lyle. Das hat Kelli wenigstens gesagt.

Was genau hat sie gesagt?

Sie sagte, sie sei nach Gadsden gefahren, um sich selbst ein Bild davon zu machen, was die farbigen Leute dort unternahmen, aber als dann Lyle auftauchte, habe sie davor Angst bekommen, mit ihnen zu reden.

Hat sie sonst noch etwas gesagt?

Ja, das hat sie. Sie sagte, sie sei über sich selbst enttäuscht gewesen. Weil Lyle ihr angst gemacht hat und sie das zugelassen hat. Und dann hat sie gesagt, wenn sie so etwas wieder erleben würde, dann würde sie ganz bestimmt nicht wieder einfach weggehen.

Warum glauben Sie, daß sie Ihnen das gesagt hat?

Also, ich dachte, das soll vielleicht eine Botschaft für Lyle sein.

Haben Sie Lyle die Botschaft übermittelt?

Nein, Sir. So nahe stehe ich Lyle nicht.

Mr. Bailey hatte dann noch ein paar weitere Fragen gestellt, die meisten davon ohne besonderen Belang, ehe er Eddie Mr. Wylie, Lyles Verteidiger, übergab.

Also, Mr. Smathers, können Sie uns sagen, wieviel Zeit zwischen diesem Zusammentreffen in Gadsden und Ihrem Gespräch mit Miss Troy verstrichen ist, von dem Sie uns gerade berichtet haben?

So an die drei Wochen, würde ich sagen.

Hat Miss Troy gesagt, daß sie seitdem von Lyle Gates gehört habe?

Nein, das hat sie nicht.

Oder daß sie ihn gesehen hat?

Nein.

Aber sie hat gesagt, Lyle habe ihr angst gemacht?

Nicht genau, nein.

Mr. Smathers, haben Sie in Lyle Gates' Verhalten gegenüber Miss Troy an jenem Abend in Gadsden etwas Bedrohliches gesehen?

Nein, Sir.

Tatsächlich war er doch recht freundlich zu ihr, oder nicht?

Ich denke schon.

Hat Lyle Gates Ihnen gegenüber je erkennen lassen, daß er Miss Troy nicht leiden kann?

Nein.

Hat er sie je in Ihrer Anwesenheit bedroht?

Nein.

Warum glauben Sie dann, Mr. Smathers, daß er hier sitzt und man ihn angeklagt hat, ihr so schreckliche Dinge angetan zu haben?

Eddie gab darauf die einzige Antwort, die er geben konnte. *Das weiß ich nicht.*

Noch wußte er es je.

Eddie, den ich hie und da in Choctaw sehe, wie er auf der Straße irgendeinen Handel abschließt oder der Kongregation der First Baptist Church die Hand schüttelt, scheint der einzige Mensch zu sein, der in den Kreis der Geschehnisse auf den Breakheart Hill hineingezogen wurde und der nie die ganze Grausamkeit dieser Ereignisse empfunden hat. Wenn wir uns begegnen, lächelt er fröhlich wie ein Junge, erkundigt sich nach Amy und Noreen, schüttelt mir dann die Hand und entschwindet wieder, glücklich und unwissend und völlig unberührt von der moralischen Dunkelheit, die ihn kurze Zeit umgab. Es ist gerade, als ob seine hartnäckige Beschränktheit ihn wie ein Panzer vor den Folgen eines Verbrechens schützte, in dem er, freilich ohne dies zu wissen, eine entscheidende Rolle gespielt hat.

Gelegentlich habe ich mir ausgemalt, wie es wäre, wenn ich mit all dem, was Eddie nicht weiß, vor ihn hintreten würde. Ich habe mir die Szene tausendmal in Gedanken vorgestellt: Wir begegnen uns zufällig. Er bleibt stehen, um mit mir zu plaudern, so wie immer. Er redet vom Sport, dem Wetter, dem schlechten Zustand der Bergstraße. Dann geht ihm schließlich der Gesprächsstoff aus, er schickt sich zu gehen an und greift nach meiner Hand.

In dem Augenblick ziehe ich ihn völlig unerwartet zu mir heran. Er versucht instinktiv, mir seine Hand zu entwinden, seine Augen starren mich verdutzt und auf eine gewisse Weise verängstigt an, weil er nicht begreift, weshalb ich so heftig zupacke, aber ich lasse ihn nicht los. Ich ziehe ihn näher heran. Meine Finger schließen sich wie eine Schlinge um sein Handgelenk, holen ihn noch näher heran, bis sein Ohr dicht an meinen Lippen ist. Und dann flüstere ich, ihn immer noch festhaltend: »Fragst du dich nie, warum?«

Ich bin sicher, daß er das nie tut, daß er nie die Frage nach der Ursache stellt.

Aber andere tun es.

Ich höre sie die ganze Zeit diese Frage stellen. Manchmal höre ich, wie sie aus dem Grab zu mir aufsteigt, so wie es meinem Vater und Shirley Troy und sogar Sheriff Stone passiert ist. Manchmal höre ich sie von den Lebenden, stumm und doch mit quälender Macht, wie vor Jahren etwa in den verquollenen Augen des kleinen Raymond Jeffries, die sich mir flehend von den weißen Laken meines Untersuchungstisches zugewandt haben. Ich habe sie geflüstert hinter den dunklen Gläsern von Sheila Camerons Brille gehört und auch von dem kleinen grauen Stein, der das Grab ihrer Tochter Rosie markiert.

Gelegentlich bin ich sogar aus dem Bett aufgestanden, auf die Terrasse vor dem Haus gegangen, habe über die Lichter von Choctaw hinausgeblickt und nichts als einen Chor leiser klagender Fragen gehört. *Warum hat mein Mann mich nie geliebt? – Warum hat mein Vater mich gehaßt? – Warum mußte meine Tochter sterben?*

Ich stehe dann stumm da und lausche ihrem wirren, melancholischen Flüstern. Und ich weiß, daß sie es, wenn ich es ihnen nicht sage, nie erfahren werden.

DRITTER TEIL

4

Am ersten Abend [illegible] Zusammen[illegible] zwei [illegible]
[illegible] Ich [illegible] Capri [illegible]
[illegible] gute [illegible]
[illegible] und [illegible]
[illegible] daß [illegible] Wetter [illegible]
[illegible]
[illegible]
[illegible]

[illegible]

Am [illegible] A[illegible] ich mich [illegible]
[illegible] Gedanken [illegible] bei [illegible]
[illegible] Nachm[illegible]
[illegible] Be[illegible] Dank [illegible]
[illegible]
[illegible] wie [illegible] zweiten [illegible]
[illegible]

12

An einem Abend im Frühsommer, etwa zwei Monate vor Miss Troys Tod, saßen Luke und ich im Garten vor seinem Haus in Turtle Grove. Er klopfte seine Pfeife an der Stuhllehne aus, hustete leise und sagte dann: »Unsere Väter glaubten, daß Ordnung das Wichtigste sei.«

In den vorangegangenen Jahren hatte er amerikanische Geschichte studiert und sich ganz besonders mit den Puritanern beschäftigt, für die er eine Art Zuneigung entwickelte. Er hatte sich sogar angewöhnt, sie mit ehrfürchtigem Tonfall als »unsere Väter« zu bezeichnen. Seine Bibliothek war voll von Bänden, in denen die körperlichen Strapazen geschildert wurden, derer es bedurft hatte, um aus der Wildnis von Massachusetts ein Zuhause zu schaffen. Aber am meisten faszinierte ihn ihre Hingabe an ein moralisches Ideal, und davon redete er ständig.

An jenem Abend nickte ich nur beiläufig zu seiner Bemerkung, weil meine Gedanken noch bei einem Patienten weilten, einem alten Mann, den ich am Nachmittag behandelt hatte. Bei dem Unfall mit einem Traktor war sein rechtes Bein zerquetscht worden, und mich hatte sehr beeindruckt, wie tapfer er die zweifellos schmerzhafte Untersuchung über sich hatte ergehen lassen.

»Weißt du, warum Ordnung für sie so wichtig war, Ben?« fragte Luke.

Ich schüttelte den Kopf und hörte kaum zu.

»Weil unsere Väter folgendes glaubten: Wenn die Menschen etwas Schlimmes oder, um mit ihren Worten zu sprechen, etwas ›Unordentliches‹ taten, so endete dies dann nicht mit ihnen. Es endete nicht einmal mit den Leuten, denen sie damit vielleicht weh getan hatten.« Er nahm die Pfeife wieder in den Mund. »Es setzte sich einfach in der Zeit fort.«

Obwohl Luke das unmöglich hätte wissen können, traf mich die Bemerkung wie ein Hammerschlag. »Und wann endet es endlich?« fragte ich.

Luke schüttelte den Kopf über die erschreckende Erkenntnis, die unsere Väter verkündet hatten. »Niemals«, erwiderte er. »Es endet nie.«

Ich wandte den Blick von ihm und ließ meine Augen auf einem Haus zur Ruhe kommen, das einige Meter entfernt stand. Es hatte früher einmal Sheila Cameron gehört, und ich konnte es ganz deutlich sehen: die stattliche weiße Fassade, die breite, grüne Rasenfläche davor und schließlich den niedrigen Randstein, der das Grundstück von der Straße abgrenzte. Ich sah Rosie nach links blicken mit Augen, die sich in dem Augenblick äußersten Schreckens weiteten, als der Wagen durch den strömenden Regen auf sie zuschoß.

»Also ist eine einzige Handlung wie ein Strom, könnte man sagen«, fuhr Luke fort. »Sie steigt als Quelle aus dem Boden und fließt dann in alle Ewigkeit weiter.«

Mein Bewußtsein konzentrierte sich immer noch auf Rosies zerschmetterten Körper und darauf, wie er sich in meinen Armen angefühlt hatte, als ich ihn von der Bahre gehoben hatte. »Als ich sie aufhob«, sagte ich, »fühlte sie sich an wie ein Bündel zerbrochener Stöcke.«

»Was?« fragte Luke und seine Stimme klang plötzlich angespannt. »Als du wen aufgehoben hast, Ben?«

Ich drehte mich zu ihm herum und konnte nicht antworten.

»Was ist denn, Ben?« Luke war erschrocken, als ob ich ihn an den Rand einer schrecklichen Enthüllung geführt hätte, und plötzlich wurde mir bewußt, daß er dachte, ich meinte Kelli – daß ihr Körper sich wie ein Bündel Stöcke angefühlt habe, etwas, was ich unmöglich hätte wissen können, wenn ich nicht ...

»Rosie Cameron«, antwortete ich knapp.

Lukes Gesicht bekam wieder Farbe. »Oh«, murmelte er.

Ich deutete mit einer Kopfbewegung auf die Stelle, wo es passiert war. »Ich habe sie zur Welt gebracht, weißt du. Ich habe sie Sheila in die Arme gelegt.« Ich konnte mich noch ganz deutlich an das Gefühl der Befriedigung erinnern, das ich empfunden hatte, als ich Sheila ihre neugeborene Tochter reichte, wie sie gestrahlt hatte, als sie Rosie an ihre Brust gedrückt hatte, so ganz anders als die starre Gestalt hinter der dunklen Brille, die Sheila Cameron heute ist. Ihr Mann Loyal war neben ihrem Bett gestanden und hatte strahlend auf seine Frau und seine Tochter geblickt. Einen Augenblick später hatte Sheila ihm das Kind hingehalten, und er hatte es bedächtig und vorsichtig in die Arme genommen, während Sheila ihm zusah. Einen Augenblick lang schienen die beiden einen Moment äußersten Glücks zu empfinden, so unkompliziert und so vollkommen, daß es wie etwas für alle Ewigkeit Geschaffenes gewirkt hatte.

Luke schüttelte den Kopf. »Ein schrecklicher Unfall«, sagte er. »Und dann alles, was danach passiert ist ...« Er kaute eine Weile auf dem Mundstück seiner Pfeife herum und wiederholte dann: »Schrecklicher Unfall.«

Ich wußte es natürlich besser. Ich wußte, aus welcher Quelle der schwarze Strom gekommen war, von dem Luke gerade gesprochen hatte, der giftige Strom, der in einem einzigen unbedachten Augenblick in die Höhe sprudelt und dann über die Generationen hinweg weiterfließt. »Wir müssen so vorsichtig sein«, flüsterte ich.

Luke sah mich scharf an. »Vorsichtig wobei, Ben?«

Ich gab ihm darauf die einzige Antwort, die ich kannte. »Bei allem.«

Und ich dachte an Kelli Troy, dachte daran, wie früh sie intuitiv jenen endlosen Strom des Unrechts erkannt haben mußte, den »unsere Väter« deutlicher als wir gesehen hatten. Warum sonst hätte sie so viel riskiert, um das Richtige zu tun?

*

Das Richtige zu tun bedeutete für sie, wie sich herausstellte, gegen ihre Angst zu handeln. Aber das wußte ich nicht, bis sie es mir schließlich selbst sagte. Das geschah in der zweiten Woche im April. Sie saß im *Wildcat*-Büro und las gerade, als ich eintrat, die letzten Seiten von Cathers *The Lost Lady.* Sie blickte erst auf, als sie das Buch zu Ende gelesen und zugeklappt hatte.

»Wie hat es dir gefallen?« fragte ich ein wenig steif, während ich mich hinter meinen Schreibtisch setzte. Sie hatte sich in den letzten Wochen so zurückgezogen, daß ich darauf nicht viel mehr als eine knappe, nichtssagende Antwort erwartete.

»Wunderschön«, sagte Kelli, und ihre Stimme klang

weniger distanziert, als ich in letzter Zeit von ihr gewöhnt war. »Wie fandest du es denn?«

Das war die erste richtige Frage, die sie mir seit jenem Abend in Gadsden gestellt hatte. Ich legte das Papier beiseite, das ich gerade in der Hand hatte, und wandte mich ihr zu. Ich schaffte es einfach nicht länger, meine Gefühle zu verdrängen. »Bedeutet es dir denn wirklich etwas, was ich denke?« fragte ich beinahe schroff.

Weder die Frage noch mein anklagender Tonfall schienen sie zu überraschen.

»Ich war in letzter Zeit nicht sehr nett zu dir, ich weiß«, antwortete sie. Ihre Augen waren dunkel, und die eigenartig intime Beleuchtung des kleinen Kellerbüros ließ sie noch voller leuchten. In diesem einen Augenblick, das ist mir heute bewußt, wurde meine Hoffnung, sie eines Tages zu heiraten, auf machtvolle Weise neu entfacht. Aber ebenso drängte sich mir ganz abrupt eine kurze, intensive Vision auf, wie ich sie zum Hügel des Breakheart Hill brachte und sie auf eine tiefrote Decke legte ... und all das übrige.

»Es tut mir wirklich leid, daß ich so war, Ben«, sagte Kelli.

Ich hörte sie kaum, denn ich war in meinen Gedanken auf dem Breakheart Hill, völlig hingerissen, ganz Choctaw zu meinen Füßen und Kelli unter mir, und ich sah ihr tief in die Augen, während ihre Finger in meinem Haar spielten. Einen kurzen halluzinatorischen Augenblick lang hatte ich alles, und alles war in jeder winzigen Einzelheit so wirklich und echt, daß es mir eher wie eine Erinnerung als wie eine Phantasievorstellung erschien.

»Ich war in letzter Zeit zu niemandem nett«, fuhr Kelli fort. »Ich denke, das haben eine Menge Leute bemerkt.«

Die Vision zersprang in Stücke, und ich befand mich

wieder in dem faden Kellerbüro. Kelli saß nur ein kurzes Stück von mir entfernt, und ihre Finger gruben sich keineswegs in mein Haar, sondern hielten ein kleines Taschenbuch in der Hand.

»Ja, das stimmt«, sagte ich. »Miss Carver dachte schon, du hättest irgendwelche Probleme.«

»Die hatte ich auch«, erklärte Kelli freimütig.

Ihr plötzliches Eingeständnis überraschte mich. Jetzt nachzuhaken, kann ein Weg sein, ihr Vertrauen zu finden, dachte ich. »Wirklich?«

»Was da an jenem Abend in Gadsden war, hat mich ein wenig aus der Bahn geworfen.«

»In welcher Hinsicht?«

»Es hat mir angst gemacht, Ben. Dieser Junge, der mit Eddie zusammen war.«

»Lyle Gates«, sagte ich. »Das ist eigentlich kein Junge.«

»Er sah aber wie einer aus«, sagte Kelli. »Aber was du über ihn gesagt hast, hat mir Furcht eingejagt ... und ich habe seitdem auch noch andere Dinge gehört. Daß er einen Jungen während eines Spiels verprügelt hat und daß man ihn aus der Schule geworfen hat. Daß er versucht hat, seine Tochter zu entführen. Daß er eine Waffe bei sich trug, als er es versuchte.« Sie musterte mich eindringlich. »Ist das alles wahr, Ben?«

»Ich denke schon«, erwiderte ich. »Aber das hat nichts zu bedeuten. Er kennt dich nicht und weiß auch nicht, was du damals in Gadsden vorhattest.«

Sie zog ihren Stuhl etwas nach vorne und beugte sich vor, und ihre Augen musterten mich eindringlich. »Das weiß ich«, sagte sie, »aber er hat mir damals trotzdem Angst eingejagt, und ich traute mich nicht mehr, das zu tun, was ich vorgehabt hatte.«

»Das ist es also, was dich beunruhigt hat – Lyle Gates?«

»Nein, nicht er, sondern wie ich mich seinetwegen gefühlt habe.«

»Wie denn?«

»Wie ein Feigling«, sagte Kelli. Und dann griff sie, wie so oft zuvor, in ihre Büchertasche und gab mir ein zusammengefaltetes Blatt Papier. »Aber ich will kein Feigling sein. Ich will nicht so durchs Leben gehen und mich selbst und alle anderen enttäuschen und Angst haben.«

Ich wollte das Blatt schon beiseitelegen, um es zu Hause zu lesen, wie ich es immer tat. Aber Kelli schaute mich fragend an.

»Würde es dir etwas ausmachen, es jetzt gleich zu lesen?«

»Ich dachte immer, du magst nicht dabeisein, wenn ich deine Sachen lese.«

Ihr Gesicht war auf eine geradezu unheimliche Art ruhig, beinahe unbewegt, aber ich wußte, daß es sie einen Kampf kostete, nach außen so zu erscheinen. »Diesmal möchte ich es aber«, sagte sie nur, und auch das sagte sie ganz ruhig, ohne an ihrem Tonfall erkennen zu lassen, wieviel es ihr bedeutete.

Es waren nur zwei Seiten in ihrer winzigen Schrift, aber in dem kurzen Text hatte sie vieles eingefangen, was mir entgangen war. Sie hatte die Transparente in der Kälte flattern sehen, die dunklen Gesichter darunter, ernst und entschlossen, die beleuchteten Fenster im Hintergrund, die die Demonstranten in noch tiefere Schatten hüllten. Sie hatte ihre schäbige Kleidung registriert, die sie an jenem Abend getragen hatten und die so wenig Schutz vor der Kälte boten. Und sie hatte darüber hinaus bemerkt, wie die Unzulänglichkeit ihrer Kleidung die »abgetragene Qualität des Lebens aus zweiter Hand, der sie sich widersetzten«, erkennen ließ.

Diese Formulierung, die sie für das Leben dieser Leute gebrauchte, traf mich wie ein Peitschenschlag. Die Worte waren simpel und direkt in einem Stil, der eigentlich gar nicht der Kellis war, den sie sich aber angeeignet hatte, um etwas zu beschreiben, was sie als das große Anliegen unserer Jugend wahrnahm:

> Jetzt sind wir jung, wir alle auf der Choctaw High School, und weil wir jung sind, erwartet man nicht von uns, daß wir viel über das nachdenken, was sich überall im Süden vollzieht. Aber in jener Nacht in Gadsden sah ich Leute unseres Alters, die über ihr Leben nachgedacht hatten und dieses Leben verändern wollten. Sie hatten für sich die Entscheidung getroffen, daß sie es sich nicht leisten konnten, jung zu sein, und in ihren Augen war eine Reife, die in unseren Augen nicht ist. Sie sind so jung wie wir, aber ihre Vergangenheit, was sie erlebt haben, hat sie dazu gebracht, ihre Jugend früher abzuwerfen, als es eigentlich für sie hätte nötig sein sollen, und deshalb sehen sie älter und ernster aus als wir. Und das hat sie schön gemacht.

Ich erinnere mich daran, wie ich zu Kelli aufblickte, als ich jenen letzten Satz las. Sie saß mit den Händen im Schoß da, ihre Augen blickten gerade nach vorne und ihr Gesicht wirkte unendlich ruhig.

»Wirst du es abdrucken, Ben?« fragte sie.

Ich zögerte. »Du weißt, daß du dir damit einige Probleme einhandeln könntest, nicht wahr?«

»Ja.«

Ich wollte, daß sie noch etwas sagte, weil ich eine eigentümliche Rastlosigkeit in ihren Augen sah, aber sie schwieg.

»Bist du auch ganz sicher, daß du dem gewachsen sein wirst?« fragte ich. »Weil die Reaktion nämlich möglicherweise nicht nur von Leuten wie Lyle Gates kommen wird, sondern auch von anderen Leuten, solchen, die du für deine Freunde hältst.«

Sie antwortete darauf mit einer Frage, die sie wahrscheinlich schon eine ganze Weile beschäftigt hatte: »Warum hast du nie etwas über das geschrieben, was wir in Gadsden gesehen haben, Ben?«

»Ich denke, ich habe darauf gewartet, daß du es mit mir schreibst«, antwortete ich.

»Hattest du Angst?«

Und da wurde mir schlagartig bewußt, daß ihre erste Frage mehr als eine Anklage gewesen war. Es war eine Herausforderung gewesen, einem hohen Maßstab gemäß zu leben, dem Leben gerade ins Auge zu sehen, tapfer, vielleicht sogar von Zeit zu Zeit heldenhaft.

»Vielleicht«, gab ich zu und sah sie jetzt unverwandt an, nahm ihren Mut in mich auf und verwandelte ihn in den meinen. »Aber jetzt nicht mehr.«

Sie sah erleichtert aus. Wahrscheinlich spürte ich in jenem Augenblick das, was alle Männer an jenem Wendepunkt im Leben empfinden, wenn sie davon träumen, ein Herz zu gewinnen, das ihnen unerreichbar erscheint – das Bedürfnis, gut zu sein, rechtschaffen, pflichterfüllt und tapfer, das Gefühl, Vertrauen zu genießen und ausgeschickt zu werden, um Drachen zu töten. Vielleicht ist das der einzige Augenblick echten Abenteuers, der uns noch wahrhaftig zugänglich ist, ein wenn auch noch so kurzer Augenblick, wo Ritterlichkeit nicht nur ein romantischer Begriff aus alten Zeiten ist, sondern eine leidenschaftliche Macht, die unser Leben formt.

»Wir werden nie wieder Angst haben«, versprach ich Kelli Troy. Trotz der knabenhaften Großspurigkeit dieses Versprechens schien sie davon ernsthaft beeindruckt. »Ich werde versuchen, mich daran zu erinnern«, sagte sie leise.

Etwas löste sich in mir, und ich mußte gegen die Tränen in meinen Augen ankämpfen, so tief war das Empfinden in mir, daß ich ihr dienen mußte, daß ich mich jeder Herausforderung stellen mußte, um so zu sein, wie ich es in alten Filmen gesehen hatte. Und so sprach ich dieses eine Mal entschlossen und mit fester Stimme das aus, was ich empfand: »Ich würde nie zulassen, daß jemand dir weh tut, Kelli.«

Kelli sagte darauf nichts, sondern sah mich nur ein paar Sekunden lang stumm an, als versuche sie zu einem Schluß über mich zu kommen. Dann griff sie erneut in ihre Tasche und holte eine schmale, in rotes Geschenkpapier gewickelte Schachtel heraus. »Ich bin in letzter Zeit nicht sehr nett zu dir gewesen, Ben. Deshalb wollte ich dir etwas schenken, um das wiedergutzumachen und mich gewissermaßen damit bei dir zu entschuldigen.«

Ich nahm ihr das Päckchen ab. »Soll ich es gleich öffnen?«

»Wenn du willst.«

Aufgrund der Form des Kartons nahm ich an, daß eine Krawatte darin lag, aber als ich dann die Schachtel öffnete und langsam das weiße Seidenpapier entfernte, in das das Geschenk eingehüllt war, sah ich, daß Kelli mir etwas viel Persönlicheres und Wichtigeres gekauft hatte.

»Ein Stethoskop«, sagte ich.

Kelli lächelte. »Ich wollte dir etwas ganz Besonderes schenken. Etwas wirklich Hübsches.« Sie deutete mit einer leichten Kopfbewegung darauf. »Es ist ein richtiges Stethoskop«, fügte sie hinzu, sichtlich stolz auf ihre Wahl, »aber das siehst du ja wahrscheinlich.«

»Ja, freilich«, sagte ich. Ich hängte es mir um den Hals und strich dann mit dem Finger über den langen schwarzen Gabelschlauch, der zum Bruststück führte. »Es ist wunderschön, Kelli.«

»Laß es uns ausprobieren«, sagte sie, und ihre Stimme schien von ihrem Glück erfüllt. Dann nahm sie das Bruststück und legte es sich auf die Brust.

»Kannst du es hören?« fragte sie.

Ich schob mir die Ohroliven in die Ohren und lauschte. Ich konnte den stetigen gedämpften Schlag ihres Herzens hören, weich und rhythmisch, und plötzlich fühlte ich, wie mein ganzer Körper sich belebte, sich dem Rhythmus anpaßte und mich ein Prickeln durchlief. Etwas Intimeres hatte ich noch nie erlebt, und in gewissem Sinne, denke ich, sollte ich das auch in all den künftigen Jahren nicht mehr erleben.

Ich fühlte, wie mein Atem schneller ging. Meine Finger verkrampften sich um den schwarzen Schlauch des Stethoskops, und zum ersten Mal verspürte ich mein physisches Sehnen als etwas von mir Losgelöstes, als ein in meine Haut eingeschlossenes Geschöpf, angespannt und explosiv, kaum meiner Kontrolle unterworfen.

Ich zog das Stethoskop schnell von ihrer Brust weg und wandte mich ab. »Dein Herz klingt ganz hübsch kräftig«, sagte ich geschäftsmäßig, den Tonfall eines untersuchenden Arztes nachahmend, wissenschaftlich und professionell, verzweifelt bemüht, die beunruhigende Aufwallung zu verbergen, die plötzlich über mich gekommen war und in deren Strudel ich immer noch trieb. »Sehr kräftig«, wiederholte ich und zog das Stethoskop von meinem Ohr.

Und es *war* kräftig, wie sich herausstellte. Unermüdlich und glühend. Aber es gab einen anderen Teil ihres Wesens, der sich als viel verletzbarer erwies.

Den Teil sah ich erst viele Jahre später. Dr. McCoy war einige Wochen zuvor gestorben, und als ich mir die Akten ansah, die er in Schachteln verwahrt und beiseitegestellt hatte, als er in den Ruhestand getreten war, stieß ich auf einen alten Aktendeckel, mit im Laufe der Jahre verblaßten, aber immer noch deutlich sichtbaren Lettern: TROY, ELIZABETH KELLI.

Zuerst brachte ich es nicht über mich, den Aktendeckel aufzuklappen. Aber nach einer Weile überwand ich mein Zögern und trug die Akte ins Nebenzimmer. Ich hielt die Röntgenaufnahmen, die ich darin fand, vor den Lichtkasten. Und dort sah ich in gedämpften Mustern aus Schwarz und Grau den geschwungenen Behälter, der ihr Gehirn enthielt, die Säule aus knorpeligen Wirbeln, die es trugen, die knochigen Höhlen, aus denen ihre Augen geleuchtet hatten. Und ich sah auch, was man ihr angetan hatte: den dunklen Fluß ausgetretenen Blutes, die Mondlandschaft ihres Schädels mit Frakturen und Prellungen, einen langen Knochensplitter, der sich wie eine weiße Nadel in die grauen Windungen ihres Gehirns gebohrt hatte. Ich stand wie versteinert vor dem unbestechlichen Zeugnis, das die Röntgenaufnahme von ihrer Vernichtung ablegte, und in jenen wenigen aufwühlenden Sekunden durchlebte ich alles noch einmal. Einen qualvollen

Tag nach dem anderen, einen qualvollen Schritt nach dem anderen, bis ich das Ende erreichte und sie hauchen hörte: *Nicht du.*

13

Wenn wir daran denken, dann sehen wir etwas, das hinter einer Tür lauert. Wir sehen es im Blitzen einer Messerklinge oder im blaumetallischen Lauf einer Pistole. Man erwartet, daß es uns hinter einem Mauervorsprung anspringt oder aus dichtem nächtlichem Nebel. Oft malen wir es uns als eine Gestalt aus, die uns beschleicht, schattenhaft und drohend, am anderen Ende einer dunklen Gasse, wo es uns aus kleinen, bösartigen Augen beobachtet.

So stellte Mr. Bailey es sich vor, und so wollte er auch, daß die Geschworenen es sahen, jeder einzelne von ihnen, immer wieder, wenn sie in ihrer Kammer saßen und über das Schicksal von Lyle Gates befanden. Sie sollten sich dabei an die letzten Worte erinnern, die Mr. Bailey ihnen mitgegeben hatte: *Nur der Haß kann so etwas tun.*

Aber der Staatsanwalt hatte auch andere Dinge gesagt, und am letzten Prozeßtag fiel jedes einzelne seiner Worte wie eine schreckliche Last auf mich nieder.

»Sie müssen sehen, was Kelli Troy an jenem Nachmittag sah«, sagte er zu den Geschworenen in jener hohen, hallenden Stimme, die er während des Prozesses oft vernehmen ließ. »Sie müssen etwas aus den Büschen auf sich zukommen sehen. Sie müssen einen Mann sehen, der größer und stärker ist als Sie. Sie müssen den schrecklichen Haß empfinden, den er für Sie empfindet, und das spüren, was er Ihnen antun will. Sie müssen all das in seinen Augen sehen.«

Er hielt inne, senkte die Stimme auf jenen weicheren, intimeren Tonfall, den er genauso wirksam einzusetzen verstand. »Und, meine Damen und Herren Geschworenen, obwohl jetzt Herbst ist und auf dem Breakheart Hill kalter Regen fällt, müssen Sie sich vorstellen, wie wunderschön es an jenem hellen, warmen Tag vor fünf Monaten war. Sie müssen sich sagen, was Kelli Troy sich gesagt haben muß: ›Ich werde nie wieder solche Schönheit sehen, nie wieder die Vögel hören oder die Wärme der Sonne fühlen.‹ Sie, die Mitglieder dieses Geschworenenkollegiums, die Sie ausgewählt worden sind, um in diesem Fall Recht zu sprechen, Sie, jeder einzelne von Ihnen, müssen all das nachvollziehen, ehe Sie begreifen können, was jenem jungen Mädchen an jenem strahlend hellen, sonnigen Tag widerfuhr. Sie müssen fühlen, was sie fühlte, und verstehen, was sie verlor und nie wieder sehen oder empfinden wird.«

Ich bin überzeugt, daß die Geschworenen tatsächlich glaubten, wie Kelli zu fühlen, als sie über die Ereignisse von Breakheart Hill grübelten; jene zwölf Männer und Frauen huschten mit Kellis Augen zu der Stelle, wo sie ein unerwartetes Geräusch gehört hatte, sie sahen, wie ihre Pupillen sich weiteten, als Lyle Gates finster aus dem dichten Dschungelgrün hervortrat, das sie umgab; in seinen Augen loderte der Haß, den Mr. Bailey ihnen bereits als ›brutal und bösartig und wahrscheinlich auch von Wollust erfüllt‹ geschildert hatte.

Aber Gefahr, selbst tödliche Gefahr, sieht nicht immer so aus, wie Mr. Bailey die Geschworenen an dem letzten

Tag des Prozesses gegen Lyle Gates glauben machen wollte. Sie ist nicht immer eine Gestalt mit rotgeränderten Augen, die einen umschleicht, oder eine bösartig überlegene, die geduldig im Schatten wartet. Sie kann etwas ganz anderes sein, etwas, das einem sanft zuruft, das einen warm und liebkosend für sich einnimmt, etwas, das einen mit süßen Worten ins Verderben lockt.

In diesem Sinne äußerte ich mich vor einigen Jahren Noreen gegenüber, als wir an einem strahlenden Sonntagmorgen beim Frühstück saßen und Zeitung lasen.

»Man muß nach denen Ausschau halten, die einen lieben«, sagte ich und bezog mich damit eher beiläufig auf einen Artikel, den ich gerade gelesen hatte. Er befaßte sich mit einem Vater, der seine beiden Söhne vergiftet hatte. Aber Noreen blickte abrupt auf, und ihre Augen bohrten sich geradezu tödlich in die meinen. »Wovon redest du da?« fragte sie angespannt.

Ihr Ausdruck verwirrte mich. »Ein Mann, hier in der Zeitung«, erklärte ich. »Er hat seine Söhne umgebracht, damit sie in den Himmel kommen.«

Sie nickte. Aber ihre Augen fixierten immer noch die meinen mit schrecklicher Konzentration.

»Was ist, Noreen?« fragte ich.

Sie zögerte einen Augenblick, und ich konnte an ihrem Gesichtsausdruck ablesen, welcher Tumult sich in ihr aufbaute und wie sie gleichzeitig darum kämpfte, ihn zu zügeln. »Nichts«, sagte sie schließlich, und ihre Augen flohen vor den meinen und wandten sich wieder der Zeitung zu.

Nichts, hatte sie gesagt, aber ich wußte es besser. Ich konnte es in ihren Augen sehen, und ich wußte, daß sie meine Bemerkung in den Zusammenhang mit jener so lange zurückliegenden Nacht gesetzt hatte. Und vor meinem inneren Auge sah ich sie so, wie sie an jenem Abend erschienen war: eine reglose Gestalt im feuchten, sommerlichen Dunkel, umgeben von dem pudrigen Duft von Veilchen, der von ihrem Kleid ausging. Mit weicher und seltsam beruhigender Stimme hatte sie verschwörerisch geflüstert: *Was machen wir jetzt?*

*

Kellis Aufsatz über das, was wir zu jener Zeit bereits als »das Rassenproblem« bezeichneten, wurde am Tag, nachdem ich ihn zu Gesicht bekommen hatte, in Mr. Averys Büro geschickt. Die Schulleitung mußte alles billigen, was die Studenten schrieben, und ich fürchtete damals, Mr. Avery würde möglicherweise nicht erlauben, daß Kellis Artikel im *Wildcat* veröffentlicht wurde. Aber er gab ihn frei und ging sogar soweit, ihn Kelli und mir persönlich zurückzubringen.

»Wir dürfen uns hier unten im Süden nicht einfach von unseren Problemen abwenden«, meinte er, in der Tür unseres kleinen Kellerbüros stehend. Dann nickte er uns mit jener übertriebenen, anachronistischen Höflichkeit zu, die ihm als einem der letzten seiner Art anhaftete, und war schon wieder verschwunden.

»Ich nehme an, das ist das, was ihr hier unten als ›Gentleman‹ bezeichnet«, sagte Kelli, als er auf dem Flur weit genug entfernt war, um es nicht hören zu können.

Ich nickte. »Unbedingt.«

Ein paar Minuten später verließen wir beide das Büro, und zum ersten Mal nach jenem langen Winter konnten wir die allerersten Anzeichen des Frühlings verspüren.

Kelli knöpfte ihren Mantel auf, zog ihr langes kariertes Halstuch vom Hals und klemmte es sich unter den Arm. »Es ist warm geworden«, sagte sie.

Ich blickte zum Himmel. Er war strahlend blau, und die Sonne leuchtete hell. »Wir könnten noch einen kleinen Spaziergang machen, ehe ich dich nach Hause fahre.«

»Wohin?«

»Wir könnten in die Innenstadt laufen und dann zu Fuß zurückgehen und den Wagen abholen.«

Kelli ließ ihr strahlendes Lächeln aufblitzen, jenes Lächeln, das ich seit unserer Fahrt nach Gadsden nur noch so selten zu sehen bekommen hatte.

Wir gingen die Treppe hinauf zu der Straße, die fast direkt in die Stadtmitte führte.

»Meinst du, daß das alle so sehen werden wie Mr. Avery?« fragte sie nach einer Weile.

»Die meisten Leute schon, denke ich.«

»Das einzige, was mich stört, ist, daß die Leute, die es nicht mögen, sagen könnten, ich sei bloß eine ›Aufwieglerin von draußen‹.«

Ich lachte. »Ein Yankee, der uns klarmachen will, wie wir unsere Farbigen behandeln sollen.«

»Genau.«

»Nun, einige Leute werden das wahrscheinlich sagen, Kelli, aber wenn sie das nicht kritisieren könnten, würden sie wahrscheinlich irgend etwas anderes finden.« Ich zuckte die Achseln. »Aber wir haben hier eine ganze Menge guter Leute in Choctaw. Im Grunde genommen ist es eine nette Stadt.«

Sie sah mich an und war offenkundig überrascht. »Ich dachte, du haßt Choctaw.«

»Nicht mehr so sehr wie früher.«

»Warum nicht?«

Ich wagte nicht, es ihr zu sagen, also flüchtete ich mich in eine Lüge. »Vielleicht bin ich einfach ein wenig reifer geworden.«

»Aber du willst immer noch gleich nach dem Abschluß von hier weg?«

»Schon, aber nicht für immer«, erklärte ich ihr. »Vielleicht nur für die Zeit, die ich aufs College gehe.«

»Und dann willst du zurückkommen?«

»Ja.«

Das schien sie zu freuen, und ich redete mir ein, daß ihre Freude darüber die gleiche Ursache wie meine hatte, daß Kelli damit signalisierte, daß wir vielleicht immer zusammensein würden, daß ich langsam in kleinen Schritten zu jener Größe heranwuchs, die sie sich so sehnlich wünschte.

Wir gingen weiter in Richtung Stadtmitte, bis wir den Park erreichten. Das Gras war noch braun, die Bäume größtenteils kahl, aber man konnte überall das Erwachen der Natur verspüren; die Erde war wie auf dem Sprung in den würzigen Frühling.

»Willst du dich setzen?« schlug ich vor.

»Okay«, sagte Kelli und folgte mir zu der kleinen betonierten Bank am Rande des verlassenen Tennisplatzes. Das war der Ort, wo ich sie das erste Mal gesehen hatte. Getreu den Geboten der Teenagerliebe schien mir der Platz jetzt heilig.

Ich fühlte mich so wohl, daß ich einen kleinen Teil jener Gefühle aus mir herauslassen wollte, die sich schon lange in mir aufgestaut hatten. »Hier habe ich dich einmal gesehen.«

»Hier? Wann?«

»Das war kurz bevor die Schule wieder anfing. Du hast gelesen.«

Plötzlich erinnerte sie sich. »Und du hast Tennis gespielt. Du und ... es war doch Luke, nicht wahr?«

»Ja, es war Luke.«

Die Erinnerung schien sie zu amüsieren. »Mir kommt es richtig seltsam vor, daß es einmal eine Zeit gab, in der ich dich nicht kannte.«

Diese Äußerung war weit entfernt von einer Liebeserklärung, aber ich genoß ihre Worte dennoch. »Ja, allerdings«, sagte ich und setzte dann vorsichtig hinzu, »besonders, wo wir uns so ... nahe sind.«

Sie nickte, äußerte sich aber nicht weiter dazu, und deshalb lenkte ich unser Gespräch schnell auf ein anderes Thema, eines, bei dem weniger die Gefahr einer Enttäuschung bestand. »Worüber willst du für die nächste Ausgabe schreiben?«

Kellis Antwort kam so schnell, daß sie schon eine lange Zeit darüber nachgedacht haben mußte.

»Geschichte«, sagte sie und wirkte plötzlich wacher, als wäre irgendwo ein Startschuß abgefeuert worden und sie losgelaufen. »Ich will herausfinden, wie unterschiedlich Choctaw zu verschiedenen Zeiten war.« Eine unsichtbare Energie schien sie plötzlich zu erfüllen. »Ich habe mich schon informiert«, fuhr sie fort, und selbst ihr Rederhythmus hatte sich beschleunigt. »Hast du gewußt, daß hier einmal ein Sklavenmarkt war?«

Ich sah sie zweifelnd an.

»Es stimmt«, sagte Kelli. »Er war der einzige in diesem Teil des Staates.«

»Ein Sklavenmarkt? Hier in Choctaw?«

»Die großen Märkte fanden weiter im Süden statt, wo

die Baumwollpflanzungen waren, aber eine Zeitlang hatte der nördliche Teil von Alabama auch einen Sklavenmarkt, und der war hier in Choctaw.«

Mir fiel es immer noch schwer, das zu glauben. »Aber so weit im Norden gab es doch kaum Sklaverei. Keine richtigen Plantagen. Dafür war es hier viel zu gebirgig. Die Farmen waren klein.«

»Und deswegen lief der Markt auch nicht das ganze Jahr über«, erwiderte Kelli, sichtlich stolz auf ihr erworbenes Wissen. »Er wurde zu Anfang des Sommers eröffnet und blieb bis zum Herbst bestehen.«

»Woher weißt du das alles?«

»Das habe ich gelesen«, sagte sie. »In der Stadtbibliothek gibt es eine ganze Abteilung über diese Gegend. Ich kann sie dir ja einmal zeigen.«

Sie kam mir richtig aufgeregt vor, und in dieser Aufregung drängte es sie, unsere Übereinkunft zu besiegeln. »Wie wäre es mit diesem Samstag?« fragte sie fast mädchenhaft, als ob es sich um ein Rendezvous handelte.

»Einverstanden.«

Sie lächelte strahlend und vergnügt. »Prima, Ben«, sagte sie. »Du kannst mich gegen zehn abholen.«

Und so kam es, daß ich zwei Tage später vor Kellis Haus vorfuhr.

Sie kam sofort herausgelaufen, aber diesmal in Begleitung ihrer Mutter.

»Nett, Sie wiederzusehen, Ben«, begrüßte Miss Troy mich.

Sie trug einen langen Wollmantel, und ihr Haar schien im Laufe des langen Winters heller geworden zu sein. Trotzdem war es noch ein gutes Stück von jenem schimmernden Silberglanz entfernt, den es in den letzten Jahren ihres Lebens annehmen sollte. Wie ich mir oft ausgemalt habe, hätte er auch Kellis Kopf einmal gekrönt und damit ihrem Alter die atemberaubende Schönheit eines vollendeten Lebens verliehen.

»Wie geht's Ihrem Vater?« erkundigte sich Miss Troy.

»Gut.«

»Grüßen Sie ihn von mir.«

»Ja, danke.«

Dann saß Kelli neben mir, in ihren Mantel eingehüllt wie üblich, und wieder mit demselben alten karierten Schal, den sie sich eng um den Hals geschlungen hatte. Und dennoch wirkte sie auf mich so völlig anders als vor nur wenigen Tagen, zielbewußter, entschlossen und durch nichts zu erschüttern. Eine unsichtbare Kraft schien sie zu erfüllen, ihre Augen zu elektrisieren und ihrem Lächeln eine geradezu unwirkliche Strahlkraft zu verleihen. Die Selbstzweifel, die die vergangenen Wochen verdüstert hatten, waren völlig verschwunden, und das Mädchen, das aus ihnen hervorgetreten war, sprühte vor Lebendigkeit.

In jenen Tagen befand sich die Bibliothek von Choctaw im Kellergeschoß der Stadthalle, einem dunklen, engen Gemach, in dem eine der Matronen der Stadt das Regiment führte. Mrs. Phillips arbeitete ehrenamtlich, eine unermüdliche Förderin lokaler Kultur, die, wie ich an jenem Vormittag entdecken sollte, große Zuneigung zu Kelli Troy entwickelt hatte.

»Oh, schönen guten Morgen, Kelli«, sagte sie vergnügt, als wir eintraten.

»Hallo, Mrs. Phillips.«

Mrs. Phillips' Augen blieben an mir hängen. »Sind Sie auch ein Leser?« fragte sie.

Ich nickte. »Ich denke schon.«

»Kelli ist eine begierige Leserin«, ließ mich Mrs. Phillips voll Billigung wissen. Sie sah Kelli an. »Ich habe die Stelle gefunden, die Sie gesucht haben.«

Damit wandte Mrs. Phillips sich ab und ging in den hinteren Teil des Raums. Kelli und ich folgten ihr, arbeiteten uns tiefer in das Labyrinth aus Stahlregalen und alten staubigen Folianten hinein, bis wir die hintere Wand der Bibliothek erreicht hatten.

»Setzen Sie sich dort hinüber«, forderte uns Mrs. Phillips auf und deutete mit einer Kopfbewegung auf einen kleinen hölzernen Tisch mit einigen Stühlen. »Ich bringe Ihnen das Buch.«

Wir taten, was sie verlangt hatte, während Mrs. Phillips hinter einem Bücherregal verschwand.

»Sie hat mir sehr geholfen«, flüsterte Kelli. »Sie kennt jedes Buch in der Bibliothek.« Ihr Blick wanderte an dem Regal vor uns in die Höhe. »All diese Bücher hier befassen sich mit Choctaw.«

Meine Augen folgten der langen Reihe von Büchern, und ich staunte, daß es so viele gab.

»Die meisten sind von Leuten aus der Gegend hier geschrieben worden«, erzählte Kelli. »Sie haben sie auf eigene Kosten veröffentlicht.«

»Warum?«

»Weil sie wollten, daß man sich an sie erinnert, nehme ich an«, antwortete Kelli. »Oder sie wollten etwas für die Nachwelt aufzeichnen.« Ehe sie fortfahren konnte, kam Mrs. Phillips von hinten heran und ließ einen schweren Band auf den Tisch plumpsen.

»Das ist der erste Hinweis darauf, den ich finden konnte«, sagte sie.

Sie ließ ihren Finger an einem langen Abschnitt entlangwandern und hielt dann ganz unten inne. »Da«, sagte sie. »Hier ist die Stelle.«

Ich beugte mich vor und blickte auf die Zeile, auf die Mrs. Phillips' Finger wies.

»Breakheart Hill«, las ich.

Kelli sah zu mir herüber, ihre Augen musterten mich fast durchdringend. »Hast du je darüber nachgedacht, wie der Berg zu seinem Namen gekommen ist?« fragte sie.

Ich schüttelte den Kopf. »Nein, darüber habe ich nie nachgedacht.«

Kelli nahm das Buch. Mit einer Stimme, leise, fast flüsternd, und doch von einer eigentümlichen, beinahe leidenschaftlichen Hingabe erfüllt, als ob sie jedem, der vor ihr gelebt hatte, ein Stück ihrer eigenen Lebenskraft schulde, las sie laut vor:

> Wir gingen alle von der Stelle, wo der Park angelegt war, nach oben. Es gab eine Menge Pferde und Wagen, und ringsherum arbeiteten Männer. Es herrschte ziemlicher Lärm wegen all der Arbeit, und es staubte, weil überall gegraben wurde. Also gingen wir den Berg hinauf, um davon wegzukommen. Mama hatte ein paar geröstete Maiskolben in einen Beutel getan, und Daddy sagte, wir sollten irgendwo einen Platz im Schatten suchen, wo wir essen konnten. Also gingen wir auf die Stelle zu, wo früher einmal der alte Sklavenhof gewesen war, und fanden nahe beim Berg etwas Schatten. Dort machten wir halt, um zu essen. Als wir fertig waren, spielte Papa die Ukulele, die Onkel Newt ihm gegeben hatte, und meine Schwester Doris und ich tanzten im Gras. Als wir mit unserem kleinen Tanz fertig waren, klatschte ein alter Schwar-

zer, der gerade vorbeikam, in die Hände und wünschte uns einen guten Tag. Wir wünschten ihm auch einen guten Tag, und Mama bot ihm einen von den Maiskolben an, der übrig geblieben war, aber der alte Schwarze sagte: »Nein danke« und ging auf dem Weg über den Breakheart Hill den Berg hinauf.

Als sie zu Ende gelesen hatte, blickte Kelli zu mir auf. Ihre Augen wirkten ein wenig feucht, und ich konnte erkennen, daß jene kurze Textstelle sie irgendwie bewegt hatte.

»7. April 1886«, sagte sie leise. »Damals nannten die Leute es schon Breakheart Hill.«

»Vielleicht hieß es immer so«, sagte ich.

»Aber warum? Ich meine, es ist doch so ein seltsamer Name.«

»Wahrscheinlich stammt er aus irgendeiner alten Legende«, meinte ich. »Davon gibt es hier eine ganze Menge. Gewöhnlich sind das Indianerlegenden. Es gibt eine für Nocolulu Falls in Gadsden und für Montesayno Mountain in Huntsville.«

»Und wovon handeln diese Legenden?«

»Von der Liebe«, sagte ich. »Irgendwelche Indianerversionen von *Romeo und Julia*«. Ich lächelte ein wenig spöttisch. »Gewöhnlich handeln sie von ›unglücklicher Liebe‹, wie Miss Carver das nennen würde.«

Sie sah mich seltsam konzentriert an. »Meinst du, daß die Legende vom Breakheart Hill sich auch mit unglücklicher Liebe befaßt?«

»Wahrscheinlich«, sagte ich.

Aber wie sie bald herausfinden sollte, war das nicht der Fall. Breakheart Hill würde nach ihr seine eigene Legende haben, eine, die die Leute von Choctaw drei Jahrzehnte später mit dem sicheren und unverkennbaren Stempel der Geschichte versehen würden: Sie holten Kelli auf die einzige Art und Weise, die ihnen möglich war, in ihr Gedächtnis zurück – mit einer Platte aus kaltem grauem Stein.

Der Gedenkstein wurde im Sommer 1993 aufgestellt, als sich gewisse tumultartige Vorkommnisse der Bürgerrechtsbewegung ihrem dreißigsten Jahrestag näherten. Ein paar Monate zuvor hatte Rayford Winters, einer der beiden schwarzen Stadträte von Choctaw, vorgeschlagen, die Stadt solle das, was er als das ›Märtyrertum von Kelli Troy‹ bezeichnete, ehren. Die Stadt hatte den Vorschlag begeistert aufgenommen, und kurz darauf wurde auf dem Gipfel des Breakheart Hill der kleine Gedenkstein gesetzt. Er trug die schlichte Aufschrift: ZUM GEDÄCHTNIS AN KELLI TROY, BÜRGERRECHTSMÄRTYRERIN, 27. MAI 1962.

Bei der Enthüllung fand eine kleine Gedenkfeier statt, und obwohl man mich gebeten hatte, ein paar Worte zu sagen, stellte ich fest, daß ich dazu nicht imstande war, und übergab diese Aufgabe Luke Duchamp.

Es war ein strahlender Sommertag, ähnlich dem vor 30 Jahren, und ich bin überzeugt, daß das auch Luke nicht entging. Er stand vor der Gruppe von Menschen, die sich an der Hügelflanke versammelt hatte, und sprach mit einer Stimme, die älter und müder geworden war, aber immer noch die Last der Erinnerung trug: »An jenem Tag fuhr ich Kelli Troy die Bergstraße hinauf und ließ sie dort alleine.« Einen Augenblick stockte ihm die Stimme, und ich beobachtete, wie er zu Boden sah, sich sammelte, wieder aufblickte und dann fortfuhr: »Sie war ein schönes Mädchen, aber das war nicht alles, was sie auszeichnete. Sie war ein kluges Mädchen, aber das war auch nicht alles.« Sein Blick wanderte zu der Stelle, wo ich stand, die Hände tief in den Hosentaschen zu zwei Fäusten geballt. »Einige von uns erinnern sich daran, was sie für ein Mensch war, mit welchem Leben sie erfüllt war, voller Pläne für ihr künftiges Leben.« Er blickte in die Ferne und schaute dann wieder auf seinen Text hinunter. »Unsere Väter glaubten, daß ein in Anstand gelebtes Leben tausend Menschen dazu veranlassen könne, in Anstand zu leben.« Er hielt erneut inne, und ich sah hinüber und sah Betty Ann und Noreen in ihren ärmellosen hellen Sommerkleidern beieinanderstehen. Meine Tochter befand sich dicht bei Noreen, und Kip, Betty Anns jüngster Sohn, neben ihr. Beide Frauen lauschten aufmerksam auf Lukes Worte, obwohl sie die Tiefe dessen, was er sagte, wohl kaum fassen konnten. Hinter ihnen stand alleine für sich Sheila Cameron, die später auf mich zukam, und ein Stück dahinter entdeckte ich Shirley Troy, Kellys Mutter, die in einem dunkelblauen Kleid mit gefalteten Händen zuhörte, während Luke fortfuhr.

»Kelli Troy besaß die Gabe, in den Menschen, die sie kannte, den Wunsch wachzurufen, ebenso anständig und tapfer zu leben, wie sie gelebt hatte«, sagte Luke, »und deshalb hat Choctaw beschlossen, sich ihrer zu erinnern und sie zu ehren.«

Er sprach von den Bemühungen der Stadt, das Geld für den Gedenkstein aufzubringen, und dankte verschiedenen Leuten für ihre Unterstützung. Er erwähnte, daß sich unter den Menschen, die jetzt hier versammelt waren, viele befanden, die Kelli gekannt hatten. Die Geister, die mit ihnen am Hügel versammelt waren, erwähnte er nicht. Todd Jeffries. Sheriff Stone. Mr. Bailey. Mary Diehl. Sie alle waren schon von uns gegangen und deshalb dem Zugriff der Wahrheit entzogen.

Am Ende seiner Ansprache wandte Luke sich wieder Kelli zu. »Kelli hat uns die Erkenntnis vermittelt, daß wir hier in Choctaw ein Rassenproblem hatten und daß wir stets eins gehabt hatten. Alleine schon deshalb, und selbst wenn ihr hier auf dem Breakheart Hill nichts zugestoßen wäre, dürfen wir Kelli Troy nie vergessen.«

Damit trat er beiseite, und Eddie Smathers sprach ein paar kurze Worte und stellte dann Rayford Winters vor, der Kelli als eine Art Ortsheilige schilderte. Rayford sagte auch noch andere Dinge, aber ich hörte nicht mehr zu, und meine Augen suchten die Tiefen des grünen Waldes ab, so wie Kellis Augen es an jenem langverstrichenen Sommertag getan haben mußten. Ich konnte sie in ihrem weißen, ärmellosen Kleid sehen, ihre langen braunen Arme, die die tiefhängenden Äste beiseiteschoben, während sie immer tiefer in das Dickicht eindrang. Irgendwann mußte sie das Scharren von Kies gehört haben, als Lukes alter Pickup wegfuhr, aber ob sie sich umgedreht hat, werde ich nie wissen. Ich weiß nur, daß sie ihren Weg über den Hügel fortsetzte, mit Sommersandalen an den Füßen. Ohne Zweifel verfing sich ihr weißes Kleid hie und da in einem Busch oder einem Strauch, und ihre Augen spähten in das grüne Dunkel des Waldes. Sie waren sicherlich nicht auf das Märtyrertum gerichtet, wie Rayford Winters uns in seiner Ansprache glauben machen wollte, sondern vielmehr auf das Herz, auf das Durcheinander des Lebens.

14

In den Wochen, bevor es geschah, hätte ich mir unmöglich vorstellen können, daß Kelli etwas anderes als eine strahlende Zukunft bevorstand. Sie schien sich ihrer selbst nie sicherer, hatte ihr Leben nie besser im Griff als an jenen letzten Tagen, die ihr vergönnt waren.

Kelli arbeitete fieberhaft daran, den Ursprung des Namens Breakheart Hill herauszufinden und verbrachte viel Zeit in der Stadtbibliothek, brütete über alten Büchern und Stapeln von Briefen und arbeitete sich unter den wohlwollenden Blicken von Mrs. Phillips immer näher an das Geheimnis heran.

Ihr Artikel über die Bürgerrechtsdemonstration in Gadsden erschien, und ich erinnere mich daran, wie wir beide gespannt zusahen, als diese Ausgabe des *Wildcat* an unsere Kommilitonen verteilt wurde.

Für das Choctaw jener Zeit war es ein starkes Stück, und selbst Luke, wahrscheinlich einer der wenigen echten »Liberalen« der Stadt, nahm den Artikel mit kühler Resignation auf. »Na ja«, meinte er mit einem Achselzucken, »irgend jemand mußte es ja über kurz oder lang einmal aussprechen.«

Aber die anderen Leute an der Choctaw High waren nicht so großzügig, und in den nächsten Tagen hatte Kelli alle Hände voll zu tun. Gewöhnlich brachen die Meinungsverschiedenheiten während Mr. Arlingtons Unterricht aus, und er unternahm nichts, um sie zu dämpfen. Ihm hatte Kellis Artikel nicht gefallen, und auch er griff sie deswegen frontal an, warf ihr vor, die gesellschaftliche

Situation des Südens und seine, wie er es formulierte, »lange und für alle Beteiligten wohltuende Tradition der Rassentrennung« falsch zu interpretieren.

Zuerst hatte Kelli nur höflich zugehört, aber als Mr. Arlington sie nach mehreren Tagen immer noch attackierte und schamlos ähnlich gesinnte Studenten dazu ermunterte, sich ihm anzuschließen, sträubte sie die Federn und ging zur Verteidigung über.

»Die Weißen benutzen die Farbigen bloß dazu, die Arbeiten verrichten zu lassen, für die sie sich zu fein sind«, platzte es bei einer Gelegenheit hitzig aus ihr heraus, und ihre ganze Haltung ließ dabei einen solchen Zorn erkennen, daß Mr. Arlington unwillkürlich einen Schritt zurücktrat, als fürchte er, sie könne aufstehen und auf ihn einschlagen.

Eddie Smathers starrte sie entsetzt an. »Das klingt ja so, als ob sie noch Sklaven wären.«

Sie drehte sich zu ihm um und sah ihm in die Augen. »Sind sie das etwa nicht?«

Ein paar von den anderen Studenten stöhnten ob solcher Ketzerei laut auf, aber Kelli ließ sich nicht einschüchtern. »Wenn man nicht wählen und seine Kinder nicht auf eine anständige Schule schicken darf, ist man dann kein Sklave?« rief sie mit flammenden Augen. »Was würdest du denken, wenn du erwachsen wärst und jeden mit Miss oder Mister ansprechen mußt, selbst wenn es nur ein Kind ist?«

Die Studenten starrten sie an, als hätte sie der Blitz getroffen.

»Habt ihr je einen farbigen Polizisten in Choctaw gesehen?« Kellis Worte klangen jetzt wie Pistolenschüsse, scharf und eisig. »Sie dürfen hier ja nicht einmal die Post austragen.« Ihre Augen forderten sie heraus, ihr zu widersprechen. »Also müssen sie die niedrigsten Jobs in der Stadt annehmen.« Sie hielt inne und wartete darauf, daß jemand ihr widersprach. »Das ist Sklaverei, und das wißt ihr alle ganz genau.«

Im Anschluß daran gab es eine Unzahl von Diskussionen, und ich beteiligte mich daran, indem ich Kelli unterstützte. Ich tat das in einem solchen Maße, daß ich mir im Laufe der nächsten Tage, während der Kampf in Mr. Arlingtons Klassenzimmer sich fortsetzte, den Ruf erwarb, die Rechte der Farbigen ebenso hitzig wie Kelli zu verteidigen.

Allmählich freundete ich mich mit dieser Rolle an. Mit der Zeit wurde ich sogar stolz darauf und glaubte, daß die Dinge, die ich in dem Zusammenhang aussprach, die Dinge, für die ich mich einsetzte, aus meinem tiefsten Inneren kamen. Ich spürte die Feindseligkeit einiger meiner Klassenkollegen und selbst einiger Lehrer, ließ mich aber davon nicht beeindrucken. Tatsächlich ermutigte es mich vielmehr und verschaffte mir das Gefühl, so etwas wie ein Waffengefährte Kellis zu sein, jemand, der gemeinsam mit ihr eine heroische Schlacht gegen die Mächte der Finsternis führte.

Aber wenn das, was Kelli geschrieben hatte, einerseits heftigen Widerspruch, ja Feindseligkeit erzeugte, dann gab es auf der anderen Seite auch viel Unterstützung. Sie kam hauptsächlich von anderen Mädchen. Wie von Sheila Cameron beispielsweise, die demonstrativ mit ihr untergehakt durch die Korridore ging, und Betty Ann, die einen flammenden »offenen Brief« an ihre Kommilitonen schrieb und ihn dann an dem Schwarzen Brett in der Eingangshalle aushängte. Noreen und einige weitere Mädchen gratulierten ihr. Selbst die scheue Edith Sparks wagte sich, wenn auch auf andere Weise, aus ihrem Versteck hervor: sie backte Kelli ein Dutzend Zuckerplätzchen als Anerkennung für das, »was du über die Farbigen gesagt hast«.

Was die männlichen Studenten anging, so hielten die sich zum größten Teil aus der Auseinandersetzung heraus und taten Kellis Artikel als eine typisch mädchenhafte Dummheit ab, ganz besonders, wo das Ganze doch von einem Yankee-Mädchen ausging. Sie wandten sich wieder Dingen zu, die ihnen wichtiger waren, also Sport, Sex und Rennwagen. Nur einer gratulierte ihr.

Kelli und ich kamen gerade von Miss Carvers Englischunterricht, als er vor uns hintrat, und ich erinnere mich noch deutlich daran, wie Kelli erstarrte, als er sich uns näherte.

Es war natürlich Todd Jeffries, wenn auch nicht alleine, sondern in Begleitung von Mary Diehl, mit der er sich vor kurzem wieder versöhnt hatte.

Todd hatte kaum Augen für mich, sondern konzentrierte sich ganz auf Kelli.

»Ich wollte dir bloß sagen, daß ich deinen Artikel für prima halte«, sagte er.

Mary lächelte liebenswürdig. »Ich auch, Kelli«, sagte sie. »Ich finde es großartig, daß du ihn geschrieben hast. Wir sind alle stolz auf dich.« Sie blickte zu Todd auf, und man konnte die Anbetung in ihren Augen lesen. »Wir sind doch alle stolz auf sie, nicht wahr, Todd?«

Todd nickte und fuhr fort, Kelli seltsam konzentriert anzustarren. »Sehr stolz«, bestätigte er.

»Hat irgend jemand etwas zu dir darüber gesagt?« fragte Mary mit geradezu vergnügter Miene, wie ich mich erinnere, obwohl ihre Frage doch recht ernst war. »Etwas Schlechtes, meine ich?«

»Ich glaube schon, daß der Artikel ein paar Leuten nicht gefallen hat«, antwortete Kelli. »Aber etwas richtig Schlechtes hat niemand zu mir gesagt.«

Mary lächelte weiterhin strahlend. »Na ja, schließlich gibt es auch in Choctaw fast nur nette Leute.« Ihre Stimme hatte jenen sirupartigen Charme, um den sich Mädchen aus den sogenannten besseren Kreisen in jener Zeit so bemühten. Wenn ihr Leben sich so weiterentwickelt hätte, wie sie gehofft hatte, dann wäre Mary zweifellos zu jener unschuldigen mittelalterlichen Süße herangereift, die so viele der Mädchen aus Turtle Grove an den Tag legten, manche aus ihrem Wesen heraus und manche als Maske. Wie sie hätte sie dann darum gekämpft, ihre Schönheit zu bewahren, gekämpft, ihren Haushalt mit anständiger Wärme und Liebe zu erfüllen, gekämpft, es allen recht zu machen und recht zu machen und recht zu machen. Und am Ende wäre es ihr vielleicht sogar irgendwie gelungen, all das zu schaffen. Ganz sicher hatte sie von Anfang an den Wunsch verspürt, es Todd recht zu machen, als seine Frau und die Mutter seines Kindes. Beides gelang ihr auch, aber unter ganz anderen Umständen, als sie es sich damals ausgemalt hatte, als sie sich an seinen Arm klammerte.

»Todd sieht die Dinge genauso wie du«, erklärte sie Kelli. »Er findet, daß man die Farbigen hier im Süden schlecht behandelt hat.«

Ich sah, wie Kellis Blick zu Todd hinüberhuschte und sich dann wieder Mary zuwandte. »Ja, das hat man«, sagte sie.

»Er meint, daß man etwas dagegen unternehmen muß«, fügte Mary hinzu.

»Das meine ich auch«, sagte Kelli.

Marys Hand schloß sich fester um Todds Arm. »Also,

wenn dir jemand irgendwelche Schwierigkeiten macht, wird Todd dich beschützen. Das wirst du doch, nicht wahr, Todd?«

»Ja«, bekräftigte Todd, und seine Stimme klang dabei sehr ernst. »Das werde ich.« Er lächelte. »Das werde ich ganz bestimmt, Kelli«, fügte er hinzu.

Kellis Blick wanderte langsam zu ihm hinüber, als zögere sie, ihn anzusehen. Inzwischen ist mir klargeworden, daß sie Angst vor dem hatte, was ihr Blick verraten könnte. »Vielen Dank« war alles, was sie herausbrachte.

Kurz darauf gingen Todd und Mary weiter, und ich bemerkte, daß Kellis Augen Todd eine Weile folgten, ehe sie sich wieder mir zuwandten. »Das war nett von ihm«, sagte sie.

Ich verspürte ein leises Prickeln von Eifersucht, drängte es aber tief in mein Innerstes, so daß Kelli es unmöglich entdeckt haben konnte. »Mhm, das war es«, pflichtete ich ihr bei.

Wir gingen gemeinsam die Treppe hinunter, und dabei spürte ich erneut, wie jene alte Angst und Leere über mir zusammenschlugen, jenes melancholische Gefühl, daß ich sie unvermeidlich verlieren würde. Aber das war nicht das erste Mal, daß ich dieses Gefühl empfand, und irgendwie hatte ich mich, denke ich, bereits daran gewöhnt. Deshalb nahm ich es als etwas hin, das schnell wieder vergehen würde, so wie es immer vergangen war, und als ich am Abend Kelli nach Hause fuhr und wir beide angeregt über die letzte Ausgabe des *Wildcat* redeten, fühlte ich mich wieder sicher.

*

Innerhalb von zwei Wochen nach seinem Erscheinen waren die Kontroversen, die Kellis Artikel zum Aufbrechen gebracht hatte, verstummt.

Im allgeimenen, kann man sagen, war die Reaktion auf der Choctaw High School, wenn auch manchmal hitzig, so doch nicht ungewöhnlich schroff oder bedrohlich gewesen. Darauf wies Mr. Bailey bei dem Prozeß gegen Lyle Gates einige Monate später hin. Seine Fragen ließen keinen Zweifel daran, daß es zwar Auseinandersetzungen zwischen Kelli und anderen Studenten gegeben habe, die einzige wirklich drohende Reaktion auf ihren Artikel jedoch von außerhalb der Schule gekommen sei, wahrscheinlich aus den Reihen jenes schlecht beleumundeten Packs, vor dem wir uns in jenen Tagen alle auf unbestimmte Art fürchteten. Es handelte sich um die kleinen, Ackerbau betreibenden Bauern und die abgebrühten Fabrikarbeiter, die unter dem Einfluß von Alkohol zu anderer Zeit auch schon in anderen Städten alle möglichen Greueltaten begangen hatten.

Jetzt sagen Sie mir, Ben, haben Sie in der Zeit nach dem Erscheinen des Artikels jemanden auf der Choctaw High bemerkt, der sich Kelli Troy gegenüber wirklich drohend gebärdet hat?

Nein.

Niemand hat mit irgendwelchen Dingen nach ihr geworfen oder sie mit unflätigen Ausdrücken belegt?

Nein, Sir.

Aber Sie haben sich trotzdem etwas Sorgen um sie gemacht, ist das richtig?

Ja.

Und warum, Ben?

Wegen des Anrufs.

Der Anruf erreichte sie zwei Tage nach ihrem Gespräch mit Todd und Mary im Flur. Es war wie ein plötzlicher, gewalttätiger Einbruch und mußte Kelli daran erinnert haben, daß es eine Welt außerhalb unserer behüteten Schule gab, eine, die viel weniger davor zurückschreckte, in ihr Leben einzudringen.

Sie erzählte mir am darauffolgenden Morgen davon, und obwohl sie nicht den Eindruck vermittelte, der Anruf habe sie in Panik versetzt, zeigte sie sich doch ein wenig beunruhigt. Das Telefon hatte gegen neun Uhr abends geklingelt. Eine rauhe, erregte Stimme hatte sich gemeldet, die wissen wollte, ob sie dieses »Yankee-Miststück« sei, das über »diese verdammten Niggerdemonstranten in Gadsden« geschrieben habe. Sie habe versucht, ruhig darauf zu reagieren, sagte sie, und habe sich sogar gezwungen, den Mann jedesmal, wenn sie ihm antwortete, mit »Sir« anzusprechen. Es sei beinahe fünf Minuten hin und her gegangen, so Kelli, und seine Stimme sei immer unverständlicher geworden, als rede er sich in eine Art betrunkenen Stumpfsinn hinein. Sie sei angespannt und verängstigt gewesen, habe sich aber stets unter Kontrolle gehabt.

Im Gerichtssaal fragte Mr. Bailey mich, ob Kelli irgendeine Ahnung gehabt habe, wer der Anrufer in jener Nacht gewesen sei. Ich sagte ihm die Wahrheit, daß sie nämlich nicht die leiseste Ahnung gehabt habe. Und er fragte weiter.

Hat Sie der Anruf beunruhigt, Ben?

Ja, Sir, das hat er.

Ich meine, Sie waren etwas mehr um Kellis Sicherheit besorgt, nachdem sie Ihnen von dem Anruf erzählt hatte, nicht wahr?

Ja, das war ich.

Und deshalb dachten Sie, Sie müßten sich in ihrer Nähe halten, nehme ich an.

Ja, so ist es.

Weil Ihr Hauptziel zu dem Zeitpunkt darin bestand, sie zu beschützen. Ist das richtig?

Falls Mr. Bailey auffiel, daß ich diese Frage nicht exakt beantwortet hatte, so ließ er das nicht erkennen, sondern ging sofort zur nächsten Frage über.

Und deshalb waren Sie in der Nacht des siebten April mit ihr bei Cuffy's, nicht wahr, Ben?

Ja.

Es war ein warmer Abend gewesen, ein schöner Frühlingsabend. Am Himmel stand keine Wolke, und die Sterne drängten sich dicht an dicht – ein regelrechter Wirbel aus Licht. Kelli und ich hatten ein paar Artikel, die in der nächsten Ausgabe des *Wildcat* erscheinen sollten, Korrektur gelesen und waren müde, aber zugleich aufgeputscht und tatendurstig. Unruhig waren wir sicherlich auch wegen des bedrohlichen Anrufs, den sie in der vergangenen Woche erhalten hatte. In gewissem Maße hatte dieser uns angestachelt. In mir hatte er jedenfalls das Gefühl erweckt, daß jetzt echter Bekennerjournalismus gefragt war. Und was Kelli betraf, so schien die Episode ihre Loyalität zu Choctaw noch gesteigert und in ihr den Wunsch verstärkt zu haben, die subtileren Aspekte des Städtchens zu erforschen und seine verborgene Vergangenheit aufzudecken.

Sie hatte sich jetzt für den Gedanken entflammt, die Ursprünge von Breakheart Hill ergründen zu müssen, und das war auch unser Gesprächsthema, als wir in jener warmen, sternklaren Nacht zu Cuffy's fuhren.

»Ich habe weitere Hinweise gefunden«, begann sie.

»Hinweise worauf?«

»Daß auf dem Breakheart Hill etwas Seltsames geschehen ist. Etwas, das die Farbigen nicht vergessen konnten.«

»Was willst du damit sagen, ›nicht vergessen konnten‹?«

»Nun, die hatten damals so eine Art Gedenktag«, erklärte mir Kelli. »Die Lokalzeitungen nannten es ein ›Negerfest‹. Es fand immer am 17. April statt, und ich glaube, es hatte etwas mit dem alten Sklavenmarkt zu tun.«

»Und wie kommst du darauf?« fragte ich.

»Zum einen fand der alte Sklavenmarkt immer dort statt. Genau am Fuße des Breakheart Hill. Und zum anderen entsprach der 17. April, der Gedenktag, dem Datum, an dem der alte Sklavenmarkt geschlossen wurde.«

»Das ist es dann vielleicht«, meinte ich. »Vielleicht feierten sie einfach seine Schließung.«

Sie schüttelte den Kopf. »Nein«, sagte sie. Ihr Gesichtsausdruck ließ erkennen, daß das, was sie entdeckt hatte, etwas Seltsames sein mußte. »Es war gar keine Feier. Es war ein Wettlauf.«

»Ein Wettlauf?«

»Nun, nicht gerade ein Wettlauf, sondern eine Erinnerung an die Wettläufe, die einmal auf dem Breakheart Hill abgehalten wurden.« Kelli griff nach ihrer Tasche, klappte sie auf und holte ein Stück Papier heraus. »Das habe ich aus den schriftlich festgehaltenen Erinnerungen einer Frau kopiert, die damals bei dem ersten Gedenktag anwesend gewesen war, am 17. April 1875.« Sie schaltete die Innenbeleuchtung des Wagens ein, faltete dann das Blatt auseinander, auf dem zwei Texte standen, und las vor:

> Die Neger bildeten zwei Reihen mit einer Distanz von fünfzehn Fuß. Sie erstreckten sich über den ganzen Hügel, vom Fuß des Berges bis zu der Kuppe an der Bergstraße. Einige Männer standen in einer Gruppe am Fuße des Hügels. Sie waren ganz ruhig, unterhielten sich nur im Flüsterton miteinander, ohne viel Lärm zu machen. Dann wurde am Fuß des Hügels ein Schuß abgefeuert, und die Jugendlichen rannten den Hügel hinauf. Niemand jubelte ihnen dabei zu. Und als der erste den Gipfel erreichte, zerriß er ein rotes Band. Er war der Gewinner und bekam als Preis ein kleines Bündel aus Tuch.

»Das klingt nicht nach einer Feier, nicht wahr?« fragte sie mit gedämpfter Stimme.

»Nein.«

»Und dann habe ich noch diese Stelle gefunden. Das ist von einem Brief aus einer dieser Schachteln mit Briefen, die Mrs. Phillips in der Bibliothek aufbewahrt.«

> Und erinnerst du dich noch, Sarah Ann, wie Daddy immer gesagt hat ›Laß nur, Kind‹, wenn wir etwas wissen wollten, was er uns nicht sagen wollte? Ich muß so lachen, wenn ich daran denke, wie ernst sein Gesichtsausdruck immer wurde, wenn er den Dingen ausweichen wollte. Er sagte immer ›Laß nur, Kind‹, wenn es um Männer und Frauen ging oder das, was aus einem Menschen nach dem Tode wird, oder auch wenn ich ihn fragte, warum die Farbigen immer dieses Rennen am Breakheart Hill abhielten.

Kelli schaute mich aus dunklen Augen mit einem konzentrierten Gesichtsausdruck an. »Was könnte am Breakheart Hill geschehen sein, das ein Vater seinen Töchtern verheimlichen will?«

Ich zuckte die Achseln. »Vielleicht kam es dort einmal zur Lynchjustiz oder so etwas«, meinte ich. »Oder einem Mord. Vielleicht sogar zu einer Vergewaltigung.«

Ich erinnere mich noch ganz deutlich, daß bei dem Wort ›Vergewaltigung‹ ein dunkler Schleier über Kellis Gesicht fiel, ein Ausdruck der Angst, der mich unwillkürlich an ihr Gedicht über die dunkle, beängstigende Seitengasse erinnerte. Die Antwort drängte sich mir sofort auf. Sie war vergewaltigt worden. Es war in derselben dunklen Gasse geschehen, über die sie vor Monaten geschrieben hatte.

Einen Augenblick lang sah ich es ganz deutlich vor mir: Ihre einsame Gestalt, die sich zwischen zwei schmalen Ziegelmauern bewegt, eine Gestalt dahinter, die schnell näherrückt. Ich sah, wie ihr Gesicht erstarrte, ihre Augen sich angsterfüllt weiteten. Dann hatte die Gestalt sie erreicht und stürzte sich auf sie. Ich sah, wie die riesigen Hände des Mannes an ihrem Kleid zerrten, sah, wie sie sich unter ihm wand, versuchte, nach seinen Augen zu kratzen, aber es war hoffnungslos, und schließlich gab sie auf und blieb einfach auf dem Rücken liegen, sie ließ ihn gewähren und betete, daß er sie am Ende nicht tötete. Es war natürlich eine höchst melodramatische Wiedergabe; ich hatte sie aus alten Filmszenen heraufbeschworen. Dennoch war ich mir auf seltsame Weise sicher, daß es genauso abgelaufen war, wie ich es mir ausgemalt hatte, und je mehr ich darüber nachdachte, desto besser schien es mir gewisse Aspekte von Kellis Verhalten zu erklären: ihr Widerstreben, über das Leben im Norden zu reden, ihr Desinteresse an Jungs, vielleicht sogar die körperliche Distanz, die sie mir gegenüber wahrte.

Das Ganze war natürlich lächerlich und, wie sich später herausstellen sollte, ein reines Gebilde meiner Phantasie. Und doch fixierte ich mich darauf, als wir an jenem Freitagabend zu Cuffy's fuhren. Ich hatte das Bild ständig vor Augen, ohne auch nur einen Augenblick daran zu denken, daß ich, indem ich eine solche Szene zu neuem Leben erweckte, vielleicht unbewußt meinen eigenen finsteren Drang auslebte, sie körperlich zu besitzen, selbst wenn es am Ende gegen ihren Willen und durch Gewalt geschah.

Vor Gericht kam natürlich von all dem nichts heraus. Als ich auf dem Zeugenstuhl saß und schilderte, was später an jenem Abend geschah, erinnerte ich mich kaum daran, mir jemals eine solche »Lösung« für das Rätsel Kelli Troys ausgedacht zu haben. Mr. Bailey wäre ohnehin nicht interessiert gewesen. Er war etwas viel Unheilverheißenderem auf der Spur. Für die fiebrigen Phantasievorstellungen eines halbwüchsigen Jungen von der geheimnisvollen Vergangenheit eines halbwüchsigen Mädchens war gar kein Platz in seinen Gedanken. Ich kann immer noch hören, wie seine Stimme erregt anstieg, als er auf sein Thema zusteuerte.

Sie und Kelli sind also gegen achtzehn Uhr bei Cuffy's eingetroffen, stimmt das?

Ja, Sir.

Und Sie sind einfach hineingegangen und haben sich gesetzt?

Ja, das haben wir.

An dem Tag, an dem ich meine Aussage machte, konnte ich noch genau die Ereignisse des Abends vor mir sehen. Ich ließ mich weder vom Geschehen im Gerichtssaal ablenken noch von den Leuten, die mich beobachteten: seltsam leer war der Blick von Miss Carver, der Kopf von Shirley Troy gesenkt.

Wir hatten in einer Nische im hintersten Winkel des Raums Platz genommen. Kelli redete immer noch vom Breakheart Hill und stellte Vermutungen an, wie man mehr darüber in Erfahrungen bringen könnte. Mrs. Phillips hatte sie an einen Mann namens Taylor Prewett verwiesen, der, wie sie erklärt hatte, eine Unmenge Material über die Vergangenheit Choctaws gesammelt hatte.

»Ich habe ihn bereits angerufen«, erzählte sie eifrig. »Er war sehr nett und hat gesagt, er hätte morgen vormittag für mich Zeit.« Sie hielt kurz inne und fügte dann hinzu: »Mrs. Phillips meint, er kennt vielleicht die ganze Geschichte.«

»Das wäre ja großartig«, sagte ich.

Wir bestellten zwei Cola und hatten unsere Gläser etwa zur Hälfte geleert, als eine Gruppe Straßenarbeiter hereinkam. Sie gingen langsam und waren von der schweren Arbeit sichtlich müde. Lyle Gates war einer von ihnen.

Er sah uns nicht, als er den Raum betrat. Er hatte den Kopf gesenkt, und sein Gesicht war von dem Schild seiner dunkelroten Baseballmütze verdeckt. Lyle setzte sich mit den anderen Männern an einen Tisch, und ich konnte von unserem Platz aus sehen, wie sie sich leise unterhielten, witzelten und lachten.

Kelli saß mir gegenüber, mit dem Rücken zum Eingang, so daß Lyle sie von seinem Platz aus nicht erkannt haben konnte; er saß nämlich mit Blickrichtung zu mir und hätte nur ihren Rücken und ihr glänzendes schwarzes Haar sehen können, das ihr bis auf die Schultern fiel. Aber als er schließlich zu uns herüberblickte, ahnte er, glaube ich, daß dieses Mädchen dasselbe war, das er einige Wochen früher in einer eisigen Nacht in Gadsden kennengelernt hatte.

Jedenfalls nickte Lyle zuerst mir zu und stand dann auf. Mit seinem immer noch jungenhaften, schlaksigen Gang kam er langsam auf mich zu. Ich erinnere mich daran, daß sein Schatten über Kelli fiel, als er sich dem Tisch näherte, und er dann leicht zurückzuckte, als fürchte er sich davor, uns zu nahe zu treten.

»Na, wie geht's denn?« fragte er, als er neben unserem Tisch stand.

Er sprach zu uns beiden, aber seine Augen ruhten auf Kelli.

»Kann nicht klagen. Und dir, Lyle?« erwiderte ich.

Seine Augen fixierten immer noch Kelli. »An dich erinnere ich mich aus Gadsden«, sagte er.

Kelli lächelte zögernd. »Hallo«, sagte sie.

»Kelli Troy, stimmt's?« fragte Lyle. »Aus Baltimore.«

Kelli nickte.

Er grinste wieder jungenhaft, wenn auch jetzt eher verlegen und vielleicht von der Schönheit, die er sah, und der Intelligenz, die er gespürt haben muß, ein wenig eingeschüchtert. Einen Augenblick lang schien er nicht recht zu wissen, was er sagen sollte, und das veranlaßte ihn vielleicht, wie ich heute glaube, dazu, unüberlegt eine Äußerung herausplatzen zu lassen, die ihm in diesem Augenblick vielleicht gar nicht so viel bedeutete.

»Na ja, das erklärt dann wohl, warum du dieses Zeug über die Nigger geschrieben hast.«

Er lächelte immer noch breit, als er das sagte, aber Kellis Züge erstarrten und wurden kalt.

Einen Moment lang starrten sie einander an, und in Kellis Augen stand eisige Verachtung geschrieben, während

Lyle seltsam verdutzt wirkte, als versuche er sich zusammenzureimen, warum Kelli ihn plötzlich so finster musterte. Ihm mußte es vorkommen, als blicke sie aus der ganzen Höhe ihrer Schönheit, ihrer Intelligenz und der strahlenden Zukunft, die vor ihr lag, auf ihn herab. In ihren Augen war er, davon war er überzeugt, ein kleiner, unbedeutender Hinterwäldler, der kein College besucht, ja nicht einmal einen High-School-Abschluß hatte, der seine Tochter und seine Frau verloren und im Gefängnis geendet hatte und jetzt stumpf und ohne Zukunft und von allen verachtet auf der Straße arbeitete.

All das muß, wie ich heute weiß, Lyle durch den Kopf gegangen sein, obwohl ich das nicht Mr. Bailey oder den zwölf Geschworenen gegenüber erwähnte, die hinter dem hölzernen Geländer, das sie von uns anderen abgrenzte, zuhörten. Statt dessen klammerte ich mich, so gut ich konnte, an die nackten Tatsachen.

Dann wußte also Lyle Gates, daß Kelli Troy das Mädchen war, das über die ›Nigger‹ geschrieben hatte, und er hat es ihr auch gesagt, stimmt das?

Ja, Sir.

Und wie hat Miss Troy darauf reagiert?

Ich glaube, sie war schockiert.

Was hat sie getan?

Sie starrte ihn bloß einen Augenblick lang an und stand dann auf.

Sie erhob sich in einer einzigen fließenden Bewegung, drehte sich nach links und ging zur Tür. Ich blieb für einen kurzen Augenblick sitzen, gleichermaßen von dem schokkiert, was Lyle gesagt hatte, wie von der kompromißlosen Heftigkeit in Kellis Reaktion. Ich hatte erwartet, daß sie mit ihm diskutieren und sich vielleicht verteidigen würde, dabei aber ebenso ruhig und respektlos bliebe, wie dem anonymen Anrufer gegenüber, der sie als Yankee-Miststück bezeichnet hatte. Aber sie hatte etwas völlig anderes getan, etwas, das jemand aus den Südstaaten nur als eine brutale Geste der Verachtung betrachten konnte.

Lyles Blick fuhr zu mir herüber, völlig verwirrt und wie vom Donner gerührt, so als hätte sie ihn ins Gesicht geschlagen.

»Was soll der Scheiß!« brauste er auf.

Ich stand auf. »Vergiß es, Lyle«, sagte ich schnell und folgte Kelli eilig zur Tür.

»Vergiß es doch selbst«, erwiderte Lyle, aber nicht laut und auch nicht zornig, es war einfach eine Bemerkung, um das letzte Wort zu haben.

Ich sah, wie die Arbeiter sich nun zu Lyle rumdrehten, der neben dem jetzt leeren Tisch stehengeblieben war. Er mußte ihre Blicke gespürt haben und dadurch zu einer weiteren Geste der Verteidigung gegen die arrogante Zurückweisung eines jungen Mädchens getrieben worden sein. Und so schrie er ihr fatalerweise nach: »Lauf doch, du Niggerschlampe«, in einem Tonfall, der überhaupt nicht dazu paßte, beinahe komisch klang, und schloß ein kurzes, verachtendes Lachen an.

Zu jener Zeit war das eine der verbreitetsten Beleidigungen, und doch entzündete es in mir eine fast erstickte Flamme neu, als ich hörte, wie er sie Kelli nachwarf. Das war meine Chance, die, von der ich so lange geträumt hatte, der »richtige Augenblick« für mich, um das Schwert zu ergreifen und den Drachen zu erlegen.

Ich drehte mich langsam zu Lyle herum und spürte dieselbe zitternde Courage in mir aufsteigen wie vor zwei Jahren, als ich auf dem Sportplatz Carter Dillbeck die

Stirn geboten hatte. Doch jetzt stand wesentlich mehr auf dem Spiel. Hier bot sich die Chance, mich ein für allemal zu beweisen.

»Wie hast du sie genannt?« herrschte ich ihn an.

Er zögerte, das Schimpfwort zu wiederholen, aber vor den Augen der anderen Arbeiter hatte er keine andere Wahl.

»Eine Niggerschlampe habe ich sie genannt, das Miststück.«

»Nimm das zurück«, forderte ich ihn wie ein störrischer Drittkläßler auf.

»Ihr Leute von der Choctaw High haltet euch wohl für etwas Besonderes«, höhnte Lyle.

»Nimm das zurück«, wiederholte ich.

»Die haben mich aus dieser Scheißschule rausgeschmissen, und jetzt wollen sie Nigger aufnehmen.«

Die welterschütternden Konsequenzen der Aufhebung der Rassentrennung waren mir in diesem Augenblick völlig gleichgültig. Ich konzentrierte mich ausschließlich auf etwas ganz anderes.

»Nimm das zurück, was du über Kelli gesagt hast«, forderte ich ihn auf. Ich setzte dazu an, noch etwas zu sagen, aber da spürte ich eine Hand an meinem Arm.

»Gehen wir, Ben«, sagte Kelli. Ihre dunklen Augen musterten mich eindringlich, und ich konnte darin Angst erkennen, das Gefühl, daß hier alles außer Kontrolle geriet.

Ich gab keine Antwort. Sie zerrte wieder an meinem Arm, diesmal heftiger. »Bitte, Ben. Komm jetzt.«

Ich sah erst sie an, dann Lyle. Er stand immer noch da, wo er war, kam nicht näher, sagte auch nichts zu Kelli oder mir, und ich glaube auch nicht, daß er das vorhatte. Er hätte mich gehen lassen, er hätte die Sache auf sich beruhen lassen. Ich war derjenige, der dazu nicht bereit war, wenn auch aus Gründen, die er unmöglich hatte ahnen können.

Und so warf ich mich plötzlich, in einer einzigen opferbereiten Geste und ohne dazu eigentlich provoziert worden zu sein, mit aller Wucht auf Lyle Gates.

Seine blauen Augen weiteten sich ungläubig, als ich auf ihn zustürzte. Er trat zurück, ballte die Faust, schwang sie aber nicht, so daß ich als erster zuschlug.

Mein Schlag verfehlte sein Ziel beinahe völlig, berührte ihn nur an der Wange, und Lyle reagierte instinktiv mit einem Schlag gegen meine Brust. Ich schlug wieder zu, verfehlte erneut und stolperte. Ich spürte, wie seine Faust mich rechts an der Stirn traf und dann noch einmal am linken Auge und ein drittes Mal am Kinn, alles seltsam vorsichtige Schläge, wie mir jetzt bewußt ist, Schläge, die mich nur warnen sollten.

Trotzdem waren sie schnell und blitzartig gekommen, und obwohl ich nicht ernsthaft verletzt war, taumelte ich, benommen und hilflos, bis ich über einem der Tische zusammenbrach und nach vorne rollte, so daß mein Kopf nur wenige Zoll vor Lyles verstaubten Arbeitsstiefeln aufkam.

Ich schickte mich an, aufzustehen, erwartete, daß Lyle mir einen Tritt ins Gesicht versetzte, aber der Schuh wurde statt dessen zurückgezogen. Andere staubige Schuhe sammelten sich um ihn herum, als die Arbeiter ihn schnell umringten und ihn von mir abdrängten, ihn schließlich zur Tür hinausschoben.

Ich drückte mich vorsichtig mit beiden Händen von dem mit Fliesen belegten Boden ab. Ein dünner Blutfaden hing mir aus dem Mund, und ich spürte einen gleichmäßigen Schmerz, der von meinem Unterkiefer ausging. Trotzdem war ich nicht im geringsten benommen und hätte leicht aufstehen können. Aber plötzlich fühlte ich Kelli an meiner Seite, ihre Arme, die sich um mich schlangen, und ließ mich wieder fallen, ließ mich in ihre Arme fallen, die mich umschlossen.

»Alles in Ordnung, Ben?« fragte sie atemlos.

Ich nickte.

Ihre Arme schlossen sich enger um mich. »Tut mir leid, daß ich dich da hineingeritten habe«, flüsterte sie.

Ich schüttelte benommen den Kopf. »Ich bin schon okay«, sagte ich, wenn ich auch hoffte, daß sie mir nicht glauben und mich vielleicht noch enger an sich ziehen würde.

Was sie wahrscheinlich auch tat. Und so blieb ich ein paar köstliche Augenblicke lang stumm in Kelli Troys Armen liegen, atmete langsam, während mein Bewußtsein auf Hochtouren lief, in heißen Flammen stand, überzeugt, daß ich es geschafft hatte, daß ich unerwartet und wie durch ein Wunder erreicht hatte, daß sie mein war.

15

Obwohl ich am nächsten Morgen mit einem blauen Auge und Prellungen im Gesicht aufwachte, erfüllte mich ungeheure Freude. Ich blieb eine Weile im Bett liegen und durchlebte noch einmal die kurze Episode von Heldentum, die mich in Kellis Armen hatte landen lassen. Ich ließ alles von Anfang bis Ende an mir vorüberziehen, von dem Augenblick, als Lyle Cuffy's betreten hatte, bis zu dem Punkt, wo die anderen Straßenarbeiter ihn nach draußen gedrängt hatten, und jede Sekunde war wie ein funkelndes Juwel.

Beim Frühstück saß ich stolz meinem Vater gegenüber. Und obwohl er immer ein friedlicher Mann gewesen war, hatte er an dem, was ich getan hatte, nichts auszusetzen.

»Der hätte so etwas nicht zu Kelli sagen dürfen«, meinte er, »und du hattest wohl keine andere Wahl, als ihm auf die Art gegenüberzutreten.« Er lächelte ein Lächeln unter Männern und wandte sich dann wieder seiner Zeitung zu.

Nach dem Frühstück ging ich in den Garten vor dem Haus. In den Blumenbeeten, die mein Vater beidseits der Einfahrt angelegt hatte, zeigte sich das erste Grün, und die Entschlossenheit der jungen Triebe, ihre lange Isolation des Winters zu beenden und einem farbenfrohen Leben entgegenzusprießen, erschien mir plötzlich wie ein Symbol meiner eigenen Lage in bezug auf Kelli. Ich hatte abgewartet und erduldet. Jetzt war die Zeit für den Sieg.

Ich schwelgte noch in solchen Träumen, als ich im Haus das Telefon klingeln hörte. Ich rannte hinein.

»Hallo, Ben«, sagte Kelli am anderen Ende der Leitung.

»Hallo.«

»Wie fühlst du dich?«

»Prima.«

»Wirklich?«

»Yeah«, sagte ich und bagatellisierte damit heroisch meine Wunden. »Und du?«

»Mir geht's gut, aber ich habe ja auch nicht die Schläge abbekommen.«

»Mein Vater hat ein wenig Eis auf mein Auge getan, nachdem du weggegangen bist. Trotzdem ist es noch geschwollen. Aber davon abgesehen ist alles in Ordnung.«

»Es tut mir leid, Ben. Ich wollte wirklich nicht ...«

»Nein, nein«, fiel ich ihr ins Wort. »Es ist wirklich nichts. Bis Montag wird keiner mehr etwas merken.«

Es trat eine kurze Pause ein, und dann sagte Kelli: »Also, ich wollte dir jedenfalls sagen, daß ich heute morgen bei Mr. Prewett war.«

»Bei wem?«

»Das ist der Mann, von dem ich dir gestern auf der Fahrt zu Cuffy's erzählt habe. Der, der so viel über Choctaw wissen soll.«

»Oh, jetzt fällt's mir wieder ein. Ja.«

»Also, Mrs. Phillips hat recht gehabt. Er wußte wirklich eine ganze Menge.«

»Na prima.«

»Jetzt weiß ich auch, warum es Breakheart Hill heißt.«

»Tatsächlich?«

»Und deshalb habe ich mir gedacht, wir könnten ja heute nachmittag hinauffahren. Dort könnte ich es dir leichter erklären und könnte dir auch ein paar Dinge zeigen.«

»Okay«, sagte ich. »Wann soll ich dich abholen?«

»Also, ich habe mir gedacht, du könntest ja mit meiner Mutter und mir zu Mittag essen, und dann könnten wir anschließend auf den Hügel fahren.«

»Ist mir recht.«

»Könntest du dann gegen Mittag hier sein?«

Ich wußte, daß Kelli mir jetzt nicht mehr über das, was sie herausgefunden hatte, erzählen wollte, also bedrängte ich sie auch nicht. »Schön, bis dann also«, sagte ich.

»Bis dann«, wiederholte Kelli. »Okay.«

Ich verabschiedete mich von ihr und ging wieder in den Garten hinaus. Die Morgenluft tat meinem verschwollenen Gesicht gut, und ich ließ mich in den alten Liegestuhl sinken und von der Sonne wärmen und schloß die Augen. Als ich sie wieder aufschlug, schaute ich geradewegs auf den Berg, ließ meine Blicke ein wenig nach links schweifen und blieb schließlich am Breakheart Hill hängen. Die Bäume trugen mittlerweile das junge Grün, aber man konnte noch bis hinunter auf den dunklen Waldboden sehen, einen tiefen Lehmboden, der bald am Breakheart Hill eine üppige Vegetation tragen würde. Eine Weile kreisten meine Gedanken um den Namen, so wie Kelli die letzten Wochen darüber nachgedacht hatte, aber bald wanderten sie in andere Regionen ab. Ich malte mir aus, wie ich auf der warmen, von der Sonne durchtränkten Erde dort oben auf dem Hügel auf dem Rücken lag und Kelli über mir, so daß ihre kohlschwarzen Locken über mein Gesicht fielen wie ein Zelt. Wir waren nackt und liebten uns, aber da ich dergleichen noch nicht am eigenen Leib erlebt hatte, erschien dieses Bild nicht in einem scharf fokussierten einzigen Augenblick der Erregung, sondern in einer reichen sinnlichen Fülle. Ich hatte das Gefühl, in jeder Weise und an jeder Stelle gleichzeitig zu berühren und berührt zu werden. Es gab keine separaten Erkundungen, keine Konzentration auf einen bestimmten Teil Kellis. Ich fühlte sie in ihrer Gänze und gleichzeitig in einer grenzenlosen unmöglichen Ganzheit, fühlte jeden Teil von ihr, ihre Finger in ihren Lippen, ihren Puls in ihrem Atem, das ganze Leben in jeder Berührung des Lebens.

*

Ich nehme an, daß ein Teil von mir immer noch in den Strudeln dieser sinnlichen Strömung wirbelte, als ich ein paar Stunden später bei Kellis Haus eintraf. Wenn ich heute daran denke, dann sehe ich mich in einer Art von Verzückung, und manchmal schiebt sich trotz allem, was seitdem geschehen ist, unwillkürlich ein zögerndes Lächeln über meine Züge. Denn in gewissem Sinne gibt es nichts Komischeres als Teenagerliebe. Aber das Lächeln kann sich immer nur einen Augenblick lang halten, ehe es in jener viel grimmigeren Wahrheit verschwindet, daß es nämlich auch nichts gibt, was so todernst ist.

Sicher, ich weiß noch, daß es mir auch todernst war, als ich an jenem Tag zu Kelli fuhr, und daß ich während des ganzen Mittagessens das Gefühl hatte, als käme es in mir zu einer stetigen Folge kleiner Explosionen. Es war, als hätten Lyles Schläge etwas in mir aus seiner Verankerung gerissen, einen wesentlichen Bestandteil meiner selbst, der immer festgezurrt gewesen war, der aber jetzt rastlos in mir herumtobte und von innen gegen meinen Körper schlug.

Doch trotz des Aufruhrs, der in mir tobte, schaffte ich es, äußerlich kühl zu bleiben. Ich witzelte über meine »Kriegsverletzungen«, wie ich sie nannte, und wies weit von mir, daß ich etwas Außergewöhnliches getan hätte, indem ich mich mit Lyle Gates prügelte. Ich beließ es nicht dabei, sondern ich versicherte Kellis Mutter auch, daß Lyle genug hätte, daß sie keine Angst zu haben brauchte, er würde an ihre Tür klopfen.

»Im Grunde genommen ist Lyle ein anständiger Kerl«, sagte ich großmütig. »Er wird Kelli keinen Ärger mehr bereiten.«

Nach dem Mittagessen wirkten Kelli und ihre Mutter erleichtert. Miss Troy dankte mir sogar für das, was ich für Kelli getan hatte.

Schließlich legte sich Kelli einen leichten Pullover um die Schultern, und ich bemerkte, daß sie eine kleine schwarze Kamera in eine der weiten Taschen des Pullovers gesteckt hatte. »Ich denke, ich werde auf dem Hügel ein paar Bilder machen«, erklärte sie, als sie zur Tür ging.

Unterdessen war es fast zwei Uhr nachmittags geworden, und es war für die Jahreszeit ungewöhnlich warm. So sollte es auch die nächsten Wochen bleiben. Miss Troy folgte uns nach draußen und hatte zum ersten Mal seit vielen Monaten die Arme unbedeckt.

»Grüßen Sie Ihren Vater«, sagte sie.

»Ja, danke.«

Sie lächelte. »Ein guter Mann, Ihr Vater.«

25 Jahre später würde sie, ebenfalls an einem Frühlingstag, dasselbe sagen, neben mir auf dem städtischen Friedhof stehend. Aber ihre Arme würden dann von den Ärmeln eines einfachen schwarzen Kleides bedeckt sein.

Sie war aus Collier gekommen, um an der Beerdigung meines Vaters teilzunehmen, und sie sah älter und müder aus als je zuvor. »Solch ein guter Mann, Ihr Vater«, sagte sie leise am Ende der Feier zu mir. Sie griff nach meiner Hand und drückte sie, und indem sie das tat, schien ihr etwas einzufallen. Ihre Augen bohrten sich für einen Moment in die meinen, und dann sagte sie: »Ben, ich würde mich in nächster Zeit gern einmal mit Ihnen unterhalten, wenn das geht.«

Ich nickte. »Natürlich geht das, Miss Troy.«

Doch viel später erst sollte sie den Mut finden, in meiner Praxis in der Nähe des Gerichtsgebäudes aufzutauchen und eine Frage zu stellen, eine, die sanft und in keiner Weise drohend klingen und mich doch zutiefst im Inneren erschüttern sollte.

An dem Tag, als ich mit Kelli in meinen verstaubten

grauen Chevrolet stieg, wäre mir nie in den Sinn gekommen, daß Shirley Troy eines Tages eine Frage stellen würde, die mich augenblicklich mit eisiger Furcht überziehen sollte. Ich sah in ihr nur Kellis Mutter, eine Frau, die ihre Aufgabe gut erfüllte, eine Frau, die unter schwierigen Umständen eine Tochter großzog und die ganze Zeit ihre Würde bewahrte. Daß sie mich später mit ihrer Freundlichkeit verfolgen oder mir den qualvollsten Augenblick meines Lebens verschaffen würde – all das wäre mir an jenem Morgen vor so langer Zeit, als sie neben meinem Wagen stand, als vollkommen unmöglich erschienen.

»Also bis später dann, ihr beiden«, rief sie Kelli und mir zu, als wir losfuhren.

Es war gerade warm genug, um im Wagen die Fenster offenzulassen, und als ich zu Kelli hinübersah, stellte ich fest, daß sie ihren Pullover nicht zugeknöpft, sondern ihn sich nur lose über die Schultern gehängt hatte.

»Du denkst wohl, es ist schon Sommer«, sagte ich.

Sie nickte leicht. »Hast du vor, einmal Kinder zu haben, Ben?« fragte sie unvermittelt.

»Das hoffe ich doch«, antwortete ich, ohne auch nur die leiseste Andeutung zu machen, daß ich mir zugleich sehnlichst wünschte, daß es auch ihre Kinder sein würden.

»Meine Mutter sagt, keine Liebe ist so wie die, die Eltern für ihre Kinder empfinden«, sagte Kelli. »Sie sagt, das ist eine ganz andere Liebe als die, die die Leute für ihre Eltern oder für ihre Ehepartner empfinden.«

»In welcher Hinsicht?«

»Sie sagt, sie sei intensiver.«

»Du *redest* wirklich mit deiner Mutter, nicht wahr?«

Kelli nickte. »Und du? Redest du mit deinem Vater?«

»Eigentlich nicht.«

Sie musterte mich eindringlich. »Mit wem redest du denn, Ben?«

Ich sah sie an, ganz aufrichtig, und sagte ihr dann das letzte Mal die Wahrheit. »Mit dir«, sagte ich. »Nur mit dir.«

Ich werde mich immer an das Lächeln erinnern, das in diesem Augenblick ihr Gesicht erhellte, ein süßes und ganz unkompliziertes Lächeln. Es war der letzte wahrhaft köstliche Augenblick, den wir gemeinsam haben würden, der Augenblick, in dem ich beinahe ihre Liebe fühlte.

*

Ein paar Minuten später erreichten wir Breakheart Hill. Kelli stieg aus dem Wagen, zog ihren Pullover aus, holte die Kamera heraus und legte den Pullover ordentlich zusammengefaltet auf den Beifahrersitz.

Sie trug ein ärmelloses weißes Kleid. Es war dasselbe, das sie einen Monat später tragen würde, wie Sheriff Stone feststellte. Er sah das Foto, das ich an jenem Tag von ihr machte, später an der Wand unseres Kellerbüros. Sheriff Stone hatte an jenem Tag mittlerweile die Wagenspuren am Fuße des Hügels gefunden und wußte daher, daß außer Lyle Gates noch jemand auf der Hügelkuppe gewesen war, und ich kann mich immer noch an die stumme Anklage in seinen Worten erinnern, als er das Bild betrachtete. *Dasselbe Kleid, derselbe Ort.* Dann hatte er mich mit ernster Miene angesehen und die erste von mehreren, finster bohrenden Fragen gestellt: *Hatten Sie sie oft dorthin gebracht, Ben?*

Ich hatte sie nie dorthin »gebracht«, wie ich ihm erklärte, und an jenem Tag, hatte ich schnell hinzugefügt, habe sie mich mitgenommen.

Was natürlich stimmte. Und trotzdem weiß ich, daß Sheriff Stone mit »sie hingebracht« hatte andeuten wollen, daß ich besondere Gefühle für Kelli Troy gehegt hatte, die weit über »Freundschaft« hinausgingen. An jenem Tag hatte ich sie so nüchtern geschildert, und er hatte mir, da bin ich ganz sicher, keinen Augenblick lang geglaubt.

Jetzt weiß ich, daß Kelli, wie sie sich bei unserem ersten Besuch dort von mir entfernte und langsam den Hügel hinunterging, umgeben von winzigen Blättern, die sie wie grüne Schneeflocken zu umtanzen schienen, unbewußt die Kulisse eines Schauspiels betrat, dessen Text ich bereits geschrieben hatte. Es war eine künstlich aufgebaute Geschichte von nicht zum Scheitern verurteilter, sondern triumphierender Liebe. Ich folgte ihr, und meine Augen fixierten hungrig die Linien ihres Körpers, während sie sich mühelos zwischen den Ästen und Zweigen bewegte. Ich sah ihr zu, wie sie in meine eigenen düsteren Phantasievorstellungen hinabstieg.

Sie war den Hügel zur Hälfte hinuntergegangen, als sie stehenblieb und sich zu mir umdrehte. »Ganz dort unten hat es angefangen«, sagte sie und deutete mit ausgestrecktem Finger auf die Stelle, wo der Abhang plötzlich steil zum Fuße des Berges abfiel. »Das Rennen meine ich.«

»Sie sind den Hügel *hinauf*gerannt?« fragte ich.

»Ja«, antwortete Kelli. »Von unten zu der Stelle, wo wir jetzt stehen.«

Ich blickte nach unten. »Das ist ungeheuer steil«, sagte ich.

Sie nickte. »Sehr steil«, stimmte sie zu. »Wie groß, meinst du, ist die Entfernung von hier bis unten?«

»Du meinst bis zur Straße?« fragte ich und zeigte auf die alte Bergwerkstraße, die unten am Ansatz des Berges verlief und in deren verstaubten, schon lange nicht mehr benutzten Fahrspuren Sheriff Stone bald die frischen Reifenspuren eines Wagens entdecken würde.

»Ja«, antwortete Kelli.

»Das ist schwer zu sagen«, meinte ich. »Vielleicht fünfhundert Meter.«

Kelli nickte. »Ja, soweit sind sie damals gelaufen«, sagte sie. »Fünfhundert Meter, die ganze Strecke von der Straße bis hierher.«

Ich lehnte mich an einen Baumstamm und sah sie an. »Wer ist wie weit gelaufen?«

Sie machte auf mich den Eindruck, als könne sie selbst die Antwort nicht glauben, die sie mir gab. »Die Väter«, sagte sie leise.

Und dann erzählte mir Kelli die Geschichte von Breakheart Hill. Es sollte die letzte Erkenntnis sein, die sie mir je vermitteln würde.

»Das erste Rennen fand am 4. Juli 1844 statt«, begann sie. »Es war vom Sklavenmarkt organisiert worden. Es war eine Art Werbeaktion, könnte man sagen.«

»Werbeaktion?«

»Um für den Markt zu werben. Er war erst einen Monat zuvor eröffnet worden, und ich vermute, seine Besitzer wollten eine Menge Leute zur Auktion nach Choctaw ziehen.«

Und so waren sie auf die Idee gekommen, ein Rennen zu veranstalten, ein Rennen, das, wie sie hofften, die Kraft und Ausdauer der jungen männlichen Neger demonstrieren würde, die sie dann am Nachmittag zum Verkauf feilbieten wollten.

»Aber sie mußten den Männern einen Anlaß geben, wirklich alles aus sich herauszuholen«, fuhr Kelli fort. »Es hätte ja nicht genügt, wenn sie einfach nur den Hügel hinaufgeschlendert wären. Das hätte niemand zu dem Wunsch veranlaßt, später einen von ihnen zu kaufen.«

Ich lächelte, weil ich dachte, ich hätte die Antwort erraten. »Also boten sie dem Sieger seine Freiheit?«

Kelli schüttelte den Kopf, und ein Schatten huschte über ihr Gesicht. »Sie wollten sie verkaufen, vergiß das nicht.« Sie wandte sich ab und ging schnell wieder zur Hügelkuppe hinauf. »Die weißen Leute bildeten eine Reihe, die vom Fuße des Hügels bis zur Kuppe reichte, sie stellten sich einander gegenüber in zwei Reihen auf in einem Abstand von etwa fünfzehn Fuß. Die Neger wurden zum Fuße des Hügels getrieben. Sie trugen Fußschellen, aber ihre Hände waren frei. Das bedeutete, daß sie aufeinander mit den Händen losgehen konnten oder sich in den Boden krallen, wenn sie nicht mehr imstande waren, aufzustehen.« Sie lächelte, um damit die Ironie dessen zu betonen, was sie gleich sagen wollte. »Es gab eine Kapelle, die die Leute unterhielt, und bevor das Rennen begann, sprach ein Priester ein Gebet.«

Ich konnte das Bild, das sie mir schilderte, ganz deutlich sehen: das üppige Grün der Bergflanke, die Menschenmenge am Fuße des Hügels, die zwei Reihen, die bis zur Kuppe hinaufreichten, und inmitten all des festlichen Geschehens eine kleine Ansammlung von Sklaven, in der drückenden Hitze aneinandergedrängt, vielleicht halblaut miteinander redend, vielleicht auch völlig still, die Augen nach oben gerichtet auf den schier unbezwingbaren Hügel und das rote Band, das quer über die ferne Ziellinie gespannt war.

»Das Rennen wurde immer mittags abgehalten«, fuhr Kelli fort, »und es begann damit, daß der Besitzer des Marktes seine Duellpistole abfeuerte.«

Bei dem Knall pflegte die Menge in Jubelrufe auszubrechen, und dann begannen die Sklaven mit ihrem langen, mühsamen Aufstieg den Hügel hinauf, sich ruckweise bewegend, die Knöchel mit kurzen Ketten aneinandergefesselt, aber ansonsten frei, um sich zu schlagen, einander festzuhalten und aufeinander loszugehen.

Die ersten 100 Meter kamen sie schnell voran, jeder einzelne darauf bedacht, die anderen hinter sich zu lassen. Aber binnen weniger Minuten hatten die Hitze und die grausame Steilheit des Hügels die Oberhand über sie gewonnen, und ihre Bewegungen wurden langsamer, so daß, als sie schließlich die Mitte des Hügels erreicht hatten, das Rennen gewöhnlich zu einer sich stockend vorwärtsbewegenden Prügelei geworden war, und die Männer verzweifelt gegeneinander kämpften, während sie sich Zoll für Zoll den qualvollen Hang hinaufmühten.

»An den Seitenlinien feuerten die Leute sie an«, sagte Kelli mit leiser Stimme. »Einige schlossen sogar Wetten ab.« Schwerfällig wälzte sich das schwarze Durcheinander aus um sich schlagenden Armen und Beinen qualvoll über die Minuten den immer steiler werdenden Hang hinauf. Einige der Männer fielen zurück, von Hitze und Erschöpfung überwältigt, und blieben stumm und reglos im Gras liegen. Aber die meisten quälten sich weiter, manchmal auf Händen und Knien, und die Ketten schnitten inzwischen in das Fleisch an ihren Knöcheln, während sie sich mühsam auf das rote Band zuquälten, das sie auf der Hügelkuppe erwartete.

Je näher sie der Ziellinie kamen, desto heftiger wurde der Kampf und desto verzweifelter, so daß die Bewegung nach oben beinahe ganz zum Stillstand kam, und die Männer sich darauf konzentrierten, sich gegenseitig zurückzuhalten, die Beine des Mannes zu packen, der vor ihnen war, oder wild nach dem zu treten, der sich hinter ihnen abmühte. Die aufmunternden Worte der Zuschauer wurden leiser, gingen in bedrücktes Flüstern über die Wildheit des Kampfes über, so daß auf den letzten 20 Metern der tödliche Kampf in fast völliger Stille ablief und nur das Stöhnen der Sklaven zu hören war.

Und dann war es schließlich zu Ende.

»Irgend jemand schaffte es, das Band zu zerreißen«, sagte Kelli. »Und das war der Gewinner.« Sie hielt kurz inne und fügte dann hinzu: »Und der Gewinner bekam den Preis.«

»Was für einen Preis?«

»Freiheit«, antwortete Kelli. »Garantiert vom Besitzer des Marktes.«

Ich sah sie verblüfft an. »Aber ich dachte, du hättest gesagt –«

»Nicht Freiheit für sich selbst«, fügte Kelli schnell hinzu. Sie schien fast außerstande fortzufahren. »Aber für sein jüngstes Kind.«

Ich sah sie erstaunt an. »Und du bist ganz sicher, daß es so war?« fragte ich.

Kellis Augen blickten starr auf den steilen Hang. Ich hatte noch nie solchen Zorn darin gesehen. »Der Besitzer des Marktes hatte eine Übereinkunft mit einer Abolitionisten-Gesellschaft* im Norden, die das Kind übernahm. Aber der Besitzer durfte das Rennen nur zweimal veranstalten, dann wurde es von den staatlichen Behörden verboten. Sie bezeichneten es als eine ›unnatürliche und verabscheuungswürdige Zurschaustellung‹.«

* Bewegung zur Abschaffung der Sklaverei (Anm. d. Ü.)

»Was es ja auch war.«

»Es war sogar die Rede davon, den Besitzer des Marktes verhaften zu lassen«, fuhr Kelli fort, »aber da er es so eingerichtet hatte, daß das Kind aus Alabama weggebracht wurde, ehe man es befreite, hatte er formal das Gesetz nicht gebrochen.«

Es war eine erschütternde Geschichte, und einen Augenblick lang saß ich wortlos da, und die Bilder, die Kellis Schilderung heraufbeschworen hatte, kreisten durch meinen Kopf: die atemlose Jagd, ein Dutzend Männer, die sich den mörderischen Hang hinaufquälten, miteinander kämpften und gleichzeitig abmühten, voranzukommen, sich in die Erde krallten und sich dann wieder gegenseitig zerkratzten und die ganze Zeit den schrecklichen Preis vor Augen, den jeder erringen wollte.

»Und so nannten sie den Hügel ›Breakheart Hill‹«, sagte Kelli. »Und nach dem Bürgerkrieg fingen die Farbigen an, einmal im Jahr hier ihre Zusammenkünfte abzuhalten.«

»Nur daß sie diesmal dem Sieger ein Bündel Stoff gaben, das sein Kind darstellen sollte.«

Kelli nickte langsam. »Sie gaben es ihm zurück«, sagte sie.

Ich blickte den Hügel hinunter, und mich überkam eine schreckliche Empörung über das, was da geschehen war, über das grausame Genie, das sich das hatte einfallen lassen, über die Zuschauer und die widersprüchliche Atmosphäre von Festlichkeit und Leid, die an jenen fernen Sommertagen hier geherrscht haben mußte. Plötzlich packte mich eine wilde Entschlossenheit, zweifellos naiv, aber absolut echt, das Bedürfnis, dieses alte Unrecht zu tilgen, dieses Leid zu sühnen und Choctaw in die Zukunft zu führen. Ich dachte wieder an den alten

Negerfriedhof – seine düstere Armseligkeit, seine Verlassenheit – und die fröstelnde Reihe von Demonstranten, die mir an jenem Abend in Gadsden so bemitleidenswert und jämmerlich erschienen waren, mir aber jetzt als Teil einer großen Erneuerung, wild und entschlossen, als eine Macht der Veränderung erschienen. Und in jenem Augenblick, so kurz er auch sein sollte, ertastete ich wohl die äußere Mauer jener moralischen Größe, von der Kelli vor Monaten gesprochen hatte. Zum ersten Mal in meinem Leben erreichte ich mehr an Größe. »Wir werden die ganze Geschichte im *Wildcat* bringen«, sagte ich entschlossen. »Alle in Choctaw sollen wissen, was hier geschehen ist.«

Kelli trat am Hügelkamm nach vorne und blickte über das Tal hinaus.

Ich setzte an, mehr zu sagen, aber die reglose Stille in ihrem Gesicht hinderte mich daran.

Sie blickte noch ein paar Sekunden in die Weite und drehte sich dann zu mir herum. Mir war klar, daß sie in ihrem ganzen Leben nie mehr schöner sein würde als in jenem Augenblick, daß ihr Haar nie einen herrlicheren Hintergrund zu ihrem schönen Gesicht und ihren dunkel strahlenden Augen bieten würde, Augen, deren faszinierender Glanz die moralische Festigkeit ihres Entschlusses verkündeten.

Sie hatte die Kamera ein paar Schritte entfernt auf einen Stein gelegt, und ich beugte mich jetzt impulsiv vor und hob sie auf.

»Möchtest du ein paar Fotos machen?« fragte ich.

Sie schüttelte schweigend den Kopf.

»Ich würde gerne eines machen«, entgegnete ich. »Hast du etwas dagegen?«

»Nein«, sagte sie und wartete, während ich die Kamera aufhob, sorgfältig scharfstellte und dann das Bild machte, das ich zuletzt in Sheriff Stones mächtiger Pranke sah.

*

Nachdem ich Kelli fotografiert hatte, verweilten wir noch auf dem Hügel. Kelli blieb ernst und ein wenig bedrückt. Sie sprach leise davon, was sie in ihrem Artikel für die nächste Ausgabe der Zeitschrift schreiben wollte und was sie damit zu bewirken erhoffte. Sie erwähnte auch Lyle Gates und entschuldigte sich sogar für ihr Verhalten bei Cuffy's. »Ich hätte bloß mit ihm reden sollen«, meinte sie, »aber als er anfing, von ›Niggern‹ zu reden, habe ich wahrscheinlich einfach durchgedreht.«

»Vergiß, was mit Lyle war«, sagte ich, obwohl das in Wirklichkeit natürlich das letzte war, was ich wollte. Dadurch hatte sich für mich doch ganz unerwartet die Gelegenheit ergeben, den Helden zu spielen, und ich wollte natürlich, daß sie sich immer daran erinnerte.

Gegen vier Uhr nachmittags wurde es merklich kühler, und wir beschlossen zurückzufahren.

»Mußt du jetzt nach Hause?« fragte ich auf dem Weg nach Choctaw. »Oder können wir noch zu mir gehen und uns eine Weile auf die Veranda setzen?«

Kelli lächelte. »Nein, ich muß nicht gleich nach Hause.«

Und so fuhren wir zu mir. Ich machte uns ein paar Sandwiches, und wir aßen sie in der Küche und gingen dann auf die Veranda vor dem Haus. Wir setzten uns auf die Schaukel.

Kelli trug ihren Pullover nun wie ein Cape um die Schultern drapiert.

»Hier draußen ist es hübsch«, sagte sie und lehnte sich zurück. »Sitzt du oft hier?«

»Ja, im Sommer.«

»Mit deinem Vater?«

»Meist alleine.«

Sie hob die Hand, um sich eine Haarsträhne aus der Stirn zu streichen, und dabei blitzte ihr Ring im Schein der Verandalampe.

»Der ist hübsch«, sagte ich.

»Er ist von meinem Großvater«, erklärte Kelli.

Ich lächelte. »Ein Familienerbstück.«

»Als meine Großmutter ihn mir gab, sagte sie, ich solle ihn behalten, bis ich ›mich jemandem gegeben‹ hätte.« Sie lachte über die altmodische Ausdrucksweise ihrer Großmutter. »Ich nehme an, sie hat damit meinen Mann gemeint.« Sie zuckte die Achseln. »Also werde ich das wohl auch tun.«

»Warum hat sie ihn nicht deiner Mutter gegeben?« fragte ich.

Die Frage schien Kellis Stimmung zu verdüstern. »Ich nehme an, sie dachte, meine Mutter würde ihn nicht brauchen. Aber ich bin natürlich auch nicht sicher, ob ich ihn je brauchen werde«, fügte sie mit einem leichten Schmunzeln hinzu.

»Sicher wirst du das, Kelli«, erklärte ich.

»Vielleicht«, murmelte Kelli. Sie fröstelte leicht und wandte sich ab. Als sie mich wieder ansah, konnte ich erkennen, daß ihr jetzt kalt war.

»Wenn dir kalt ist, werden deine Lippen blau«, sagte ich. Darauf streckte ich die Hand aus und wollte sie mit ausgestreckten Fingern berühren.

Ihre Reaktion darauf war ganz subtil, kaum zu bemerken, für mich jedoch eindeutig. Es war eine Reaktion auf mich. Sie zuckte schnell vor meiner leisen Berührung zurück, und ich erkannte sofort, was es war: ein körperliches Sichzurückziehen vor mir, eine so spontane und vollkommene Abweisung, daß ich hastig die Hand zurückzog und sie auf meinen Schoß sinken ließ.

Kelli schien kaum bemerkt zu haben, was sie getan hatte, aber ich sah es immer wieder in den nächsten Minuten, während wir zusammensaßen, sie über dies und jenes redete und ich in eine unvorstellbare Schwärze sank. Ich hatte noch nie im Leben nach ihr oder sonst jemandem auf diese Art die Hand ausgestreckt. In einem so vorsichtigen Annäherungsversuch total abgewiesen zu werden, erfüllte mich mit einem nicht in Worte zu kleidenden Gefühl der Selbstverachtung. Ich sah auf meine Hände, haßte meine kurzen Stummelfinger, ich haßte meine Brille und mein ausgewaschen braunes Haar. Ich haßte die Sommersprossen auf meinen Armen und das verwaschene Graugrün meiner Augen. Ich haßte meine Haut, ihren Geruch, ihre Struktur, ihre Farbe. In allem fühlte ich mich häßlich und unwürdig, auf unvorstellbare Weise abstoßend, ein grotesker kleiner Frosch, den kein Kuß je in einen Prinzen verwandeln würde.

Kelli saß neben mir und sah von all dem keinen Schimmer. Sie hatte sich ein Stück von einem Finger zurückgezogen, von dem sie nicht wollte, daß er ihre Lippen berührte. Sie hatte es reflexartig und in durchaus harmloser Weise getan, inmitten eines Satzes, den sie ohne Unterbrechung zu Ende führte, und ihre Stimme floß weiter, während ich meine Hand zurückzog und mich in die Kissen der Schaukel sinken ließ; stumm saß ich da, während sie fortfuhr, von etwas zu sprechen, was ich unterdessen schon vergessen habe.

Sie redete an jenem Abend noch eine ganze Zeit, und ich muß ihr wie ein guter Zuhörer erschienen sein, obwohl ich überhaupt nicht mehr hinhörte. Ich vernahm ihre Stimme nur noch als ein Murmeln im Hintergrund, sah ihr Gesicht nur als verschwommene Silhouette. Denn in gewissem Sinne war sie für mich nicht länger ein junges Mädchen, sondern das schmerzende Symbol meiner eigenen vernichtenden Unzulänglichkeit.

Und trotz des Aufruhrs von Gefühlen, der sich in mir vollzog, schaffte ich es, mich an jenem Abend zu zügeln. Jeden Funken meiner Willenskraft zusammennehmend, plauderte ich weiter mit ihr, während wir nebeneinander auf der Schaukel saßen. Ich fuhr sie dann nach Hause, wo ich wartete, bis sie im Haus verschwunden war. Aber anders als an anderen Abenden verweilte ich nicht in der Einfahrt in der Hoffnung, einen letzten Blick auf sie zu erhaschen, wenn sie an einem beleuchteten Fenster vorbeihuschte. Dies jetzt zu tun, hätte bedeutet, mich an etwas festzuhalten, von dem ich wußte, daß es mir entflohen war. Und so fuhr ich, so schnell ich konnte, weg, fuhr durch die Finsternis, die mich umgab, und rief mir in meiner inneren Leere die Bewegungen einer Liebe zurück, die mir jetzt genauso verloren schienen, wie ich selbst war. Ich fühlte mich ausgebrannt, als hätte jemand mein Innerstes aus mir herausgeholt und beiseitegeworfen. In jener Nacht sah ich in einem eigenartigen qualvollen Traum Kelli in der luftlosen Finsternis eines Raums über mir schweben, die Augen ohne Pupillen und ohne Licht, ihr Haar ein dunkles Gestrüpp aus Schlingpflanzen und Zweigen – Objekt eines romantischen Traums, das sich in einen romantischen Alptraum verwandelt hatte.

16

Manchmal kehrt es zu mir zurück, wenn ich Worte höre, die in sich schon unheilverheißend sind: *Hast du gehört, was mit Lyle Gates passiert ist?* Aber dann sind es wieder ganz gewöhnliche, belanglose Worte, die losgelöst von meiner späteren Erinnerung keinerlei Bedeutung tragen würden. Es ist, wie wenn ich plötzlich Miss Carvers Stimme aus dem Nichts hallen höre: *Und jetzt nähern wir uns dem Ende.*

Das Frühjahr neigte sich dem Ende zu, als sie jene Worte sprach, und die strahlende Pracht des herannahenden Sommers hatte bereits angefangen, den Berg in ihre Farben zu hüllen. Miss Carver hatte das Fenster unseres Klassenzimmers hochgeschoben, und ich erinnere mich daran, daß es dabei ein ächzendes Geräusch von sich gegeben hatte, als versuche es, sich an dem Gefühl angehaltener Zeit festzuhalten, das während jenes langen kalten Winters über uns gehangen hatte.

Danach hatte sie sich wieder uns zugewandt, lächelnd in die Hände geklatscht und verkündet: »Also, jetzt ist der Frühling offiziell hier auf der Choctaw High School eingetroffen.« Einige der Studenten hatten ihr Lächeln erwidert, und ihre erwartungsvollen Blicke hatten sie wohl dazu veranlaßt hinzuzufügen: »Und deshalb gehen wir jetzt auf das Ende zu, was das Schuljahr betrifft.«

Wir gingen darauf zu, aber wir hatten es noch nicht erreicht, wie uns viele unserer Lehrer an jenem selben Tag klarmachten. Mr. Arlington erinnerte uns streng daran, daß wir vor dem Schuljahrsende noch eine wichtige Arbeit abschließen mußten. Andere Lehrer wiesen uns auf ähnlich unangenehme Realitäten hin. Und Miss Carver verkündete, daß in der Schulaufführung *Romeo und Julia* gezeigt werden sollte, und teilte uns dann den letzten Lesestoff des Jahres zu, *Ethan Fromme*.

Ein Exemplar jenes Buches stand auf dem Regal in Miss Carvers Zimmer, als ich sie zum letzten Mal besuchte. Ihr eigener Arzt war in Urlaub, und so hatte Miss Carvers Haushälterin, die bei ihr im Haus wohnte, mich an seiner Stelle gerufen. »Wie ich hörte, hat sie an der Choctaw High School gelehrt, als Sie dort waren«, sagte sie als Erklärung, als ich an der Tür erschien.

Ich nickte, und die Frau führte mich durch den Flur in das hintere Schlafzimmer, wo Miss Carver in ihrem Bett lag. Ihr Haar war lang und weiß, aber sehr dünn, so daß ich ihre rosafarbene Kopfhaut sehen konnte, als ich mich über sie beugte, um ihren Puls zu fühlen.

»In der Nacht ist es ihr recht schlecht ergangen«, erklärte die Haushälterin. »Ich hatte schon Sorge, daß sie wieder der Schlag treffen würde.«

»Hat sie lang geschlafen?« wollte ich wissen.

»Etwa drei Stunden«, antwortete die Frau. »Ein wenig phantasiert hat sie in der Nacht auch. Verrückte Reden, so wie sie das manchmal macht.«

Ich nickte und traf Anstalten, ihren Blutdruck zu messen.

Die Frau schüttelte den Kopf. »Das arme alte Ding«, sagte sie. »Es kommt sie kaum mehr jemand besuchen.«

In dem Augenblick erinnerte ich mich an Miss Carver, wie sie an jenem Frühlingstag 1962 einer Gruppe Studenten zugelächelt hatte, die sie als Lehrerin mochten, und frische warme Luft einatmete und Kelli gegenüber das Theaterstück erwähnte, als sie am Ende des Unterrichts zur Tür hinausging: *Sie wären genau die Richtige für die Julia.*

Sie waren sich mittlerweile recht nahe gekommen, und so kam mir jetzt, Jahre später, als ich neben Miss Carvers Bett kniete, in den Sinn, daß Kelli sie während ihrer langen Krankheit sicherlich oft besucht hätte, ihr die Einsamkeit erleichtert, ihr Suppe gemacht und sie ihr löffelweise eingegeben, ihr am Abend aus irgendeiner Geschichte von unerwiderter Liebe vorgelesen und damit die Tage aufgehellt hätte. Und bei diesen Gedanken wurde mir auch bewußt, daß manche Leute nicht nur kleine Punkte des Lebens sind, sondern Strukturen im Leben selbst, und daß wir, wenn wir einen solchen Menschen von uns nehmen, nicht nur ihn oder sie entreißen, sondern auch ein kleines Stück von jedem, den sie kannten oder hätten kennen können. Und ich weiß, wenn ich vor all den Jahren nur jene eine zerbrechliche Wahrheit hätte fühlen, jenen winzigen Schimmer erlösenden Lichts aus der nebelerfüllten Düsternis um mich herum hätte erfassen können, daß Kelli dann jetzt noch bei uns wäre.

*

Aber ich konnte nichts fassen außer meinem eigenen, quälenden Schmerz, und so wurde ich Tag für Tag distanzierter, ja mürrischer. Kelli fiel das natürlich auf, und sie versuchte auf sanfte Art herauszufinden, was mit mir los war. Meine Antwort war stets dieselbe. Ein kurzes Achselzukken und dann: »Bei mir ist alles okay.«

Aber das war es nicht. Ich befand mich in romantischer Agonie. Jeder Gedanke an Kelli erhitzte mich und ließ mich zugleich zu Eis werden. Ich konnte nicht im gleichen Klassenzimmer mit ihr sitzen, ohne vom allerschrecklichsten Gefühl der Wertlosigkeit überwältigt zu werden. Ich dachte ständig an sie und litt ständig Schmerzen. Manchmal, wenn wir im Büro zusammen arbeiteten, konnte ich spüren, wie die Luft um mich herum stickig wurde und mich zu erwürgen drohte. Da war eine Unruhe in mir, weil jedes Bild von ihr mich elektrisierte, jedes Geräusch, das sie machte, mich mit einer elektrischen Ladung versah. Alles war entweder bedrückend kahl oder unsagbar schrill. Ich konnte ihre Stimme nicht ertragen, ja nicht einmal ihren Anblick im Flur, und doch sehnte ich mich zugleich danach, sie zu sehen. In ihrer Gegenwart und ganz besonders, wenn ich sie am Nachmittag nach Hause fuhr, hatte ich das Gefühl, als würde ich aus jeder Pore bluten. Es gab Augenblicke, in denen sie zu mir herüberblickte und lächelte, als wollte sie mich auffordern, ihr doch zu sagen, was mir fehlte; ich wäre dann am liebsten an den Straßenrand gefahren und ausgestiegen und übers offene Feld gelaufen, taumelnd und brüllend wie ein weidwundes Tier. Es entzog sich jeder Beschreibung, jedem Trost und jeder Hoffnung.

Mein Verhalten stand auch in beinahe vollkommenem Gegensatz zu der Art, wie Kelli ihre, wie Luke sie hartnäckig bezeichnete, »letzten Tage« lebte. Denn während ich zunehmend mürrischer und verschlossener wurde und meinen Schmerz in mich hineinfraß, wurde sie lebhafter, selbstbewußter und aufgeschlossener und warf die letzten Überreste ihres Status als »neue Schülerin« ab. Sie unterhielt sich angeregt mit allen, wurde in ihren Äußerungen im Unterricht aggressiver und machte sich sogar über das kleine Grüppchen »harter Burschen« lustig, die nach der Schule auf dem Parkplatz rauchten. Sie schrieb die Geschichte von Breakheart Hill, und Mr. Arlington erklärte widerstrebend, daß ihre Arbeit gut genug sei, um seinen Anforderungen für die Semesterarbeit zu genügen. Sie schrieb auch zwei neue Gedichte, die beide nicht so unheilverheißend waren wie jene, die sie vorher geschrieben hatte, weniger zurückhaltend und unsicher. »Sie blühte«, sagte Luke Jahre später zu mir, »wie der Frühling.«

Ich kann mich an den Nachmittag, an dem er das sagte, noch sehr gut erinnern. Wir waren von der Beerdigung meines Vaters nach Hause gekommen, und der Anblick Miss Troys auf dem Friedhof hatte natürlich wieder an Kelli erinnert.

»Eines hat mich die ganze Zeit beschäftigt«, sagte er. »Kelli hatte überhaupt nichts bei sich, als sie an jenem Tag aus meinem Pickup stieg.«

Ich nickte, aber sagte nichts.

»Du weißt doch, daß sie immer etwas bei sich hatte«, fügte Luke hinzu. »Ein Buch, meine ich, immer.«

»Ja.«

»Aber damals nicht, Ben«, sagte Luke. »Und deshalb habe ich immer gedacht, daß Kelli irgend etwas vorhatte, als sie an jenem Tag dort hinunterging.«

Während er sprach, sah ich die schwarzen Räder des Wagens, die sich die alte Bergwerkstraße hinaufmahlten, Schlingpflanzen abrissen, Zweige zerquetschten und Blätter hinter sich aufwirbelten, bis sie schließlich in einer kleinen Staubwolke am Fuße des Breakheart Hill zum Stillstand kamen.

»Weshalb also mag sie dort hinunter- und dann wieder hinaufgegangen sein?« fragte Luke.

Ich sah, wie die Wagentür aufschwang, wie zwei Füße sich auf den staubigen Straßenbelag senkten, einen Augenblick innehielten und sich dann zielsicher in Bewegung setzten, einen ängstlichen Schritt nach dem anderen.

»Sheriff Stone dachte natürlich immer, sie sei dort hinaufgegangen, um sich mit jemandem zu treffen«, fügte Luke hinzu. »Jemand, der Anlaß hatte, ihr weh zu tun, nehme ich an.«

Die Füße verschwanden im Grün, aber ich konnte sie immer noch im dichten Gestrüpp rascheln hören, langsamer jetzt, während sie sich dem oberen Hang des Breakheart Hill näherten.

»Und wer, glaubte er, war das, Luke?« fragte ich kühl.

Lukes Blick wich mir aus.

»Wer, Luke?« wiederholte ich, diesmal eindringlicher. »Hat er gesagt, mit wem sie sich seiner Meinung nach an jenem Nachmittag treffen wollte?«

Luke war immer noch von mir abgewandt, und einen einzigen eiskalten Augenblick lang glaubte ich, er würde jetzt gleich herumwirbeln und es mir in mein Gesicht sagen: *Du, Ben. Er dachte, sie hatte vor, sich mit dir zu treffen.*

Aber das tat er nicht. Seine Augen wanderten vielmehr langsam, fast widerstrebend zu mir zurück. »Ich weiß nicht«, sagte er. Er schüttelte den Kopf, als könne er damit das Rätsel aus seinen Gedanken vertreiben. »Sie blühte wie der Frühling«, fügte er hinzu. »Man konnte es in ihren Augen sehen.«

Ihre Augen tauchten sofort vor mir auf, und ich sah dieselbe strahlende Energie, von der Luke gesprochen hatte, sah sie so klar, daß ich einen Augenblick lang außerstande war, sie mir anders vorzustellen, ganz sicher nicht stumpf und verständnislos, ziellos schwebend, leer und losgelöst, so wie sie sein würden, als sie das letzte Mal zu mir aufblickten.

Aber noch beeindruckender als die ungeheure Energie, die in jenem Frühling von Kelli ausströmte, war, wie sie es auf mannigfache Weise schaffte, diese Energie zu gebrauchen. Sie half Sheila Cameron mit den Vorbereitungen für den Abschlußball, gab Noreen Nachhilfeunterricht in Algebra und reichte sogar ein paar Strichzeichnungen für die Abschlußnummer des *Wildcat* ein. »Ich dachte, ich sollte das einmal probieren«, erklärte sie, als sie mir die Blätter übergab.

Am meisten überraschte mich, daß Kelli Miss Carvers Vorschlag aufgriff und sich um die Rolle der Julia in der bevorstehenden Schulaufführung bewarb.

Das Vorsprechen fand im Vortragssaal der Schule statt, und einige Mädchen, darunter auch Mary Diehl und Sheila Cameron, wollte sehr gerne die Rolle übernehmen. Kelli hatte mich am Vormittag gebeten, mitzukommen. »Ich möchte, daß du mir sagst, wie ich war«, erklärte sie. Ich hatte keine Lust, wußte aber nicht, wie ich mich hätte herausreden sollen, ohne es zum erregten und wahrscheinlich tränenreichen Geständnis meiner verwundeten Liebe kommen zu lassen. So nahm ich ungefähr in der Mitte des Vortragssaales Platz und sah bedrückt und niedergeschlagen zu, wie jedes der Mädchen einige Zeilen aus dem Stück vortrug.

Mary trat als erste auf, und ihr langes dunkles Haar floß über ihre Schultern, als sie Julias Balkonrede mit unverkennbarem Südstaatenakzent vortrug. Miss Carver hatte einen Scheinwerfer besorgt, der auf die Bewerberinnen gerichtet war, und ich erinnere mich daran, daß Mary auf seltsame Weise in dem Lichtkegel gefangen wirkte, umgeben von einem Kreis aus gelbem Licht, das zwar ihre Gesichtszüge vorteilhaft hervorhob, sie aber zugleich einschloß, so daß ich, wäre ich allwissend gewesen, vielleicht die ersten Schatten ihrer Zukunft hätte erkennen können.

Sheila Cameron war die nächste. Als sie Julias Todesszene vortrug, schien derselbe Scheinwerfer, der sich wie eine Schlinge um Mary gelegt hatte, sie in einer warmen Umarmung zu halten. Ihr blondes Haar leuchtete im Scheinwerferlicht, und ihre Arme streckten sich dem Romeo entgegen, den sie sich vorstellte, und sie rief ihm leise, aber mit der Art innerer Kraft zu, die jene Tiefe von Charakter und Ausdauer andeutete, die sie in ihrem späteren Leben ausprägen sollte.

Dann war endlich Kelli an der Reihe. Als sie über die Bühne ging, bemerkte ich, wie Miss Carver sich nach vorne beugte, sie eindringlich und mit einem Ausdruck der Erwartung beobachtete, den sie bei den anderen Mädchen nicht gezeigt hatte.

Kelli blieb in der Mitte der Bühne stehen, drehte sich um und blickte über das fast leere Theater hinaus. Das Scheinwerferlicht hüllte sie ein, und dann stand sie einen Augenblick stumm da und machte eine dramatische Pause, ehe sie zu sprechen begann.

Sie hatte sich nicht für eine der berühmteren Reden Julias entschieden, sondern für eine relativ unbekannte, die mit ein paar Worten endete, die ich seitdem tausendmal gelesen habe.

... Oder heißt mich in ein frisches Grab gehen,
verbergt mich mit einem toten Mann
in seinem Totenhemd,
Dinge, die zu hören, mich zittern machten ...

Als sie geendet hatte, stand ich auf und trat langsam in den Mittelgang. Der Vortragssaal war beinahe leer, doch hinten an der Tür konnte ich eine einzelne Person in sich zusammengesunken sitzen sehen, die Footballjacke über die Lehne des vorderen Sessels gehängt. Ich nickte ihm zu, aber er sah mich nicht. Seine ganze Aufmerksamkeit galt jemand völlig anderem. Zuerst nahm ich an, er sei gekommen, um Mary zu hören, aber als ich dann sah, wie Todds Augen von der Bühne langsam den Mittelgang hinauf zu der Stelle, wo ich geduldig auf sie wartete, wanderten, war ich dessen nicht mehr so sicher.

Er stand auf, als Kelli und ich den Gang hinaufgingen.

»Du warst großartig, Kelli«, sagte er.

»Ich finde, alle waren das«, erwiderte sie.

Todd zuckte die Achseln. »Also, ich weiß nicht. Ich meine, bei Mary klang Julia irgendwie so, als käme sie aus *Vom Winde verweht*, findest du nicht auch?«

Kelli lachte. »Na ja, vielleicht wäre ja eine Südstaaten-Julia mal ganz interessant.«

Todd schüttelte langsam den Kopf. »Nein, du bist es, Kelli«, sagte er mit jenem Gefühl absoluter Sicherheit, wie es nur jemand, der ein Leben wie er gelebt hatte, wahrhaft besitzen konnte. »Du bist diejenige, die die Julia spielen sollte.«

Mir blieb nicht verborgen, daß etwas von dem ruhigen Respekt, den Kelli in Todds Stimme hören konnte, sie bewegt hatte. Doch ich hätte niemals vorhergesehen, daß es sie zu dem Angebot veranlassen würde, das sie beinahe unverzüglich machte: »Also, wenn ich die Julia spiele, warum spielst du dann nicht den Romeo?«

Todds Gesichtsausdruck ließ klar erkennen, daß er eine derartige Möglichkeit nie in Betracht gezogen hatte. Er schüttelte den Kopf. »Nein, ich bin kein Schauspieler«, sagte er beinahe scheu.

»Aber du bist ideal dafür geeignet, Todd«, erklärte ihm Kelli. Sie musterte ihn einen Augenblick lang und fügte dann hinzu: »Du bist der einzige Junge hier an der Schule, für den das gilt.«

Todd machte eine abwehrende Handbewegung. »Nein, ich bin kein Schauspieler«, wiederholte er. Er hätte noch mehr sagen wollen, aber jetzt kam Mary den Gang heraufgeeilt und nahm seinen Arm. »Wir fahren zu Cuffy's«, sagte sie zu Kelli und mir. »Wollt ihr mitkommen?«

Ich schüttelte den Kopf. »Nein, ich muß nach Hause«, sagte ich.

Todd sah Kelli an. »Und wie steht's mit dir?«

Kelli zögerte einen Augenblick, sah dann zu mir herüber. »Du hast wirklich nicht ein paar Minuten Zeit?«

»Nein«, sagte ich, fügte dann als Entschuldigung eine Lüge hinzu. »Ich muß meinem Vater helfen.«

Sie wandte sich wieder Todd zu. »Könntest du mich nachher nach Hause bringen?«

»Aber sicher.«

Kelli sah mich erneut an. »Todd wird mich dann heute mitnehmen«, sagte sie.

Ich nickte schnell und ließ mir nichts anmerken. »Okay.«

Wir gingen alle gemeinsam hinaus, Todd und Mary vorne und Kelli und ich hinter den beiden.

»Wobei mußt du denn deinem Vater helfen?« fragte Kelli locker.

»Im Laden«, antwortete ich kurz.

Am Parkplatz trennten wir uns, und Kelli ging auf Todds Wagen am anderen Ende des Platzes zu.

»Bye, Ben«, sagte sie nur.

Ein paar Sekunden lang stand ich da und blickte ihr nach, wie sie sich von mir entfernte und vergnügt auf Todds wartenden Wagen zuging. Als sie ihn erreichte, öffnete Todd galant die Tür und ließ Mary und Kelli vorne neben sich Platz nehmen. Dann ging er um den Wagen herum und setzte sich hinters Steuer.

Gleich darauf waren sie verschwunden, und ich saß alleine in dem grauen Chevrolet. Er war mir nie langweiliger und staubiger vorgekommen und auch nie leerer.

Auf dem Nachhauseweg fuhr ich bei Cuffy's vorbei. Todds Wagen parkte davor, und drinnen konnte ich Todd und Mary zusammen in einer Nische sitzen sehen. Kelli saß ihnen gegenüber und neben ihr Eddie Smathers. Jemand mußte gerade, als ich langsam weiterfuhr, irgend etwas Lustiges gesagt haben, denn ich konnte sehen, wie Eddie lachend den Kopf in den Nacken warf. Obwohl mir der Blick auf sie jetzt versperrt war, wußte ich, daß Kelli auch lachen mußte.

Unser Haus fand ich leer vor; mein Vater war noch nicht aus dem Geschäft zurückgekommen. Ich saß eine Weile im Wohnzimmer und starrte auf das matte grüne Auge des Fernsehers. Dann ging ich in mein Zimmer und legte mich aufs Bett, starrte nun auf dem Rücken liegend zur Decke. Es machte sich ein leichtes Zittern in den Beinen bemerkbar. Es wanderte nach oben, wurde dabei immer stärker, bis ich spüren konnte, wie mein Magen zu beben anfing, sich an meine Brust preßte, und meine Kehle sich schließlich unter dem eisernen Griff all dessen, was ich so verzweifelt zu unterdrücken versuchte, zuschnürte. Und dann ließ es mich plötzlich los, und zu meiner ungeheuren Überraschung fing ich zu weinen an. Selbst jetzt kann ich nicht all die Dinge nennen, um die ich an jenem Nachmittag weinte. Ich weiß, daß es nicht nur der Verlust Kellis war, sondern auch all das, was sie mit der Zeit für mich verkörpert hatte, das Versprechen, das sie so lange für mich dargestellt und das sie dann so schnell zurückgezogen hatte. Ich weinte um ein Leben, das mir genommen schien, eine Liebe, die ich nie kennen würde, eine Vision des Glücks, des Heranwachsens und Altwerdens, eingehüllt von etwas Starkem, Echtem. Ich weinte aus Selbstmitleid, weinte wegen einer schrecklichen Unzulänglichkeit und weinte, weil ich mich in einer sinnlichen Wildnis befand, aus der ich keinen Ausweg erkennen konnte. Ich weinte, weil ich klein und unbeholfen war, weil ich eine Brille trug, weil die ausgeprägteren Erfahrungen der Männlichkeit mir immer wieder zu entgleiten schienen. Ich weinte, weil ich kläglich und jämmerlich war.

Und an dem Punkt hätte die Geschichte enden können: mit einem unerfahrenen Jungen, der in einem melodramatischen Augenblick romantischen Leids weinte, doch mit der Aussicht darauf, daß er sich bald von seinem Bett erheben, sich die Tränen wegwischen und sich mit festen Schritten auf das Erwachsenenleben zubewegen würde, auf ein Leben, das für ihn passend war. Von da an würde er eine Frau lieben, die er sich noch nicht vorstellen konnte, Kinder großziehen und für sich die stille Würde eines guten, anständigen Lebens finden. Zu guter Letzt würde er sich vielleicht sogar, von Zeit zu Zeit, den Nachmittag ins Gedächtnis rufen, an dem er so bitterlich geweint hatte, um dann mit der beruhigenden Weisheit all dessen, was er seitdem gelernt hatte, lächeln zu können.

So hätte es enden können.

Aber das tat es nicht.

VIERTER TEIL

17

Es ist noch nicht lange her, daß Noreen, Amy und ich einen von Lukes Söhnen auf der Bühne sahen, als er in der Schulaufführung zum Abschluß seines Semesters auftrat. Wir saßen zusammen ziemlich weit vorne in dem eleganten neuen Theater, das man kurz vorher an das High-School-Gebäude angebaut hatte. Eine komplizierte Ansammlung moderner Theaterscheinwerfer hing über uns, und von unseren Plätzen konnten wir auf einen wunderschönen roten Vorhang sehen.

»Das ist schon etwas anderes als der alte Theatersaal, den wir kannten«, meinte Noreen leichthin.

»Ja, allerdings.«

Noreen und Amy saßen neben mir, Noreen mußte jetzt zu solchen Anlässen eine Brille tragen; rechts von uns konnte ich sehen, wie Betty Ann unruhig auf einem Klappsessel herumrutschte, der für ihre Körperfülle zu klein war. Nur Luke schien seit unserer Jugend mehr oder weniger unverändert, immer noch groß und schlank, nur sein Gesicht hatte jetzt mehr Persönlichkeit bekommen. Sein Haar war natürlich dünner geworden und fast völlig grau, aber seine Augen leuchteten immer noch durchdringend blau, und seine Haut war gebräunt und jugendlich.

Bei dem Stück handelte es sich um eine moderne Angelegenheit, zerrissen und gekünstelt, und wir waren alle ziemlich müde, als es schließlich zu Ende ging. Es war eine dunstige Frühlingsnacht, und wir alle fuhren gemeinsam nach dem Stück die Bergstraße hinauf, an der verlassenen Ruine unserer alten Schule vorbei, deren zerbrökkelnde Ziegelfassade in gespenstischen Nebel gehüllt war. Ich konnte den alten Parkplatz erkennen, jetzt von Unkraut überwuchert und ungepflegt, die breiten, zersprungenen Treppenstufen, die zum Eingang hinaufführten, die unbeleuchtete, stumme Turnhalle und dahinter das Auditorium, das uns in unserer Schulzeit auch als Schultheater gedient hatte; in dessen Zuhörersaal hatte ich von einem hölzernen Klappsessel aus zugesehen, wie Kelli Troy für die Rolle der Julia vorgesprochen hatte.

»Das mußten wir als Theater verwenden«, erklärte Luke meiner Tochter und deutete auf das Auditorium. »Wir hatten damals noch keine professionelle Beleuchtung und Verstärkeranlagen, wie ihr das heute habt.« Er lachte darüber, wie primitiv damals doch alles gewesen war. »Und diese klapprigen alten Sperrholzsitze, erinnerst du dich noch, Ben?«

Ich sah zu dem alten Auditorium hinüber. Abgesehen von der einen nackten Glühbirne, die immer noch über der Tür hing und aus dem Nebel zu uns herüberstrahlte, war der Bau unbeleuchtet, und ich dachte: *Dort ist es geschehen, keineswegs auf dem Breakheart Hill.*

*

Die letzte Ausgabe des *Wildcat* wurde nur wenige Tage, nachdem Kelli für die Rolle der Julia vorgesprochen hatte, der Druckerei übergeben. Sie hatte die Rolle natürlich bekommen, was mich nicht überrascht hatte. Überrascht hatte mich hingegen, daß Todd sich tatsächlich um die Rolle des Romeo bemüht und sie fast mit der gleichen Leichtigkeit bekommen hatte wie Kelli die der Julia. Eddie Smathers, der Todd immer noch nicht von der Seite wich, hatte ebenfalls für das Stück vorgesprochen und sollte nun die Rolle des Bruder Lorenz spielen. Sheila Cameron hatte die Rolle der Lady Capulet übernommen und Noreen die Rolle der Schwester. Mary Diehl hatte man die Lady Montague angeboten, aber sie hatte sie abgelehnt und sich dafür entschieden, statt dessen die Kostüme für die Produktion zu entwerfen.

»Du solltest dich auch um eine Rolle in dem Stück bemühen, Ben«, sagte Kelli an dem Nachmittag zu mir, an dem wir die letzte Ausgabe des *Wildcat* fertigstellten.

Ich schüttelte den Kopf und fuhr fort, die Korrektur des letzten Artikels zu lesen, ehe wir alles in die Druckerei schickten.

»Paris«, sagte Kelli. »Du könntest den Paris spielen. Miss Carver sucht immer noch jemanden für diese Rolle.«

»Das glaube ich nicht«, meinte ich bedrückt.

Kelli wandte sich wieder ihrer eigenen Arbeit zu und beugte sich über ihren kleinen Schreibtisch an der hinteren Wand. Sie sagte nichts mehr, ohne Zweifel verwirrte sie mein mürrisches Verhalten.

An jenem Nachmittag wurden wir spät fertig und gingen dann gemeinsam zum letzten Mal aus dem Büro.

»Also, das wär's dann wohl für dieses Semesters mit dem *Wildcat*«, sagte ich mit einem schnellen Achselzukken und sperrte die Tür ab.

Kelli nickte, sagte aber nichts.

»Danke für all die Mühe, die du dir dieses Jahr gegeben hast«, fügte ich hinzu, allerdings ohne besonders herzlich zu klingen.

Sie lächelte schwach. »Ich denke, wir werden im nächsten Schuljahr versuchen, es noch besser zu machen«, sagte sie ein wenig zaghaft, als erwarte sie von mir eine Bestätigung.

Ich nickte ohne große Begeisterung und schickte mich an wegzugehen.

Kelli nahm meinen Arm und drehte mich zu sich herum.

»Ben, habe ich etwas getan?«

Ich schüttelte den Kopf und tat so, als würde mich ihre Frage überraschen.

»Bist du sauer auf mich?«

»Nein«, sagte ich. »Warum sollte ich sauer sein?«

»Nun, so wie du dich in letzter Zeit mir gegenüber verhalten hast, habe ich mich gefragt, ob ich irgend etwas getan habe. Wenn ja, dann ...«

»Nein, du hast nichts getan«, sagte ich.

Sie wartete darauf, daß ich meine unverkennbare Distanziertheit näher erklärte, aber es gab keine Erklärung, die ich ihr hätte liefern können, ohne mir gleichzeitig eine Blöße zu geben. Und so sagte ich nur: »Bei uns ist nur gerade zu Hause einiges im Gange.«

Obwohl deutlich zu erkennen war, daß sie mir nicht glaubte, spürte ich doch auch, daß es ihr unangenehm war, weiterzubohren.

»Na schön«, sagte sie dann leise. »Also, ich werde besser gehen. Wir treffen uns alle mit Miss Carver. Die Mitwirkenden, meine ich. Um über das Stück zu sprechen und einen Probenplan aufzustellen und all das.«

»Okay«, sagte ich. »Tschüs.«

»Tschüs, Ben«, sagte Kelli. Dann drehte sie sich um und ging weg.

Wenn ich mir jenen Augenblick heute ins Gedächtnis zurückrufe, dann weiß ich mit absoluter Sicherheit, daß nichts, was Kelli gesagt oder getan hätte, an meinen Gefühlen bezüglich ihrer Person und der schmerzlichen Verstimmung, die mich überwältigt hatte, etwas hätte ändern können. In dieser Stimmung hätte ich jeden Annäherungsversuch ihrerseits zurückgewiesen, jede freundliche Geste abgewehrt. In mir hatte sich etwas gegen sie verhärtet, und es gab nichts, was sie dagegen hätte tun können. Ihre Stimme klang schrill in meinen Ohren, und ihre Schönheit war für mich wie ein Schlag ins Gesicht. Mir war es zuwider, sie jeden Tag sehen zu müssen, und ich sehnte mich geradezu nach dem Ende des Schuljahrs. Ich wollte in jeder Hinsicht fern von ihr sein, wollte, daß sie verschwand. Trotz dieses Aufruhrs meiner Gefühle konnte ich das Gift noch nicht spüren, das im Begriff war, mich langsam aufzufressen, und das an der dünnen Mauer von Moral nagte, die uns davon abhält, all die gemeinen, bösen Dinge zu tun, zu denen unser Instinkt uns treibt.

Und so verspürte ich an jenem Nachmittag eine merkwürdige Erleichterung, als ich die Tür des Büros hinter mir schloß. Ich glaubte wahrhaftig, daß wenigstens dieser Teil meines erzwungenen Zusammenseins mit Kelli vorbei war, daß jene Spätnachmittage, an denen wir so dicht nebeneinander in dem düsteren kleinen Büro saßen und ich ihr Haar riechen und praktisch ihre Körperwärme spüren konnte, endlich zu Ende gegangen waren und ich jene Tür nie wieder würde öffnen müssen, sobald sie nun geschlossen war.

Aber ich mußte sie wieder öffnen, wenigstens im physischen Sinne, wenn auch nicht für Kelli, die darauf gewartet hätte, eintreten zu können, sondern für die hünenhafte Gestalt von Sheriff Stone.

Das geschah, drei Tage nachdem man Kelli hingestreckt auf dem oberen Hang des Breakheart Hill gefunden hatte. Die Ermittlungen befanden sich damals noch in dem Stadium der Sondierung. Sheriff Stone war bis dahin bereits mehrere Male in der Choctaw High School erschienen. Ich hatte ihn auf dem Parkplatz gesehen, wo er langsam herumging, den Blick meistens zu Boden gerichtet und sich manchmal sogar bückend, als suche er etwas. Ich hatte ihn mit Todd und Sheila reden sehen und sogar mit Edith Sparks; die vier waren in einer schattigen Ecke am hinteren Teil des Schulgeländes gestanden. Erst am Tag zuvor hatte ich ihn mit Miss Carver beobachtet; beide waren in ihrem ansonsten leeren Klassenzimmer gewesen, sie am Fenster stehend, er an ihr Pult gelehnt und sie scharf musternd. Miss Carver hatte einen angespannten Eindruck gemacht, als würde sie ihm wichtige Dinge mitteilen, und ich bin nach wie vor der Meinung, daß sie diejenige war, die Sheriff Stone geraten hatte, er solle mit mir sprechen.

Ich erinnere mich noch ganz deutlich an seinen Gesichtsausdruck, als er schließlich in das kleine Büro im Untergeschoß trat, das seine wuchtige Gestalt fast ausfüllte. Sein grauer Hut stieß beinahe an die einzige Glühbirne, die von der niedrigen Decke baumelte.

»Das ist hier ja wie in einer Höhle«, meinte er.

Ich deutete auf Kellis Schreibtisch. »Sie hat dort drüben gearbeitet«, sagte ich.

»Und Sie?«

»An dem anderen Schreibtisch.«

Sein Blick wanderte hinüber und blieb an dem Bild von

Kelli hängen, das ich auf dem Breakheart Hill von ihr aufgenommen hatte und das jetzt mit Klebeband an der Wand über ihrem Schreibtisch befestigt war. Er löste das Foto vorsichtig und betrachtete es eine Weile aufmerksam.

»Wer hat die Aufnahme gemacht?«

»Ich.«

»Wann war das?«

»Vor ein paar Wochen.«

Er blickte schweigend auf das Bild, dann hoben sich seine Augen langsam und erfaßten mich. »Dasselbe Kleid«, sagte er. »Und derselbe Ort.«

Ich nickte.

»Hatten Sie sie oft dorthin gebracht?«

»Sie hat mich hingebracht«, antwortete ich. »Aber nur jenes eine Mal.«

Er musterte mich stumm aus den Tiefen der Nachdenklichkeit, die ihn umgaben, und sagte dann: »Mächtig hübsches Mädchen.«

»Ja.«

»Ein seltsamer Ort für sie dort oben auf dem Breakheart Hill.«

Ich nickte.

»Haben Sie eine Ahnung, weshalb sie ganz alleine dort oben gewesen sein könnte?«

»Nein, Sir.«

Er schüttelte langsam sein mächtiges Haupt. »Wirklich eine Schande, was ihr passiert ist.« Sein Blick kehrte zu dem Foto zurück, verweilte einen Augenblick und schoß dann blitzschnell zu mir herüber. »Haben Sie eine Ahnung, wer es getan haben könnte, Ben?« fragte er.

»Nein, Sir.«

»Meinen Sie, daß es Lyle Gates gewesen sein könnte?«

Es war das erste Mal, daß mir gegenüber Lyle Gates' Name in Verbindung mit dem, was Kelli zugestoßen war, erwähnt wurde, und ich verspürte den ersten Hauch jenes finsteren, stetig an Stärke zunehmenden Orkans, der von seinem wirbelnden Auge oben auf dem Breakheart Hill ausging. »Lyle Gates?« wiederholte ich und sah plötzlich vor meinem geistigen Auge das erste Bild von unerwartetem Unrecht. Es sollten im Lauf der Zeit Tausende werden.

»Richtig«, bestätigte Sheriff Stone. »Wir wissen, daß er sich um die gleiche Zeit, in der Kelli auf dem Breakheart Hill war, auch in der Gegend aufgehalten hat.« Er zuckte die Achseln. »Das hat natürlich, für sich betrachtet, nicht viel zu sagen, aber wie ich gehört habe, hat er sich ihr gegenüber vor einer Weile bei Cuffy's recht unfreundlich geäußert.«

Ich nickte widerstrebend.

»Und Sie und Gates sind sich darüber ein wenig in die Haare geraten, wie ich hörte«, fügte Sheriff Stone hinzu.

»Ja, das stimmt.«

»Hatten Sie anschließend noch einmal Ärger mit Gates?«

»Nein.«

»Und Kelli?«

»Nicht daß ich wüßte.«

Er verstummte und starrte mich an, und seine erfahrenen Augen erforschten und werteten alles aus: meine Stimme, meine Haltung, spürten Geheimnisse auf, die ich ihm vorenthielt, verrieten aber zugleich Unsicherheit in bezug auf das Wesen der Dinge, die ich vor ihm verbarg.

»Haben Sie einen Wagen, Ben?«

»Ja, Sir.«

»Waren Sie je auf dieser alten Bergwerkstraße am Fuße des Breakheart Hill?«

Ich schüttelte den Kopf.

»Sie wissen aber, welche Straße ich meine, oder?«

»Ja, Sir.«

»Also, ich habe dort Reifenspuren gefunden«, sagte Sheriff Stone. »Und die Sache ist die, daß Gates zu Fuß war. Man hatte seinen Wagen ein paar Tage, bevor die Tat sich ereignet hat, beschlagnahmt, weil er seine Raten nicht bezahlt hatte. Worauf ich hinaus will, ist, daß die Spuren nicht von seinem Wagen stammen können.«

Ich sagte nichts.

Sheriff Stone nahm den Hut vom Kopf und drehte ihn langsam in seinen massigen Händen. »Ich frage mich also, ob Ihnen jemand anders einfällt, der vielleicht den Wunsch gehabt haben könnte, Kelli das anzutun.«

»Nein, Sir.«

»Außer Gates meine ich«, fügte er hinzu.

»Nein, Sir. Da fällt mir niemand ein«, erklärte ich mit fester Stimme.

»Nun, sagen Sie das nicht zu schnell, junger Mann. Überlegen Sie einen Augenblick. Gibt es irgend jemanden in der Stadt, der aus irgendeinem Grund wütend auf sie war?«

»Mir fällt da niemand ein.«

»Zum Beispiel hier in der Schule«, fragte Stone. »Haben irgendwelche Jungs sie belästigt?«

Ich schüttelte den Kopf. »Nicht, daß ich wüßte.«

»Und was ist mit ihrem Freund, wie heißt der doch gleich?«

Ich spürte, wie etwas mein Herz zusammendrückte, als ich seinen Namen aussprach. »Todd Jeffries.«

»Richtig. Hatte sie mit ihm vielleicht Ärger?«

Ich sah, wie Kelli ihr Gesicht sanft an Todds Brust lehnte, sah, wie seine Arme sich um sie schlossen. »Nein, Sir«, sagte ich. »Sie hatten keine Probleme.«

»Also hatte, soweit Ihnen das bekannt ist, niemand irgendwelche Probleme mit ihr?« fragte Sheriff Stone. »Niemand außer Lyle Gates?«

Ich gab keine Antwort. Vor meinem inneren Auge sah ich, wie Kelli sich zu mir herumdrehte, damals auf dem Flur vor dem Büro, und ich hörte wieder ihre Stimme. *Ben, habe ich etwas getan? Bist du sauer auf mich?*

Sheriff Stone registrierte mein Schweigen und wiederholte dann seine Frage, diesmal mit etwas Nachdruck. »Bloß Lyle Gates? Er ist also der einzige, der vielleicht etwas gegen Kelli gehabt haben könnte?«

»Yeah, bloß Lyle Gates«, sagte ich.

Er musterte mich einen Augenblick lang, und dann sagte er etwas, was mich verblüffte. »Und wie wäre es mit einem Mädchen?«

»Einem Mädchen?«

»Ja, ein Mädchen, das irgendeinen Anlaß gehabt haben könnte, Kelli etwas anzutun. Mädchen geraten doch auch in Wut aneinander, oder nicht?«

»Schon ...«

»Und da Kelli nicht vergewaltigt worden ist oder etwas dergleichen«, fügte Sheriff Stone hinzu, »ist das eine Möglichkeit, die wir auch in Betracht ziehen müssen.«

Ich sagte nichts.

»Ehrlich gesagt, Ben, wir wissen nicht recht, was dort oben vorgefallen ist. Die Einzelheiten, meine ich. Wir haben einen Steinbrocken gefunden, wissen Sie, mit Blut daran, aber das war ein ganzes Stück weiter unten in der

Nähe der alten Bergwerkstraße, ziemlich weit von der Stelle entfernt, wo wir Kelli selbst aufgefunden haben. Und außerdem war der Stein viel zu groß, als daß ihn jemand aufgehoben und sie damit niedergeschlagen haben könnte.« Er seufzte leise. »Deshalb denken wir, sie könnte vielleicht auf den Stein gefallen sein und dann versucht haben, wegzurennen, den Hügel hinauf, irgend so etwas.«

Er musterte mich aufmerksam und beobachtete, welche Wirkung seine Worte auf mich gehabt hatten. »Zu der Zeit war sie bereits blind, weißt du.«

Mein Kopf war völlig leer. »Blind?«

»Ja, das denkt Dr. McCoy«, sagte Sheriff Stone. »In dem letzten Stadium, weißt du, als sie noch laufen konnte. Mit schwindenden Kräften natürlich, aber immer noch imstande, zu laufen. Am Ende muß sie gekrochen sein.« Seine Augen wanderten wieder zu dem Foto. »Das schließen wir zumindest aus dem Zustand ihres Kleides.« Er blickte zu mir auf. »Eines steht jedenfalls fest. Sie hat einen sehr heftigen Schlag ins Gesicht bekommen.«

Ich schwieg weiterhin.

Sheriff Stone hakte beide Daumen in seinen Gürtel. »Also, was ist, Ben? Fällt Ihnen jemand ein, der Anlaß gehabt haben könnte, Kelli weh zu tun?«

Ich schüttelte den Kopf. »Ich wüßte niemanden.«

Er schien meiner Antwort zu mißtrauen. »Nein?«

»Nein.«

»Also, Sie waren doch bei den Proben für das Stück, oder?«

»Ja.«

»Und Ihnen ist nichts aufgefallen?«

»Nein.«

Sheriff Stone musterte mich scharf, und seine Augen

verengten sich, und dann sagte er: »Und was ist mit Mary Diehl?«

Da wußte ich, daß Miss Carver ihm alles gesagt hatte, alles, was sie im Laufe der letzten vier Wochen gesehen und gehört hatte, während Kelli ihre Julia und Todd seinen Romeo geprobt hatten. Mary Diehl hatte in der dunkelsten, hintersten Ecke des Auditoriums gesessen und Nägel gekaut und hilflos zugesehen, wie ihre einzige Liebe unwiederbringlich ihrem Griff entglitt. Ich erinnerte mich, sie dort gesehen zu haben, eine reglose Gestalt im Halbdunkel, stumm und starr, mit einem Gesicht, aus dem ihr ganzer süßer Charme wie Kerzenwachs abschmolz.

»Ich höre, daß es zwischen Mary Diehl und Kelli ziemliche Unstimmigkeiten gegeben hat«, sagte Sheriff Stone. »Wußten Sie das?«

Ich nickte wortlos, spürte wieder, wie der dunkle Finger mich berührte und dachte: *Mary auch? Wie soll das noch weitergehen? Und wo wird es enden?*

»Worum ging es dabei denn?« fragte Sheriff Stone. »Bei dem Ärger, den es zwischen Kelli und Mary Diehl gab?«

Ich hörte Kellis Stimme ganz leise in meinem Bewußtsein und antwortete, so wie sie erst vor zwei Wochen geantwortet hatte, und meine Lippen formten das einzige Wort, das die Wahrheit wiedergab. »Liebe«, sagte ich.

18

Vor meinen Augen war es geschehen. Liebe. Und ich hatte zugesehen, wie es dazu gekommen war, genauso hilflos wie Mary zugesehen hatte, wenn auch möglicherweise von einem noch näheren Beobachtungspunkt aus.

Vor der ersten Probe war Miss Carver zu mir gekommen und hatte mehr oder weniger von mir verlangt, an dem Stück mitzuarbeiten, wenn auch nicht als Schauspieler. Ich sollte vielmehr die weit weniger glanzvolle Aufgabe übernehmen, den Schauspielern zu soufflieren, bei den Kulissen zu helfen und den Vorhang jeweils zu öffnen und zu schließen. Das war eine Aufgabe, um die ich mich nicht riß, die es mir aber ermöglichte, Kelli nahe zu sein. Ich weiß jetzt, daß da trotz allem noch ein Stück von mir war, das nicht bereit gewesen war, sie freizugeben. Ich hatte mich danach gesehnt, dieses düstere Gefühl der Häßlichkeit und der Unzulänglichkeit loszuwerden, das jedesmal in mir aufstieg, wenn ich in ihre Nähe kam, und aus dem Grund hatte ich es auch eine Woche zuvor begrüßt, das Büro im Keller schließen zu können. Aber zugleich hatte ich festgestellt, daß ich die Hoffnung nicht aufgeben konnte, sie doch noch zurückzugewinnen, gemeinsam mit ihr mein Leben aufzubauen – der Dorfarzt und seine Frau.

Daher erklärte ich mich nur wenige Tage, nachdem ich das Büro geschlossen hatte, damit einverstanden, die Aufgabe anzunehmen, die Miss Carver mir zugedacht hatte. So sah ich von meinem Platz hinter der Bühne zu, wie Kelli und Todd zum ersten Mal ihren Text sprachen.

Kelli stand dazu auf der kahlen Bühne auf einem Klappsessel, Todd kniete vor ihr und hob ihr seine Arme entgegen.

Mit einem Namen
weiß ich nicht, wie ich Euch sagen soll, wer ich bin ...

Und damit glaube ich, sagte Todd schon bei jener ersten Probe – als er ihr seinen Text vorlas und sich dabei ohne Zweifel ziemlich linkisch vorkam – Kelli, wer er war und wer nicht und daß er dabei seine ganzen sportlichen Leistungen, den Ruhm, den er genoß, beiseitewarf und statt dessen etwas anderes anbot, eine eigenartige Einsamkeit und Verletzbarkeit. Sie schien ihr entgegenzusteigen, als er die Arme zu ihr erhob, leer und flehend, und die einzig und allein auf Kelli gerichtet waren.

Der Mantel der Nacht verbirgt mich ihren Blicken.
Sollen sie mich hier ruhig finden, wenn Ihr mich nur liebt.

Nur ein paar Schritte von ihnen entfernt, spürte ich, wie meine Hände sich um das Seil krampften, mit dem ich den Vorhang herunterließ oder nach oben zog, und beobachtete jene erste Szene zwischen ihnen mit derselben wachsenden Angst, die Mary Diehl empfunden haben mußte, die nur ein paar Meter entfernt in der dunklen Ecke des Zuhörerraums saß. Es war ein Gefühl, daß die schlimmste Katastrophe der Welt sich ereignet hatte, eine Flutwelle wechselseitiger Anziehung von so geheimnisvoller und elementarer Gewalt, daß man gegen sie machtlos war. Alle Mühe, alle Liebe und alle Hingabe konnten überhaupt nichts bewirken konnte, weil am Ende die Glut der Leidenschaft, die Mary und ich zwischen Todd und Kelli aufflammen sehen konnten, auf dieselbe plötzliche, fatale Art und Weise zugeschlagen hatte, wie die Herzen in Andenkenläden es schon immer dargestellt haben – als ein Pfeil durchs Herz.

Am Ende der ersten Probe war es bereits dunkel, aber die Mitwirkenden verweilten noch auf den Treppen des Auditoriums, ehe sie nach Hause gingen. Mary saß neben Todd, und wir anderen hatten uns auf den Stufen rings um sie verteilt, Kelli neben Eddie Smathers, Noreen und Sheila auf der Stufe unter ihnen und ich an die Wand gelehnt, stumpf auf sie herabblickend.

»Das ist recht gut gelaufen«, sagte Mary, und obwohl ihre Stimme immer noch fröhlich klang, war doch zugleich eine gewisse Unruhe an ihr zu verspüren. »Findest du nicht, Todd?«

Todd nickte. »Der Text ist ganz schön schwierig«, sagte er.

»Und albern«, fügte Eddie hinzu und lachte. »Die Hälfte von dem, was ich sage, verstehe ich nicht.«

»Dann solltest du es dir von Miss Carver erklären lassen«, riet ihm Noreen.

Eddie zog ein Exemplar der Liebestragödie aus seiner Hosentasche und klappte es auf. »Ich meine, was zum Teufel soll das bedeuten?« fragte er. »›Die Erde, die die Mutter der Natur ist, ist ihr Grab. Was ist ihr Grab dann als ihr Mutterleib.‹« Er blickte verwirrt auf. »Kann mir das jemand sagen?«

Kelli gab ihm sofort eine Antwort. »Das bedeutet, daß die Erde alles ist. Sie gibt das Leben, und sie nimmt es. Sie ist der Ort, wo wir geboren werden und wo wir sterben.

Unser Mutterleib und unser Grab.« Sie sah zu Todd hinüber. »Und soweit es die Natur betrifft, ist alles dasselbe. Leben und Tod.«

Todd nickte. »Das stimmt«, sagte er leise, »und ich denke, es ist auch wahr.« Dann beugte er sich in einer plötzlichen spontanen Geste nach vorn und strich Kelli sanft eine Haarsträhne aus der Stirn.

Ich stand über ihnen, mürrisch an die harte Ziegelmauer des Auditoriums gelehnt, und sah mit erschreckender Klarheit, daß sie vor Todd Jeffries' Berührung nicht zurückzuckte wie vor der meinen. Statt dessen beugte sie sich ihm ganz leicht entgegen, als wolle sie ihm mehr anbieten.

Anschließend redeten sie über das Stück, aber ich verabschiedete mich ein paar Minuten später und trottete zu meinem Wagen. Ich schaltete den Motor ein und machte mich auf den Heimweg. Doch nach einer Weile stellte ich fest, daß es mir unmöglich war, nach Hause zu gehen. Etwas zog mich zur Schule zurück, zu der dunklen Treppe, auf der Kelli, wie ich annahm, immer noch saß, zu Füßen von Todd Jeffries.

Ich hatte bereits die halbe Strecke zurückgelegt, als ich auf dem verlassenen Parkplatz eines Lebensmittelladens einen weiten Bogen schlug und wieder zur Schule zurückfuhr. Ich wußte nicht genau, was ich eigentlich vorhatte, sobald ich dort ankam. Ganz in der Nähe der Schule hielt ich an der schmalen Gasse, die zwischen der Turnhalle und einer Reihe kleiner Holzhäuser verlief, und beobachtete von dieser Stelle aus die Leute, die immer noch auf der Treppe versammelt waren.

Es verging beinahe eine Stunde, bis die Gruppe sich auflöste, und ein paar Minuten später sah ich Todds Wagen an der Gasse vorbeirollen. Ich wartete, bis er beinahe einen Block entfernt war, und schloß mich ihm dann wie ein ganz gewöhnlicher Verfolger an.

Ich hielt vorsichtig Distanz und verlangsamte meine Fahrt jedesmal, wenn Todds Wagen langsamer wurde. Im Wagen waren drei Leute. Todd saß am Steuer, Mary neben ihm und Kelli ganz außen, gegen die Beifahrertür gedrückt. Todd bog auf die Hauptstraße von Choctaw nach rechts ein, rollte an der langen Reihe kleiner Läden vorbei, die die Straße nach Norden säumten, wo Turtle Grove lag. An 417 Maple Way hielt er an, stieg aus und brachte Mary an die Tür des Hauses. Von meinem Beobachtungspunkt, einen halben Straßenblock entfernt, sah ich, wie er sie leicht auf den Mund küßte und dann wieder die Einfahrt zu seinem Wagen hinunterlief, wo Kelli auf ihn wartete.

Die nächsten paar Minuten folgte ich ihnen wieder zurück durch Choctaw, weiter nach Süden und schließlich über die verlassene Landstraße, die zu Kellis Haus führte. Er fuhr langsam, und sein Kopf drehte sich immer wieder zu Kelli, während sie sich unterhielten.

Als er in die Einfahrt zu Kellis Haus bog, war es beinahe neun Uhr am Abend. Ich lenkte meinen Wagen an den Straßenrand, so daß das dichte Weinlaub ihn verbarg, und wartete ab. Ich konnte den Wagen in der Ferne sehen und erwartete, daß Kelli gleich aussteigen würde, aber das tat sie nicht.

Sie blieb noch bei ihm im Wagen sitzen, so wie sie von Zeit zu Zeit mit mir im Wagen sitzengeblieben war, und ich wußte, daß die Atmosphäre zwischen den beiden ganz anders war, dicht und sinnlich, aufgeladen mit nervöser Spannung.

Ich stieg aus dem Wagen und schlich mich näher an sie

heran, bis ich einige Fuß hinter dem Wagen ein Gestrüpp fand, das mir Schutz bot und doch nahe genug daran war, daß ich die beiden genau beobachten konnte. Kelli hatte sich zu Todd herumgedreht, eine Haltung, die ich gut kannte, von den vielen Abenden und Nachmittagen, die wir zusammen im Wagen gesessen und uns leise unterhalten hatten, ehe sie schließlich ins Haus gegangen war.

Ich wußte, daß sie jetzt die Füße auf die Sitzbank gezogen und wahrscheinlich die Schuhe abgestreift hatte, die jetzt auf dem Boden lagen, wußte, daß ihr nackter Arm schlaff auf der Sitzlehne lag und ihre langen, braunen Finger fast Todds rechte Schulter berührten, und daß ihre Augen, wenn sie ihn jetzt ansah, mit einem dunklen Strahlen leuchteten, als brenne ein Licht in ihnen.

Ich wollte weg, wollte mich von all dem abwenden, aber ich konnte es nicht; irgendeine unerklärliche quälende Kraft hielt mich fest, zwang mich, den Blick nicht von den beiden Silhouetten zu wenden, die immer näher aufeinander zu glitten, wenn sie sich auch nie tatsächlich berührten.

Endlich stieg Kelli aus, und ich begann wieder zu atmen. Durch das Gestrüpp sah ich sie nach vorne zum Wagen gehen und warten, bis Todd ebenfalls ausstieg. Sie gingen zusammen zum Haus, zwei in das gelbe Licht der vorderen Fenster gehüllte Gestalten, die sich langsam bewegten, stehenblieben, eine Weile redeten, sich wieder bewegten, erneut stehenblieben, nur ungern bereit, wie mir klar war, sich zu trennen.

Schließlich gingen sie zusammen die Treppe hinauf, und die Dunkelheit der Veranda verschluckte sie. Ich wartete, daß die Haustür sich öffnete, daß ein Balken gelblichen Lichts sie einhüllte, aber die Minuten verstrichen, und es blieb dunkel, ein dicker Schleier hüllte sie ein, schwarz und dicht und für mich undurchdringlich.

Eine Weile blieb ich an der Straße stehen, eine geduckte Gestalt hinter einem Gestrüpp verborgen. Ich erinnere mich, daß ich einmal sogar die Augen zusammenpreßte und mir vorzustellen versuchte, ich selbst befände mich in derselben Dunkelheit wie sie, ich befände mich mit Kelli in jener Dunkelheit anstelle von Todd.

Als ich die Augen wieder aufschlug, sprang Todd gerade die Treppe herunter, und Kelli stand am Fenster und winkte ihm zu, wie sie mir nie zugewinkt hatte.

Ich rannte zu meinem Wagen, mein Atem ging plötzlich schwer, und fuhr – wahrscheinlich viel zu schnell – nach Hause. Später starrte ich, auf dem Bett liegend, an die Decke, fast bis der Morgen dämmerte und ich dann endlich in einen unruhigen Schlaf sank.

Am nächsten Morgen kam in aller Frühe Luke vorbei. Wir hatten vorgehabt, Tennis zu spielen, und er hatte Rakkets für uns beide mitgebracht. Als ich die Tür öffnete, sagte er: »Verdammt, Ben, du siehst aus, als ob man dich hart geritten und feucht in den Stall gebracht hätte.«

»Ich habe nicht besonders gut geschlafen, das stimmt«, murmelte ich.

Er grinste. »Nun, dann wird dir eine Tennispartie gut tun.«

Ich nickte stumpf. »Ja, kann schon sein«, sagte ich.

Ich zog mich an, dann stiegen wir beide in seinen Pickup und fuhren zum Park. »Was macht das Stück?« fragte Luke, als wir an Cuffy's vorbeirollten.

»Geht schon, denke ich.«

»Kelli soll sehr gut sein, höre ich.«

»Yeah.«

»Und Todd soll seine Sache auch ganz gut machen.«

Die Erwähnung ihrer Namen rief die Ereignisse der letzten Nacht in mir zurück, und wieder sah ich sie oben an der Treppe in der Dunkelheit verschwinden.

Am Park stiegen wir aus und gingen zusammen zu den Tennisplätzen. An jenem Morgen erwähnte keiner von uns beiden Kelli noch einmal, aber sie war während des ganzen Spiels jeden Augenblick bei mir und zwar in einer solchen Intensität, daß ich über eine Stunde lang den Ball wild zurückschlug, was Luke erstaunte. Wieder und wieder dachte ich an Kelli und stellte mir Todd vor, ohne Zweifel so nahe bei ihr, daß er ihren Atem in seinem Haar spüren mußte, und ich schlug den Ball mit sich immer stärker aufbauender Wut zu Luke zurück. Ich kann mich noch ganz deutlich an den Griff des Schlägers erinnern, den ich mit der Faust umklammert hielt, an das elektrische Zischen in der Luft, wenn ich mit dem Schläger nach dem Ball schlug, und an den harten mörderischen Knall, wenn er ihn berührte. Wieder und wieder gab Luke mir den Ball zurück, und wieder und wieder schmetterte ich ihn zu ihm hinüber, jedesmal brutaler, und jedesmal malte ich mir Todd und Kelli in der Dunkelheit auf der Veranda aus, malte mir aus, wie ihre Hände sich berührten, ihre Finger sich ineinander verkreuzten, ihre Körper sich noch enger aneinanderpreßten, bis sie in der Erregung jenes ersten tiefen Kusses zusammenkamen – und all das begleitet vom Pfeifen des Schlägers durch die glühende Sommerluft, dem unbarmherzigen Knallen meines Angriffs und dem sirrenden Flug des Balls über das durchhängende Netz.

»Du hast wirklich gelernt, wie man mit dem Schläger umgeht«, sagte Luke, als wir zu Cuffy's fuhren. Obwohl er das als Kompliment gemeint hatte, schien ihn meine Spielweise doch ein wenig zu beunruhigen. Er konnte nicht ahnen, weshalb ich so wild gespielt hatte.

Ein paar Sekunden lang musterte er mich mit angespannt fragender Miene. Es war derselbe Blick, mit dem er mich an dem Nachmittag ansah, an dem er in meinen Garten gerannt kam und mir mit halberstickter Stimme zu erklären versuchte, daß Kelli Troy »etwas Schlimmes« zugestoßen sei. Es war ein Blick, den ich von jener Zeit an häufig an ihm sehen sollte.

»Bei dir alles in Ordnung, Ben?« fragte er.

Ich nickte, sagte aber nichts. Mein Bewußtsein war mit einer Art mörderischen Konzentration immer noch auf Kelli fixiert, und ich hätte in dem Augenblick wissen sollen, wie sehr sich mein Sehnen mit Gewalt vermischt hatte, wie sehr es mich drängte, Kelli Troy zu vernichten, wenn ich sie schon nicht haben konnte.

19

Aber ich war nicht der einzige mit diesen Gefühlen, wie Sheriff Stone später erfahren sollte, denn im Laufe der nächsten beiden Wochen mußte Mary Diehl das, was ich bereits in der Nacht nach der Probe durchlebt hatte, ebenfalls erkennen und sich damit auseinandersetzen. Vielleicht hatte sie es sogar noch früher gewußt, sich aber dafür entschieden, den Dingen ihren Lauf zu lassen, in der Hoffnung, daß es vorübergehen würde. Doch auch sie mußte schließlich wahrnehmen, daß es nicht vorüberging, sondern vielmehr von Stunde zu Stunde stärker wurde.

Wenn ich mich an Mary erinnere, wie sie zu jener Zeit war, dann sehe ich sie immer als ein merkwürdig zerbrechlich wirkendes Mädchen, das sehr verwirrt war. Eine Art verletzter Verwirrtheit schwebte wie ein feiner Nebel über ihr und ließ sie seit jener Zeit nie mehr los. An dem Tag, an dem sie Raymond in meine Praxis brachte, war dieser Ausdruck auch auf ihrem Gesicht. Später, als Raymond, bereits ein erwachsener Mann, sie langsam zu meinem Wagen führte und der Regen unbarmherzig auf sie herunterprasselte, bemerkte ich den Ausdruck immer noch.

Ohne Zweifel gab es gute Gründe für diese Verwirrung, sowohl für die erwachsene Frau in mittleren Jahren als auch viel früher für das Mädchen. Denn Mary war ja wirklich schön gewesen, und so konnte es unmöglich Kellis Aussehen gewesen sein, das den Unterschied zwischen ihnen ausmachte. Auf ihre Art war Mary recht klug, sicherlich auch freundlich und pflichtbewußt. Sie hatte alles das getan, was ihre Mutter sie sorgfältig gelehrt hatte: Sie hatte jemanden gefunden, den sie lieben und ehren und dem sie gehorchen konnte, jemanden, mit dem sie ihr Leben teilen wollte und dem sie das Geschenk absoluter Treue und Hingabe machte. Beides Dinge, die ihr, wie sich herausstellen sollte, nie erwidert wurden. »Mary hat etwas Besseres als Todd verdient«, meinte Luke mit hämischer Miene an dem Tag, an dem ich sie von Turtle Grove wegbrachte.

An jenem Tag regnete es, wie gesagt, heftig, ein kalter Regen, beinahe Schneeregen. Mary trug einen dunkelblauen Mantel, als Raymond sie die Einfahrt des Hauses herunterführte. Vor einigen Tagen hatte sie versucht, sich das

Haar abzuschneiden und so bot es jetzt einen höchst unansehnlichen Anblick, hier kurz gestutzt, dort lang herunterhängend, ein wildes Durcheinander aus Strähnen ohne Form und Struktur, dem nur das gesprenkelte Grau ein wenig Einheit verlieh. Raymond ging neben ihr und hielt sie am Arm, stumm und mürrisch, und seine Augen wirkten wie winzige reptilienhafte Schlitze.

»*Er* hat das getan«, empörte er sich, als er seine Mutter zu mir führte. Dann drehte er sich um und deutete auf das Haus. »*Er*«.

Ich sah zum Haus hinüber, wo Todd an dem großen Fenster stand, von dem aus er den Garten überblicken konnte. Er wirkte schlampig und übergewichtig. Sein dünnes blondes Haar war nach hinten gekämmt, die Schultern hingen unter einem verschossenen grünen Pullover nach vorn. Seine Hände steckten tief in den Hosentaschen, und sein Gesicht wirkte wie das eines Besiegten, als habe er hilflos zusehen müssen, wie alles in seinem Leben, seine Ehe ebenso wie seine Vaterschaft, in Stücke zerbrach.

»Es war nicht ihre Schuld«, sagte Raymond, während er Mary zur hinteren Tür meines Wagens führte, zu Sheila Cameron, Marys ältester Freundin. »Sie wollte das nicht. Sie war auf der Flucht vor ihm, als es passierte. Sie hat nur versucht, ihm zu entkommen.«

Einen Augenblick lang sah ich alles so, wie Raymond es gesehen haben mußte: Seine Mutter verzweifelt aus dem Haus fliehend, auf der Flucht vor der grenzenlosen Wut und Gewalttätigkeit ihres Mannes, durch den Regen zu ihrem Wagen rennend, hineinspringend und davonfahrend, in einem Nebel von Angst und Elend die vom Regen gepeitschte Straße hinunterrasend, durch geschwollene Augen auf die Straße starrend, wo, eingehüllt in einen hellgelben Regenmantel, die kleine Rosie Cameron stand und ungeduldig auf ihren Schulbus wartete.

»Meine Mutter hat Rosie geliebt«, sagte Raymond. »Sie hätte nie ...«

»Das weiß ich doch, Raymond«, sagte Sheila mit weicher Stimme. Wenn man bedenkt, wie sehr sie gelitten hatte, wie groß ihr Verlust war und wer ihn ihr zugefügt hatte, so tat Sheila das Netteste, was ich je einen Menschen habe tun sehen. Sie zog Mary in ihre Arme und küßte ihre feuchte Wange. »Ich liebe dich, Mary«, sagte sie. Dann trat sie in den Regen zurück und ließ Raymond seine Mutter auf den Rücksitz meines Wagens bugsieren. »Fahr vorsichtig, Ben«, sagte sie zu mir, als ich die Tür schloß.

»Ganz bestimmt.«

Die Fahrt nach Tuscaloosa dauerte lang, und ich sah mich hin und wieder nach Mary um. Sie saß da, die Hände reglos im Schoß, das Gesicht erstarrt in einem Ausdruck des Schmerzes, obwohl inzwischen das Ausmaß ihrer Gefühle auf einen schrecklich schmalen Bereich beschränkt worden war. Sie war ausnehmend dünn, fast skelettartig, mit hohlen Wangen, und ihre Augen lagen so tief in ihren Höhlen, als starrten sie aus den schattigen Tiefen einer dunklen Felshöhle. Nur das makellose Weiß ihrer Haut ließ noch ihre frühere Schönheit erkennen.

»Ich habe Bilder meiner Mutter gesehen, als sie noch auf die High School ging«, sagte Raymond, als könne er meine Gedanken lesen. »Damals sah sie glücklich aus.«

»Das war sie auch, Raymond«, sagte ich.

Er schüttelte den Kopf. »Aber nicht, nachdem sie meinen Vater geheiratet hatte. Da war sie nicht mehr glücklich. Keinen Tag mehr.«

Ich blickte starr auf die Straße vor mir.

»Er hat sie nie geliebt, wissen Sie. Ich weiß nicht, weshalb er sie geheiratet hat.« Der ganze qualvolle Verlauf der Ehe seiner Eltern schien ihm durch den Kopf zu gehen. »Es war, als wäre er irgendwie böse auf sie.« Er blickte in den gleichmäßig fallenden Regen hinaus. »Ich glaube, da war jemand anders, eine andere Frau, meine ich.«

Ich sagte nichts.

»Und ich meine auch nicht bloß eine Affäre«, fuhr Raymond fort. »Irgendein Mädchen aus seinem Büro, so etwas. Ich meine jemand, den mein Vater geliebt hat.«

Im Rückspiegel konnte ich sehen, wie seine Augen zu seiner Mutter hinüberwanderten. »Ich habe einmal gehört, wie sie es ihm eines Abends ins Gesicht sagte. ›Du bist immer noch in sie verliebt.‹ Das hat sie zu ihm gesagt.« Seine Augen wandten sich wieder mir zu. »Meine Mutter wußte, wer diese andere war.« Er schien über seine nächste Frage erst nachdenken zu müssen. Und dann fragte er beinahe flehentlich, als würde das Wissen um ihre Identität vielleicht das Geheimnis des Grolls seines Vaters lösen: »Wissen Sie, wer diese Frau war, Dr. Wade?«

»Nein, ich weiß es nicht, Raymond«, antwortete ich ihm.

Dabei wußte ich es sehr wohl, und in dem Augenblick machte mein Bewußtsein einen Satz in die Vergangenheit, zu jenem kurzen Augenblick, von dem Miss Carver später Sheriff Stone erzählte, dem brutalen Augenblick, in dem Mary Kelli Troy zur Rede gestellt hatte.

Es war ganz plötzlich geschehen, und ich glaubte stets, daß Mary einfach unter der Belastung all dessen zerbrochen war, was sie seit der ersten Probe beobachtet hatte: die Leidenschaft, in der sie Todd und Kelli auf der Bühne hatte sprechen hören, die Blicke, mit denen die beiden einander angesehen hatten, die langen Fahrten zu Kellis Haus, nachdem sie selbst in Turtle Grove abgesetzt worden war, und jene Dinge, die sie sich wahrscheinlich ebenso deutlich ausgemalt hatte, wie ich sie mir ausgemalt hatte, geflüsterte Intimitäten und fiebernde Küsse.

Es war Freitagabend, die Probe war gerade zu Ende gegangen, und die Hitze des herannahenden Sommers lastete unverkennbar auf uns. Todd hatte an jenem Abend nicht teilnehmen können, und Miss Carver hatte sich deshalb auf andere Studenten konzentriert. Sie hatte an Szenen mit Eddie, Sheila und Noreen gearbeitet. Es war nicht gut gelaufen, und Miss Carver hatte uns schließlich alle mit einer enttäuschten Handbewegung weggeschickt.

Die meisten gingen gleich, aber Kelli blieb noch und redete mit Miss Carver. Ich stand auf der Bühne und machte mir an den Requisiten zu schaffen. Schließlich ließ ich den Vorhang herunter und schaltete die Beleuchtung aus.

Kelli und Miss Carver waren bereits zum Lehrerparkplatz unterwegs, als ich die Tür des Auditoriums absperrte. Ich konnte sie auf Miss Carvers alten Buick zugehen sehen, wahrscheinlich immer noch ins Gespräch über das Stück vertieft, und Miss Carver deutete beim Sprechen hierhin und dorthin, als würde sie Regieanweisungen geben.

Da trat plötzlich eine dritte Gestalt hinter einem hohen Busch hervor und ging auf die beiden zu. Zuerst blieb sie im Schatten, aber gleich darauf trat sie in den Lichtkegel der einzigen Straßenlampe, die den Parkplatz beleuchtete, und ich sah, daß es Mary Diehl war.

»Ich muß mit dir reden, Kelli«, sagte sie.

»Nun, ich muß jetzt mit Miss Carver weg«, antwortete Kelli. »Sie fährt mich nach Hause.« Ihre Stimme wirkte ein wenig nervös bei diesem Überfall von Mary.

»Nein«, fiel Mary ihr schroff ins Wort. »Nein, du mußt mit mir reden. Das mußt du. Sofort.«

Als Kelli darauf antwortete, hörte ich wieder den leichten Ärger in ihrer Stimme. »Vielleicht morgen, Mary«, sagte sie. »Morgen können wir reden.«

Ich sah, wie Mary heftig den Kopf schüttelte, so daß ihre langen Haare hin- und herflogen. »Nein«, sagte sie. »Ich kann nicht bis morgen warten, ich muß jetzt mit dir reden.«

Miss Carver mußte jetzt bemerkt haben, was da im Gange war, denn sie schaltete sich ein und meinte mit sanfter Stimme: »Mary, du solltest vielleicht Kelli jetzt nach Hause fahren lassen. Es ist furchtbar spät und ich –«

»Nein«, platzte es aus Mary heraus. Sie verschränkte die Arme über der Brust und fixierte Miss Carver. »Ich will jetzt gleich mit Kelli reden«, sagte sie, und die Worte sprudelten schnell, fast hektisch aus ihr heraus. »Ich will nicht warten. Ich muß wissen, was da im Gange ist.« Ihr Kopf fuhr ruckartig nach links, so daß sie jetzt Kelli geradewegs anstarrte. »Zwischen dir und Todd«, setzte sie hinzu.

Kelli warf Miss Carver einen nervösen Blick zu und sah dann wieder Mary an. »Was willst du wissen?« fragte sie, und ihre Stimme klang plötzlich ruhig und entschlossen, bereit für alles, was vielleicht geschehen würde, die Stimme von jemandem, der sich schon vor langer Zeit entschlossen hatte, nicht feige zu sein.

Die Frage schien Mary einen Augenblick lang die Sprache verschlagen zu haben, und ihre Stimme stockte. »Nun, ich meine ... ich will nur ...«, stotterte sie. »Ich will nur wissen, was ... was da zwischen dir und Todd läuft.«

Kelli zögerte nicht mit ihrer Antwort, und obwohl ich

bereits ahnte, was zwischen Kelli und Todd »lief«, erzeugte die Freimütigkeit ihrer Antwort, das klare Eingeständnis in mir eine völlige Leere.

»Liebe«, sagte sie nur.

Das Wort traf mich, als ob mir jemand eine Kugel in den Kopf gejagt hätte. Ich sackte gegen die Mauer des Auditoriums, als ich es sie sagen hörte. Mary muß etwas Ähnliches empfunden haben, denn sie erstarrte, und die Worte, die sie Kelli hinwarf, waren bitter und knapp. »Ich wünschte, du wärst tot«, sagte sie.

Ohne es bewußt zu wollen oder auch nur irgendeine Kontrolle darüber zu haben, hörte ich, wie eine innere Stimme in mir mit einem gezischten *Ich auch* reagierte.

*

Das war es, was Miss Carver gesehen hatte und was sie Sheriff Stone, als er sie in der Schule aufsuchte, berichtete. Aber ich bin sicher, daß sie noch etwas sah außer Marys wütendem Ausbruch: Sie sah auch meine siedende Wut, die zerstörerische Stimmung, die mich in den vergangenen Wochen der Proben überkommen hatte, und vielleicht sogar die Blicke, mit denen ich manchmal Kelli anschaute, als versuchte ich sie damit zu töten. Denn mir ist sehr wohl bewußt, daß ich manchmal hinter der Bühne stand, Kelli dabei zusah, wie sie ihren Text vortrug, und sie dabei mit so mörderischen Blicken fixierte, als wollte ich auf sie zielen. Ich weiß, daß das oft vorgekommen ist, und ich weiß, daß Miss Carver, die mir häufig in der Kulisse gegenüberstand, es gesehen haben mußte. Und so sprach sie mich zwei Wochen, nachdem man Kelli am Breakheart Hill gefunden hatte, an.

Lyle Gates war bereits verhaftet worden, und die ganze Stadt wußte von dem Vorfall bei Cuffy's und was er ihr dort nachgerufen hatte. Es war bekannt, daß Luke ihn an den entsprechenden Tag die Bergstraße hatte hinaufgehen sehen, nur wenige Minuten nachdem er Kelli an der Kuppe des Breakheart Hill abgesetzt hatte, und daß Edith Sparks ihn später an der Kuppe des Breakheart Hill aus dem Wald hatte kommen sehen, sich Blut von der rechten Hand wischend. Schließlich war bekannt, daß Sheriff Stone an derselben rechten Hand Kratzer entdeckt hatte, als er ihn, ein paar Tage nachdem man Kelli aufgefunden hatte, befragt hatte; Kratzer, die sich Lyle, wie er immer wieder beschwor, zugezogen hatte, als er nach einem telefonischen Streit mit seiner Frau mit der Faust gegen die Wand eines alten Holzschuppens geschlagen hatte, wofür er aber keine Zeugen beibringen konnte. An jenem Tag war nach Unterrichtsschluß eine Studentenversammlung angesetzt worden, und Mr. Avery sprach über das, was Kelli passiert war, wie schrecklich es war, was für eine »vielversprechende Zukunft« sie gehabt hatte, und darüber, wie gefährlich es für junge Mädchen war, alleine in den Wald zu gehen.

Am Ende der Versammlung hatte ich mit den anderen Studenten das Auditorium verlassen, aber ehe ich die Treppe hinuntergegangen war, hatte ich gehört, wie Miss Carver mir nachrief.

Sie hatte am Seitenausgang der Schule gestanden und mich mit starrer Miene beobachtet, als habe sie den festen Entschluß gefaßt, jetzt etwas hinter sich zu bringen, worüber sie tagelang nachgedacht hatte.

»Ich würde Sie gerne für ein paar Minuten sprechen, Ben«, hatte sie gesagt. »In meinem Klassenzimmer.«

Dann hatte sie sich ruckartig umgedreht und war vor mir die Treppe hinaufgegangen.

Es war schon später Nachmittag, und die dichten Schatten der leeren Pulte und Stühle waren wie dunkle Flecken über dem alten Holzfußboden ausgebreitet. Wir waren alleine in dem leeren Klassenzimmer, die Fenster standen weit offen, und eine heiße Sommerbrise ließ die Blechjalousien klappern.

Ich ging an das vordere Fenster und sah nach draußen. Weit unter mir konnte ich Todd Jeffries an seinen Wagen gelehnt stehen sehen. Er zitterte leicht und schüttelte immer wieder den Kopf. Mary Diehl war bei ihm, wie in den letzten Tagen ständig, und bemühte sich tapfer, ihn zu beruhigen.

Ich hörte, wie die Tür sich leise hinter mir schloß. Ich drehte mich um und sah Miss Carver davor, als wäre sie entschlossen, mich daran zu hindern, plötzlich aus dem Raum zu entfliehen. Sie trug dunkle Kleidung und hatte sich das Haar in einem strengen Knoten aufgesteckt. Zum ersten Mal sah sie ganz wie die einsame Matrone aus, die sie einmal werden sollte.

»Ich nehme an, Sie wissen, daß man diesen Mann, diesen Lyle Gates, verhaftet hat«, sagte sie.

»Ja, Ma'am.«

»Ich höre von Sheriff Stone, daß er alles geleugnet hat.«

Ich nickte.

»Er sagt, er habe jemanden im Wald stöhnen hören, darauf, habe er nachgesehen und Kelli gefunden.«

»Ja, Ma'am.«

Miss Carver musterte mich finster, und ich konnte erkennen, daß sie sich bemühte, Zeit zu gewinnen, nicht so sehr, weil sie nicht recht gewußt hätte, was sie sagen sollte, sondern weil sie nicht wußte, wie sie es anpacken sollte. »Ich glaube, Sheriff Stone hat noch gewisse Zweifel«, sagte sie. »Ob Mr. Gates wirklich derjenige ist, der es getan hat, meine ich.«

Ich schwieg, und Miss Carver ließ mich eine Weile in meinem eigenen Schweigen brüten. »Er kann kein richtiges Motiv finden mit Ausnahme dieses Vorfalls bei Cuffy's. Aber das war doch vorbei, oder Ben?« fragte sie dann.

»Ja, das dachte ich«, erklärte ich.

»Aber was könnte die Sache wieder zum Aufflackern gebracht haben?« fragte Miss Carver eindringlich. »Was könnte ihn veranlaßt haben, nach so langer Zeit plötzlich wieder auf Kelli loszugehen?«

Ich spürte, wie meine Finger sich verkrampften, als hielten sie wieder das graue Seil, das Kelli mir bei unserem letzten Treffen hingehalten hatte. »Das weiß ich nicht«, sagte ich.

Miss Carver schien meine Antwort gar nicht richtig gehört zu haben. »Sheriff Stone meint, Kelli hatte an jenem Tag vor, jemand anders zu treffen. Jemanden, der einen Wagen über die alte Bergwerkstraße am Fuße des Breakheart Hill hinauffuhr.«

Ich blieb stumm.

»Jemanden, den sie kannte«, fügte Miss Carver gezielt hinzu, »jemanden, der eher Anlaß hatte, ihr weh zu tun, als Lyle Gates.« Ihre Augen huschten zum Fenster hinüber, als wolle sie mich daran hindern, den finsteren Verdacht zu erkennen, den sie nicht aus ihrem Blick verdrängen konnte. »Wenn Sie über das, was mit Kelli passiert ist, etwas wüßten, dann würden Sie es dem Sheriff doch sagen, nicht wahr, Ben?«

Vor meinem inneren Auge sah ich Kelli sich zu mir herumdrehen, den Rücken dem dunkelgrünen Vorhang zugewandt, die Augen gleichsam durch mich hindurch, als wäre ich unsichtbar. Und dann war sie im nächsten Augenblick verschwunden, und an der Stelle stand Eddie Smathers und starrte mich an. Sein Gesicht schwebte körperlos wie ein bleiches Blatt in einem Tümpel aus schwarzem Wasser, und seine Augen waren vor Erstaunen geweitet, einem Staunen, das auch in seiner Stimme schwang. *Hat sie dir das gesagt, Ben?*

»Das würden Sie doch, Ben?« wiederholte Miss Carver diesmal eindringlicher mit einer Andeutung des Argwohns, der sie in all den Jahren, die folgen sollten, nie loslassen würde. »Wenn Sie irgend etwas darüber wüßten, wer es getan haben könnte, dann würden Sie es Sheriff Stone sagen, nicht wahr?«

Ich konnte nicht antworten, und so stand ich einfach reglos vor ihr und suchte verzweifelt nach einem Ausweg. Ich konnte wieder das Seil in meiner Hand spüren, das Seil, das Kelli mir hingeschoben hatte. *Da, halte das*, und ich weiß, daß ein Teil von mir den geradezu verzweifelten Wunsch hatte, Miss Carver alles zu sagen in einem einzigen angsterfüllten Strom des Gestehens.

Aber ich konnte es nicht.

»Sie würden das tun, nicht wahr, Ben?« wiederholte Miss Carver noch einmal.

Ich wußte, daß ich ihr antworten mußte, daß ich das Zimmer nicht verlassen durfte, bis ich eine Antwort gegeben hatte.

»Ja, Ma'am, das würde ich«, sagte ich.

Sie glaubte mir nicht und machte daraus auch keinen Hehl. Ihre Augen bohrten sich in meine, und ich sah, wie ihr linker Mundwinkel verächtlich leicht nach unten zuckte. »Mr. Gates sagt, er habe Kelli erkannt und habe, weil er ja diesen Zusammenstoß mit Ihnen und ihr bei Cuffy's hatte, Angst gehabt, daß man ihm den Tod anhängen würde.«

Ich sagte nichts.

»Und so hat er sie einfach dort liegen lassen«, fügte Miss Carver hinzu. Sie wartete, daß ich darauf irgendwie antwortete, und als ich das nicht tat, meinte sie: »Na schön.« Es klang ganz steif, und dann fügte sie mit einer Stimme hinzu, die eisige Förmlichkeit war: »Sie können gehen.« Im Anschluß an dieses kurze Gespräch behandelte sie mich nur noch mit dieser Kälte.

Ich ging hinaus, die Treppe hinunter und verließ das Schulgebäude. Auf dem Parkplatz konnte ich Todd immer noch an seinem Wagen lehnen sehen und Mary dicht bei ihm, das Gesicht besorgt an seinen Arm gepreßt. Sie blickte starr zu Boden, aber Todd sah nach Norden, die Augen auf den Berg gerichtet, mit einer schrecklichen Präzision, wie mir klar wurde, auf die obere Partie des Breakheart Hill. Ich hatte nie zuvor ein Gesicht gesehen, das mehr von Qual verzerrt war als das seine. Und danach auch nicht mehr. Nach einer Weile drängte Mary ihn auf den Beifahrersitz seines Wagens, setzte sich selbst ans Steuer und fuhr weg. Sie winkte mir zu, als sie langsam im Tempo einer Begräbnisprozession an mir vorbeirollte.

Normalerweise wäre ich nach Hause gefahren, aber die Vorstellung, im Wohnzimmer zu sitzen und zuzusehen, wie mein Vater voll Unverständnis über die Grausamkeit der Menschen den Kopf schüttelte, war mehr, als ich glaubte ertragen zu können. Und so blieb ich an meinen Wagen gedrückt stehen und sah zu, wie sich die Dunkelheit senkte.

Es war Nacht geworden, als ich schließlich nach Hause

kam. Im Wohnzimmer brannte Licht, und von der Einfahrt her konnte ich meinen Vater unter der Lampe sitzen sehen; er war in seinem Stuhl eingeschlafen, und die Zeitung lag ausgebreitet auf seinem Schoß. Er hatte nie unschuldiger ausgesehen, noch hat Unschuld je bedrohlicher ausgesehen.

Ich stieg aus dem Wagen und ging zur Eingangstür, öffnete sie aber nicht. Statt dessen machte ich wieder kehrt, trat in den Garten und stand alleine in der Finsternis.

Dort blieb ich lange Zeit stehen, bis ich einen Wagen die Straße heraufkommen und in die Einfahrt einbiegen hörte. Die Scheinwerferbalken huschten kurz über mich hinweg, ehe sie verloschen.

Noreen stieg aus dem Wagen. Sie kam langsam auf mich zu, und ihr rotes Kleid wirkte wie ein Farbklecks auf der Dunkelheit.

»Ich habe dich zu Hause angerufen«, sagte sie, als sie vor mir stand. »Dein Vater sagte, du seist noch nicht nach Hause gekommen.«

»Ich war noch eine Weile in der Schule geblieben.«

Sie trat näher an mich heran und musterte mich seltsam konzentriert. »Ich will mit dir reden«, sagte sie mit einer dünnen, eindringlichen Stimme, aus der die gleiche Konzentration klang, die ich in ihren Augen sehen konnte. Sie zögerte, als wisse sie nicht recht, wie sie anfangen sollte, und sagte dann: »Sie hat mich angerufen, Ben.«

»Wer?«

»Kelli.«

Ich hatte plötzlich das Gefühl, als würde eine Million Nadeln in meine Haut stechen.

»An dem Tag, an dem es passiert ist«, fügte Noreen hinzu. »An jenem Tag hat sie mich angerufen.«

»Was wollte sie?«

Sie zögerte etwas. »Dich, Ben«, sagte sie schließlich. »Sie war auf der Suche nach dir.«

Ich spürte, wie mir der Atem in der Kehle stockte.

»Sie hat nicht gesagt, daß sie dich sucht«, fügte Noreen schnell hinzu.

Eine Welle der Erleichterung schlug über mir zusammen. »Also, vielleicht wollte sie bloß, daß ich sie den Breakheart Hill hinauffahre«, sagte ich. »Sie rief die ganze Zeit an und wollte, daß ich sie irgendwohin fahre.«

Noreen sah mir direkt in die Augen. »Warum hat sie mich dann nicht gefragt, ob ich sie mitnehme?«

Darauf wußte ich keine Antwort und gab das auch zu.

Noreen hielt einen Augenblick lang inne, und in diesen wenigen Sekunden wurde mir klar, daß da noch mehr war.

»Als sie mich anrief, klang sie so, als ob sie geweint hätte«, sagte sie.

Im selben Augenblick sah ich Kellis Gesicht vor mir, sah ihre Augen, sah die Angst in ihnen, wie ein schwarzes Netz, das sich heruntersenkt.

»Warum mag sie wohl so aufgeregt gewesen sein, Ben?« fragte Noreen.

Zum ersten Mal in meinem Leben spürte ich die Wahrheit nicht als etwas Wertvolles, das man suchen muß, wie ein strahlendes Licht, sondern wie ein Messer an meiner Kehle, und so log ich.

»Ich weiß es nicht, Noreen«, antwortete ich.

Sie musterte mich scharf, wie ein Arzt einen Patienten mustert, ehe er eine Diagnose stellt. »Bist du da ganz sicher?«

»Ja.«

Sie beobachtete mich stumm, als träfe sie eine Entscheidung für alle Zeiten, eine Wahl, mit der sie immer würde leben müssen. »Okay«, sagte sie schließlich. Dann tippte sie mit dem ausgestreckten Finger an meine Hand. »Sheriff Stone hat mit mir gesprochen. Du weißt schon, so wie er mit allen in der Schule gesprochen hat.«

Ich nickte.

»Aber ich habe ihm nichts von Kellis Anruf gesagt«, fuhr sie fort. »Und auch nicht, daß sie dich an jenem Tag gesucht hat oder etwas in der Art.«

Ich sagte nichts.

Sie sah mich bedeutungsvoll an, als lege sie einen heiligen Eid ab. »Und das werde ich auch nie«, sagte sie.

Einen Augenblick lang standen wir da und sahen einander schweigend an. Dann breitete sie die Arme aus und drückte mich fest an sich. Als sie wieder sprach, war ihre Stimme leise, der Tonfall unverkennbar verschwörerisch. »Was machen wir jetzt?«

Ich fühlte, wie ihre Arme sich um mich schlangen und wußte, daß ich niemals von jemandem mehr geliebt werden würde als von ihr. Und mir kam der Gedanke, daß ich im Laufe der Zeit als Gegenleistung Loyalität bieten könnte, Hingabe über die Jahre hinweg, und daß ich es vielleicht sogar mit der Zeit als eine Art Leidenschaft empfinden würde.

20

Im Laufe der letzten Tage hat es sich bei mir mehr denn je wieder eingestellt, im Pfeifen einer Hacke oder Axt, die die Luft durchschneidet, und in Lukes Stimme unmittelbar danach. *Hast du gehört, was mit Lyle Gates passiert ist?*

Und in dem Augenblick, in dem er es sagte, so ruhig und gelassen, hörte ich all die anderen Fragen, die er im Laufe der Jahre gestellt hatte, und sie und all seine unausgesprochenen Zweifel hallten wie ein Refrain in mir nach. Luke ist fest davon überzeugt, daß in dem Beweismaterial, das die Anklage gegen Lyle Gates vorgetragen hat, etwas fehlt und ebenso auch in dem Motiv, das Mr. Bailey den Geschworenen als Erklärung für das Geschehen am Breakheart Hill vorgetragen hat.

Er hat Lyle nicht vergessen und ebensowenig seine eigene Aussage bei dem Prozeß – oder die meine – und auch nicht die dramatische Szene, als Edith Sparks erklärt hatte, Lyle sei der Mann, den sie an jenem Tag aus dem Wald habe kommen sehen. Mit zitternden Fingern wies sie in der aufgeladenen Atmosphäre des Gerichtssaals auf ihn, und ihre Stimme reichte kaum bis zur Geschworenenbank, so daß sie ihre Antwort hatte wiederholen müssen, es zum zweiten Mal mit rauher Stimme gesagt hatte, einer Stimme, die ihre ganze Empörung ausdrückte: *Er.*

Aber noch viel weniger hat Luke den Ausdruck in meinen Gesichtszügen vergessen, als er sich abquälte, mir das zu schildern, was er am Breakheart Hill gesehen hatte. Er hat die toten Augen nicht vergessen, die ihn anstarrten, den zusammengepreßten Mund, die Sprachlosigkeit, mit der ich ihm zuhörte. Das alles waren Indizien für ihn, daß ich, während er versuchte, mir das Schreckliche zu schildern, es in Wirklichkeit schon wußte. Und ich weiß auch, daß dieses Gesicht im Laufe der Jahre viele Male vor seinem geistigen Auge aufgetaucht ist wie eine Leiche, die der Fluß plötzlich freigegeben hat.

Und so klang seine Frage an jenem Nachmittag, viele Jahre nach dem Ereignis am Breakheart Hill, vielsagend und finster, unheilverheißend mit Worten, die langsam und schwer aus ihm herauskamen, als wären sie mit Gewichten behängt: *Hast du gehört, was mit Lyle Gates passiert ist?*

Ich schüttelte fast gleichgültig den Kopf, ließ mir durch nichts anmerken, welchen Stich mir die Erwähnung seines Namens plötzlich versetzt hatte. »Nein, ich habe gar nichts von Lyle gehört«, antwortete ich.

Es war ziemlich spät an einem Nachmittag im Herbst, und Luke hatte mir einen kurzen Besuch in meiner Praxis abgestattet, was er oft tat, wenn ihn auch diesmal ohne Zweifel die Neuigkeit hergetrieben hatte, die er gerade erfahren hatte. »Nun, du wußtest doch, daß man ihn auf die Gefängnisfarm gebracht hatte, oder?« fragte er.

Vor zwei Jahren hatte in der Lokalzeitung gestanden, daß man Lyle nach 20 Jahren in der staatlichen Strafvollzugsanstalt auf eine Gefängnisfarm in der Nähe von Choctaw verlegt hatte, wo er den Rest seiner Strafe verbüßen sollte. Seine Mutter sei krank, hatte in dem Artikel gestanden, und sie habe einen Antrag an die Justizverwaltung gestellt, Lyle in ein Gefängnis in der Nähe von ihrem Wohnort zu verlegen. So könne sie ihn weiterhin besuchen, ohne die Strapazen einer langen Reise auf sich nehmen zu müssen. Mrs. Gates' Antrag war bewilligt worden, und man hatte Lyle im Anschluß daran in die Gefängnisfarm im nördlichen Teil des Bezirks eingewiesen. Seitdem hatte ich nichts mehr über ihn gelesen.

»Ja, ich wußte, daß er auf der Gefängnisfarm ist. Aber seitdem habe ich nichts mehr von ihm gehört.«

»Nun, die haben ihn gestern umgebracht, Ben«, sagte Luke.

Ich spürte, wie meine Lippen sich zu einem verblüfften Flüstern öffneten, aber es kam kein Ton heraus.

Luke saß mir auf meinem Besuchersessel gegenüber und sah mich an. »Umgebracht«, wiederholte er. »Sie haben ihn niedergeschossen.«

»Wer?«

»Nun, ehrlich gesagt, so wie es klingt, hat er sich quasi selbst umgebracht.«

Ich stand auf, ging ans Fenster und sah hinaus. Zu meiner Rechten konnte ich das alte Gerichtsgebäude in seiner strengen Würde auf einem Sockel aus Betontreppen stehen sehen. Ich erinnerte mich daran, wie ich im peitschenden Regen neben meinem Vater vor Jahren auf jenen Stufen gestanden und zugesehen hatte, wie Lyle an uns vorüberging. Winzig klein war er uns vorgekommen neben dem wuchtigen grauen Monolith von Sheriff Stone.

»Ich würde es Selbstmord nennen«, fuhr Luke fort. »Ich meine, er hat den Wächtern eigentlich keine andere Wahl gelassen.« Er zog die Zeitung heraus, die er sich unter den Arm geklemmt hatte, und ließ sie auf meinen Schreibtisch fallen. »Da steht alles drinnen«, sagte er. »Du kannst es ja lesen, wenn du mal Zeit hast.«

Ich nickte und blickte immer noch starr auf das alte Gerichtsgebäude mit seinen strengen, anklagend wirkenden, hohen Steinmauern hinüber.

»Weißt du, Ben«, sagte Luke, »ich habe mir nie einen

Reim darauf machen können, wie Lyle so etwas tun konnte.«

Gleich hörte ich wieder das Echo von Mr. Baileys Stimme: *Nur Haß kann so etwas tun.*

»Ich weiß, was die damals gesagt haben«, fuhr Luke fort. »Daß Lyle sich an Kelli dafür rächen wollte, wie sie ihn damals bei Cuffy's behandelt hatte. Aber das war Wochen vorher, Ben. Für Lyle war das lange vorbei.«

Ich äußerte mich nicht.

»Natürlich hätte es sein können, daß ihn das, was Kelli im *Wildcat* geschrieben hat, aufgebracht hat«, sagte Luke. Dann verstummte er, und ich wußte, daß er sich jetzt wieder alles durch den Kopf gehen ließ, all die vielen Einzelheiten, und auf den Fragen herumkaute, die ihn immer noch quälten. »Aber so ein junges Mädchen angreifen? Ich weiß nicht, Ben. Lyle war einfach nicht gemein und bösartig genug, um so etwas zu tun. Ich meine, die Art, wie Kelli ihn bei Cuffy's behandelt hat, hat ihn ganz sicherlich wütend gemacht, aber doch nicht *so* wütend.«

Ich blickte auf den Berg in der Ferne, dessen schattige Kämme immer dunkler wurden, je mehr die Nacht sich senkte. Vor meinem inneren Auge sah ich Lyle durch das dichte grüne Gestrüpp schleichen auf der Suche nach dem Mädchen, das er in Lukes Pickup gesehen hatte, dem Mädchen, das ihn vor den Augen seiner Arbeitskollegen beleidigt hatte. Dies war eine Verletzung seiner Ehre, die er sich in ihrem ganzen Ausmaß, wie ich damals dachte, gar nicht bewußt gemacht hatte, als er an jenem Tag, wie vom Donner gerührt, in Cuffy's Grill stand.

»Ich denke, im Leben wird es immer ein paar Dinge geben, die wir nie erfahren werden«, sagte Luke.

Ich ging zu meinem Sessel zurück und ließ mich langsam hineinsinken. »Ja, wahrscheinlich«, sagte ich ruhig und müde, als ob all die Jahre ihre ganze ungeheure Last auf meinen Schultern abgelegt hätten.

Er sah mich mit einem beinahe liebevollen Blick an. »Du bist nie darüber hinweggekommen, was, Ben?« fragte er.

Ich schüttelte den Kopf. »Nein.«

»Ich in gewisser Weise auch nicht«, sagte Luke. »Und wahrscheinlich ein paar andere auch nicht.«

Ich sagte nichts und ließ meinen Blick nur langsam zu der Zeitung wandern. Im Geiste wiederholte ich langsam die Namen all der anderen, die nie darüber hinweggekommen waren: Todd. Mary. Raymond. Sheila und Rosie. Noreen. Und vielleicht noch zahllose andere, die mir jetzt nicht einfielen.

Luke zuckte die Achseln. »Also, ich muß jetzt gehen. Die Jungs kommen heute vom College zurück. Wir veranstalten ein großes Familienbarbecue.« Er stand auf, ging zur Tür, blieb dann stehen und drehte sich noch einmal um. »Habt ihr, Noreen und du, Lust, später vorbeizukommen und auch einen Happen mitzuessen?«

»Nein, vielen Dank. Heute geht's nicht.«

»Also, dann laß dir's gut gehen.« Er lächelte mir kurz zu, ehe er mein Büro verließ und leise die Tür hinter sich schloß.

Ich warf einen Blick auf die Zeitung, zögerte zu lesen, was da stand, fürchtete mich vor der aufwallenden Schwärze, die mich gleich überwältigen würde.

So wartete ich eine ganze Weile, bis ich mich schließlich vorbeugte und die Zeitung auf meinem Tisch ausbreitete. Unten auf der Titelseite war ein Foto von Lyle. Er trug Gefängniskleidung. Eine Gestalt, die auf einer Pritsche kauerte, die an einer nackten Betonwand befestigt war. Sein Gesicht war von den vielen Gefängnisjahren auf schreckliche Weise aufgedunsen. Sein Haar war dunkler geworden, und er hatte tiefe Furchen um die Augen, aber mehr als alles andere fiel mir sein erstaunter Gesichtsausdruck auf. Er sah aus wie ein Kind, das einen Lehrer bittet, ihm irgendwas zu erklären, was es einfach nicht begreifen kann, wie ein Kind, das die Antwort braucht, um weitermachen zu können.

Der Artikel unter dem Bild war nur ein paar Absätze lang und schilderte genau, was mit ihm passiert war.

Es hatte sich am Nachmittag des vorangegangenen Tages ereignet. Lyle hatte mit einem Trupp gearbeitet, den man ausgeschickt hatte, um das hohe Gras entlang der Staatsstraße im Norden zu schneiden. Er hatte mit einer Hacke gearbeitet und versucht, ein paar hartnäckige Unkrautstauden auszugraben. Plötzlich hatte er in seiner Arbeit innegehalten, die Hacke hochgehoben und sie über seinem Kopf geschwungen. Die Wächter hatten ihn schnell umringt, aber er hatte sich geweigert, das Gerät fallen zu lassen, sondern hatte es noch wilder geschwungen, so daß nach allen Seiten Gras und Erdbrocken geflogen waren. Dann hatte er sich so schnell auf die Wärter gestürzt, daß diese, »in Notwehr handelnd«, wie es die Zeitung formulierte, auf ihn geschossen hatten.

Wie ich es las, sah ich das alles wie einen Film vor mir ablaufen: Lyle, der an dem hartnäckigen Gewächs zerrt, den Schweiß, der ihm in Strömen über Arme und Rücken läuft und die Überreste seines blonden Haars verklebt. Plötzlich verengen sich seine Augen, er beißt die Zähne zusammen, seine Finger verkrampfen sich um den Griff der Hacke, und ich weiß, daß ihn in diesem Moment die ganze Erinnerung wieder überkommt: die bösen Worte, die er so unbedacht bei Cuffy's herausgeschrien hatte, Lukes Pickup, der an ihm vorbeibrauste, als er die Bergstraße hinauftrottete, Edith Sparks anklagender Finger, der Spruch der Geschworenen und dann der lange Weg hinunter über die Stufen des Gerichtsgebäudes, während der Regen auf ihn herunterprasselte wie kleine, graue Steinchen.

In jenem Augenblick, wie er so hilflos an der Straße dagestanden hatte im Wirbel all dieser Erinnerungen, benommen von einem dunklen Kaleidoskop von Bildern, in genau dem Augenblick mußte er den Beschluß gefaßt haben, dem allem ein Ende zu machen.

Ich höre das Pfeifen der Hacke, die durch die schwülheiße Luft kreist, und dann die Pistolenschüsse, die ihn zum Taumeln bringen. Kleine Fontänen von Blut spritzen aus seiner Brust. Die Beine sacken unter ihm weg. Sein Gesicht klatscht auf den staubigen Seitenstreifen neben der Straße, und ein grünes Auge starrt leblos in das sommerliche Gehölz.

Ich sehe all das und ich denke: Wird das nie enden?

*

Lyle wurde drei Tage später auf dem Friedhof der Stadt beerdigt. Ein kleines Grüppchen Verwandter, alle mit ein wenig beschämten Gesichtern, vielleicht sogar voll Groll über die Schande, die er über die Familie gebracht hatte, versammelte sich an seinem Grab. Eine alte Frau saß auf einem Klappstuhl, und obwohl die Zeit und eine lange Krankheit sie sehr verändert hatten, erkannte ich in ihr gleich Lyles Mutter.

Ich ging nicht auf sie zu, aber am Schluß der Beerdigung winkte sie mich mit einer Handbewegung zu sich heran.

Ich ging zu ihr hinüber, sie saß im Schatten einer mächtigen Eiche, und eine ihrer Töchter stand neben ihr.

»Sie sind Dr. Wade, nicht wahr?«

»Ja, Ma'am.«

»Ich wollte Ihnen sagen, daß ich Ihnen das, was Sie vor Gericht über Lyle gesagt haben, nicht übelnehme.«

»Das weiß ich zu schätzen, Mrs. Gates«, erwiderte ich.

»Sie haben ja schließlich nur die Wahrheit gesagt.« Sie lächelte schwach. »Alle sagen, daß Sie ein wirklich guter Mensch sind.«

Ich nickte. »Vielen Dank, Ma'am«, sagte ich ruhig, aber noch während ich die Worte aussprach, hatte ich das Gefühl, in mich zusammenzuschrumpfen und einzutrocknen. Mir war dieses Gefühl nicht neu. Das erste Mal hatte ich es verspürt, als ich an Raymond Jeffries Ärmchen und Beinchen Blutergüsse entdeckt hatte. Später dann hatte ich es verspürt, als Luke und ich auf Todd Jeffries gestoßen waren, der hingestreckt auf dem Golfplatz von Turtle Grove gelegen hatte. Es war ein Gefühl, als wäre man völlig vertrocknet, die Knochen wie kleine Ästchen unter trockener, knisternder Haut, und ich war dazu verdammt, dieses Empfinden wenigstens noch einmal zu erleben.

Mrs. Gates lächelte schwach, aber ich konnte spüren, daß sich in ihrem Bewußtsein ein Gedanke aufbaute. »Ich denke, ich muß wohl akzeptieren, daß Lyle das getan hat, was alle sagen«, sagte sie mit leiser Stimme. »Aber für eine Mutter ist das schwer.«

»Ja, Ma'am.«

Sie schüttelte langsam den Kopf. »Ich dachte, ich würde

meinen Sohn kennen, und ich kann bis heute einfach nicht begreifen, warum er das diesem Mädchen angetan hat.«

Sie hielt kurz inne, ließ vielleicht alles noch einmal an sich vorüberziehen und versuchte sich vorzustellen, wie der kleine Junge, den sie großgezogen hatte, tief im Wald brutal über ein junges Mädchen herfiel. »Ich kann es einfach nicht begreifen«, wiederholte sie, und bei jenen Worten sah ich Lyle, wie er an jenem letzten Tag die Treppen vom Gerichtsgebäude heruntergegangen war, im strömenden Regen, und ich hörte, wie mein Vater sagte: *Irgend etwas fehlt an diesem Jungen.* Und ich erinnerte mich daran, wie ich damals weggerannt war, in der Menge verschwand, aus Choctaw verschwand, stundenlang verschwand. Als es schließlich Nacht geworden war, hatte mein Vater sich aufgemacht um, mich zu suchen. Er war zu Cuffy's gefahren und zu Luke und dann schließlich den Berg hinauf, wo er mich auf der Kuppe des Breakheart Hill gefunden hatte, durchnäßt und schluchzend auf dem Boden sitzend. Tröstend hatte er dann im strömenden Regen die Arme um mich gelegt und mich in die Höhe gezogen. Er hatte mich schließlich zur Straße geführt und mir den einzigen Trost gespendet, für den er Worte fand: *Ich weiß, wie sehr du sie geliebt hast, Junge.* Er dachte, das Leid, und nichts als das Leid hätten mich von den Stufen des Gerichtsgebäudes gejagt. Er kam gar nicht auf den Gedanken, daß es vielleicht mehr hätte sein können.

Aber was ich jetzt hörte, war nicht die Stimme meines Vaters, sondern die von Mrs. Gates, vom Alter brüchig, aber voll Leidenschaft. »Lyle war kein schlechter Junge.« Sie schüttelte langsam den Kopf. »Und deshalb kann ich mir einfach nicht vorstellen, was ihn so gegen dieses arme Mädchen aufgebracht haben könnte.«

Ich hörte, wie eine innere Stimme in mir die Worte aussprach, die ich immer noch nicht über die Lippen brachte: *Ich schon.*

21

Aber ich wußte es nicht mit endgültiger Sicherheit. Und ich weiß jetzt, daß ich selbst nie die ganze Wahrheit erfahren hätte, wenn nicht eines Morgens Miss Troy in meine Praxis gekommen wäre. Das war einige Jahre nach Lyles Tod, und bis dahin waren ihm viele ins Grab gefolgt – Todd beispielsweise und Rosie Cameron und Mr. Bailey, Miss Carver, mein Vater und Sheriff Stone.

Es war an einem frühen Vormittag im Herbst. Ich war vor allen anderen in meiner Praxis und deshalb alleine, als ich hörte, wie die Tür aufging, und dann das leise, gedämpfte Pochen eines Stocks vernahm.

Ich trat aus meinem Sprechzimmer und sah den kurzen Gang hinunter, der in den kleinen Warteraum führte. Miss Troy stand dort so aufrecht wie eh und je und sah sich langsam in dem Raum um. Sie war mittlerweile sehr alt geworden, ihr Haar war schneeweiß, aber selbst aus der Distanz konnte ich erkennen, daß ihre Augen noch klar und scharf blickten.

»Guten Morgen, Miss Troy«, sagte ich.

Sie drehte sich zu mir herum. Ein Ausdruck der Erleichterung breitete sich über ihrem Gesicht aus. »Ah, Ben. Schön, Sie zu sehen.«

Ich nickte und ging auf sie zu.

Sie umarmte mich. Unter ihrem Herbstmantel fühlte ihr Körper sich sehr schmächtig an.

»Geht es Ihnen gut?« fragte ich, als ich mich aus ihren Armen löste.

»Oh, ja«, antwortete sie. »Mir geht es gut.«

Es gab so viel, was ich ihr sagen wollte, aber ich brachte es nicht fertig. Und so sagte ich nur: »Kann ich irgend etwas für Sie tun?«

Sie zögerte einen Augenblick und meinte dann: »Nun, Sie erinnern sich vielleicht, wie ich damals bei der Beerdigung Ihres Vaters sagte, ich müßte Sie vielleicht um einen Gefallen bitten?«

»Ja, Ma'am.«

»Also, heute morgen mußte ich aufs Gericht, um einige Dinge zu regeln, und da dachte ich, ich schaue vorbei und ... und ...«

»Und was, Miss Troy?«

»Und frage Sie, ob Sie vielleicht heute abend zu mir kommen könnten.«

Einen Augenblick lang konnte ich nicht antworten, und in dieser kurzen Zeitspanne mußte Miss Troy gesehen haben, daß mein Gesichtsausdruck sich veränderte, unruhig wurde, denn sie zog ihre Bitte sofort zurück.

»Tut mir leid, Ben. Ich hätte das nicht von Ihnen verlangen sollen. Ich weiß, was Sie für Kelli empfunden haben. Ich weiß, daß Sie deshalb nach dem, was geschehen ist, mich nie mehr besucht haben.«

Ich kämpfte um Fassung, bemühte mich, die Finsternis wegzudrängen, die sich plötzlich um mich geschlossen hatte und die mir den Atem nahm. »Nein, nein«, sagte ich. »Ich komme sehr gerne.« Dann holte ich tief und entschlossen Luft. »Brauchen Sie irgendwie Hilfe, ist es das?«

Sie nickte. »Ich merke, daß ich alt geworden bin und nicht mehr so gut zurechtkomme. Da schiebt man alles mögliche auf, wissen Sie.« Sie warf mir einen scheuen Blick zu und schien sich ihres Eingeständnisses zu schämen. »Ich bin jetzt so alt, daß ich alles aufschiebe.«

Ich lächelte. »Aber das ist doch ganz normal, Miss Troy.«

»Aber es ist nicht richtig, alles so laufen zu lassen«, fügte sie hinzu.

»Ich verstehe.«

»Ich weiß, daß es nicht Ihre Aufgabe ist, mir zu helfen, Ben. Aber ich dachte nur, wie es mit Ihnen und Kelli war, und dachte, Sie würden vielleicht ...«

»Ich werde heute abend kommen, Miss Troy«, versprach ich. »Sie brauchen nur zu sagen, wann es Ihnen angenehm ist.«

Sie nickte langsam und griff dann nach meinem Arm. »Einfach, wenn Sie mit Ihrer Arbeit fertig sind«, sagte sie. »Und, Ben, ich bin Ihnen wirklich dankbar.«

Dann drehte sie sich um und verließ langsam und ein wenig schwerfällig meine Praxis, mit der Hand ihren Stock festhaltend und die einst so stolzen Schultern unter einer Bürde gebeugt, deren ganzes Ausmaß und deren Kompliziertheit sie erst noch begreifen mußte.

Ich arbeitete den ganzen Tag, behandelte Patienten in meiner Praxis und machte dann meine Runde im Krankenhaus. Gesichter kamen und gingen, Gesichter, die jung und alt waren, schwarz und weiß, männlich und weiblich, Menschen, die an verschiedenen Krankheiten litten, ein unterschiedliches Maß an Schmerz, Angst und Hilflosigkeit erleiden mußten. Und doch schienen sie mir an jenem Tag auf seltsame Weise alle gleich zu sein, alle verängstigt und verwirrt und verloren in Wolken des Nichtwissens, und alle stellten dieselben Fragen, alle mit demselben verdutzten und flehenden Tonfall: *Wo ist mein Leben gescheitert? Warum ist mir das passiert? Wann wird damit endlich Schluß sein?*

*

»Ich weiß nicht«, sagte ich. »Ich weiß nicht, wann ich heute abend nach Hause komme.«

Ich konnte am anderen Ende der Telefonleitung die Anspannung in Noreens Stimme spüren. »Ich denke, daß du nicht dort hingehen solltest, Ben«, sagte sie besorgt. »Es ist so lange her ... es war jetzt ...«

»Über dreißig Jahre.«

»... Seit du das letzte Mal dort warst«, ergänzte Noreen, deren Stimme man die wachsende Erregung anhören konnte. »Du hast doch keine Ahnung, was –«

»Nein, die habe ich nicht«, sagte ich, »aber Miss Troy ist einfach zu alt, um für sich selbst zu sorgen, Noreen. Sie kommt nicht mehr zurecht. Sie hat keine Familie. Sie ist gebrechlich. Sie kann kaum mehr gehen, auch mit ihrem Stock nicht. Sie braucht Hilfe und ich bin der einzige –«

»Aber es könnte sein, daß du mehr als einmal hin mußt. Es könnte sein –«

»Das glaube ich nicht«, sagte ich entschieden. Ich spürte, daß Noreen wußte, was ich meinte, sprach es aber trotzdem aus. »Miss Troy weiß, daß sie nicht mehr lange zu leben hat, Noreen. Deshalb hat sie mich gebeten, ihr zu helfen. Weil sie weiß, daß es nur dieses eine Mal sein wird.«

Ich hörte sie kurz resigniert ausatmen. »Nun ja, du wirst ja wissen, was du zu tun hast, Ben«, sagte sie stumpf.

Ich legte auf und ließ mich in meinen Schreibtischsessel sinken. Die Praxis war jetzt leer und still, nur der Herbstwind, der sanft gegen die Fensterscheibe drückte, brach das Schweigen. Draußen war es grau, und von Norden wälzten sich dicke Wolken heran. Sie hatten sich den ganzen Tag über gesammelt, und als der Abend dämmerte, hatten sie sich oben am Berg zusammengeballt und hüllten ihn nun in eine Art rauchigen Dunst, so daß die unteren Hänge kahl und verbrannt wirkten, nackt, blattlos und ungeschützt, von der alten Bergwerkstraße bis hinauf zur Hügelkuppe des Breakheart Hill.

Als ich die Hälfte des Weges zu Miss Troys Haus zurückgelegt hatte, fing es zu regnen an. Zuerst waren es nur ein paar vereinzelte Tropfen, dann ein dichter Regenschauer, und schließlich peitschte der Wind den Regen gnadenlos direkt gegen meine Windschutzscheibe.

In der Straße, die zu Miss Troys Haus führte, flossen in den Gräben beiderseits der Straße Rinnsale, die bald wie schlammige Wasserfälle vom Straßenrand in die Ebene strömten, und die umliegenden Felder waren mit großen braunen Pfützen bedeckt.

Die dichte Wolkendecke hatte es im Tal früh dunkel werden lassen, so daß ich die Scheinwerfer einschalten mußte, deren Lichtbalken schließlich Miss Troys Haus erfaßten und mir zeigten, wie baufällig es geworden war: die ungetünchten Schindeln, die schiefen Tragepfosten, eine Treppe, die in der Mitte durchgesackt war, und ein Garten, der derart von tiefen Furchen durchzogen und mit Unrat übersät war, daß er selbst in der Nacktheit des Spätherbstes seltsam dschungelähnlich und verwildert wirkte.

Ich schaltete zuerst die Beleuchtung aus und dann den Motor ab und saß im dunklen Innern meines Wagens und hörte das stetige beunruhigende Trommeln des Regens. Ich wollte gerade aussteigen, da vernahm ich plötzlich Kellis Stimme: *Bist du sauer auf mich?* Und ich spürte, wie alles auf mich einströmte und über mir zusammenschlug, so wie es auf Lyle an dem Tag, an dem er starb, eingeströmt sein mußte. Und alles wirbelte um mich herum in einer aufgewühlten Welle der Erinnerung, so intensiv und durchdringend, daß ich das Gefühl hatte, meine Seele müsse rote Striemen bekommen.

Obwohl es im Wagen dunkel war und herbstliche Kühle in der Luft lag, bemerkte ich, wie um mich herum alles langsam heller wurde und die Luft sich erwärmte, wie in den ersten Wochen jenes lang verstrichenen Sommers, und mir wurde klar, daß ich mich zurückbewegte, hilflos in jene ferne Zeit bewegte, von einer Strömung mitgerissen wurde wie ein dahintreibendes Blatt in einem Bach. Ich starrte durch die Windschutzscheibe nach draußen, und der Winter verblaßte vor mir. Der Sommer wuchs aus ihm heraus, wie eine Blume, das braune Gras sproß grün und voll und üppig, und überall duftete es nach purpurnen Veilchen.

Und dann sah ich, als würde ich aus großer Höhe herabblicken, wie Lukes alter blauer Pickup sich die Bergstraße hinaufmühte und mahlend zum Stillstand kam. Dann stieg ein Mädchen in einem weißen Kleid aus, drehte sich um und winkte, und ihr langer brauner Arm hob sich hoch gegen die Wand aus Sommergrün, die sich hinter ihr auftürmte. Ich fühlte, wie ich mich auf sie herabsenkte wie ein Vogel aus dem klaren Himmel, die Finger wie Krallen gekrümmt. Dann verschwand sie plötzlich, und es war wieder Nacht, warm und klar, und in der Ferne sah ich eine düstere reglose Szene, drei in einem grauen Licht erstarrte Gestalten auf einem Parkplatz, eine davon mit vor der Brust verschränkten Armen und die anderen beiden, die sie anstarrten und warteten, so als warteten sie, daß eine Katze aus dem Gestrüpp springe.

Aber Mary Diehl sprang in jener Nacht niemanden an. Sie machte damals einfach auf dem Absatz kehrt und ging weg, ließ Kelli und Miss Carver wortlos auf dem Parkplatz stehen.

Von dort, wo ich stand, neben der schlichten Ziegelmauer des Auditoriums, das Wort »Liebe« immer noch schmerzend in meinem Ohr nachklingend, sah ich Mary an mir vorbeischießen, den Kopf hoch erhoben, die Arme steif an der Seite. Sie ging schnell, als wollte sie gleich zu laufen anfangen, so daß ich sie im Licht der Laterne nur als ein gespenstisches, verschwommenes Schemen wahrnehmen konnte, ein Schemen mit eigenartig von innen heraus leuchtender blasser Haut, ehe sie im Schutze der Dunkelheit verschwand.

Nun flammten auf dem Parkplatz die Scheinwerfer von Miss Carvers Wagen auf, hell und blendend. Ich zuckte vor ihnen zurück, um nicht gesehen zu werden. Reflexartig floh ich hinter das Auditorium. Dort, im Schutze der Dunkelheit, den Rücken gegen die Ziegelmauer gepreßt, hörte ich den Kies unter den Reifen von Miss Carvers Wagen knirschen, und dann rollte er zur Hauptstraße hinunter, bog nach links und fuhr auf die Stadt zu.

Mir blieb nur die Stille, und das Wort, das Kelli Augenblicke vorher so offen und schonungslos ausgesprochen hatte, hallte in mir nach: *Liebe*.

Damit sah ich mich mit genau dem konfrontiert, dem auch Mary ausgesetzt gewesen war. Allerdings hatte sie ganz offen darauf reagiert, Kelli in die Augen sehend, als sie ihre Frage auf sie abgefeuert hatte, wie eine Kugel mitten zwischen ihre Augen. Ich dagegen war eine Gestalt in der Ferne, von der schützenden Nacht verhüllt, feige, verdrossen und jetzt völlig erschlagen und überwältigt. Das Wort hatte mich so getroffen, da ich es aus Kellis eigenem Mund gehört hatte. Deshalb waren alle Zweifel weggewischt, die ich mir vor jenem Augenblick vielleicht noch hätte gestatten können. Kelli war nicht nur nicht mein, sondern sie war ganz klar und unwiderruflich *sein*.

Ich rannte zu meinem Wagen und fuhr zur Hauptstraße. Entschlossen bog ich nach rechts ab und fuhr den Berg hinauf. Ich raste in hohem Tempo bis zum Gipfel und steuerte den Wagen schließlich zu einem Aussichtspunkt. Dort schaltete ich den Motor ab und starrte auf die Lichter von Choctaw hinunter, bis sie, während die Stunden sich dahinschleppten, im Morgendunst schwächer wurden und schließlich wie einzelne Sterne eines nach dem anderen verloschen.

Ein Geräusch holte mich in die Gegenwart zurück. In der Einfahrt zu Miss Troys baufälligem Haus sitzend, starrte ich auf seine kleinen beleuchteten Fenster, und der Regen trommelte stetig auf sein verrostetes Blechdach herunter. Mit absoluter Klarheit dachte ich nun an den Morgen nach Marys Begegnung mit Kelli und an all die Tage, die darauf folgten, und wie sich Stunde für Stunde auf jenen Augenblick zubewegte, in dem Kelli aus Lukes altem Pickup steigen und den Hügel hinuntergehen würde.

Damals schienen mir die Tage qualvoll langsam zu verstreichen. Der Unterricht hatte sich dahingeschleppt, und auch die Lehrer waren allmählich des langen Schuljahres und des vorzeitig heißen Wetters überdrüssig geworden. Die Aufgaben, die sie uns stellten, wurden mit der Zeit banal, so daß am Ende nur noch das Theaterstück Bedeutung hatte und damit Kelli und Todd und in gewissem Sinne auch noch Mary Diehl. Letztere war irgendwann ausgestiegen, weil sie einfach nicht mehr ertragen konnte, was ich jeden Nachmittag und jeden Abend ertragen mußte – das schreckliche Schauspiel nämlich von Kelli und Todd, wie sie zusammen auf der Bühne standen, Kelli jetzt auf einem Balkon aus Sperrholz und Todd unter ihr, die Arme flehend unter Blättern aus Pappmaché erhoben. Jeder von beiden hatte nur Augen für den anderen.

Mittlerweile wußten alle, daß sie im siebten Himmel schwebten und gleichsam durch das All taumelten. Funken schienen von ihnen zu sprühen, wenn sie zusammen waren, und Abend für Abend sammelten wir anderen uns nach der Probe auf den Stufen des Auditoriums um sie, als würde uns die elementare Kraft, die wir in ihrer Gegenwart spürten, zu ihnen hinziehen. Ich erinnerte mich daran, wie die anderen sie anstarrten – Noreen, Sheila, Luke, Betty Ann und sogar Eddie Smathers –, keiner von ihnen hatte jemals außer im Film eine solche Liebe gesehen. Und ihnen allen erschien das, was ich als absolutes Unrecht empfand, völlig richtig. Immer wieder quälte ich mich mit Plänen herum, wie ich Todd aus dem Felde schlagen, ihn besiegen und dem vernichtenden Feuer ihrer Enttäuschung aussetzen konnte. Aber stets stieß ich auf das absolute Rätsel, was er ihr überhaupt bedeutete, und auf das unergründliche Mysterium der Liebe, die sie so offenkundig für ihn empfand.

Nur eines war klar, und Luke sprach es deutlich aus:

»Du hast sie verloren, Ben«, sagte er eines Abends nach der Schule.

Über Lukes Schulter hinweg konnte ich Todd und Kelli sehen, wie sie gemeinsam die Stufen des Auditoriums hinuntergingen. Sie hielten sich an der Hand, und unten an der Treppe blieb Kelli stehen, drehte sich zu ihm und legte ihr Gesicht an seine Brust. Todd legte die Arme um sie, und ich konnte seine Finger in dem schmalen Ledergürtel spielen sehen, der ihre Taille umspannte.

»Bei einem Mädchen wie Kelli mußt du schnell zupakken.«

Ich zuckte die Achseln. »Mädchen gibt es viele«, sagte ich.

Luke schüttelte den Kopf. »Aber keine Mädchen wie sie«, sagte er.

Er hatte recht, und ich wußte, daß er recht hatte – damit, daß ich sie verloren hatte, und damit, daß sie unersetzlich und wertvoll war.

Dieses Gefühl für den Wert Kellis ließ mich nach jenem Abend nie mehr los, und es stieg jetzt wieder, so viele Jahre später, in mir auf, wie ich in meinem Wagen vor Miss Troys Haus saß und dem Regen lauschte. Meine Augen konzentrieren sich auf das Rechteck aus gelbem Licht, das ich aus dem Fenster dringen sah, an dem einmal Kelli gestanden und Todd Jeffries zugewinkt hatte.

Ich griff nach meiner Aktentasche, zog die Hand aber wieder zurück und ließ sie in meinen Schoß sinken. Ich wußte, daß Miss Troy drinnen auf mich wartete, geduldig, wie sie so oft auf Kelli gewartet hatte, auf dem alten hölzernen Schaukelstuhl sitzend, den sie von ihrer Mutter geerbt hatte.

Ich wandte meinen Blick von dem Haus und lauschte dem Trommeln des Regens, als könnte ich damit all die anderen Geräusche übertönen: das Klatschen einer Hand in das Gesicht eines kleinen Jungen, den dumpfen Schlag, mit dem ein Wagen über eine Betonschwelle rollt, das Pfeifen einer Hacke in der sommerlichen Luft und schließlich das Scharren von Füßen, die über den Waldboden rennen, ein Körper, der sich seinen Weg durch das Gestrüpp bahnt, meine eigene Stimme, leise flüsternd: *Das würde er nicht, wenn er Bescheid wüßte.*

Plötzlich bin ich wieder dort, ganz und gar dort. Sitze nicht länger in meinem Wagen vor Miss Troys Haus. Bin kein Mann in mittleren Jahren mehr, der angesehene Arzt der Stadt, sondern ein gequälter Junge im Teenageralter hinter der Bühne einer Schulaula. Am letzten Probenabend, einem Samstagabend, zu warm für die Jahreszeit und schwül, stehe ich nur wenige Schritte von Kelli entfernt. Sie wendet mir den Rücken zu und schaut auf Todd, wie der seine Todesszene spielt.

Ich nähere mich ihr langsam von hinten, immer weiter, bis ich fast die langen, schwarzen Locken riechen kann, die ihr auf die Schultern fallen. Sie trägt ein im Rücken tief ausgeschnittenes, ärmelloses Kleid, und ich kann ein paar Schweißtropfen sehen, die ihr über den Rücken rinnen. Sie hört mich nicht, als ich von hinten herankomme. Sie konzentriert sich ganz auf Todd. Er liegt neben dem gefallenen Paris, und das Gift steigt bereits zu seinen Lippen auf. Ich bleibe unmittelbar hinter ihr stehen und hebe einen Finger, strecke ihn immer näher an ihre Haut, so nahe, daß ich die Wärme ihres Körpers und ihren feuchten Schweiß fühlen kann.

In der Ferne höre ich Todd, wie er Romeos letzte Worte spricht:

So sterbe ich mit einem Kusse.

Ich höre Kelli seufzen, die anderen Mitwirkenden applaudieren, und ich ziehe schnell meine Hand zurück und versenke sie tief in meiner Tasche.

Todd entringt sich einen Todesseufzer, er bleibt reglos für einen Augenblick liegen und springt dann auf. Die anderen Mitspieler klatschen ihm immer noch Beifall. Er nickt ihnen scheu zu und eilt von der Bühne, geht auf Kelli zu, die Füße in dunkelbraunen Hausschuhen steckend, die er als Teil seines Kostüms benutzt.

Er steht jetzt vor Kelli und zieht sie in seine Arme. Ich wende mich um und tue so, als würde ich mich mit den Weingläsern beschäftigen, die auf dem Requisitentisch stehen. Als ich wieder auf die Bühne sehe, ist er weg, und Kelli steht alleine da mit dem Gesicht zur Bühne, mir den Rücken zuwendend. Ihre Hand greift nach dem dicken, grauen Seil, das den Vorhang öffnet und schließt.

Ich atme tief. »Todd ist gut«, sage ich leise, die ersten Worte, die ich seit Tagen an sie richte.

Sie dreht sich zu mir herum, und ihre dunklen Augen blitzen im Licht der Bühne. »Ja, das ist er«, sagt sie.

Ich setze dazu an, noch etwas zu sagen, aber plötzlich huscht ihr Blick von mir weg. Sie starrt über meine Schulter, als sehe sie in der Ferne etwas. Ihr Gesicht wirkt seltsam konzentriert, ich bemerke eine Leidenschaft, die sie anscheinend kaum unter Kontrolle halten kann.

»Ich muß einen Augenblick mit Todd sprechen«, sagt sie schnell. »Kannst du das für mich übernehmen?«

Mir bleibt keine Zeit, ihr zu antworten. Sie will losrennen, merkt, daß sie immer noch das Seil in der Hand hält und streckt es mir entgegen. »Hier«, sagt sie, »halte das mal.«

Sie sagt es ganz beiläufig, ohne sich etwas dabei zu denken, ohne im geringsten zu erkennen, daß sie mich mit diesen knappen Worten und der Geste zu so etwas wie einem Komparsen macht, jemandem ohne irgendwelchen Belang, klein, bedeutungslos.

Meine Finger halten das Seil fest, während meine Augen ihr folgen. Sie eilt davon und zur offenen Tür hinaus. Draußen steht Todd, und langsam nähert sie sich ihm.

Ich wende mich ab und schaue wieder auf die Bühne, sehe dort die wenigen Akteure. Sheila spricht die letzten Worte Capulets:

Ebenso reich soll Romeo bei seiner Dame liegen,
als arme Opfer unserer Feindschaft.

Mein Blick wendet sich wieder zur Tür hinüber. Kelli und Troy stehen einander stumm gegenüber. Einen Augenblick lang scheinen sie mir so unsterblich wie die Rollen, die sie verkörpern. Dann bewegen sich Kellis Hände, und ich sehe, wie sie langsam den schmalen Ring ihrer Großmutter abnimmt, nach Todds Hand greift und ihn auf seinen Finger schiebt.

Ich schließe die Augen, meine Hand hält immer noch das Seil. Als ich sie wieder öffne, sehe ich, wie sie Todd in ihre Arme zieht, ihn innig küßt und dann einen Schritt zurücktritt. Ich wende mich von ihnen ab und blicke starr auf die Bühne. Der Fürst spricht:

Einige sollen begnadigt und einige bestraft werden.

Ich höre Kelli auf mich zukommen, aber ich denke nicht mehr an sie, sondern nur an sie und Todd zusammen, wie sie sich umarmt halten, denke an jene elektrisierende Intimität, die sie bereits miteinander geteilt haben. Tausend Mal habe ich von ihr geträumt, aber ich habe ihn noch nie erlebt, den Glanz jenes Augenblicks, in dem Liebe mit Begehren eins wird und unser tiefstes Sehnen sich einen winzigen, schimmernden Augenblick lang in die Vergangenheit zurückzieht.

Sie greift nach dem Seil, und ich lasse es los. »Ich nehme das jetzt«, sagt sie. »Danke, Ben.«

Ich nicke, drehe mich um und gehe hinaus, trete durch die Nebentür in dem Augenblick, in dem Todd durch sie hereinkommt. Wir gehen so dicht aneinander vorbei, daß ich den Ring an seinem Finger aufblitzen sehe.

Einen Augenblick lang bleibe ich im Dunkeln stehen. Ich kann hören, wie Miss Carver einige der Mitspieler zusammenruft und andere wegschickt, aber alles klingt hohl und wie aus weiter Ferne. Dieser Eindruck hält sich lange Zeit.

Dann merke ich plötzlich, daß ich nicht alleine bin. Eddie Smathers lehnt an der Mauer. Sein kariertes, kurzärmeliges Hemd ist bis zum Gürtel offen. Er zieht eine Zigarette aus seiner Hemdtasche und zündet sie an. Die winzige rote Flamme ist wie ein einziges irres Auge, das in der Finsternis leuchtet.

»Hallo, Ben«, sagt er.

Ich nicke nur, bringe kein Wort heraus.

Er löst sich von der Mauer und kommt zu mir herüber. »Was machst du hier draußen?«

»Nichts.«

»Miss Carver hat gesagt, alle außer Todd und Kelli dürfen nach Hause gehen«, sagt Eddie. Er grinst. »Aber ich wollte zuerst noch eine rauchen.« Er zieht das Päckchen heraus und hält es mir hin. »Willst du auch eine?«

Ich schüttle den Kopf.

Er steckt das Päckchen wieder ein und sieht zum Auditorium hinüber. »Das muß man Todd und Kelli lassen, die geben sich wirklich mächtig Mühe.«

Ich sehe zur Tür hinüber und kann dort die beiden stehen sehen, mit Miss Carver ins Gespräch vertieft.

»Wahrscheinlich gibt sie ihnen noch ein paar letzte Tips«, sagt Eddie. Dann zieht er gierig an der Zigarette, schnippt Asche weg und grinst. »Romeo, Romeo«, sagt er dann spöttisch. »So'n Blödsinn.« Er lacht und schaut wieder durch die Tür zur Bühne hinüber, wo Todd und Kelli immer noch nebeneinander stehen. Er schüttelt den Kopf. »Alle Mädchen sind wild auf Todd«, sagt er bewundernd, »aber das ist, glaube ich, das erste Mal, daß Todd wirklich auf jemanden scharf ist.« Er schmunzelt. »Mann, auf diese Kelli ist er wirklich scharf.«

Meine Antwort kommt in einer plötzlichen bösartigen Eingebung, springt blitzartig aus mir heraus, als wäre sie eine Schlange, die lange Zeit eingeringelt in mir gewartet hat, schleimig, gemein, ein Geschöpf aus meinen Eingeweiden. In einer kurzen blendenden Erleuchtung sehe ich, wie alles zusammenkommt, wie im Fadenkreuz des Zielfernrohrs eines Gewehrs: Kellis geheimnisvolle Vergangenheit, der fehlende Vater, dessen bloße Existenz sie so eindringlich leugnet, ihre dunkle Haut, ihr schwarzes, lockiges Haar, der Artikel über Gadsden, ihr geradezu besessenes Interesse am Breakheart Hill, ja sogar Lyle Gates' Worte, die er ihr in Cuffy's Grill hingeworfen hatte: *Niggerschlampe*. All das verdichtet sich blitzartig zu einer bösen Möglichkeit. Ich weiß, daß es nicht wahr zu sein braucht, daß niemand je einen Beweis verlangen wird und ich in der aufgeladenen, haßerfüllten Atmosphäre, die sie umgibt, nur die unheilvolle Saat zu pflanzen brauche. In diesem einen kurzen Augenblick sehe ich, wie sich all meine früheren Überzeugungen auflösen, die dünne Schicht meiner früheren Sympathie, mein kühn verkündeter Gerechtigkeitssinn, meine mächtigen Empfindungen am Rand des Negerfriedhofes und später in jener eisigen Nacht in Gadsden, schließlich mit Kelli auf dem Breakheart Hill. Alles ist jetzt unter dem Mühlstein meiner Feindschaft zu Staub zermahlen.

Meine Augen huschen zu Eddie hinüber, und ich spüre, wie die Worte wie kleine stinkende Fleischstücke aus meinem Mund gleiten. *Das würde er nicht, wenn er Bescheid wüßte.*

Eddies Augen sehen mich an. »Was?«

»Nichts«, sage ich mit einem schnellen Achselzucken.

Aber Eddie läßt wie erwartet nicht locker. »Wenn er worüber Bescheid wüßte?«

Einen winzigen Augenblick lang klammere ich mich an den Sims des Himmels. Dann lasse ich los und stürze aus dem Paradies.

»Wenn Todd über Kellis Daddy Bescheid wüßte.«

»Kellis Daddy?« fragt Eddie. »Was ist mit ihm?«

Ich mache eine wegwerfende Handbewegung. »Vielleicht stimmt es gar nicht«, sage ich.

Eddie starrt mich eindringlich an. »Vielleicht stimmt was nicht?«

»Du weißt schon, was die Leute sagen.«

»Wovon redest du da, Ben?«

»Weißt du«, sage ich, »daß Kellis Vater ein –« Ich halte inne, ein letzter Faden von Anstand hält noch einen Augenblick lang stand, ehe er zerreißt. Dann fallen die Worte aus mir heraus wie ein Körper durch die Klappe auf dem Schafott des Henkers. »... Nigger ist.«

Eddies Augen weiten sich in verblüfftem, schier kindlichem Unglauben. »Blödsinn«, platzt es aus ihm heraus. »Du machst dich über mich lustig.«

Ich sage nichts, starre ihn bloß unverwandt an und fordere ihn heraus, seine Zweifel zu äußern.

Er beugt sich zu mir vor, und seine Stimme klingt verschwörerisch, als er flüstert: »Was sagst du da, Ben? Hat Kelli dir das gesagt?«

Ich sage nichts, lasse es nur tiefer und tiefer in Eddies Bewußtsein einsickern, wie Farbe in den Boden. Ich weiß, daß er sich jetzt an all die Anlässe erinnert, bei denen er Kelli und mich alleine miteinander gesehen hat: die langen Fahrten zu ihrem Haus an den Nachmittagen, die Vertrautheit, die in jener Zeit zwischen uns entstanden sein muß, die Freundschaft, die keine Geheimnisse kennt, und zuletzt jenen sich zuspitzenden Höhepunkt, in dem sie mir das unsagbarste Geheimnis ihres Lebens enthüllt.

Seine Augen weiten sich staunend, aber nicht länger ungläubig. »Sie hat dir das gesagt, Ben? Kelli hat dir gesagt, daß ihr Vater ein Nigger war?«

Ich antworte ihm nicht.

Ich kann förmlich sehen, wie sich jetzt alles in Eddies

Bewußtsein sammelt, wie jeder Zweifel sich auflöst, wie ein Nebel sich verdichtet und zur Tatsache wird.

»Aber sag es Todd nicht«, warne ich ihn vergeblich, fest davon überzeugt, daß er es doch tun wird. Dann wird es vorbei sein. Daß Todd nie erwähnen wird, was man ihm gesagt hat, Kelli nie darauf ansprechen, sondern einfach eine Liebe verlassen wird, die unmöglich geworden ist – das ist abzusehen.

»Es ist mir ernst«, sage ich. »Du darfst es Todd nicht erzählen.« Ich sage das bedächtig und aufrichtig, aber male mir bereits den Augenblick aus, wo Eddie Todd beiseiteziehen und ihm das schicksalhafte Wort ins Ohr flüstern wird. Ich male mir alles aus, was unvermeidbar danach geschehen wird: Todds plötzliche Distanziertheit, Kellis Ratlosigkeit und den qualvollen Augenblick, wo er sie ein für allemal von sich stoßen wird – aus Enttäuschung darüber, daß sie ihm ihre Herkunft verschwiegen hat, und weil ein Weißer in dieser Zeit keinesfalls mit einer Farbigen »gehen« konnte. Wie so oft schon in der Vergangenheit wird er sich wieder Mary Diehl zuwenden. Alles stelle ich mir vor, nur nicht, daß Eddie tatsächlich meinem Wunsch nachkommen und das, was ich ihm gesagt habe, vor Todd Jeffries geheimhalten ... und es statt dessen Lyle Gates sagen würde.

22

Ich hörte den Donner grollen, und plötzlich befand ich mich wieder in meinem Wagen, und meine Augen starrten glasig durch den Regen auf die durchhängenden Treppenstufen, die zu Miss Troys Haus hinaufführten. Ich fühlte mich von der Masse der Erinnerung ausgepumpt, trocken und leer.

Und so blieb ich noch in meinem Wagen sitzen, den Blick unverwandt auf die dunkle Fassade von Miss Troys Haus gerichtet. Langsam spürte ich, wie meine Kräfte in mich zurückflossen. Ich hörte die Stimme meines Vaters sagen: *Geh nur*, und stieg aus dem Wagen.

*

Miss Troy lächelte dankbar, als sie mir die Tür öffnete. »Ah, Ben, nett, daß Sie wieder hierherkommen«, sagte sie.

Sie trat beiseite, um mich einzulassen. »Eine schreckliche Nacht«, seufzte sie.

Es war ihr anzusehen, daß ihr der Zustand in ihrem Haus peinlich war. All der Staub und die Unordnung. »Das ist hier ... also ...« Sie hielt inne und fügte dann ein wenig lahm hinzu: »Sie sehen es ja.«

Ich ging ein paar Schritte weiter, bis ich mitten im Raum stand, und war überrascht, wie karg er doch war, mit seinen nackten Wänden, einem Dielenboden ohne Teppich und lediglich zwei Holzstühlen. Nur der alte Schaukelstuhl gab einen Hinweis darauf, daß hier noch jemand lebte.

»Setzen Sie sich, Ben. Möchten Sie irgend etwas? Draußen ist es schlimm. Vielleicht eine Tasse Kaffee zum Aufwärmen?«

»Nein, vielen Dank«, antwortete ich.

Miss Troy nickte und ließ sich dann vorsichtig in den Schaukelstuhl sinken. »Bitte, Ben, setzen Sie sich doch«, sagte sie und rutschte ein wenig herum, um sich in eine bequeme Lage zu bringen. »Sie haben schließlich weiß Gott den ganzen Tag über schwer gearbeitet.«

Ich setzte mich auf einen Stuhl, legte die Hände in den Schoß und sah zu dem von Staub und Regen verschmierten Fenster hinaus.

»Ich weiß es wirklich zu schätzen, daß Sie vorbeigekommen sind«, sagte Miss Troy und lächelte. »Denn mir ist klar – das macht Ihren Tag noch länger.«

Ich wandte mich vom Fenster und dem Regen draußen ab und sah ihr gerade in die Augen. »Machen Sie sich deswegen keine Gedanken, Ma'am.«

Ihre alten Augen verengten sich ein wenig. »Es tut mir leid, daß Sie mich nie besucht haben. Aber ich kann schon verstehen, wie Ihnen zumute gewesen sein muß.«

Ich schwieg.

»So wie das zwischen Ihnen und Kelli war«, fuhr Miss Troy fort. »Da wäre es für Sie wirklich einfach zu schwer gewesen, hierherzukommen.«

Ich nickte. »Ja, Ma'am.«

»Deshalb weiß ich es auch so zu schätzen, daß Sie heute abend gekommen sind«, setzte Miss Troy hinzu. »Weil ich weiß, daß es für Sie nicht leicht sein kann.« Sie blickte in ihren Schoß und sah dann wieder zu mir auf. »Ich nehme an, Sie haben das von Gates gehört, daß die ihn vor einer Weile erschossen haben.«

»Ja, davon habe ich gehört«, nickte ich.

»Ich denke, ich hätte es fertigbringen müssen, ihm zu verzeihen«, sagte Miss Troy. »Aber das habe ich nicht geschafft, nicht nach dem, was er Kelli angetan hat. Ich sah die ganze Zeit das, was dieses andere Mädchen gesehen hat. Wie hieß sie doch?«

»Edith Sparks.«

»Kellis Blut an seinen Händen. Und selbst als ich hörte, daß er tot war, selbst da konnte ich ihm nicht verzeihen. Hätten Sie das an meiner Stelle können, Ben?«

Ich gab ihr die einzige Antwort, die mir möglich erschien. »Wohl nicht, Miss Troy.«

Sie schüttelte den Kopf. »Es steckt einfach in mir. Ich denke, ich habe ein hartes Herz, könnte man sagen.«

Meine Augen flohen wieder zum Fenster, dem Trost seiner alles verbergenden Dunkelheit.

Miss Troy atmete tief ein, dann langsam wieder aus und sagte dann: »Also, Kelli würde ganz sicher stolz auf Sie sein, Ben. Daß Sie Arzt geworden sind und alles das, so wie Sie es immer gesagt haben.«

Ich starrte weiterhin in die Nacht hinaus.

»Daß Sie nach Choctaw zurückgekommen sind, hätte sie freilich überrascht«, fügte Miss Troy hinzu. »Das hätte sie nicht erwartet. Sie dachte immer, Sie würden einmal in eine Großstadt gehen. Atlanta vielleicht oder eine Stadt weiter im Norden. Warum sind Sie eigentlich nach Choctaw zurückgekehrt, Ben?«

Ich sah alles das, was aus einer einzigen überhasteten, herzlosen Handlung entstanden war, alles das, was ich 30 Jahre lang versucht hatte, wiedergutzumachen. »Weil ich dachte, daß ich Choctaw etwas schuldig bin«, sagte ich.

Miss Troy lächelte. »Das ist nett gedacht.«

»Ich kann es eigentlich nicht anders sehen«, erklärte ich ihr.

Sie sah zum Fenster hinüber. »Also, da habe ich mir wirklich eine schlimme Nacht ausgesucht, um Sie herzubitten. Aber sonst hätte ich niemanden fragen können.«

»Das verstehe ich«, sagte ich.

»Wo ich doch keine Familie habe und keinen Mann.« Miss Troys Augen wanderten im Zimmer herum und kehrten dann wieder zu mir zurück. »Hat Kelli Ihnen je von ihm erzählt? Ihrem Vater, meine ich?«

»Nein, Ma'am.«

»Er war kein schlechter Mensch, wissen Sie. Und er hat Kelli wirklich geliebt, zumindest wenn sie ihn ließ.«

Ich nickte, sagte aber nichts.

»Aber er hat sich mit einer anderen Frau eingelassen, wissen Sie. Das kommt immer vor.«

»Ja, Ma'am.«

»Aber von dem Augenblick an wollte Kelli überhaupt nichts mehr mit ihm zu tun haben«, fuhr Miss Troy fort. »Er hat öfter versucht, sie zu besuchen, aber sie wollte einfach nichts mit ihm zu tun haben. Erst fünf Jahre alt, aber sie wußte schon genau, was sie wollte.« Sie schüttelte den Kopf. »Er hatte sie so enttäuscht. Das war eines von Kellis Problemen. Wenn Leute sie einmal enttäuschten, dann hat sie einfach mit ihnen Schluß gemacht. So wie sie es mit ihrem Vater getan hat.« Sie schaute zu dem einzigen Foto Kellis, das es in dem Zimmer gab; es zeigte sie als kleines Mädchen. »Aber wissen Sie, Ben, über eines bin ich glücklich.«

»Was denn, Miss Troy?«

»Daß Kelli, bevor Lyle Gates Hand an sie gelegt hat, wenigstens ein wenig Liebe kosten durfte«, sagte sie.

Ich sah Kelli, wie sie in jener Nacht ausgesehen hatte, nach der Probe, mit Todd. Leidenschaftlich und voller Hingabe hatte sie den Ring, den ihre Großmutter ihr gegeben hatte, auf seinen Finger geschoben und so voller Liebe zu ihm aufgeblickt.

»Weil ich weiß, daß sie Sie geliebt hat, Ben«, fügte Miss Troy hinzu. »Das hat sie mir gesagt.«

»Wir waren Freunde«, sagte ich leise, und zum ersten Mal dachte ich, daß das genug sei, ein Zustand selbstloser, dauernder Zuneigung. Wenn das Mysterium der Liebe nicht mehr geschenkt werden kann, sollte er ausreichen, uns Kraft und Befriedigung zu verleihen.

Miss Troy atmete tief. »Ich habe da etwas, was ich Ihnen gerne geben möchte, Ben.« Sie stand auf, ging langsam zum Kaminsims hinüber und klappte eine kleine hölzerne Kassette auf. »Etwas, das Sie an Kelli erinnern soll«, sagte sie und drückte sie mir in die Hand. »Der Ring ihrer Großmutter.«

Ich starrte den Ring in dem geöffneten Kästchen an, und meine Gedanken jagten zurück in jene weit zurückliegende Nacht, in der Kellis Hand den Ring auf Todd Jeffries' Finger geschoben hatte.

»Sheriff Stone hat ihn am Breakheart Hill gefunden«, sagte Miss Troy, während sie sich wieder setzte. »Und ich bin ganz sicher, daß Kelli gewollt hätte, daß Sie ihn bekommen.«

Ich starrte sie wie benommen mit offenem Mund an. »Er hat ihn wo gefunden?«

»Am Breakheart Hill«, wiederholte Miss Troy. »Ganz unten in der Nähe der alten Bergwerkstraße. Ich nehme an, daß er ihr irgendwie vom Finger gerutscht ist.«

In einem einzigen qualvollen Augenblick sah ich, wie

das ganze finstere Gewebe seine Form veränderte. Alles, woran ich 30 Jahre lang geglaubt hatte, löste sich plötzlich in ein noch finstereres Gebilde aus Ironie und Unrecht auf. Ich sah alles, was geschehen sein mußte, damit Sheriff Stone Kellis Ring am Fuße von Breakheart Hill hatte finden können: Ich sah Eddie eindringlich in Todds Ohr flüstern, was er über Kelli Troy herausgefunden hatte. Ich sah Todds Gesicht, entsetzt und verblüfft, sah ihn darauf bestehen, daß sie sich an einem abgelegenen Ort treffen müßten, und ich hörte Kelli den Breakheart Hill vorschlagen. Und dann die Umstände der Vorbereitungen – Todd nicht bereit, Kelli abzuholen, bereits in einem Zustand gequälter Ablehnung; Todd, seinen Wagen die alte Bergwerkstraße hinauffahrend, sich in der Abgeschiedenheit völlig sicher fühlend. Dann das Zusammentreffen mit all der aufgestauten Wut, Todds gequälte Fragen. Ich sah Kelli darunter leiden und dann selbst wütend werden, da Todd plötzlich auch nicht besser als Lyle Gates erschien. Lyle Gates wiederum, der in diesem Augenblick die Bergstraße hinauftrottete und wenige Minuten später ein leises Stöhnen hörte; der selbst in den dunklen Wald eindrang. Und plötzlich hörte ich Todds Stimme, wie sie vor so vielen Jahren in meinem Sprechzimmer geklungen hatte: *Mir ist einfach die Hand ausgerutscht. Es tut mir leid, so leid.* Eine klägliche Entschuldigung, von der ich damals geglaubt hatte, daß sie seiner Frau und seinem Sohn gegolten hatte, aber die, wie ich jetzt wußte, für Kelli Troy bestimmt gewesen war.

Denn aufgrund dieser Aussage von Miss Troy war klar: Es war Todd gewesen, der aus dem dicken Gestrüpp auf Kelli losgestürzt war, Todd, der angefangen hatte, unsägliche Fragen zu stellen, von denen jede einzelne ihre Wut steigerte, während sie zusah, wie seine ehemalige Größe in einem Abgrund aus Heuchelei und Verrat und geplatzter Liebe versank. Ich sah Kellis Gesicht starr werden, ihn mit flammenden Augen mustern und dann, wütend, in der ganzen Bitterkeit ihrer Enttäuschung ihren Ring zurückverlangen, sah Worte wie kleine flammende Steine aus ihrem Mund fliegen, immer wieder auf Todd einschlagend, bis er in einem einzigen unkontrollierten Augenblick mit unerwarteter Wut zurückgeschlagen hatte. Dann hatte er in schrecklichem Staunen zusehen müssen, wie Kelli rückwärts zu Boden taumelte, mit dem Kopf gegen den Stein schlug, ihre Augen glasig wurden. Und als sie sich hochrappelte und blindlings den Berg hinauftaumelte, griff er nach ihr, nicht wissend, was er tun sollte, von seinem eigenen Schrecken erfüllt, bis er sie ein letztes Mal fallen sah. Dann wurde ihr Körper schlaff, ein letztes Stöhnen, leise und klagend nach jener Hilfe rufend, die schließlich in Gestalt von Lyle Gates nahte.

Ich spürte, wie ich am ganzen Körper bebte, als ich den Blick von dem Ring hob. »Miss Troy, ich ...«

»Bitte nehmen Sie ihn, Ben«, beharrte sie. »Bitte.«

Ich spürte, wie der Ring in meine Hand fiel, spürte, wie meine Finger sich um ihn schlossen. »Danke« war alles, was ich herausbrachte.

»Sheriff Stone hat nie verstehen können, wie er von ihrem Finger rutschen konnte«, sagte Miss Troy. Sie schüttelte den Kopf. »Ich denke, das wird immer ein Rätsel bleiben, nicht wahr, Ben?«

Darauf *Nein* zu antworten, hätte mich gezwungen, ihr alles zu sagen und damit den bösartigen Kern zu enthüllen, aus dem in den letzten 30 Jahren soviel Leid erwachsen war.

Und so nickte ich und stimmte ihr zu.

Sie zögerte kurz und fuhr dann fort: »Nun, es hat keinen Sinn noch länger darüber nachzudenken. Man muß die Dinge akzeptieren.« Sie blickte sich um. »Ich denke, jetzt sollten wir an die Arbeit gehen.«

Ich spürte, wie meine Knochen steif wurden und meine Kehle sich schloß, als versuche eine unsichtbare Hand, mich zu erdrosseln.

»Viel ist nicht zu tun«, fügte Miss Troy hinzu. Dann griff sie nach ihrem Stock und erhob sich unter leichtem Stöhnen aus ihrem Schaukelstuhl.

Einen Augenblick war es mir nicht möglich, aufzustehen, sondern ich konnte nur zusehen, wie Miss Troy auf den schmalen Korridor zuging, der in den hinteren Teil des Hauses führte.

Sie drehte sich zu mir rum. »Hier entlang, Ben«, sagte sie.

Ich packte die beiden Armlehnen und stemmte mich in die Höhe, dann folgte ich ihr durch den langen Flur über die alten, unter meinen Füßen ächzenden Dielen. Miss Troy ging mit unsicheren Schritten voraus, und ihr Stock klopfte bei jedem Schritt auf den Boden. Schließlich blieb sie an einer schlichten Holztür stehen, öffnete sie dann und bedeutete mir mit einer Handbewegung, ich solle eintreten.

Der Raum war sehr dunkel, ein trockener, modriger Geruch schlug mir entgegen. Ich konnte nur die verschwommenen Umrisse eines Stuhls sehen, auf dem Bettzeug und ungewaschene Kleidung lag, zerfranste Nachthemden hauptsächlich, schmutzig und zerdrückt.

Ich hörte, wie Miss Troy hinter mir in das Zimmer trat. Ihre Hand griff nach der Lampe, und sie sagte: »Danke, Ben, daß Sie das tun.«

Dann flammte das Licht auf, und ich konnte sie auf einem Haufen zerdrückter Laken liegen sehen, dünn und reglos, mit gelber, fast durchsichtiger Haut, und einem wirren Durcheinander aus eisengrauen Locken.

»Kelli«, flüsterte ich.

Miss Troy trat neben das Bett, beugte sich vor und legte ihrer Tochter die Hand auf das Gesicht. Das Gesicht zuckte ein wenig zurück, und ich hörte ein leises Stöhnen. »Schon gut, schon gut«, sagte Miss Troy sanft. »Brauchst keine Angst zu haben.«

»Kelli«, sagte ich wieder.

Miss Troy sah mich an. »Ich weiß, daß das schwer für Sie sein muß, Ben.«

Ich konnte mich nicht bewegen, sondern sah nur schweigend zu, wie Miss Troy das Laken von dem langen, schlanken Körper ihrer Tochter nahm, so daß man die dunkle Haut, die schlanken Arme und die immer noch zarten Hände sehen konnte. »Sie muß gebadet werden«, sagte sie.

Ich blickte wie benommen auf das Bett, und fühlte plötzlich mit jeder Faser meines Körpers Kellis Welt der Dunkelheit und der Stille.

»Und ich bin zu alt, um das ohne Hilfe zu schaffen«, fügte Miss Troy hinzu.

Ich kehrte wieder in mich selbst zurück, wie ein Geschöpf, das aus großen Tiefen auftaucht und nach langem Aufenthalt unter Wasser durch die getrübte Wasseroberfläche bricht.

»Lassen Sie, ich helfe Ihnen«, sagte ich. Dann ging ich zum Bett, beugte mich über Kelli und hob sie hoch, hielt sie endlich in meinen Armen. Ihr Kopf sank nach links, als ich sie vom Bett zog, und ihr Gesicht drückte sich an meinen linken Arm, und dann richteten sich ihre Augen mir entgegen und schwebten ziellos, jenseits auch des dünnsten Fadens einer Erinnerung.

Miss Troy stand mir gegenüber, und ihre Augen glitzerten plötzlich feucht. Einen Augenblick lang schaute sie stumm auf ihre Tochter, dann wanderte ihr Blick langsam zu mir und suchte nach all den Jahren immer noch nach einer Antwort. »Warum, Ben«, flüsterte sie. »Warum?«

Ich wandte den Blick von ihr und blickte auf Kelli hinab und sah all die anderen, als lägen auch sie in meinen Armen: Lyle und Sheila und Rosie, Mary und Raymond, selbst Todd. All ihre Gesichter klein wie die von Kindern mit seltsam klaren Augen, als würde ihre Jugend sie erleuchten, ihre Hoffnungen, die Zukunft, die sie alle für sich geplant hatten. Nicht im Traum dachte einer von ihnen, daß auf dem Pfad vor ihnen eine Unzahl unsichtbarer Fallen lauerte. Und ich dachte, daß ganz Choctaw in dieses Nichtwissen eingeschlossen sein mußte. Choctaw als eine Welt, wie Kelli sie einmal beschrieben hatte, mit allem, was ist oder je sein mag. Und irgendwo in die ganze Welt eingewebt, so daß ein Unrecht das nächste verstärkt und neues schafft, eine lange dunkle Ader nicht gewollten Leides.

*

Kelli starb drei Monate später, kurz darauf gefolgt von ihrer Mutter. Ein paar Leute standen an Kellis Grab, an dem von Miss Troy stand fast niemand. Vielleicht war es die Kargheit jener Feier, die Luke und mich an jenem Tag dazu veranlaßte, zu meinem Haus zurückzukehren und die ihn sagen ließ: »Weißt du, Ben, ganz habe ich diese Erklärung, die allgemein verbreitet worden ist, nie glauben können«, ein Satz, der mich nach Lutton schickte, zu den rauchenden Überresten einer Kirche und dann wieder den Berg hinunter zu meinem Haus in Choctaw.

Als ich zu Hause ankam, ging ich in mein kleines Büro, sperrte eine meiner Schreibtischschubladen auf und zog die Dinge heraus, die ich darin verwahrte: ein paar Schriftstücke und mein High-School-Jahrbuch aus dem Jahre 1962. Es war in Schwarz und Gold gebunden, den Schulfarben von Choctaw High, und auf dem Umschlag war der Kopf eines zähnefletschenden Rotluchses abgebildet. Ich blätterte langsam durch das ganze Buch und machte jeweils bei den Gesichtern jener halt, die mir am meisten bedeutet hatten.

Ich kam zu meinem eigenen Bild und betrachtete es stumm. Auf dem Foto blickte ich frontal in die Kamera, das Kinn vorgeschoben, ein wenig anmaßend, überzeugt, ganz genau zu wissen, wer ich bin. Aber ich war viel leerer gewesen, als das Foto hätte andeuten können. Und viel unbarmherziger in meiner Leere.

Ich fixierte das Bild, sah all die Lügen in ihm und hörte, wie eine innere Stimme das schreckliche Urteil sprach, vor dem ich mein ganzes Leben lang geflohen war: *An diesem Jungen fehlt irgend etwas.*

Und ich wußte, was ich zu tun hatte.

*

Es war beinahe Mitternacht, als ich ein paar Tage später den Mut gefunden hatte und die Baumschule erreichte. Das Haus lag im Dunkeln, aber Lukes Pickup parkte davor, daher wußte ich, daß er da war. Ich ging durch den hohen Sturmzaun, der das Gebäude umgab, in einen kleinen Wald immergrüner Sträucher. Sie standen Reihe an Reihe in Töpfen, sorgfältig gestutzt, ausladend und mitten im Wachstum, sie belebten die Sommerluft.

Luke, in grauen Flanell gekleidet, hockte ganz hinten, über einen Kasten mit Setzlingen gebeugt. Als ich auf ihn zukam, richtete er sich auf, lächelte und wischte sich mit dem Ärmel über die Stirn. »Bist ja noch mächtig spät unterwegs«, sagte er.

Ich nickte.

Lukes Lächeln schien sich in Stille aufzulösen, und sein Gesicht wurde ernst, als er meinen Gesichtsausdruck sah. »Was ist, Ben?«

Ich arbeitete fieberhaft daran, alles zusammenzubringen, den richtigen Platz für jede Einzelheit zu finden.

Luke trat auf mich zu. »Warum bist du hergekommen, so spät?«

Ich sah Kelli ausgestreckt zwischen den Lianen liegen und hörte Mr. Bailey erklären, daß nur Haß so etwas bewirken konnte, und ich wußte, daß er Unrecht gehabt hatte.

Luke starrte mich staunend an. »Um was geht es?«

»Um Liebe«, sagte ich, und mit jenem Wort begann ich die düsterste Geschichte zu erzählen, die ich je gehört hatte.

Im Januar des Jahres 1944 halten vier Menschen das Schicksal der Welt in ihren Händen: ein amerikanischer Arzt, eine deutsche Krankenschwester, ein zionistischer Attentäter und eine junge jüdische Witwe. Im Auftrag des britischen Premierministers Winston Churchill sollen die vier eine Mission erfüllen, die ihnen allen den Tod bringen kann.

In einem Gefangenenlager in Mecklenburg arbeiten die Deutschen fieberhaft an der Herstellung zweier Giftgase, deren Einsatz den Krieg zugunsten Deutschlands entscheiden soll. Die Briten verfügen ebenfalls über diese Wunderwaffe, und Churchills Plan ist einfach – aber auch perfide: Die vier Auserwählten sollen das britische Giftgas in dem deutschen Lager zur Anwendung bringen und die Pläne der Nazis zunichte machen ...

ISBN 3-404-14421-X

BASTEI
LÜBBE

Für Dr. George Barnabas ist es bloße Routine, als in der Themse ein abgetrenntes Bein entdeckt wird – angespülte Leichenteile sind in der britischen Millionenstadt keine Seltenheit. Aber dann überschlagen sich die Ereignisse, und innerhalb kürzester Zeit werden zwei junge Frauen tot aufgefunden. Die Leichen sind verbrannt, und das Feuer nahm offensichtlich von den Köpfen der beiden Opfer seinen Ausgang.
Erst allmählich gelingt es Dr. Barnabas, eine Verbindung zwischen den ominösen Todesfällen und dem Leichenteil aus der Themse herzustellen. Unterstützt wird sie dabei von ihrem Geliebten, dem Londoner Kriminalbeamten Gus Hathaway. Doch es gibt offenbar Kreise, denen an einer Aufklärung der Verbrechen nicht gelegen ist. Denn plötzlich wird Gus wegen angeblicher Korruption vom Dienst suspendiert – die engagierte Gerichtsmedizinerin ist nun völlig auf sich allein gestellt ...

ISBN 3-404-14425-2

BASTEI
LÜBBE

In der kleinen Universitätsstadt Guernon nahe Grenoble wird die grausam zugerichtete Leiche des Bibliothekars Rémy Callois entdeckt. Der ermittelnde Kommissar glaubt zunächst an einen Ritualmord, bis ganz in der Nähe ein weiterer Toter gefunden wird: der Krankenpfleger Philippe Sertys. Gezielt gelegte Spuren haben die Polizei zu ihm geführt.
Zur gleichen Zeit versucht ein Inspektor in einem französischen Provinznest, das rätselhafte Verschwinden eines zehnjährigen Schülers aufzuklären. Als sich herausstellt, daß beide Kriminalfälle in Zusammenhang stehen, beginnt eine fieberhafte Spurensuche. Bald ist klar, daß die zwei Toten keineswegs unschuldige Opfer waren, und die »Flüsse« erweisen sich als Chiffre für ein furchtbares Verbrechen ...

ISBN 3-404-14403-1

BASTEI LÜBBE